연의
선택

연의
선택

1판 1쇄 찍음 2015년 4월 17일
1판 1쇄 펴냄 2015년 4월 23일

지은이 | 하 영
펴낸이 | 정 필
펴낸곳 | (주)뿔미디어

편집장 | 이재권
기획 · 편집 | 주종숙, 이은정

출판등록 | 2002년 9월 11일 (제1081-1-132호)
주소 | 경기도 부천시 원미구 소향로 17, 303(두성프라자)
전화 | 032)651-6513 / 팩스 032)651-6094
E-mail | scarlets2012@hanmail.net
블로그 | http://blog.naver.com/dahyangs
홈페이지 | http://bbulmedia.com

값 9,000원

ISBN 979-11-315-6369-4 04810
ISBN 979-11-315-6367-0 04810(세트)

연의
선택

下

하영 장편 소설

SCARLET ROMANCE STORY

Contents

1.

저도 갈 것입니다

오늘도 주치는 차거타이와 한바탕 몸싸움을 하고 나온 길이었다. 틈만 나면 메르키트족이라 부르는 그를 죽이지 않는 이유는 딱 하나, 동생이어서였다. 아니면 벌써 목을 따고도 남았다.

아버지가 칸으로 등극하면서 점차 세력이 나뉘고 있었다. 후계자의 자리를 두고 말이 많아지면서 장자라 하나 혈통의 문제가 있는 주치를 압박해 오고 있었다.

후계자가 되려는 욕심은 없었다. 그러나 차가운 눈빛의 아버지를 볼 때마다 자과감에 빠지는 것은 어쩔 수 없었다.

아버지가 인정한 큰아들임에도 암암리 사람들의 시선은 따가웠고, 이제 후계자를 정할 시기가 되자 아예 대놓고 입에 올리고 있었다.

주치가 나이를 먹을수록 형제들과 다른 생김새가 두드러지며 바로 밑의 동생 차거타이의 말에 점차 힘이 실리고 있었다. 그는 형제들보다 머리 하나는 컸고, 각이 져 투박한 얼굴의 아버지와 달리 선이 부드럽고 굵은 생김새였다. 형제들의 탄탄한 몸에 비해 키가 큰 만큼 호리호리해 보였다.

그러나 다른 것을 제치고 그들의 의심을 확신으로 바뀌게 만든 것은 그의 눈이었다.

칸의 눈동자는 녹회색이었고 머리카락은 붉은 기가 돌았다. 그런데 주치의 눈동자는 누가 보아도 검은색이며 머리카락 역시 까마귀 깃털처럼 검은색이었다.

사람들은 돌아가신 할아버지가 주치 같았다며 위로하지만 이미 세상을 떠난 사람을 데려와 확인할 수도 없었다. 더구나 자신을 제외한 다른 자식들은 어느 한 가지라도 칸의 모습을 닮아 있었다.

무엇보다 가장 결정적인 것은 아버지였다. 정말 자신의 아들이라고 생각했다면 주치라는 이름으로 굴레를 만들지는 않았으리라. 누구보다 아버지가 의심하고 있다는 것을 모르지 않았다.

차라리 후계자를 누구라고 정해 주면 좋을 것을, 아버지는 여전히 눈을 굴리며 아들들을 살피고 있었다.

"장군, 칸께서 부르십니다."

입에 고인 피를 뱉어 내는 그의 뒤에서 부복하고 있는 기릏예를 돌아보며 주치가 또 긴 한숨을 내뱉었다.

"무슨 일이시라더냐?"

"저도 명만 받은지라 자세히는 모릅니다."

"알았다."

차라리 전투 명령이기를 바라며 주치가 칸이 머무는 게르로 향했다. 몽골의 대표적인 여전사로 이름 높은 기를예도 조용히 그 뒤를 따르고 있었다.

칸은 여전히 차가운 눈으로 비스듬히 앉아 그를 내려다보고 있었다. 그의 앞에서 도발하는 차거타이와 참지 못하고 몸싸움을 벌여도 구경만 할 뿐, 말리는 사람을 오히려 막으며 흥미로운 눈으로 지켜보던 사람이 그의 아버지이자 칸이었다.

싸움이 지겨워질 때야 손짓으로 두 사람을 떼어 놓고 한다는 말이 형제끼리 싸워서야 되겠느냐였다.

아무리 아버지라지만 누구도 그 속을 알 수 없는 사람이었다. 그래서 두렵고 또 무서운 사람이기도 했다. 아버지만큼이나 어머니도 차가웠다.

주치가 당하는 일을 알면서도 사내라면 스스로 헤쳐 나가는 것이 당연하다는 말로 일축하고는 돌아보지 않았다. 더구나 그를 볼 때마다 눈살을 찌푸리는 어머니에게 감히 다가갈 수도 없었다. 은연중에 어머니가 가장 그를 미워하고 있는 것은 아닌지 의심스럽지만 확인할 용기조차 없었다.

그래서 주치는 전장을 누비고 다니는 것이 편했다. 수많은 울분을 그렇게라도 쏟아 낼 수 있었다.

"가서 투울룬의 목을 쳐라. 가야로 숨어들기 전에 가져와야 할 것이다."

뜻밖의 명령에 주치의 얼굴이 굳어졌다. 원래 그가 가야 하는 곳은 진이었다. 요서로 진군하는 군대의 지휘권을 내주어 주마 했던 이는 칸이었다.

"하오나 칸이시여……."

"진은 차거타이가 선두를 맡을 것이다. 너는 가야에 집중해. 요서로 진군할 때 뒤통수를 맞으면 전멸할 수도 있다. 네가 할 일은 투울룬을 막아 가야에 원군을 청하는 것을 차단하는 거다. 절대 가야가 요를 넘게 해서는 안 될 것이다."

투울룬이 가야를 향하는 이유는 하나밖에 없었다.

얼마 남지도 않은 땅덩어리를 지키며 손을 내밀 곳은 가야밖에 없었다. 그러나 요와 척을 지고 있던 가야가 과연 요의 손을 잡아 줄지는 미지수였다.

"칸께서 걱정하시는 것은 요를 핑계 삼아 가야가 더 넓은 곳을 차지하려 함이십니다. 또한 우리에 대한 대비도 하게 될 것이니, 지금 요서로 향하는 우리 군의 발목을 잡는 것이 가야가 될 수도 있음을 염려하십니다."

칸의 심복인 야율초재의 말에 주치도 더는 할 말이 없었다. 그러나 전장에서 그를 밀어낸 것이 차거타이라는 것을 모르지 않았다.

"군사 천을 줄 것이다. 숨어 있는 잔당도 모두 쓸어버려라. 남은 땅도 가져오고 쓸데없는 인정은 후환을 남기는 법. 대몽골의 이름만 들어도 고개조차 들지 못하게 하여라."

항상 같은 명령이었다. 그들이 쓸고 지나가면 남은 것은 불탄 건물과 마차 바퀴만 한 키를 가진 사람들뿐이었다. 그들이 가는 길에 문을 열지 않으면 부수면 그만이었다. 그 대가는 그들의 피로 받아 내었다.

이를 갈며 고개를 숙이고 나서는 주치의 눈에 불길이 일고 있었다. 말이 좋아 훗날을 대비한다는 말이지, 정벌에 앞서 내쳐짐이었다.

결국 국경을 정비하며 앞으로 나서지 말라는 말과 다르지 않았다. 말로는 아들이라 인정하나 그 마음은 다르다는 걸 새삼 느끼며 속이 쓰려 왔다. 그럼에도 주치가 가장 존경하는 이는 아버지라 불리는 칸이었다.

아무리 기를 써도 차가운 눈동자로 바라보는 아버지 때문에 절망하면서도 그는 아버지에게 진정한 아들이고 싶었다.

"기를예, 준비하라. 투울룬을 잡으러 간다."

"예?"

"귀가 멀었느냐? 이틀 후 출발할 것이다. 준비에 차질 없도록 만전을 기하라."

돌아서는 그를 보며 기를예가 이를 악물며 고개를 숙였다. 칸의 장자로 태어났으나 그 위치조차 제대로 누리지 못하는 모습에 가슴이 아팠다.

전장에서야 무서운 용사이나 자신에게는 생명을 구해 준 은인이며 평생 모셔야 할 주군이었다.

여자의 몸으로 그를 따라 수많은 전장을 누빈 이유는 단 하나, 그를 위해 목숨을 바치기 위해서였다. 그리고 그가 지금의 칸의 뒤를 이어 새로운 칸으로 세상을 누빌 모습을 보려 함이었다.

비록 얼굴에 칼자국은 남았으나 목이 잘릴 수도 있는 위험에서 그가 목숨을 걸고 그녀를 살려 내었다. 그때부터 그녀의 목숨은 이미 그의 것이었다.

그런데 이렇게 떠밀리듯 변방으로 쫓겨나는 모습에 기를예의 눈에서 그를 대신한 억울함의 눈물이 흐르고 있었다.

◈

파발마의 전령이 도착한 시간은 늦은 오후였다. 그날도 어김없이 그의 등에 업혀 돌아오는 연의 눈에 미친 듯이 달려오는 말 한 마리가 띄었다. 그리고 세현도 곧 그 소리를 듣고 저도 모르게 연을 업은 손에 힘을 주고 있었다.

"명이 떨어진 모양이네요."

그의 목을 감은 손에 잔뜩 힘이 들어가 있었다. 곧이어 떨리는 속삭임이 들려오자 세현이 이를 악물고 이제 막 붉게 물드는 하늘을 보았다.

처음으로 변방으로 향하는 길이 무서워졌다. 연을 두고 가야 하는 길이 두려워 세현은 움직이지도 않고 스러지는 노을만 바라보고 있었다.

왕의 명은 간단했다. 곧 부여부로 향하여 투울룬을 무사히 구해 한성까지 데려오라는 명이었다. 더불어 몽골의 움직임도 파악하여 변방의 방비를 철저히 구축하라는 명이 따라붙었다.

몽골의 힘이 가야의 생각보다 너무 빠르게 커지고 있었다. 거침없이 요를 치더니 지금은 요서 쪽으로 진출해 진을 넘보고 있다는 말에 세현의 표정이 더욱 침중해졌다. 그들의 움직임은 점차적으로 가야를 고립무원으로 만들고 있었다.

가야를 제외한 모든 곳을 차지함으로써 종국에 가야를 압박하리라는 계산은 누구라도 할 수 있었다. 위로 올라가지 않으면 바다밖에 없는 형국이었다.

바다 건너 있는 곳이야 왜가 전부인 나라가 아니던가. 그러니 가야도 나갈 길은 북쪽밖에는 없었다. 그렇잖아도 천도 이야기가 솔솔 나오고 있었다. 개마산 위쪽으로 천도를 해야 미래를 볼 수 있다는 신하들의 직언을 무시하고 있는 것은 지금의 황제였다.

아무래도 변방과 가까운 곳에 한성을 두기에는 너무 무리한 일이라는 반대파도 만만치 않았고 황제도 굳이 그럴 필요를 느끼지 못하고 있었다.

그러나 상황이 바뀌고 있었다. 유목민이라고 무시했던 그들이 하나가 되어 종횡무진하는 동안 가야에게도 기회가 될 수도 있다고 직감한 것을 보면 황제라는 인간이 아주 멍청이는 아닌 모양이었다. 아니면 몽골이 방향을 틀어 가야를 침공할 수도 있다는 생각에 겁을 먹었는지도 모르겠다.

황제의 칙서와 더불어 옛 직함인 호조좌랑으로 임명하며, 더불어 부여부의 복야를 겸하라는 교서였다.

부마에게 주는 지위치고는 파격적인 대우였다. 대사헌의 아들이라는 것 때문에 내쳐진 인물이었다. 변방에서 세우는 공마저 불편해하던 황제가 그를 다시 그 자리에 올려놓았다는 것은 그만큼 급박하게 정세가 돌아가고 있다는 소리였다.

황제는 상황이 급하니 당장이라도 부여부로 향하라는 명령을 끝으로 파발마는 왔을 때만큼이나 바쁘게 개마산을 떠났다.

그가 남긴 파문은 이제 상관없다는 듯 홀가분한 모습으로 사라졌다.

"준비를 해야겠구나."

침중한 얼굴의 일현이 먼저 입을 열었다. 명이 떨어졌다. 어차피 알고 있었지만 부모님마저 뵐 시간도 없이 급하게 움직이라는 말에 그도 생각보다 상황이 심각함을 느끼고 있었다.

변방이라고 해도 특별히 문제가 많은 곳은 아니었다. 문제라면 그동안은 요의 일부 무리들이 국경을 넘어 노략질을 하는 문제로 골치를 썩이는 정도였다.

원래 유목민으로 살아왔던 그들은 아랫녘 왜의 무리들만큼 민

초들을 힘들게 하며 무자비하게 약탈을 자행하고, 재산뿐만 아니라 살아 있는 것은 풀뿌리조차 남기지 않는 악랄함으로 조정의 골칫거리가 되었다.

특히나 부여부는 요를 상대로 뺏은 지 이제 40년이 조금 넘은 땅이었다. 그래서 더욱 퍽퍽하며 긴장이 감도는 곳이기도 했다.

"예, 준비를 해야겠지요."

답을 하는 세현의 목소리가 예전 같지 않아 일현이 더욱 신경을 쓰고 있었다. 아마도 공주를 걱정하고 있으리라.

"마마는 내가 무슨 일이 있어도 지킬 것이니라. 그러니 걱정하지 말고 네 몸이나 지켜야 한다. 알겠느냐?"

연을 걱정하는 마음은 틀리지 않았다. 그러나 그 이유가 달랐다. 혹여 그가 변방에 나가 있는 사이 돌아간다면 어쩌란 말인가. 그래서 세현은 이러지도 저러지도 못하고 괴로워하고 있었다.

"저도 갈 것입니다."

그때였다. 가만히 그의 곁을 지키던 연이 결심이 선 음성으로 말을 꺼낸다.

"마마, 그곳이 어떤 곳인데 가신다 하십니까? 절대 아니 될 일입니다."

연의 말에 펄쩍 뛴 사람은 일현이었다. 아무리 철이 없어도 변방을 따라간다는 말을 쉬이 할 수는 없었다. 더구나 공주가 여태 보여 준 행동을 보면 전혀 그녀답지 않은 말이었다. 인해도 놀라 공주를 보고 있었다.

"나도 형님 생각과 같소. 그대와 같은 마음이나 그곳은 너무나 위험하오. 방법이 없구려."

세현의 어두운 얼굴을 보며 결심한 일이었다. 그도 없이 이곳에 있다가 어느 날 사라져 버릴 수는 없었다.

그를 위해서가 아니라 자신을 위해서 그녀는 그를 따라가야 했다. 돌아가는 순간 그가 옆에 있기를 바랐다.

"마마, 긴 여정이옵니다. 그리 쉬운 길이 아니옵니다. 더구나 공주마마 아니십니까? 혹여 문제가 생기시면 어찌하시려 하십니까?"

구석에 가만히 있기만 하던 인해가 오랜만에 목소리를 내며 연을 걱정하고 있었다. 나서지 않으려 하나 궁 안에만 있던 공주였다.

출가를 해도 대사헌의 집에서만 생활하며 세상의 거친 일이라고는 모르고 살았다. 아마도 개마산에서의 생활이 세상을 아는 전부라고 생각하면 맞는 일이었다. 그나마도 공주라는 신분을 알고 있기에 다들 조심하며 그녀를 보호하고 있었다.

"신분이 문제라면 치료사로 따라갈 것입니다. 그동안 제가 무엇을 배웠다 생각하십니까? 그리고 먼 거리라도 이제는 움직일 만합니다. 보시지 않으셨습니까? 이제 전 말도 탑니다. 예전의 제가 아닌 걸요. 형님 덕분에 더욱 몸이 좋아진 걸 보면 그 일이 나쁜 일만은 아닌가 봅니다."

생끗 웃으며 천연덕스럽게 대답하는 공주의 모습에 일현이 천장을 보며 한숨을 숨겼고 인해의 얼굴은 붉어졌다.

"마마…… 소인의 죄가……."

"탓하는 것이 아니지 않습니까? 고맙다는 말을 하는 것이니 신경 쓰시지 않으셔도 됩니다. 아무튼 저는 따라갈 것이니 더는 말씀 마시지요. 공주는 분명 여기 개마산에, 아주버님 곁에 있는 것입니다. 지금 서방님을 따라가는 이는 치료사일 뿐입니다. 그리 말씀해 주시고 또 다들 그리 행동해 주십시오."

"연, 이건 여기 오던 여정과는 다르오. 알고 계시오?"

이번에는 세현이 엄한 음성으로 다그쳤다. 그도 같은 마음이나 위험한 곳에 그녀와 같이 갈 수는 없었다.

그녀 하나 지키는 일이라면 모르지만 그가 할 일이 따로 있었다. 그사이 혹여 연이 무슨 일이라도 당한다면 생각만으로도 끔찍해졌다.

"제가 남으면 서방님은 편하시겠습니까? 여기서 제가 작별 인사를 한다면 편히 가시겠습니까?"

그러나 정작 연의 물음에는 할 말이 없었다. 당연하다는 듯 그를 응시하는 연을 보며 세현도 결정을 내려야 했다. 그녀를 두고는 갈 수 없다는 사실을 인정할 수밖에 없었다.

누구보다 그의 마음을 아는 여인이었다. 그곳이 험하리라는 것도 알고 있으면서 그녀는 망설임 없이 그를 따르려 하고 있었다.

"서방님을 믿습니다. 그리고 제가 짐이 되는 일은 절대 없을 것입니다. 전 이제부터 공주가 아닌 연으로 움직일 것입니다. 제가 아는 모든 것으로 서방님을 도울 것입니다."

"마마?"

그녀의 말을 끊으며 일현이 끼어들었지만 연과 세현이 눈으로 하는 말을 들을 수도, 그렇다고 막을 수도 없어 당황스럽기만 했다.

귀족 중 어떤 여인도 변방을 향하는 남편을 따라가는 경우는 없었다. 더구나 고귀한 신분의 공주가 그럴 수는 없었다.

그럼에도 일현은 두 사람을 막을 수가 없었다. 두 사람 사이에 흐르는 무언의 분위기가 나서지 말라 이르고 있었다.

"그럼 준비를 하시지요. 제가 돕겠습니다. 이래 봬도 어릴 적 산과 들을 헤매며 살았던 사람이 저랍니다. 도둑질도 꽤 잘했지요. 도망가는 법도 누구보다 잘 안답니다."

인해가 조심스럽게 나서며 공주의 편을 들었다. 그러나 그 말도 일현을 놀라게 하기는 마찬가지였다.

"조금씩 제 옛이야기를 해 드리겠습니다. 서방님이 보시는 모습보다 더 부족한 사람이 저입니다. 지금은 그 기억으로 마마를 도와 드리지요."

"그러면 저야 더욱 고맙지요. 아 참, 아주버님. 제가 다시 이곳에 오면 저와 천지에 가셔야 합니다. 물론 아주버님의 두 발로 가셔야 합니다. 약속입니다. 아시겠지요?"

일현의 의사와는 상관없이 공주의 동행이 정해졌다. 극구 말릴 것이라 예상했던 세현마저도 무거운 얼굴로 공주만 바라보고 있을 뿐이었다.

인해의 손을 잡고 나서는 공주를 보며 일현이 고개를 가로저었
다.

"모시고 갈 생각이냐? 설마 그럴 생각은 아닌 것이지?"

"방법이 없습니다. 제가 그녀를 두고는 움직일 수 없으니 같이
가는 수밖에요."

"제정신이냐? 아무리 두 사람이 새로운 정에 눈이 멀었다 하나
그곳이 어떤 곳인지 누구보다 네가 잘 알면서 마마를 모시고 간
다는 말이 나온단 말이냐?"

공주의 기세를 꺾을 수 없으니 세현이라도 달래야 했다. 그러
나 세현 역시 같은 말을 하고 있으니 답답한 이는 일현이었다.

"압니다. 형님, 그래도 저는 같이 가야겠습니다. 그래야 안심을
할 수 있겠습니다. 이곳에 그녀를 두고는 아무것도 할 수 없으니
같이 가야겠습니다. 아무리 험하더라도 제가 지킬 것입니다. 제
목숨을 바쳐서라도 지킬 것입니다."

세현답지 않은 결정이었다. 누구보다 냉철한 사내가 그의 동생
이었다. 그러나 지금 앞에 있는 사내는 동생처럼 보이지 않았다.
다른 무엇인가에 목숨이 달려 있는 사람처럼 절박해 보였다. 그래
서 더는 말릴 수가 없었다.

"잘 모셔야 할 것이다. 네 목숨보다 소중한 분이니 똑바로 정
신 차려 지켜야 할 것이야. 그러나 세현아…… 너도 무사해야 한
다. 나에게는 마마보다 네가 더 소중함을 잊어서는 아니 된다."

결국 일현이 물러났다. 두 사람 사이에 무슨 일이 있었는지 모르지만 동생의 눈에 담긴 절박함이 그를 불안하게 하고 있었다.

"예, 지킬 것입니다. 그리고 형님 앞에 같이 와서 천지까지 올라갈 것입니다. 그러니 제가 올 때까지 건강하셔야 합니다. 물론 그 의자를 벗어나시면 더 바랄 것도 없음이고요."

형제가 서로를 걱정하는 사이 연은 인해와 함께 자신의 방에 있었다.

"아니 됩니다요. 마마, 어찌 그런 말씀을 하십니까? 그곳이 어데라고 가신단 말씀이십니까? 차라리 쇤네를 죽이고 가십시오."

방문 밖에서 모든 말을 듣고 있던 지씨가 연을 보자 넙죽 엎드려 성화를 부리고 있었다. 그동안 공주가 많이 변했다는 것은 알고 있지만 이렇게 당돌하게 부마를 따라나선다는 말을 할 줄은 몰랐다.

밖에서 그 말을 듣고 기함하며 쫓아 들어갈 뻔한 걸 간신히 참고 있던 참이었다.

"유모, 일어나요. 내가 죽으러 간다는 것도 아닌데 왜 유난을 떨어요. 혼자 가나요? 서방님과 같이 가는 길이에요. 유모는 서방님을 못 믿어요? 저는 믿는데. 그러니 걱정할 것 하나도 없어요."

여기 또 다른 장애물이 있을 거라고는 미처 몰랐다. 아예 대자로 누워 길을 막을 태세의 유모를 보며 연이 깊은 한숨을 내쉬었다.

유모라면 당연한 일이었다. 목숨처럼 아끼는 공주가 험한 길을 간다는데 네, 잘 가세요, 할 인물은 아니었으니까. 문제는 어떻게 그녀를 설득하냐였다. 더구나 이 길에는 유모 지씨도 떼어 놓고 갈 생각이었다.

늙은 유모와 함께 가기에는 무리인 길이었다. 아무 생각 없이 그를 따라 길을 나서겠다는 것은 아니었다.

이곳에서는 어떻게 변했는지 모르지만 칭기즈칸이라는 인물에 대해서는 이미 알고 있었다. 분명 다른 역사지만 특별하게 역사에 남는 인물은 이곳에서도 태어나는 것 같았다.

그렇다면 지금 유럽에는 누가 태어났을까? 문득 궁금해졌지만 그렇다고 알아볼 생각은 없었다. 이곳에서는 중국 대륙 이외에 아는 나라라고는 왜, 즉 일본이 다였으니까.

음, 실크로드가 열렸으면 동유럽까지 알고 있지 않을까 싶어졌지만 그건 가는 길에 천천히 알아볼 생각이었다.

우선은 부여부라는 곳이 어디쯤을 말하는지 궁금했다. 이 기회에 지도라도 보여 달라고 하면 보여 줄라나.

"마마, 절대 안 되는 일입니다. 죽어도 마마를 보낼 수는 없습니다."

연의 뒤에 서 있던 인해가 곤란한 얼굴로 지씨를 바라보고 있는 동안 연은 딴생각을 하느라 잠시 유모를 잊고 있었다.

어쩐다. 어떻게 설득을 해야 할지 막막해 연이 살며시 입술을 깨물고 고심에 잠겼다.

역시 지씨를 달래는 일은 무리였다. 그래서 우선 연은 아니 간다는 말로 그녀를 안심시키고 방에서 내보냈다.

"잘 생각하셨습니다. 그곳이 어디라고 그리 쉬이 가신단 말씀을 하십니까. 정말 잘 생각하셨습니다."

인해가 안도하며 길게 한숨을 쉬자 연이 고개를 저었다.

"그저 유모를 달래려 한 말입니다. 만약 간다 그러면 밤새 저러고 있을 것이니까요."

"마마!"

인해의 앞에 앉은 연의 얼굴은 왜 그러냐는 듯 평온하기까지 했다.

"도와주신다 하셨습니다. 그러니 제게 필요한 것을 알려 주세요."

"정말 가실 생각이십니까?"

"네, 빈말로 할 말은 아니지요."

원래 공주가 이리도 당찬 사람이었는지 놀라고 있었다. 너무 달라진 모습에 혹여 다른 사람인가 생각하다가 도리질을 했다. 앞에 앉은 이는 아무리 다시 보아도 공주가 분명했다. 결국 인해는 쓸데없는 생각은 얼른 접어 두고 공주를 위해 무엇을 해야 하는지를 생각했다.

"잠시만 기다리세요."

무슨 생각이 났음인지 공주가 움직이더니 문갑 안에서 비단 보자기로 싼 물건 하나를 들고 왔다.

눈에 익은 물건이었다. 그러고 보니 개마산을 오는 내내 공주가 품에 안고 다니던 보자기였다. 전에 흘낏 보았던 보자기 안의 내용물이 평범한 경대임을 알고 의아했었다.

"이것 좀 맡아 주십시오."

연이 탁자에 올려놓은 물건을 인해에게 밀며 부탁했다.

"마마, 이것은?"

"네, 경대입니다. 어머니가 주신 하나밖에 없는 유물이지요. 그리고 저의 안위도 알려 줄 물건입니다."

"네?"

어머님의 유물이라 귀하게 여긴 건 알겠지만 뒷말은 이해가 힘들었다.

"이제는 형님을 믿습니다. 그래도 될까요?"

"믿으신다니 제가 더 고맙습니다. 마마가 의심하신다 하여도 소인이 무슨 말을 할까요. 그러나 진심으로 마마를 온 마음으로 모실 것입니다. 미천한 소인의 목숨이라도 내놓으라면 그렇게 하겠습니다. 마마께서는 소인에게 새로운 사람으로 살 수 있도록 길을 열어 주셨습니다. 그동안 어두웠던 소인의 눈을 뜨게 해 주신 분이 마마십니다."

대답을 하며 넙죽 엎드리는 인해 때문에 당황한 연이 재빨리 그녀를 일으켜 세웠다.

"믿으니까 부탁을 드리는 겁니다. 우선 좀 앉으세요."

툭 하면 사람들이 넙죽 엎드리는 통에 일으켜 세우는 것도 일이었다. 왕족이라 그러는 것도 이해는 하지만 다른 세상에 살았던 연이기에 그때마다 당황스러운 건 매한가지였다.

"무슨 부탁이신지요? 말씀만 하십시오. 소인 목숨을 걸고 지키겠나이다."

사람 목숨이 그리 가벼운 것이 아닌데 계속 목숨을 건다는 말에 연이 절레절레 고개를 저었다.

"우선은 형님 목숨부터 귀히 여기세요. 이제는 혼자 목숨이 아니질 않습니까? 형님에게 무슨 일이 생기시면 아주버님은 어떠실 것 같습니까?"

연의 지적에 인해가 눈물을 반짝이며 고개를 끄덕였다.

"제가 부탁드리려는 것은 이 경대입니다. 잘 지켜 주세요. 열어 보십시오."

인해가 보자기를 풀어 경대를 보니 흔한 물건이었다. 이런 경대는 자신에게도 있었다. 특별한 것도 없고, 그렇다고 왕족이 쓸 만큼 화려하지도 않았다. 아니, 과연 공주가 쓰던 물건이 맞는지 의문이 들 정도로 초라하다는 말이 더 어울렸다. 가만히 경대를 여니 뜻밖에 거울이 반쪽으로 깨져 있었다.

"마마…… 거울이……?"

"깨져 있지요?"

당황하며 말을 잇지 못하는 인해를 대신해 연이 말을 이었다.

"바꿔 놓을까요?"

"아니요. 그대로 두세요. 건드리면 아니 됩니다. 그리고 절대 깨뜨리셔도 아니 됩니다. 그 모습 그대로 잘 지니고 계셔 주세요. 그리고 하루에 한 번씩만 살펴 주십시오. 혹여 거울이 더 깨져 있지 않는지만 살펴 주세요."

마음 같아서는 가져가고 싶지만 혹여 험한 곳에서 잘못되기라도 하면 무슨 일이 벌어질지 모르니 믿는 사람에게 맡기고 가자는 마음이었다. 그리고 생각해 낸 인물이 인해였다. 그녀라면 잘 지켜 줄 것 같은 마음이 왜 드는지 모르지만 믿어도 될 것 같았다. 그리고 그 선택은 제대로 된 모양이었다.

벌써 입술을 깨물고 혼신을 다해 지키리라 마음먹은 모습에 연이 안도의 한숨을 내쉬었다. 경대를 두고 가는 일이 과연 잘 하는 일인지 모르지만 지금은 이 방법밖에는 생각나는 것이 없었다.

철없는 공주가 아무것도 모르고 변방으로 떠나는 서방을 따라간다, 우긴다고 생각할 사람들이 넘치지만 그런 생각으로 가는 것은 아니었다.

한 번도 전쟁을 본 적은 없었다. 그러나 영화나 텔레비전에서 나오는 전투 씬을 봐도 그리 아름다운 곳은 아니리라는 생각은 하고 있었다. 어쩌면 더 한 꼴을 볼 수도 있다는 것도 알고 있었다.

그렇다고 이곳에 앉아 그의 안위를 걱정하며 자신이 언제 이곳을 떠날지 몰라 안절부절못하며 기다릴 수는 없었다. 차라리 그를 따라가 돕자는 마음이었다.

적어도 역사에서 배운 것을 토대로 그에게 언질을 줄 수도 있었다. 그래서 이곳의 역사가 바뀌더라도 할 수 없는 일이었다.

어차피 자신은 이곳에 있으면 안 되는 사람이었다. 그런 사람이 이곳에 오는 그 순간 이곳의 역사는 따로 흐르고 있는 것 같았다.

"예, 마마. 소인이 소중히 지키고 있겠습니다. 하루에 한 번은 꼭 확인을 합지요. 그러니 무사히 오셔야 합니다. 부마와 함께 무사히 이곳에 오셔서 제가 서방님을 꼭 걷게 한 모습을 봐 주셔야 합니다."

"당연하지요. 형님이라면 꼭 그리하실 겁니다. 혹여 우리가 왔을 때 좋은 소식이 있을지도 모르지요."

"……마마, 무슨 그런 말씀을……."

붉게 물드는 얼굴을 보며 연이 살며시 웃고 있었다. 간만에 인해의 모습이 예전처럼 보였다.

"형님께 조언을 듣는 것은 우선 주술사 할머니를 뵙고 하지요. 부탁드릴 것이 있어서요. 그때 옆에서 도와주십시오. 죄송하지만 사람을 시켜 주술사 할머니 좀 불러 주시겠어요? 출발이 급하니 준비할 것도 빠르게 해야 할 것 같습니다."

그 후로 정신이 없었다. 가장 도움이 되었던 사람은 단연 주술사였다. 필요한 약초는 물론 순식간에 연이 입을 만한 옷들을 준비해 왔다. 다른 사람과 달리 연이 그를 따라나서는 것에 의문을 가지지도 않았다.

더구나 주술사가 들고 온 옷은 모양이 특이했다. 굵은 실로 짜인 천은 남색으로 물들어 있었고 치마 끝에는 촘촘하고 세심한 바느질로 금색 실을 일일이 달아 놓았다. 더구나 길이도 종아리 중간 정도의 길이였다. 그렇다고 종아리를 내놓은 것도 아니었다.

그 안에 무명으로 된 속치마를 입어 발목까지 가리게 되어 있었다. 윗옷도 같은 천에 같은 색이었지만 여러 가지 문양이 깃들여져, 어찌 보면 현대의 개량한복 같아 일상적인 옷보다 훨씬 편해 보였다.

"신녀의 복장입니다. 쇤네가 젊은 시절 입었던 옷입니다. 원래는 금매화에게 갈 옷이지만 아직 어리니 다시 만들어 주면 그만입니다."

"왜?"

"오랑캐란 종족은 본시 협악한 무리죠. 여자 알기를 그네들만큼 우습게 아는 종족이 없다고 들었습니다. 그러나 그들이 절대 건드리지 않는 여자들이 있습죠. 바로 신녀입죠. 그들도 신녀에게 잘못하면 벌을 받는다는 믿음이 있다 들었습죠."

그제야 무슨 소리인지 알아들었다. 오래 산 연륜으로 만약의 사태까지 대비하고 있었다. 생각해 보면 저쪽에서는 안젤라 수녀님이, 그리고 이곳에서는 주술사 할머니가 그녀를 지켜 주는 수호천사같이 느껴진다.

"고맙습니다, 할머니. 이 은혜 다 갚을 수나 있을는지."

"마마는 쇤네에게 신녀님과 같습니다. 이곳에서 하루 정도 걸어가면 천녀폭포가 있습죠. 예전부터 그곳으로 천녀님이 오신다는 전설이 있습죠. 쉰네에게 마마는 그곳으로 오신 천녀님과 같은 분이십니다. 그러니 어디를 가든 천녀님이 보호해 주실 것이니 마마를, 자신을 믿으십시오. 쉰네가 드릴 말씀은 그것이 다입니다."

천녀폭포라는 것이 아마도 장백폭포를 말하지 싶었지만 묻지는 않았다. 그러나 연으로 이곳에 다시 온다면 꼭 한 번은 가 보리라 마음먹었다. 그것도 연으로 왔을 때의 일이지만.

무엇을 얼마나 알고 있는지 묻지도 또 말하지도 않은 두 사람이 눈빛만으로 서로를 이해하고 있다는 것을 나누고 있었다.

마치 연의 마음을 아는 사람처럼 굽은 허리를 무겁게 움직이는 것 같은데도 어느새 필요한 물건은 모두 준비해 놓았다. 심지어 추운 날씨를 위해 두터운 옷가지와 신발까지 들고 왔다.

"왜 한 번을 묻지를 않으십니까?"

그래도 무슨 생각을 하는지 궁금하기는 했다. 그래서 슬며시 묻는 말에 현명한 눈을 들어 한참을 바라보다 부드러운 목소리로 답을 해 준다.

"어떤 선택이든 마마가 하시는 것이 옳은 선택이라 믿으십시오. 마마는 이곳에서 많은 사람을 구하실 분이시니 쉰네가 무어라고 물을까요."

연의 물음에 알아듣지도 못하는 말을 할 뿐이었다. 몇 번이나 금매화가 마을을 오가고, 인해가 옆에서 부지런히 주의할 점과 도망가는 방법과 숨는 법 등을 말하는 사이 벌써 하늘이 까맣게 물들어 있었다.

그동안 연은 주술사에게 배운 모든 의술을 떠올리며 정리했다. 다친 사람을 치료하는 법부터 쓰일 약까지 주술사는 꼼꼼하게 직접 보여 주며 연을 가르쳤다.

상처마다 각기 다른 치료법과 그에 맞는 약을 쓰는 모습을 보며 연은 자신이 살던 곳의 의사를 떠올렸다. 그만큼 주술사의 솜씨는 남달랐다. 썩어 문드러지는 상처를 볼 때도 얼굴 하나 찌푸리지 않고 그 부위를 도려내고 고약을 발라 상처를 치료해 냈다.

매 순간 칼이 필요하면 불에 달구어 쓰는 것을 보면, 이미 소독이라는 개념이 있다는 것도 알았다. 깨끗한 손으로 환자를 만지는 것 또한 기본이었다.

내일이면 아름다운 이곳을 떠나야 한다는 생각에 잠깐이지만 아쉽다는 생각이 먼저 들었다. 연으로 다시 이곳에 온다는 보장이 없으니 더욱 마음이 무거워진다.

아무것도 보장할 수 없는 시간들이었다. 앞으로도 마찬가지였기에 그 마음을 잊고자 다른 사람보다 배는 더 열심히 움직이며 보고 배우려 노력 중이었다.

그리고 자신으로 인해 이곳의 역사가 바뀌더라도 많은 도움을 주고 싶은 마음이었다. 그래서 스스로 자신이 이곳에 온 이유가 그것이라고 믿고 싶었다.

주술사의 말을 믿고 싶어졌다. 그녀의 말대로 자신은 이곳에

많은 사람을 구하려고 온 사람이라 억지로라도 믿고 싶었다.

◇

신녀가 쓴다는 모자는 모자라기보다 굵은 머리띠에 가까웠다. 정수리 부분은 나오고 얼굴을 내놓으며 귀까지 덮게 되어 있는 물건은 숱 많은 금색 술을 땋아 가닥가닥 어깨를 넘어 등까지 내려져 있었다. 그것도 겨울용으로 토끼털로 주변을 장식한 것까지 함께 들고 왔다.

그러자면 머리를 풀어야 하는데 하연의 머리 길이가 너무 길었다. 될 수 있으면 하연의 몸이니 그대로 두자 싶지만 어차피 자랄 머리카락이라 인해에게 조금만 잘라 달라고 부탁하니 도리질만 한다.

"무슨 일이오?"

마침 그가 들어오며 무거운 가위를 들고 인해를 향하는 연을 보며 놀라 소리를 지르고 있었다. 생각해 보니 웃기는 상황이었다. 언뜻 보면 연이 인해를 해한다 생각해도 할 수 없는 그림이었다.

"그러다 다치기라도 하면 어쩌려고 그러고 있는 것이오?"

그러나 세현은 얼른 연의 손에서 가위를 뺏어 들고 훈계를 하고 있었다.

"머리카락을 좀 자르려고요. 그런데 형님이 안 잘라 주신다네요."

"……마마, 어찌 소인이 옥체에 손을 대겠습니까. 더구나 머리카락을 자르시다니요…… 어찌."

인해의 말에 세현이 놀라 연을 향했다.

"아름다운 머리카락은 어찌 자른다 하시오?"

지금 이 말이 이 남자 입에서 나온 말이 맞는 건지 의심스러워 연은 잠깐 귀를 파고 싶어졌다. 아름다운 머리카락이라니, 온몸에 오소소 소름이 돋는 느낌이었다.

"저것을 쓰려면 조금은 잘라야 해요. 그러니 서방님이 잘라 주세요. 아니면 제가 자릅니다."

"쇤네가 하지요."

옥신각신하는 사람들을 보던 주술사가 머뭇거리지도 않고 필요한 만큼 싹둑 잘라 냈다. 허리를 지나 엉덩이를 가리던 머리카락이 금세 등을 가리는 정도로 짧아졌다.

생각보다 더 가벼워진 느낌에 연은 기분이 좋아졌지만 세현과 인해는 여전히 놀란 눈으로 주술사의 손에 들려진 머리채를 보고 있었다.

"준비는 다 하셨는지요?"

놀란 두 사람을 보고도 연은 아무렇지도 않은 얼굴로 세현을 보았다. 그러나 그는 대답도 없이 주술사의 손에서 그녀의 머리카락 다발을 받아 소중하게 갈무리하고 있었다.

"이틀 후 출발할 것이오. 같이 갈 사람이 올 것이니 그때까지 천천히 준비해도 될 것이오."

"에? 괜히 수선을 떨었습니다. 전 당장이라도 출발할 줄 알았습니다."

"원래 그래야 하나 꼭 필요한 사람들이오. 그대에게도 소개해 주리다. 그러니 철저히 준비해야 할 것이오. 우리는 그곳에 피양을 가는 것이 아니요. 명심하시오."

어울리지 않게 큰 손으로 연의 머리카락을 비단 천으로 앙증맞게 묶어 품에 챙긴 그가 다시 한 번 그녀에게 당부를 하고 있었다.

천진난만한 얼굴로 잠시 어디 놀러 가는 사람처럼 들떠 있는 모습이 마음에 걸렸다.

말 그대로 그녀와 떠나는 여행이라면 그도 마음이 놓이련만, 그곳에서 무슨 일이 있을지 걱정이었다. 과연 연이 그 모습을 보고 견딜 수나 있을지도 걱정이었다.

오랑캐가 휩쓸고 간 마을은 처참했다. 남아 있는 물건도 없거니와 여기저기 죽어 있는 시체들 속에 오직 까마귀만 신이 나 있는 참혹한 모습은 사내인 자신도 견디기 힘들었다.

머리는 두고 가는 것이 맞다고 수십 번을 말하고 있지만 그럴 수가 없었다. 그 험한 곳에 데려가 어쩌려는 거냐고 묻지만 그래도 방법이 없었다.

그녀가 간다고 할 때 그의 마음이 이미 답을 말하고 있었다. 다행이라고, 그녀가 같이 가 준다는 말을 해 주어서 고맙다고 벌써 대답하고 있었다.

2.

기다리는 건 내가 하리다

욕심이었나 보다. 그동안 좋아진 몸을 자신하고 그를 따라나섰
지만 결국 사흘 만에 자신의 말을 떠나 그의 품에 안긴 채 그의
말 등에 올라가 있었다.

어떻게든 견뎌 보려 이를 악물었지만 온몸을 감싸는 통증에 결
국 손을 들었다. 피곤하기는 그도 마찬가지였을 텐데, 밤새 그녀
의 다리를 주무르고 어깨를 주물러 주는 것도 그였다.

고삐를 잡은 손도 벌써 해져 빨갛게 부풀어 올랐다. 허벅지는
허벅지대로 안장에 쓸려 움직일 때마다 걷는 것을 방해하고 있었
다.

딱히 티를 안 낸다고 했는데도 눈치 빠른 그가 먼저 알아차렸
다. 극구 말리는 것에도 불구하고 세현은 잠을 줄여 가며 그녀를
돌보고 있었다.

덕분에 연은 그와 그들의 동행인 두 사람의 얼굴 보는 것도 미안해 눈을 마주치지도 못하고 있었다.

"마마, 괜찮으십니까?"

그가 기다린 이는 최현과 지만석이라는 사내였다. 최현이라는 사내는 키는 작았지만 영리한 얼굴에 단단한 몸을 하고 있었고, 만석이라는 사내는 언뜻 산속에서 잘못 만나면 산적을 만났다고 착각할 만큼 엄청난 덩치와 험악한 얼굴을 하고 있었다.

두 사내가 나타났을 때 그들의 부조화에 놀라 눈을 동그랗게 뜨고 바라보았었다.

그의 말에 따르면 최현이라는 사내는 영리하고 상황 파악이 빠른 사내이며 만석은 요의 사람으로 부여부를 침략하던 화적 떼에 있던 사람이라고 했다. 다시 놀라 만석을 바라보는 그녀에게 지금은 아니니 걱정 말라는 말도 잊지 않았다.

만석은 그의 말대로 화적이었다는 것이 믿기지 않을 만큼 세심하고 마음이 여린 사내였다. 그에 반해 현은 무표정한 얼굴로 주변을 살피며 딱히 표정을 드러내지 않았다. 지금도 만석이 잔뜩 걱정스런 얼굴로 연을 살피고 있었다.

"그리 부르지 말라 했잖습니까. 그리고 죄송합니다. 저 때문에 길이 늦어져 송구할 뿐입니다."

아예 그의 품에 얼굴을 묻고 간신히 대답하는 연을 보며 세현이 슬그머니 미소를 보였다.

"그리 늦지 않았습니다. 나리의 짐이야 마마의 말에 옮겼으니

어차피 그 짐 대신해야 마마 정도의 무게밖에는 안 나올 것입니다."

그를 두고 양옆으로 같이 말을 달리던 최현이 하는 말에 연의 얼굴이 더욱 붉어졌다. 결국 연이 짐이 되는 순간이었다.

이 사내는 말을 해도 참 얄밉게 하지만 밉지는 않았다. 원래 돌려 말하는 성격보다는 직설적인 성격을 더 좋아했던 편이라 오히려 편하게 느껴지기도 했다.

"아무래도 오늘은 산에서 묵어야 할 듯합니다."

하늘을 보며 해를 살피던 만석이 주변을 살피며 길을 재촉했지만 쉬이 산을 벗어나지 못하고 있었다.

"할 수 없지. 가다 보면 쉴 만한 곳이 나올 것이다. 그때 자리를 잡으면 될 것 같네."

화답을 받은 만석이 먼저 말을 달려 앞으로 나선다. 아마도 쉴 만한 곳을 찾아 놓으려는 심사 같았다. 늦은 만큼 제일 빠른 길로 갈 거라는 말은 들었지만 이렇게 산속을 헤맬 줄은 몰랐다.

그들의 대화를 들으며 연은 자신이 알고 있는 지도를 떠올리고 있었다. 청하를 따라 부여부의 졸본성으로 간다 들었다.

청하? 어디서 많이 듣긴 했는데 기억이 희미한 건 공부를 등한시한 건지 아니면 그쪽의 기억이 희미해지는 건지 잘 모르겠다. 그러나 졸본성은 꽤 귀에 익었다. 고구려 최초의 도읍지가 아마도 졸본이리라.

역사를 떠올려도 뒤죽박죽인 곳이라 별반 도움이 되지를 않았다. 다른 역사를 가진 곳에서 그녀가 할 수 있는 일이 있기는 한지, 혹여 괜히 따라온 것은 아닌지 걱정이 될 정도였다.

그래도 따듯한 그의 품이 좋아 흔들리는 말을 핑계로 그의 품에 파고드는 연이었다. 그녀의 행동에 세현이 자세를 바꾸며 그녀가 좀 더 편할 수 있는 자세를 취했다.

이 남자, 어느 순간이든 그녀를 잊지 않고 챙기고 있었다. 자신이 불편하더라도 그녀가 편할 수 있는 최대한의 자세를 취하면서도 피곤한 기색도 보이지 않았다. 그래서 더욱 미안해졌다.

오기 전에 주술사 할머니가 작은 전대 하나를 주었다. 허리에 차기에는 너무 작고 짧은 끈을 보며 의문을 띠자, 주술사 할머니가 전대에서 꺼낸 것은 날이 파랗게 서 있는 작은 칼이었다. 한 뼘도 안 되는 칼은 단단하게 무두질 된 가죽으로 된 칼집에 싸여 마치 작은 전대처럼 보였다.

'허벅지에 매달고 다니십시오. 혹여 도움이 될까 하여 드리는 것입니다. 안쪽은 부드러운 천으로 덧대어 놓았으니 무리는 없으실 겁니다.'

은장도라도 하라는 걸까? 그러나 이 시대에 은장도의 개념은 없었다. 아마도 호신용이리라는 생각에 말없이 받아 지금도 허벅지에 매달아 두었다. 얇고 가벼워 사실 가죽 느낌밖에는 없지만 은근히 마음이 든든해지는 것도 사실이었다.

인해도 슬며시 그녀의 손에 작은 단도 하나를 쥐여 주었다. 그녀가 준 단도는 팔 안쪽에 묶어 쓸 수 있는 용도였다.

이틀 동안 연은 일현과 인해가 해야 하는 운동을 적어 주었고, 목수에게는 더욱 자세한 그림들을 그려 주어야 했다. 그리고 출발하는 날 주술사 할머니에게 부탁을 해 깊이 잠이 드는 약을 유모에게 먹여야 했다. 나중에 눈을 뜨면 잘 말해 달라고 몇 번이나 부탁을 하고 길을 나서며 내내 마음에 걸렸다.

혹여 그를 따라나설까 밤새 눈 뜨고 지키던 그녀를 배신하고 나오는 길이 쉬운 것은 아니었다.

산속의 밤은 확실히 여름이라도 빨리 다가왔다. 금방 어두워져 더는 나갈 수가 없을 즈음 저 멀리 불빛이 보였다. 망설임 없이 그 불빛을 따라가자 만석이 벌써 자리를 잡고 불을 피워 놓고 있었다.

먼저 말에서 내린 세현이 연을 안아 말에서 내려 주었다. 그사이 현과 만석이 주섬주섬 잠자리를 만들며 작은 솥을 꺼내 물을 담아 모닥불에 올려놓았다.

"이리로 앉으시오."

불가에 자신의 장옷을 펼치며 세현이 그녀 먼저 챙겼다. 사실 서 있는 것도 무리였다. 그래서 염치불구하고 말없이 앉자 그가 빙그레 미소를 짓는다.

"후회하고 있소?"

"아니요, 그렇지만 제가 짐이 되는 것 같아 많이 미안한 마음은 있습니다."

입술을 깨물며 진심을 말하는 연을 보며 그가 더욱 짙은 미소를 짓는다.

"그리 자책할 필요 없소. 이렇게 빨라도 한 달은 넘게 가야 하니 그동안 말에도 익숙해질 것이오."

"네? 한 달이요?"

놀라 커다래진 눈을 보며 세현이 조금은 멋쩍은 얼굴을 했다.

"좀 편한 길로 갈 수도 있지만 사안이 급하니 빠른 길을 찾아가는 수밖에 없소. 더구나 출발이 지연된 터라 가장 빠른 길을 택하긴 했는데, 문제는 거의 이런 길이라는 거요. 청하가 나오면 그때는 뗏목을 구해 강줄기를 타고 내려가려 하오. 그러면 보름은 줄일 수 있으니까."

"그러니까 그 청하에서 뗏목을 타 보름을 줄인 거라는 말이군요."

연의 말에 대답 대신 고개를 끄덕였다. 거리로 따지면 지금 이 길이 더 먼 거리지만 그건 청하가 없을 때 이야기였다.

청하가 나오면 바로 그 줄기를 타고 내려가면 되니 보름 거리를 이틀이나 사흘로 줄일 수 있었다.

사실 연이 아니라면 조금 더 빨라질 길이지만 지금도 자신이 짐이라 잔뜩 걱정하는 그녀를 마음 쓰게 하고 싶지는 않았다.

이런 일은 언제나 시간이 문제라는 것을 알지만 처음으로 그는 나랏일보다 마음을 앞세우고 있었다. 그만큼 연의 존재는 중요했다.

"지금 무얼 하시오?"

갑자기 일어나 온몸을 뻗으며 여기저기 비트는 연을 보며 세현이 당황해 물었다.

"스트레칭이요."

"스……?"

"아, 몸 풀기요. 이대로 가다가는 정말 짐이 될 거예요. 그러니 몸을 맞추는 수밖에요. 이렇게 몸을 움직여 주면 아침에 일어날 때 가뿐하거든요. 잊어버리고 있었어요. 항상 하던 일인데. 왜 자꾸 바보가 되어 가는 거 같죠?"

몸을 움직일 때마다 으드득 소리가 나는 것 같았지만 이게 풀리는 거라는 건 누구보다 잘 알고 있었다.

반 시진 가까이를 연은 끊임없이 몸을 비틀고 펴고 하며 움직이고 있었다. 그 모습을 세 남자가 멍하니 바라보는 것도 꽤 웃기는 모습이었다.

"그런데 마마는 뭘 하시는 겁니까?"

만석이 끓는 물에 육포를 넣으며 세현을 향해 물었지만 그도 딱히 대답할 말이 없었다. 아까 그녀에게 들었던 말이 무슨 뜻인지 모르니 대답을 할 수가 없었다.

"뭉친 근육을 푸시나 봅니다. 저렇게 움직이는 것은 본 적이 없지만 소인이 보기에는 꽤 효율적인 듯합니다."

현의 말에 세현도 그제야 고개를 끄덕였다. 역시 지낭이었다. 지낭 최현. 보통 그렇게 불리는 현은 세현과는 노비와 주인으로 만났다. 그러나 그의 지혜를 먼저 알아본 대사헌이 그를 면천시키고 따로 공부를 시키며 길러 낸 인재였다.

대사헌은 직접 그를 무역 상인들에게 부탁해 세상을 보는 눈을 기르게 하며 그가 궁금해하고 알고 싶어 하는 것을 채워 주었다. 그리고 지금은 제법 알찬 상단을 운영하는 상단주이기도 했다.

덕분에 작금의 상황을 보는 눈이 누구보다 정확한 인물이기도 했다.

"이거 먹나요? 아하, 그냥 이렇게 해서 먹으면 되는구나. 다음부터는 이런 일 제가 할게요."

어느새 움직임을 끝낸 연이 냉큼 솥 앞에 가더니 끓고 있던 육포를 보며 흥미로운 얼굴로 살피고 있었다.

"마마, 안 그러셔도 됩니다. 어찌 마마께서."

"연! 연이라고 부르세요. 공주는 개마산에 있다는 것을 잊으셨습니까?"

만석이 다가와 얼른 시중을 들려는 것을 막으며 단호한 목소리로 단속을 하지만, 그는 곤란한 얼굴로 세현을 보고 있었다.

"마마, 어찌 소인들이 이름을 부르겠습니까. 그럼 그냥 마님이라고 부르지요. 이제 나리도 좌랑이라는 호칭으로 부르겠습니다. 어차피 그곳에서는 그리 불러야 하니까요."

현이 나서며 정리를 해 주자 세현이 고개를 끄덕이며 받아들였다. 그러나 연은 뾰로통한 얼굴로 고개를 저을 뿐이었다. 만석만 어쩔 줄 몰라 하다 간신히 그러마 대답을 하고서야 늦은 식사가 시작되었다.

생각보다 육포는 맛이 있었다. 샤브샤브를 먹는 느낌이랄까. 운동 후의 식욕이 돌아 연도 꽤 배불리 먹고 만석이 벌써 알아 둔 작은 개울에서 그동안의 먼지를 대충 씻어 냈다. 그녀가 움직이면 세현이 그림자처럼 따라다녔다.

"감시하는 것 같아요."

시원한 물로 얼굴을 닦고 가만히 그녀를 보고 있는 그를 향해 투정 부리듯 말하는 연을 보며 세현이 또 웃었다.

"감시하는 것 맞소. 혹여 누가 데려갈까 봐 눈에 둬야 안심이 되니까."

맞장구를 치지만 사실 위험한 동물이 꽤 있어 연을 보호하려는 목적이었다.

"며칠만 기다리면 짐이 되지는 않을 거예요. 두고 보세요."

"그대는 절대 짐이 아니오. 그러니 무리할 필요 없소."

엄한 얼굴을 하지만 속을 연이 아니었다. 아무도 없는 틈을 타 가만히 그의 품에 안기자 익숙한 그의 향기가 스며들었다. 그 역시 기다렸다는 듯 그녀를 품었다.

"오늘 하루의 피로가 그대를 안음으로 다 풀렸으니 어디 짐이라고 말해 보시오."

"그럼 다른 분들도 안아 드릴까요?"

웅얼거리는 장난기 있는 말을 귀신같이 알아들은 세현이 얼른 그녀를 품에서 떼어 내 무서운 얼굴로 눈을 마주 보았다.

"누구를 안는다고?"

"제가 피로회복제니까 다른 분들도⋯⋯."

뒷말은 그대로 세현의 입으로 사라졌다. 연의 가녀린 몸이 마치 그의 품으로 빨려 들어가는 것 같아 보였다. 숨을 돌릴 틈도 없이 그녀의 입안으로 들어온 혀가 정신없이 그녀의 향기를 빨아들이며 구석구석 핥아 가는 동안 연도 그의 목을 두 손으로 감싸 안고 파고들어 오는 그를 망설임 없이 받아들였다.

처음 그의 입맞춤에 불같이 화를 내던 여자는 없었다. 오직 사랑하는 사내를 온몸으로 받아들이려 애쓰는 여자만 남아 있었다.

성을 내듯 그녀를 마셔 버리는 사내를 어찌 대해야 하는 줄도 모르면서 최대한 그에 맞추어 모든 것을 내어 주려 애쓰고 있었다.

연의 향기는 달콤하고 또 부드러워 세현을 뜨겁게 달아오르게 한다. 모든 것을 내어 주듯 매달리는 연이 고마워 그녀를 쓰다듬는 손은 그만큼이나 격렬했지만 부드러웠다. 큰 키에 비해 작은 연의 키 때문에 발끝까지 들어 그에게 맞추고 있었다.

그의 움직임이 격렬할수록 발끝에서 시작한 작은 떨림이 점점 다리로 흐르고 결국 척추를 따라 설렘으로 바뀌고 있었다. 설렘이라는 말도 어울리지 않는 떨림에 몸 안쪽에서 꿀이 흐르는 것처럼 느껴지며 곧 온몸이 따라서 노곤해진다.

순식간에 숲 속의 작은 속삭임이 사라지고 그들만의 세상이 펼쳐지고 있었다. 방금까지 졸졸 흐르던 냇물 소리도, 그에 맞춰 어디선가 울리던 밤새 소리도 사라지고 두 사람에게는 서로에게서 느껴지는 작은 흐느낌 같은 신음 소리만 들리고 있었다.

간신히 연을 품에서 떼어 낸 세현의 숨이 먼 거리를 달리기라도 한 듯 거칠어져 있었다.

"그만, 더는…… 내가 견디질 못……할 것이오."

다행이었다. 어둠이 연의 붉어진 얼굴을 가려 주고 있었다. 그러나 그만큼이나 거칠어진 숨결을 감춰 줄 수는 없었다.

"아시오? 연? 나도 사내요. 마음에 둔 여인을 품고 싶어 하는 평범한 사내요. 그러나 그대가 스스로 선택해 나를 찾을 때까지 기다릴 것이오. 허나 이렇게라도 숨을 쉬어야 할 것 같소. 그러니 이해해 주겠소? 더는 넘지 않을 것이나 그대가 내 여인이라는 것을 이렇게라도 확인해야겠소."

어두워 잘 보이지 않는 숲 속에서 세현이 그녀의 얼굴을 두 손에 모아 자신의 얼굴에 가까이 대어 반짝이는 눈을 마주하며 속삭였다.

그의 마음을 알기에 대답 대신 끄덕임으로 대신했다. 연의 대답은 그의 손을 통해 충분히 전해졌으리라.

다시 연을 그에 품에 가두고 난 후 세현이 그녀의 작은 어깨를 꼭 안고 있었다.

"앞으로 같은 방을 쓰지는 않을 것이오. 나도 나를 믿을 수 없으니. 그러나 딱 여기까지만. 그것만큼은 나도 어쩔 수 없구려."

"미안……해요. 그러나…… 나도 같은…… 마음이라면…… 도움이 될까요?"

품 안에서 속삭이는 말을 가슴에 품으며 세현이 아예 연의 머릿결에 얼굴을 묻었다.

"그러면 되었소. 그 마음이면 되었소. 기다리는 건 내가 하리다. 그러니 그대는 언제든 선택하는 날 나를 찾아 주면 되오. 사랑하오. 그것만 기억하면 되오. 그대가 내 목숨보다 더 귀한 이라는 것만 기억하면 되오."

결국 그의 말이 그녀의 눈물샘을 울렸다. 사랑하는 마음이야 같은데 더는 나갈 수 없는 상황에서 연이 할 수 있는 일은 그의 가슴에 마음을 담은 눈물 자국을 남겨 놓는 것뿐이었다.

같이 있음에도 기다린다는 말을 해야 하는 두 사람의 관계를 어찌해야 하는지도 모르겠다. 마음 한쪽에서는 받아들이라고 이 남자를 받아들이라고 종용하고 있었지만 지금의 몸으로는 그럴 수가 없는 사람이 또 연이었다.

하연의 선택을 기다리는 순간이 너무 길어 결국 이곳에서 사랑하는 이를 옆에 두고 말라 가는 일이 없기를 바라고 있었다.

'연이 사라지는 날 그의 기억에서 모두 지워 주세요. 연이라는 존재는 처음부터 기억 못 하게 해 주세요. 연은 제가 가지고 가겠습니다. 제발 그렇게 해 주세요.'

그래서 연은 또 주술사 할머니가 준 삼족오 메달을 살며시 쥐며 빌고 있었다. 그녀가 떠나 아파할 그를 위해 마지막으로 그 일이라도 해 줄 수 있기를 바라며 주문처럼 외우고 있었다.

손을 잡고 돌아오는 두 사람을 보며 현과 만석이 못 본 척 고개를 돌렸지만 그들도 간만에 세현이 보여 주는 사람다운 얼굴이 반가웠다.

그들에게 세현은 주군이자 형제와 같은 인물이었다. 그를 만나 사람으로 살 수 있었다.

개마산에서 공주와 나서는 그를 보고 놀란 것은 사실이었다.

그곳이 어디라고 여자를, 그것도 공주를 데려간단 말인가. 그럼에도 두 사람은 말없이 수긍하고 준비하여 이곳까지 따라왔다.

그들에게 세현이 하는 일은 당연한 일이었고 그만한 이유가 있을 것이라는 믿음이 있었기 때문이다.

그날 밤도 연은 그의 품에서 잠이 들었다. 따뜻하게 안아 주는 그가 있어 땅바닥조차도 포근한 침소가 되어 두 사람을 반겨 주는 것 같았다.

이른 아침 새소리에 눈을 떴을 때 이미 남자들은 모두 일어나 있었다. 오직 세현만이 연이 눈을 뜨는 것을 기다리느라 그녀를 품에 안고 바라보고 있을 뿐이었다.

"제가 또 제일 늦게 일어난 건가요?"

"아니오, 다들 방금 일어났을 뿐이오."

달래느라 하는 말인 줄 벌써 알고 있었다. 어느새 만석은 불을 피워 솥을 올리고 있었고 현은 당장 출발해도 이상하지 않아 보였다.

그의 팔을 밀며 벌떡 일어난 연이 어제와 같은 행동으로 스트레칭을 시작했다. 땅바닥에서 올라오는 습기에 벌써 몸이 찌뿌듯하니 불편해졌다.

반 시진 정도 지나자 몸이 풀리며 효과를 본 연이 날름 만석의 옆에 자리를 잡았다.

"여기서 어느 분이 제일 어른이에요?"

"네? 그야…… 마마께서."

"그렇게 부르면 안 된다니까요. 그런 서열 빼고 진짜 태어난 날로 따져서요."

"아마도 제가 먼저일 거고 그다음이 현일 겁니다."

만석이 잠깐 생각을 하며 고개를 갸우뚱거리며 대답을 했다.

"아하, 그러니까 우리 서방님이 제일 어리구나. 그럼 만석 오라버니와 현 오라버니네요."

"네? ……어떻게 감히……."

"마마, 거두어 주십시오. 어찌 저희 같은 신분에게 마마께서 그런 호칭을 쓰십니까?"

"연, 그건 말도 안 되오."

세 남자가 동시에 연을 보며 같은 소리를 하고 있었지만 연은 아무렇지도 않게 야들야들해진 육포 한 조각을 들어 입에 물고 동그랗게 눈을 뜨고 있었다.

"하지만 공주는 개마산에 있잖아요. 그런데 제게 마님, 그러면 그건 공주라는 말과 같아요. 거기다 부마가 여자를 달고 변방에 가는 모양새도 우습죠. 그러니 전 신녀로 가는 겁니다. 신녀에 치료사란 신분을 더해서요. 그렇다면 호칭은 정하고 가야죠. 전 이제부터 세 분을 오라비로 부를 거고 세 분은 신녀로 대하시면 됩니다."

여전히 손에 육포를 든 채 자신의 차림새를 가리켰다. 주술사 할머니가 준 신녀 복장을 하고 있는 연의 모습은 분명 공주라고 불리는 것에 무리가 있었다.

"우리끼리 있을 때야 상관없지만 사람들 앞에서는 그렇게 불러주세요. 그냥 연이라고. 그게 공주의 본명은 아니니 걱정하실 필요는 없습니다. 저는 누가 뭐라든 세 분께 오라비라고 부를 것이니 알아서 들으십시오."

결국 세현이 먼저 웃음을 터트렸다. 현의 당황한 얼굴을 보는 것도 처음이었다. 머리 좋은 현이었기에 무슨 일이든 냉철하게 보며 판단하는 사람이었다. 그래서 얼굴 표정이 바뀌는 것을 보는 것이 드물었는데, 연의 말에 입을 벌리고 세현만 보고 있는 형상에 웃음이 먼저 나와 버렸다.

"웃을 일이 아니십니다, 좌랑."

현의 말에 간신히 웃음을 멈춘 세현이 맛나게 육포를 먹고 있는 연을 보며 고개를 끄덕였다.

그녀의 말 어느 곳도 틀린 것이 없었다. 이런 행동은 오로지 그를 위한 행동임을 모르지 않았다. 더구나 자신과는 다른 세상에서 살다 온 사람이었다. 아마도 그곳은 신분의 귀천이 없다 했었다.

"그렇게 하게. 연의 말이 하나도 틀린 것이 없잖은가. 그곳에 여인과 가는 것은 분명 말거리를 주는 꼴이기도 하지. 아마도 내가 아니라 아버님께 문제가 될 수도 있음이야. 하지만 신녀라면 달라지지 않는가? 거기다 치료사라고 하면 더욱 그 힘을 얻게 되니 나쁠 것도 없으이."

현 역시 같은 생각이긴 하지만 공주가 먼저 그 말을 꺼낸 것에 놀라고 있을 뿐이었다.

빈궁공주 하연. 그녀에 대해서는 이미 그도 알고 있었다. 상단을 운영하며 그냥 돈만 벌고 있었던 것은 아니었다. 무역을 통하며 주변 국가의 동향을 살피고 또한 내부 사정에도 눈을 두며 귀를 기울이고 있었다.

더구나 공주는 세현과 짝으로 맺어지는 순간, 그 태생부터 성격까지 모두 외우고 있었다. 직접 본 적은 없으나 자신이 알고 있던 것과 너무 달라 당황스러울 정도였다.

부부간에도 내외하는 사이라더니 그것도 아니어서 어느 면으로는 다행이라고 여기던 참이었다.

참하고 예쁘다는 보고는 있었지만 이토록 당돌하고 영리하다는 말은 없었다.

"무슨 생각을 그리하십니까? 현 오라버니?"

자신만의 생각에 빠져 있다 얼굴을 들이미는 연의 행동에 놀라 하마터면 현은 엉덩방아를 찧을 뻔했다. 그 모습에 만석도 세현을 따라 웃기 시작했다. 오늘 현은 연 때문에 여러 가지 못 보일 모습을 보이고 있었다.

"드세요. 맛있습니다."

그 앞에 내미는 육포를 받아 들며 저도 모르게 얼굴을 붉히는
현이었다.

"서방님, 아니지. 세현 오라버니도 드세요. 얼른요."

고개를 저으며 호칭을 바꿔 세현을 부른 연이 직접 입에 넣어
주는 육포를 씹으며 그도 이 호칭도 꽤 마음에 든다는 것을 인정
해야 했다.

"연, 그대 때문에 육포가 모자랄 듯하오."

"제가 먹는 것이 아깝다는 말씀이십니까?"

농담을 하는 세현에게 연도 농으로 눈을 흘기고 있었다.

"제가 많이 먹어 그런 것인데 마마…… 아니, 마님…… 아니,
연……이 괜히 말을 듣나 봅니다."

그런데 만석이 정신없이 호칭을 헤매며 툭 끼어든다. 덕분에
현에게 어깨 한 대를 맞았고 웃음으로 식사를 마무리했다.

다들 즐거운 마음으로 시작한 길이었으나 마음처럼 쉬운 길은
아니었다. 그래도 연의 몸이 점점 익숙해지며 그들의 속도에 얼추
맞추게 되었고, 호칭 문제는 연보다는 신녀님으로 불리는 것이 편
하다는 주장대로 다들 천천히 입에 붙였다.

그동안 노숙에 익숙해졌으며 세 남자의 보호 속에 연은 주변
구경을 하느라 정신을 놓을 때가 많았다. 그러는 동안 세현의 눈

은 항시 연을 찾고 있었다.

만석와 현이 안 보이면 어느새 그가 연의 곁에 다가와 가볍게 입맞춤을 하고 지나갔다. 그녀가 피곤하다는 핑계로 일부러 그의 말에 태워 품에 안고 길을 나서기도 했다.

이미 체력을 보강한 연의 상태를 알고 있는 두 사람도 일부러 고개를 돌려 모르는 척해 주었다.

얼굴을 붉히며 그의 품에 안긴 연도 굳이 싫다는 말없이 날름 그의 품에 안겨 그의 향기에 자신을 묻었다.

그의 너른 품이 좋았다. 숨을 쉴 때마다 울렁이는 가슴의 움직임도 그녀에게는 아름다운 운율처럼 편안하게 만들었다.

남들이 보기에는 사남매가 먼 길을 가는 것처럼 보이던 그들 앞에 중간 목적지인 청하가 보이기 시작했다.

"청하가 압록강이구나!"

정말 대단했다. 이렇게 큰 강이라고는 생각 못 했다. 역사에 나오는 압록강이나 두만강은 그저 강이구나 하는 느낌이었다. 자신이 이렇게 두 눈으로 압록강을 볼 줄은 몰랐다.

두만강은 텔레비전에서 본 적이 있었다. 이런 모양새는 아니었다. 중국과 국경을 마주한 두만강은 충분히 사람이 헤엄쳐 건널 수 있을 정도의 폭으로 보였다. 이렇게 넓고 커다란 강은 아니었다. 그리고 분명 백두산을 기준으로 서쪽으로 내달렸다. 그렇게 만난 강이라면 하나밖에 없었다. 압록강.

말로만 듣고, 글로만 읽어 의미 없었던 강이 보여 주는 뜻밖의 아름다운 모습에 연은 놀라고 감동하여 정신없이 청하를 눈에 담았다.

"무슨 강?"

"압록강이요. 거기서는 그렇게 불렀어요. 그런데 정말 큰 강이네요."

"거기라니요?"

세현과 연의 대화를 듣다가 현이 끼어들며 던진 질문에 연이 일순 당황했다.

"그런 데가 있어요. 현 오라비는 귀도 밝아."

말을 돌리며 세현을 향해 눈을 찡긋이는 연은 귀여웠다.

긴 시간 움직여 여위긴 했지만 더욱 생생해져 보는 사람들마다 힐끗거리곤 했다. 그러나 그녀의 옷차림을 보고 곧 고개를 숙이며 인사를 한다.

신녀라는 것은 어디서든 섣불리 보거나 해를 가하면 안 된다는 샤머니즘의 일관된 생각이 지배하는 곳인 것 같았다.

이제 연이 부르는 오라버니라는 말에 익숙해진 세 남자를 보며 그녀가 혼자 웃고 있었다. 고아였던 세월을 보상받는 느낌이 들어 일부러 그 말을 입에 달고 다녔다.

신녀에게 말을 놓는 법은 없다며 여전히 말을 높이지만 그들도 이제 그녀를 거의 여동생처럼 챙기고 있었다.

물론 세현은 제외지만 말이다. 틈만 나면 손을 잡고 품에 안았다. 이제는 연이 일부러 그의 옆에 서서 몰래 손을 잡아 그를 행복하게 만들기도 했다.

"그런데 여기서부터 뗏목을 탄다고 하지 않았어요?"

"기다려 보시오. 현 형님이 곧 뗏목을 구해 올 것이니."

연의 말을 들으며 세현도 그녀를 따라 현과 만석에게 형이라 부르고 있었다. 연 덕분에 의도하지 않은 의형제가 만들어졌다. 복숭아밭이라도 있으면 도원결의라도 해 볼까 하는 웃기지도 않은 생각을 한 사람은 연이었다.

그나저나 정말 넓은 강이었다. 언뜻 보아도 한강보다 더 넓어 보였다. 저 멀리 강 중간에 있는 것은 섬이리라. 그 섬도 결코 작지는 않았다. 무엇보다 깨끗한 강물에 비치는 햇살에 물비늘이 반짝이며 눈을 부시게 한다.

현이 공수해 온 뗏목은 말이 뗏목이지 나무 운반하는 용도였다. 어디서 많이 들어 본 말이었다. 조선시대 나무를 한양까지 공수하던 방법이 여기서도 쓰이고 있었다.

마치 강에 떠 헤엄치는 뱀처럼 기다란 뗏목을 보며 벌어진 입이 다물어지지 않았다.

"저거 뒤집어지진 않겠죠? 혹여 떨어져 나가거나?"

겁이 없는 편이지만 난간도 없이 덜렁 강에 뜬 기차처럼 연결된 나무통들을 보면 저절로 불안해지고 있었다.

"절대 그런 일 없습니다. 앞에 뗏군도 이 일한 지 오래된 사람이라 불안해하실 필요는 없습니다."

현이 웃고는 연을 달래며 말에서 짐을 내리고 있었다. 배에는 앞에서 노를 잡는 뗏군과 중간과 뒤를 지키는 뗏군 포함 세 명이 타고 있었다.

그들 세 사람만으로 이 많은 나무를 운반한다는 것이 놀라울 정도였다. 뒤쪽으로는 작은 천막 같은 것도 세워져 있어 틈틈이 쉴 수 있는 공간을 두고 있었다. 그러나 간신히 한 사람 들어가 기어서 쪼그리고 앉으면 꽉 찰 모양새였다.

"말은요? 두고 가요?"

말을 태울 수는 없어 보였다. 사람도 불안한데 앉아 있는 것보다 서 있는 것이 일인 말이 버틸 수는 없지 싶다.

"도착하면 따로 말을 준비해 놓았으니 여기에 두고 가면 됩니다. 곧 사람이 와서 말은 가져갈 겁니다."

"현 오라비는 정체가 뭐에요?"

무슨 일이든 말 꺼내기도 전에 모두 준비되어 있었다. 모든 일을 하기 전 물어보면 다 현이 준비했을 거라는 말을 들으며 문득 궁금해진 연이 현을 보며 묻자 일순 당황한 그가 세현을 보았다.

"현 형님은 우리의 밥줄이요."

"에?"

그의 대답에 현이 황당한 얼굴을 하고 만석은 무릎까지 치며 웃고 있었다.

"그럼 잘 보여야겠다. 잘 부탁해요. 작은 오라버니."

밥줄이라는 데야 무슨 말이 필요할까. 냉큼 고개를 숙이는 연

때문에 현도 결국 웃을 수밖에 없었다.

현에게 있어 장난기 많은 공주도 의외지만 세현의 모습도 놀라웠다. 일현의 사고 이후 말을 닫았던 그였다. 그동안 내내 마음이 쓰였는데 간만에 보는 그는 놀랄 정도로 변해 예전의 산과 들을 헤매고 다니던 소년의 모습을 보이고 있었다.

공주 곁에서 떠나지 않으며 챙기는 모습도 보기에 좋았다. 항상 웃고 있는 그를 보며 현은 공주가 좋았다. 은연중에 공주가 그를 바꾸어 놨음을 알겠다.

"자, 타시지요. 앞으로는 아마 말을 타고 왔던 시간들이 그리워지실 겁니다."

현의 말은 옳았다. 뗏군들은 신녀를 태워 운이 좋을 거라고 다들 신이 난 분위기였지만 연은 울렁거리는 물결을 따라 같이 울렁거리는 나무에 앉아 더불어 울렁거리는 속을 다스리기 위해 애를 써야 했다.

그 옆에 세현이 앉아 아예 품에 안고 기대게 했지만 딱히 소용이 있을 리가 없었다. 결국 짐을 뒤져 속을 안정시키는 약초를 씹고 나서야 주변을 살필 수 있었다.

다들 멀쩡한 모습인데 자신만 그러고 있으니 또 미안해져 맘이 상한 연의 어깨를 살며시 쓰다듬는 손의 주인은 세현이었다.

"그대는 나보다 나은 편이오. 난 처음에 이걸 타고 가던 때 가는 내내 토악질을 했다오."

"위로해 주려 그러는 것 압니다."

"정말입니다. 좌랑께서는 아마 제가 안 잡아 드렸으면 청하의 물귀신이 되셨을 겁니다."

현의 말에 만석이 고개를 끄덕이며 맞장구를 친다.

"누구도 내게 그대가 씹고 있는 약초를 알려 준 이가 없었으니까."

멋쩍은 듯 미소를 지으며 변명을 하는 그를 보며 연이 생끗 웃어 주었다. 그의 그런 모습은 솔직히 상상이 되지 않았지만 그의 미소가 너무 좋았다. 저도 모르게 그의 손을 꼭 잡고 얼굴을 그의 가슴에 묻었다.

"이러고 있으면 무서울 게 없어요. 아십니까?"

"나도 그대를 안고 있으면 무서울 게 없소. 자, 눈을 들어 주변을 보구려. 제법 풍광이 아름다울 거요."

그의 말대로 눈에 들어온 풍경은 그림이었다. 말 그대로 원시림이었다. 발전된 세상만 보다가 아무것도 없이 자연 그대로의 모습을 보고 있으면 정말 다른 세상에 와 있다는 것을 실감할 수밖에 없었다.

저쪽 세상이라면 벌써 이 주변은 다 개발되어 사람들이 바글바글할 텐데 멀리 보이는 초가집 몇 채가 이채로울 정도로 사람 보기가 힘들었다.

조각배를 이용해 고기잡이를 하는 사람이 가끔씩 보이기는 했다. 이 세계에도 그물은 있는 모양이었다.

"어쩌죠?"

"왜 그러오?"

사람이 살면서 피할 수 없는 문제가 있다. 말을 타고 다닐 때야 쉬는 틈에 멀리 가서 해결 볼 수 있다지만 어느 한 곳 몸을 감출 곳이 없는 이곳에서 해결할 방법이 없었다. 그렇다고 제대로 길을 가는 뗏목더러 급하니 세워 달라고 할 수도 없는 일이었다.

"조금만 참을 수 있겠소? 저 모퉁이만 돌면 잠깐 세울 거요. 거기에 객잔이 있어서 필요한 물건을 챙기고 하룻밤 묵고 갈 거거든."

"에? 계속 가는 거 아니었어요?"

"설마, 저 끝 쪽 나무들을 내려 주고 필요한 것을 채우고 갈 거요. 그러니 참을 수 있소?"

다행이었다. 계속 그 걱정을 하느라 더 심하게 배가 아파 오는 것 같았었는데 그의 말에 순식간에 가라앉았다.

"네, 참을 수 있습니다."

붉어진 얼굴로 속삭이는 연을 보며 세현이 주변을 둘러보다 살짝 이마에 입술을 대었다.

"상이오."

참 이유도 가지가지로 대며 틈을 노리는 사내를 흘기는 연도 싫은 눈치는 아니었다. 그의 품에 안겨 바라보는 풍경은 그래서 더 아름다운지도 몰랐다.

3.
내가 없는 곳에서 아프면 안 되오!

졸본성에 도착한 것은 개마산을 떠나 정확히 한 달하고 이틀이
지난 후였다.

넓은 평야 중간에 솟아 있는 졸본성은 마치 설악산 중간에 서
있는 울산바위에 나무를 심어 놓은 것처럼 보였다. 산을 올라가는
길은 험했다. 커다란 바위가 버티고 있어 길이 막혔나 싶으면 그
사이로 간신히 사람 하나 지나갈 길이 숨어 있었다.

그런 길은 말을 내려 걸어가며 안 가려는 말을 달래 지나가야
했다. 말을 타고 있음에도 올라가는 길은 아슬아슬해 가슴을 졸이
며 숨을 헐떡여야 했다.

세현의 손에 이끌려 올라가면서도 이 와중에 산을 타서 어쩌려
는 것인지 궁금해지려는 찰나, 눈앞에 보인 것은 생각지도 않은
넓은 평지였다.

순간 이곳을 고구려의 주몽이 왕성으로 삼은 이유를 깨달았다. 이만큼 완벽한 요새 같은 성을 찾기는 힘들 것 같았다.

산 중간이 내려앉아 평지가 된 듯한 느낌에 놀라 눈이 동그래 진 연의 손을 잡고 세현이 망설임 없이 조금 더 높은 곳에 위치한 통나무집으로 들어갔다. 현과 만석도 무거운 얼굴로 뒤를 따르고 있었다.

딱 보기에도 군 사령부처럼 보였다. 세현을 확인한 사병들이 일렬로 서서 창을 세우며 그를 맞았다. 막 문을 열려는 참에 먼저 문이 열리며 덩치가 꽤 있는 사내가 갑옷 차림으로 세현 앞에 한 쪽 무릎을 꿇고 인사를 했다.

"신, 부여부 절제사 한민훈 인사드립니다."

"일어나시게."

일어서자 갑옷 특유의 소리가 무겁게 들리며 고개를 드는 사내 는 생각보다 젊었다.

"절도사 소식은 들었네. 상황은?"

"들어가시지요. 말씀드리겠습니다."

그를 따라 들어가려던 세현이 그녀를 보며 잠깐 망설이는 것을 눈치챈 연이 잽싸게 만석의 옷깃을 잡았다.

"오라버니, 나 여기 구경 좀 시켜 줘요. 정말 대단한 곳이네 요."

그를 생각해 자리를 비워 줌을 모르지 않았다. 만석을 따라나 서는 연을 잠시 바라보던 세현과 현이 절제사를 따라 사령실에 들어섰다.

졸본성부 내부에는 특별한 장식 따위는 없었다. 모든 부장들을 모아 전략을 세우는 기지답게 커다란 탁자와 의자가 놓여 있고 그 중앙이 세현의 자리였다.

이미 각 의자마다 자리 주인이 서서 세현을 기다리고 있었다. 그들은 세현이 들어오자 절도 있는 모습으로 각자 고개를 숙여 인사를 했다. 그런 그들의 침중한 얼굴빛이 먼저 세현의 눈에 들어왔다.

중간에 비어 있는 의자를 확인하며 세현의 얼굴도 어두워졌다.

"절도사 소식은?"

"아무것도 없습니다. 활동 중이던 세작 역시 무소식입니다."

투울룬을 살려 데려오라는 명령은 세현에게만 떨어진 것은 아니었다. 이미 명을 받은 절도사가 은밀하게 몇 사람 추려 그곳을 향하고 난 후 소식이 없었다.

오는 도중 이미 현을 통해 소식을 들었다. 현의 소식통인 해청 한 마리가 제 할 일은 이제 끝이 났다는 듯 그의 어깨에 앉아 깃 털을 고르고 있었다.

"몽골의 움직임은?"

그의 질문에 정무를 맡고 있는 부여부 참모 이세진이 일어서며 지도를 가리켰다.

"특별하게 움직이는 모양은 없습니다. 투울룬은 지금 이곳에 남아 있는 영토에서 항전을 하고 있는 모양입니다. 몽골 쪽의 대장은 주치라고, 칭기즈칸의 큰아들이라고 알려져 있습니다. 기병천을 끌고 오며 그나마 남아 있는 요의 주요 지역까지 전멸시키고 왔다는 소식입니다. 이곳에 도착하고 진을 친 것은 보름 정도 되었습니다."

설명을 하던 그가 지도의 한 부분을 가리키며 잠시 숨을 돌렸다.

"이곳은 서리울이라는 곳으로, 이곳만큼이나 요충지여서 쉬이 진입이 어려우니 그 앞에 진을 치고 기다리는 형세입니다. 남문성에서 내려 보면 비류수를 건너 바로 앞에 진을 치고 있는 그들이 보입니다. 바로 성벽 가까이 다가와 있는 상황이나 비류수를 건너는 일은 없었습니다. 우리 쪽으로 특별하게 눈을 돌리지 않고 있는 것으로 보아 그들의 목표 역시 투울룬인 것 같습니다."

그가 들고 있는 지휘봉을 이용해 자세히 설명하는 동안 세현은 묵묵히 듣고만 있었다.

투울룬은 남아 있는 영토와 함께 투항하겠다는 말을 했다지만 지금 남은 영토라고는 고립무원인 작은 땅이 전부였다. 간신히 몽골군을 피해 숨어들었으리라는 것도 알겠다. 물론 작전상 보면 중요한 위치라지만, 그 땅만 받고 투울룬을 받아들이는 것은 손해라는 생각이 지배적이었다.

더구나 그곳도 그사이 몽골이 자리를 잡고 앉아, 결국 그 땅을 얻으려면 벌써 진을 치고 있는 그들을 쳐 내야 한다는 말이었다.

문제는 투울룬이 아니라 성 밖에 버티고 앉아 있는 몽골군이었다. 겨우 군사 천으로 오는 내내 남은 요의 땅을 굴복시키며 왔다는 말에 세현의 표정이 더욱 굳어졌다.

만만히 볼 족속이 아니었다. 뛰어난 기마술을 이용해 그들이 스치고 지나가면 풀 한 포기 안 남는다는 전설을 만들고 있었다.

요를 치는 그들은 마치 모래폭풍을 연상시키며 스치는 순간 모든 것이 죽는다는 소문들이 돌며 사람들을 두려움에 떨게 만들었다.

"이미 투울룬이 가야에 투항하려는 것을 알아챈 모양입니다. 그들의 목표도 투울룬인 모양이지만 그를 살려 갈 생각은 없어 보입니다."

"우리를 경계하는가?"

"우리 쪽으로는 눈도 돌리지 않고 오직 투울룬이 있는 요새 아무르성을 향하고 있지만 그들 역시 우리의 움직임을 주시하고 있다는 것은 분명합니다."

그의 질문에 절제사 한민훈은 가감 없이 전하고 있었다.

"절도사 영감의 생사 여부는 확인되었나?"

"아무런 소식이 없어 알 수는 없지만, 분명 몽골군에 사로잡혀 있을 것이라 사료됩니다. 그들도 함부로 가야의 장군을 건드릴 수는 없을 테니까요."

그의 말이 맞다는 것을 인정할 수밖에 없었다.

현의 말을 따르면 지금 몽골이 향하는 곳은 요서로, 여진이 세운 진을 칠 준비를 하고 있다 들었다. 몽골은 자신들이 보낸 사신의 목을 쳐 낸 것에 대한 보복이라지만 처음부터 그럴 것이라는 것을 알고 명분을 만들었음을 모르지 않았다.

진이나 요나 같은 유목민족이 세운 나라였다. 그들의 기질은 누구보다 몽골이 잘 알고 있었으니 그곳을 치기 위한 이유를 만들기 위해 먼저 자신들에게 복속하라는 말도 안 되는 뜻을 전하는 사신을 보냈으리라.

이제 투울룬을 구하는 것뿐 아니라 절도사 민지설 장군도 구해야 했다. 생각보다 일이 커지고 있었다. 잘못하면 몽골에 빌미를 주어 가야도 이 폭풍에 휘말릴 수 있다는 말이었다.

그러나 바꿔 생각하면 지금이 적시는 아닐까 하는 생각이 들었다. 앞으로는 진을 향하는 칭기즈칸의 뒤를 쳐 얻을 수 있는 것도 만만치 않았다. 문제는 어떻게 이 전쟁을 피하며 가야가 이득을 얻어 내느냐의 문제였다.

"아마도 황제께서는 투울룬이 가져오는 땅보다 몽골을 몰아내고 아예 요의 땅을 수복하시려는 것으로 보입니다."

가만히 서 있던 현의 말에 모인 모두가 고개를 끄덕였다. 황제의 생각은 아닐 터, 분명 현 황제의 지낭이라 불리는 밀직제학 안영춘의 머리에서 나온 생각이라는 것도 알겠다.

그동안 전쟁이라고는 없었다. 요와 팽팽히 맞서고 있기는 했지만 딱히 서로에게 명분을 주는 행동은 없었기에 40년 전 졸본성을 차지한 이후로 전쟁이라 불릴 만한 일은 없었다.

"여기서 우리가 따질 것은 없다. 명은 이미 떨어졌으니 우리는 투울룬을 구해 온다. 더불어 민 장군도 구해야 한다. 소수만 움직인다. 우선 길에 밝은 이부터 무예에 강한 이와 날렵한 이를 모아 모두 열 명의 무리만 움직인다. 선두는 내가 설 것이고 출발은 최대한 빠른 날로 적당한 시기를 잡는다."

그의 명령에 모두 고개를 숙이며 받아들였다. 이제 지휘권이 있는 사람이 왔으니 움직이는 것이 당연한 일이었다.

변방이 조용하다고는 하나 대대적인 공격이 없을 뿐 요의 침략은 하루도 그들을 편하게 놔둔 적이 없었다.

원래 그들의 땅이라는 생각으로 틈만 나면 화적 떼로 분한 병사들이 성을 넘으려 기를 쓰고 있었다. 그러니 다른 곳에 비해 이곳은 항상 전장의 분위기를 풍기게 되었다.

이곳에서 넘어온 화적 떼를 상대로 물불 가리지 않고 상대하는 사내가 있었으니 그 사내가 지금 앞에 복야로 온 좌랑 세현이었다.

나이에 비하면 파격적인 대우였다. 그러나 상황이 급하고 부마기에 그런 명령이 내려졌으리라 생각하며 다들 수긍하는 분위기였다.

세현의 옆에 서 있는 최현이라는 인물도 알고 있었다. 그러나 정확히 그의 위치는 모르지만 모든 상황에서 그만큼 상황 파악을 잘 하는 사람이 없다는 것도 알고 있었다.

세현의 그림자처럼 움직이는 그의 머리에서 나오는 지략은 사람들을 놀라게 했고, 덕분에 부여부는 남성을 쌓은 지역까지 영토를 늘릴 수 있었다.

좌랑을 모르는 장수들에게 절제사가 그동안 그의 행적을 알려 주어 궁금해하며 기다리던 차에 자신을 제외하고 단 두 사람과 신녀 한 명 데리고 오는 그를 보고 사실 모두들 의아해하고 있었다.

적어도 그들은 이곳을 지키기 위한 증원군이라도 같이 올 줄 알았다. 하지만 정작 복아는 단 세 사람만 데리고 이 성에 나타났다.

"신녀에게 머무를 곳을 내어 주세요. 도움이 될 겁니다. 혹여 다친 사람이 있다면 신녀를 찾으시면 됩니다."

졸본성부를 나서며 세현이 지나가는 투로 절제사에게 따로 명을 내렸다. 치료사라는 말에 뒤에 부복하고 있던 사람들의 얼굴에 이해의 표정이 어렸다.

지금 가장 필요한 이는 의원이었다. 제대로 된 의원이 없는 곳이라 대충 아는 지식을 동원해 다친 사람들을 돌보고 있다 하나 도리어 그들의 상처만 깊어져 가고 있어 근심이 되고 있었다.

만석을 따라 성을 돌아보던 연은 볼수록 참으로 신기한 곳이라는 생각을 하고 있었다. 어떻게 산 중간에 이런 평지가 있는지 궁금해졌다.

옹기종기 건물도 있었고 그들의 급수원인 연못도 있었다. 자체에서 물이 솟아오른다고 들었다. 덕분에 깨끗한 물이 가득 들어 있었다. 밑바닥이 보일 정도로 깨끗한 물을 보고 손을 넣어 보니 차가운 물에 절로 어깨가 움츠러들었다.

계절상 가을에 들어서고 있어 성에서 바라보는 산 주변은 울긋
불긋 색을 바꿔 입고 멋을 부리고 있었다.

산 아래로 평지가 보였다. 그 평지를 감싸며 비류수라 불리는
강이 흘러 마치 강줄기가 땅을 품고 있는 형상이었다. 아무것도
모르는 연이 보아도 천연의 요새였다. 그리고 저 강 너머로 하얀
무덤처럼 몇 개의 천막이 보였다.

"몽골군입죠. 벌써 진을 치고 있나 봅니다."

만석이 설명하며 무거운 얼굴로 그 천막을 바라보고 있었다.

"게르군요."

"아시고 계시네요."

게르를 말하는 연을 보며 만석이 놀란 눈으로 그녀를 바라보았다.

"대충요. 저들이 쳐들어올까요?"

"아닐 겁니다. 저들은 다른 목적으로 지키고 있다고 들었습니
다. 우리를 경계하는 것이지요. 저 멀리 비류수 건너 저들을 지나
산이 보이시죠? 저기에 투울룬이 숨어 있는 아무르성입죠. 저쪽
으로는 아직 요의 땅이지요."

만석의 설명을 들으며 연은 고개를 끄덕이고 있었다. 보이는
것이라고는 작은 찐빵처럼 보이는 게르가 다였지만 연은 처음으
로 몽골군을 본다는 것만으로도 신기했다.

역사에서나 나오는 몽골군을 자신의 눈으로 보게 될 줄은 몰랐
다. 그러나 지금은 신기하게 보며 감탄할 때가 아니었다. 그들로
인해 세현에게 일이 생길 수도 있음을 상기하니 갑자기 그들이

미워졌다. 그러고 보면 그녀가 역사를 배울 때도 몽골은 그리 반가운 존재는 아니었다.

힘없는 고려를 상대로 이익을 취하고 더해서 여인들까지 공녀로 끌고 간 나라였다. 수많은 고려의 여인들이 그들로 인해 목숨을 잃었고 신분을 잃은 채 원망 속에 죽어 갔었다.

"그래서 나라의 힘이 중요한 거야."

"네?"

"아니에요."

혼잣말을 하는 것을 들은 만석이 고개를 갸우뚱하는 것을 보며 그저 웃어 줄 뿐이었다.

더구나 졸본성이라니, 분명 고구려가 처음 도읍으로 세운 성이 졸본이라 기억하고 있었다. 그렇다면 지금 연은 주몽이 고구려를 세운 곳에 서 있었다.

고구려하면 떠오르는 인물이라고는 주몽과 광개토대왕. 과연 이곳에도 그가 살았을까?

이곳에서 그가 태어났다면 과연 어떤 인물로 평가되고 있는지 궁금해지기도 했다.

끝없이 이어지는 궁금증을 접으며 돌아서려는 그녀를 잡은 것은 아직은 어린 테가 나는 소녀였다.

"신녀님? 도와주세요. 제발 도와주세요."

헐떡이며 연의 치마 끝을 잡고 있는 손은 까맣게 때가 끼어 있었다.

"무슨 일이지?"

그러나 그런 것에 상관치 않고 연이 앉아 그 아이와 눈을 맞추며 사정을 물었다.

"엄마가 동생을 낳으려는데 나오질 않아요. 할머니가 자꾸 고개만 저어요."

그러나 돌아온 아이의 대답에 당황한 것은 아이의 말을 정확히 알아듣기가 힘들어서였다. 사투리가 심한 말이기에 몇 번이나 아이를 달래 천천히 말을 시키고 만석의 도움으로 알아들을 수 있었다.

그러나 말을 이해하고는 다른 의미로 당황하고 있었다. 아이를 낳는 것이라면 해산한다는 말인데 연이 도와줄 일이 없다는 말과 같았다.

아이를 가진 적도 없었고, 낳는 것을 본 것도 주술사 할머니가 산파 역할을 할 때 물을 끓여 넣어 준 것이 전부였다.

아이의 말을 따르면 해산하다 무슨 문제가 생긴 모양인데 이런 쪽은 연이 아는 것이 없으니 난감할 뿐이었다. 그러나 아이는 연신 연의 치마 끝을 잡고 당기며 따라오라고 재촉을 하고 있었다.

방법이 없었다. 우선은 따라갈 수밖에. 그런 연을 만석이 덩치에 어울리지 않게 동동거리며 따라갔다.

아이를 따라가는 길은 왔던 길을 되돌아 내려가는 길 같았다. 그러나 갈림길에서 반대쪽으로 올라가는 아이를 따라 부지런히 걷고 있지만 어느새 등 뒤로 흥건히 땀이 흐르고 있었다. 아이는 이 길을 따라 올라왔으면서도 지치지도 않는지 요리조리 숨은 길을 따라 잘도 뛰어갔다.

얼마나 아이 뒤를 따라갔는지 기억에도 없을 지경에 앞이 트이며 넓은 땅이 나타나고 집들이 보이기 시작했다.

"저기예요."

아이의 손끝을 따라가니 여러 사람들이 모여 어쩔 줄 몰라 하는 모습이 한눈에 보였다.

"저기…… 신녀님?"

만석이 연의 팔을 잡으며 걱정스럽게 물어왔지만 대답할 말이 없었다. 눈을 빛내며 동동거리는 아이를 보는 순간 이미 정해진 일이었다.

"방법이 없어요. 해 보는 수밖에. 오라버니는 옆에서 이들 말을 좀 해석해 줘요. 전 알아듣기가 힘이 드니."

모르는 척할 수가 없었다. 과연 자신이 무엇을 할 수 있을지 모르지만 우선은 가 볼 수밖에 없었다. 적어도 신녀라는 이름을 달았으니 축복이라도 내려 그들을 안심시키는 역할이라도 할 수 있기를 바라며 발길을 뗐다.

나이를 짐작할 수 없는 늙은 노파는 하얗게 센 머리를 휘날리며 연을 보자 넙죽 엎드려 감사의 인사를 하고 있었다. 그들의 눈에 비친 희망을 보며 연은 처음으로 신녀라는 타이틀을 달고 나선 것을 후회하고 있었다.

전장을 향하는 길이라니 그저 상처를 치료하면 될 줄 알았다. 이런 식으로 졸지에 산파 역할을 하게 될 줄은 몰랐다.

"신녀가 오셨으니 무사할 거랍니다. 아이가 거꾸로 있답니다."

그들의 말을 알아듣게 해석해 주는 만석의 얼굴이 더욱 굳어졌다. 한때 유목민이었던 그였다. 그러니 가축이 새끼를 낳는 모습을 보았고 또 받았던 사람이었다. 그들의 말을 따르면 방법이 없다는 말이었다.

가축도 새끼를 거꾸로 낳으면 백이면 백 어미도 새끼도 같이 죽었다.

그의 말을 듣고 있던 연이 입술을 깨물며 고등학교 때 보았던 아이 낳는 비디오를 생각하고 있었다.

성교육을 위해 시청각실에서 보여 주었던 비디오는 모자이크 없이 아이 낳는 순간을 그대로 보여 주었었다. 너무나 충격적이라 기억하고 있던 장면들을 떠올리던 연이 입을 열었다.

"우선 뜨거운 물부터 가져오라고 하세요. 만석 오라버니는 다른 그릇에 물을 펄펄 끓여서 가위를 데워 주세요. 그리고 이들이 탯줄을 묶을 때 쓰는 실이 있다면 그것도 같이 끓여 주세요."

"어쩌시려고요?"

만석의 걱정을 들으며 연이 아예 손목에 묶고 있는 천을 풀어 머리를 틀어 올려 머리띠 안으로 밀어 넣었다.

"해 보는 수밖에 없어요. 두 사람의 목숨이 달렸어요. 그러니 최선을 다하는 수밖에요."

"손을 넣어 아이를 돌리면 살릴 수도 있습니다. 전에 가축에 그런 방법을 쓰는 것을 본 적이 있습니다."

단호한 얼굴을 보며 한숨을 쉰 만석이 예전의 기억을 떠올려 알려 주자 연의 얼굴이 하얗게 질렸다. 방법은 있지만 과연 자신이 할 수 있는지는 몰랐다. 그래도 해야 했다. 지금 저들이 그녀를 향하는 시선은 희망이었다.

그다음은 정신이 없었다. 작은 집은 집이라기보다 움막에 가까웠다. 얼기설기 흙을 짓이겨 지은 집은 창문도 작고 어두워 제대로 앞도 보이지 않았다.

만석에게 사람들을 막으라 이르고 문부터 환하게 열었다. 안에서는 이미 지쳐 정신을 놓기 직전인 산모가 널브러져 있었다.

산모가 깔고 있는 천도 산모가 흘린 피로 얼룩져 제 색을 알아보기 힘들었다. 우선 가죽과 천을 공수해 와 가죽 위 천을 깔고 산모의 자세부터 잡았다. 그리고 잠시 틈을 이용해 도와 달라는 기도를 올렸다. 제발 아이와 산모 모두 건강하기를 간절하게 비는 기도였다.

그사이 뜨거운 물이 산파의 손에 들려져 들어왔다. 긴 호흡으로 스스로를 다잡은 연이 뜨거운 물에 그대로 손을 담갔다.

팔을 타고 올라오는 통증을 무시하며 팔꿈치까지 깊숙이 담그고 꺼낸 팔은 벌써 빨갛게 화상 기를 보이고 있었다.

산파에게 발을 잡아 벌리라는 주문은 행동으로 보여야 했다.

'제발 도와주세요. 이들을 살려 주세요.'

마음속으로 끝없는 기도를 하며 몇 번의 호흡으로 스스로를 진정시키려 애를 쓴 후 천천히 산도에 손을 넣었다.

손에 느껴지는 미끈한 촉감과 더불어 충분히 주먹 하나 들어갈 수 있는 통로가 있었다. 조금 더 손을 넣으니 얼마 안 되어 아이의 다리가 만져졌다. 발이 먼저 나와서는 안 된다는 것쯤은 알고 있었다. 그러니 아이의 자세를 바꿔야 했다. 한 발을 찾고 조금 더 더듬으니 다른 발이 만져졌다. 두 발을 잡은 연이 천천히 자궁 안쪽으로 밀었다.

그녀의 손이 움직일 때마다 산모의 신음은 높아졌고 종내 비명처럼 울리고 있었다. 그래도 멈출 수는 없었다. 천천히 밀어내며 손은 이미 팔꿈치까지 들어가 있었다. 그리고 결국 엉덩이 부분이 만져졌다.

공 굴리듯 천천히 엉덩이를 밀자 순간 뭐에 걸린 듯 밀리지 않는다. 이미 전신은 아이를 낳는 산모만큼이나 땀에 절어 있었다.

다시 한 번 긴 호흡으로 스스로를 다스린 연이 부드럽게 달래듯 아이의 엉덩이를 쓰다듬으며 살짝 밀었다. 그러자 기다렸다는 듯이 밀렸다.

엉덩이가 밀리자 빠르게 아이 스스로 제자리를 찾았고 머리를 확인하는 순간 연이 재빨리 팔을 뺐다. 그러자 아이의 머리가 팔을 빼는 그 길을 따라 보이기 시작했다.

산모의 비명이 마지막을 알리듯 뾰족하게 사방에 울리는 순간 아이가 세상에 나왔다. 그다음은 정신이 없었다. 모든 기력을 쏟은 연이 주저앉는 순간 산파가 다음 역할을 맡아 아이는 무사히 지친 산모의 옆에 놓여 있었다.

그 와중에 산모가 자신의 옷 끝에 매달린 끈으로 아이의 탯줄을 묶으려는 것을 막고 만석이 가져다 준 끓은 물로 소독된 끈을 내밀었다.

고개를 갸웃하던 산파가 그녀가 내미는 끈으로 탯줄을 양쪽으로 묶었다. 그리고 마지막으로 기운을 낸 연이 끓는 물에서 가위를 꺼내 아이의 탯줄을 잘랐다.

서걱 잘리는 연한 살점의 느낌에 부르르 몸이 떨리며 아이가 살았다는 현실감이 온몸으로 밀려왔다.

아이는 자신이 세상에 태어났음을 알리듯 우렁차게 울음을 터트리고 있었다. 아이의 울음과 더불어 연의 눈에서도 눈물이 흐르고 있었다.

아이가 태어난다는 것은 정말 대단한 일이라는 것을 이제야 알았다. 어미가 목숨을 걸어야만 낳을 수 있는 것이 아이라는 것을 느끼며 연이 흐르는 눈물을 감추지도 않고 이제 막 세상과 마주한 작은 생명체를 보았다.

아이를 낳은 산모가 알아듣지는 못해도 고맙다는 말을 하는 것은 알겠다. 그러나 산파가 뭔가를 말하는데 너무 빨라 알아들을 수가 없었다.

"천천히요."

그제야 산파가 하나하나 끊어 말하는 것을 들으며 이들이 지금 자신에게 아이의 축원을 바라고 있음을 알았다. 그러나 진짜 신분이 신녀가 아니니 망설이던 연이 깨끗한 물을 손끝에 찍어 아이의 이마에 바르며 마음을 다해 아이의 건강을 빌었다.

예전 신부님의 행동을 떠올리며 진심을 다해 아이와 산모의 건강을 비는 모습은 다른 사람이 보아도 분명 경건한 신녀의 축복으로 보였다.

갑자기 없어진 연을 찾아 헤매다 결국 마을까지 온 세현이 막연을 찾았을 때, 저녁노을이 하늘을 물들이며 열려진 창을 통해 마지막 햇살이 후광처럼 기도하는 연을 비추고 있었다. 그 모습이 너무 아름다워 그도 멈춰 서서 다가가지 못하고 그녀를 바라만 보았다.

산모와 아이가 누운 침상 옆에 무릎을 꿇고 고개를 숙인 연이 두 손을 모아 기도하는 모습을 보며 세현의 가슴에 벅찬 감정이 치밀었다. 대단한 여인이었다. 어떤 상황이든 물러서지 않고 최선을 다하고 있었다.

만석이 침을 튀겨 가며 그녀가 어떻게 산모와 아이를 구했는지 설명을 하자 세현을 따라온 현도 놀란 눈으로 연을 보고 있었다.

그들의 눈에도 연은 분명 신녀로 보일 정도로 아름다웠고 성스러워 보였다.

"혹여, 정말 신녀는 아니십니까?"

"글쎄, 하나 분명한 것은 저 여인은 나에게 신녀보다 중요한 여인이라는 것이지."

현의 속삭이는 듯한 질문에 세현은 연에게 눈도 떼지 않고 대답을 주었다.

노을이 이제 흔적만 남길 때쯤 연이 눈을 뜨고 일어나 그곳을 벗어났다. 그리고 눈앞에 서 있는 세현을 보고는 그대로 그의 품에 안겨 눈물을 흘렸다.

"고생했소."

"정말 대단한 일이네요. 엄마가 된다는 것은."

온통 땀에 절어 지친 기색이 역력함에도 연은 눈물과 함께 아름다운 미소를 짓고 있었다. 한 발자국도 걷기 힘든 연을 안아 든 세현이 거침없이 성을 오르는 내내 마을 사람들이 일렬로 서서 연에게 엎드려 감사의 인사를 하고 있었다.

"다들 너무 고마워하니까 민망하네요."

"오늘 그대는 정말 대단한 일을 한 것이오. 두 사람의 생명을 구한 일이니 당연히 감사를 받을 일이지."

그래도 민망하기는 마찬가지였다. 그래서 더욱 세현의 품에 얼굴을 묻고 있던 연이 그가 힘들 것을 생각해 다시 고개를 내밀었다.

"내려 주세요. 오르막길이라 힘드실 것입니다."

"내게 그대를 안고 개마산을 올라 보라 하시오. 그래도 나는 힘든 줄 모르고 올라갈 것이오. 오늘 그대는 정말 자랑스러웠소.

그래도 말도 없이 사라지는 건 다시는 하지 마시오. 내 심장이 반
으로 줄었소."

그의 말에 연이 아예 그의 목에 팔을 두르고 얼굴을 묻었다.

"죄송해요. 상황이 급해서. 저도 이 품이 제일 편합니다. 세상
에서 가장 넓은 품인 걸요."

험한 길을 오르면서도 세현은 연을 안은 손에 흐트러짐이 없었
다. 평생 이렇게 이 여인을 안고 가고픈 마음이었다. 혹여 어느
날 이 여인이 사라진다는 생각만으로도 두려울 정도로 연은 그에
게 전부가 되어 가고 있었다.

모든 것을 그를 위해 행동하며 욕심이라고는 없는 연을 보면
그래서 더 불안했다. 이 여인이 혹여 그를 떠날 생각을 하고 있는
것은 아닌지 싶어 마음을 졸이곤 했다.

정녕 이 여인을 그의 곁에 묶어 두는 길은 없는지. 누군가 그
방법을 알려만 준다면 무슨 짓이든 할 수 있는 그였지만 할 수 있
는 일이 없으니 두려움만 쌓이고 있었다.

◆

"이런 호사를 누려도 되나 모르겠습니다."

목간통에는 벌써 따뜻한 물이 준비되어 있었다. 간만에 씻는
것이라 기쁘기도 하면서 누군가를 힘들게 했다는 마음에 절로 미
안해지고 있었다.

"오늘 아이를 낳은 산모의 남편이 군사장의 동생이었소. 그가 직접 고맙다는 뜻으로 벌인 일이니 그대는 즐기기만 하면 되오."

그녀가 씻는 동안 그가 밖을 지키고 있었다. 이미 어둠이 깊어진 밤이었다. 봉화 대신 횃불이 성벽마다 밝혀지며 어둠을 내쫓고 그 자리를 대신하는 모습은 또 그 모습대로 장관이었다.

성벽 아래 비류수 너머로 몽골군이 지키고 있다 하나 이곳은 보기에 아무런 변화도 없이 평화로워 보였다.

"이제 무엇을 하실 계획이십니까?"

챠르르, 물소리가 나면서 연의 목소리가 같이 들려왔다.

"아직은 지켜보고 있는 상황이오."

이제 곧 날이 정해지면 적진으로 가야 한다는 말을 할 수가 없었다. 분명 그 소식을 들으면 지금부터 돌아오는 내내 그를 위해 동동거리고 있을 그녀를 알고 있었다.

"저들이 중간을 막고 있잖아요. 그럼 어떻게 당신의 목적을 이루나요?"

여전히 물소리와 더불어 들리는 목소리에는 그의 생각대로 벌써 걱정이 묻어 있었다.

"작전을 짜고 생각을 해야겠지. 그러니 아직은 걱정할 일은 없소."

"믿어도 되나요?"

물소리가 멈추고 무명천으로 온몸을 휘감은 연이 목간을 가로막은 천을 거두고 나타나자 세현은 일순 숨을 멈출 수밖에 없었다. 젖은 머리조차 흰 무명으로 감싸 올린 채 씻고 난 후의 말간 얼굴이 먼저 눈에 들어왔다.

향긋한 여인의 향과 더불어 그를 긴장시키는 아름다운 얼굴이 그를 향하고 있었다. 이 여인은 그도 남자라는 사실을 그토록 알려 주었건만 그런 건 아무런 상관도 없는 모양이었다. 어쩌면 아예 그런 쪽으로는 생각을 안 하니 당하는 그로서는 죽을 맛이었다.

대답을 기다리던 연이 작은 한숨을 쉬고 그의 손에 들려 있는 옷을 잡아챘다. 옷을 줄 생각도 안 하고 멍하니 자신만 보고 있는 것을 보며 자신의 옷차림을 깨달았기 때문이었다. 다시 목간을 가린 장막 안으로 들어가려는 찰나, 그가 잡은 팔에서 올라오는 통증에 신음을 삼켰다.

"어찌 된 일이오?"

눈 둘 곳을 찾다가 그녀의 오른쪽 팔이 빨갛게 변해 있는 것을 발견한 세현이 무서운 얼굴로 팔을 잡고 있었다.

"우선 놓고 말씀하세요. 설명드릴 테니. 그렇게 세게 잡으면 아픕니다."

얼른 손을 놓은 그가 어서 말하라고 그녀를 빤히 바라본다.

"옷 좀 갈아입고 올게요. 이렇게 있다가 누구라도 들어오면 큰일이잖아요."

그녀의 말에 더는 토를 안 달고 세현은 묵묵히 연을 기다렸다.

"아기가 거꾸로 있어 손을 넣어 밀어야 했어요. 하지만 더러운 손으로 아기를 만질 수 없으니 소독을 한 겁니다."

"소독?"

"손에 묻은 더러운 것들을 끓는 물로 죽였다고 하면 되나요?"

"그래서 팔을 끓는 물에 넣었다는 말이오? 제정신이오?"

옷을 갈아입고 여전히 젖은 머리카락을 무명천으로 말리며 연이 천천히 설명하는 중간에 세현이 기겁을 하며 화를 내고 있었다.

"그렇게 뜨거운 물은 아니에요. 저도 바보가 아닌데 그러면 무슨 일이 있을 줄 알면서 그러겠어요? 최대한의 온도였을 뿐이에요. 단지 이 피부가 약해 조금 더 상했을 뿐입니다."

"분명 덴 데 바르는 고약이 있을 것이오. 가져오시오."

잔뜩 성이 난 음성에 움찔하며 연이 가져온 주머니를 뒤져 화상에 바르는 고약을 찾아왔다. 그녀가 내미는 고약 병을 열어 손에 담은 그가 그녀의 손을 잡아끌어 앉히고 천천히 그녀의 팔에 발랐다.

성이 난 목소리와 달리 그의 손길은 마치 만지면 깨지기라도 할 듯 조심스럽고 부드러워 연의 눈에 자꾸만 눈물이 차오르고 있었다.

검은빛의 고약으로 금세 하얗던 그녀의 팔이 검은색으로 물들었지만 세현은 세심하게 구석구석 발라 가며 입으로 입바람을 불기까지 한다.

"아프지 않아요."

눈물 어린 음성에 세현이 고개를 들어 연을 힐끗 보더니 다시 약 바르는 일에 집중하고 있었다.

"아프지 않다니 다행이오. 그러나 다시는 이런 짓은 하지 마시오. 아시오? 그대가 아프면 나는 더한 고통을 느낀다는 것을? 그러니 그대의 몸은 그대만의 것이 아니라는 것을 명심하시오. 내가 없는 곳에서 절대 아프면 안 된다는 것을 명심해야 할 것이오."

그의 마음이 곧 그녀의 마음이었다. 그래서 더욱 마음이 아파 왔다. 주문처럼 외우는 말을 또 외우며 연이 흐르는 눈물을 다른 손으로 얼른 감췄다. 그리고 그 손을 들어 그의 얼굴을 쓰다듬었다.

먼 훗날 이 얼굴을 가슴에 새기며 그리움에 말라죽어 가더라도 그 아픔은 오로지 자신의 몫이길 빌어 본다. 그리고 자신에게 올 행복과 행운은 모두 이 사내에게 주기를 바라며 연이 생긋 미소를 베어 물었다.

자신이 바른 약을 살피고 고개를 든 세현이 그 미소를 보고 그녀의 입술에 가볍게 입맞춤을 해 주며 일으켜 세웠다.

"아시오? 내 참을성이 점점 사라지고 있음을? 그러니 그대도 조심해야 할 것이오. 자꾸만 자극하면 나도 어쩌지 못할지도 모르니까."

"아세요? 당신은 내가 손짓으로라도 안 된다 그러면 절대 아니 할 분이라는 걸 제가 너무 잘 알고 있다는 것을요?"

그 말에 세현이 웃고 말았다. 이 여인은 너무도 자신을 잘 알고 있었다. 그는 어떤 이유이든 연을 다치게 하는 일은 할 수 없는 사내였다.

"그래도 이런 짓은 다시 하면 그때는 정말 엉덩이를 때려 줄 거요. 이건 농담이 아니오."

"네, 명심할게요. 음…… 밤에는 어떤 모습일지 궁금해요. 나가 봐도 되나요?"

"피곤할 텐데. 괜찮겠소?"

"그럼요. 잠깐 산책이나 해요, 우리."

그의 안내를 받으며 성을 도는 동안 멀리 몽골의 막사에서 타오르는 횃대가 보였다. 그 모습만 봐도 마음이 무거워졌다. 비류수를 기준으로 넓게 펼쳐진 모양이 꽤 많은 인원이 모여 있는 것처럼 보였다.

이 성에도 계속 증원군이 오고 있었다. 오는 곳이 다르니 제각각 도착하는 날들도 달랐다. 그만큼 몽골의 전세가 너무 빨라 가야가 대비하는 게 늦어지고 있다는 말이었다.

설마 이대로 몽골의 기세에 눌려 저쪽 고려 꼴이 나는 것은 아닌지 걱정스러워졌다. 그러나 이곳의 역사는 다르게 진행되고 있었다.

마지막에 여진을 친 몽골이 그 핑계로 고려를 압박하는 수순이었지만 이곳에서는 먼저 거란을 치고 이제 여진을 목표로 눈을 돌리고 있었다. 뭔가 순서가 바뀌고 우후죽순으로 나눠져 있는 느낌이었다.

더구나 졸본성은커녕 북한 반 정도만이 고려의 땅이었다. 땅도 다르고 진행도 달랐다. 그리고 역사도 달랐다.

그럼에도 연은 걱정스러울 수밖에 없었다. 칭기즈칸이라는 인물이 나타난 것만으로도 어느 부분 역사의 궤가 같은 수순으로 돌고 있는 것은 아닌가 싶은 생각이 드니 두렵기도 했다.

"무슨 생각을 그리하오?"

멍하니 몽골의 막사 쪽을 바라보고 있는 연을 보며 세현이 그녀의 정신을 깨웠다.

"아까 만석 오라비가 아무르성에 데려와야 한다는 인물이 있다고 했어요. 그렇다면 저기를 해결 봐야 한다는 말이잖아요. 저쪽을 열지 않으면 아무르성까지 갈 수가 없잖아요?"

연의 분석은 정확했다. 세현의 고뇌도 바로 그 때문이었다.

"몰래 들어가 그자만 데리고 오는 수도 있소."

"그들이 가만있을까요? 그들의 목적도 분명 그자일 텐데? 그리고 가야에서 그자만이라도 데리고 오라는 건 명분을 만들기 위해서 아닌가요? 몽골을 칠 명분을. 그래서 저들도 기를 쓰고 그자를 데려가려는 거고요. 그러니 어차피 전쟁은 나게 되어 있다는 말이네요."

놀란 눈으로 연을 보며 세현이 다시 한 번 연이 공주와는 다른 사람이라는 것을 피부로 느끼고 있었다. 매사 하나를 보면 그 뒷일까지 생각하고 있었다.

"아마도, 그대의 생각이 맞을 거요. 그쪽에도 전쟁은 있소?"

"저쪽의 전쟁은 무시무시해요. 이렇게 칼과 창이나 활로 싸우는 그런 전쟁과는 격이 달라요. 그래서 다들 무서워하죠. 소소하게 분쟁은 있지만 영토를 침범하는 전쟁은 거의 사라졌어요. 지도에 선을 그어 놓고 나라를 정하면 절대 넘어가지 않는다는 약속을 하고 살죠. 왜냐면 어느 한 곳이라도 전쟁이 나면 전 세계의 사람이 모두 죽을 수도 있으니까."

그 와중에 가장 주목받는 곳이 대한민국이라는 작은 나라라는 말은 하지 않았다. 지금 한 말만으로도 그에게 소화하라는 것은 무리였다. 칼 대신 총을, 창 대신 미사일이 날아다니는 그쪽의 전쟁을 이해하는 건 이 시대의 그에게는 무리였다.

"그런 전쟁이 정말 가능하오?"

"아마도 먼 미래에는."

고개를 끄덕이는 연을 보며 세현이 머릿속에서 아무리 상상을 해도 어떤 전쟁인지 알 수가 없었다. 결국 포기한 그가 점점 차가워지는 바람을 느끼며 연의 어깨에 자신의 겉옷을 덮어 주었다.

"바람이 차니 들어가십시다. 오늘은 힘든 날이었으니 편히 쉬시구려."

"네, 확실히 북쪽이라 겨울이 빨리 오나 봅니다. 그러고 보면 곧 저 강이 얼겠군요."

그녀의 시선을 따라 비류수를 보는 세현의 눈에도 근심이 어리고 있었다. 연의 말대로 동짓달이 되면 비류수가 얼어 버린다. 그러면 육로가 생기는 꼴이니 좋은 일만은 아니었다. 요가 졸본을 넘보는 시기도 비류수가 어는 때와 같았다.

"오늘은 정말 대단한 날이었어요. 너무 흥분되어 잠이나 올지 모르겠어요. 엄마가 아이를 낳는다는 것은 정말 목숨을 거는 일이라는 것을 알았어요. 그런데 어떻게 내 부모는 그리 힘들게 낳아 죽으라고 차가운 바람이 부는 연못가에 버릴 수가 있을까요?"

그래서 더 이해할 수가 없었다. 부모라는 인간들을. 태어나 탯줄도 떼지 않은 아기를 어떻게 죽으라 버릴 수가 있단 말인가.

원망이라는 말도 어울리지 않았다. 그런 사람들이라면 이미 부모라고 부를 수도 없었다. 그저 살인마라는 말이 맞았다. 가만히 연의 어깨를 잡아 품에 안은 세현이 말보다 등을 쓰다듬는 행동으로 그 마음을 달래려 애를 쓰고 있었다.

그 역시 그런 행동을 했다는 인간들을 이해하기 힘들었다. 그러나 연은 모르지만 세현이 살고 있는 이 세계는 갓 낳은 아이를 팔고 사기도 하는 곳이었다.

"들어갑시다. 이러다 고뿔이라도 걸리면 도리어 폐를 끼치는 치료사가 될 거요."

근심을 감추려 농으로 던진 말에 연이 예쁘게 그를 흘기며 혀를 내밀었다. 이미 서로의 마음을 확인한 두 사람이었다. 조금 더 서로를 배려하는 마음을 알고 있기에 손만 잡고 그녀를 침소에 데려다주는 그의 마음이 슬펐다.

연을 침소에 보내고 세현은 다시 성벽에 올라 몽골이 있는 곳을 향하며 생각에 잠겼고, 연은 앞으로의 일을 걱정하다 잠이 들었다. 졸본에서의 첫날은 그렇게 저물어 가고 있었다.

4.

무슨 뜻일까?

하얀 안갯속에서 누군가 울고 있었다. 익숙한 울음에 연서가 정신없이 안개를 헤치며 울음소리를 따라가고 있었지만 더욱 짙어지는 안개는 마치 우유 속을 헤엄치고 있는 것처럼 앞을 가로막고 있었다.

"어디야? 도대체 어디서 울고 있는 거야?"

소리를 질러도 안개가 막아 버리는 것 같았다. 그럼에도 귀에는 서럽게 우는 소리가 들리고 있었다. 그래서 마음이 더 급했다. 허우적거리며 안개를 헤치려 애쓰던 연서의 눈앞이 갑자기 환해졌다. 그리고 연서의 눈에 주저앉아 울고 있는 하연이 보였다.

"하……연?"

저도 모르게 이름을 부르자 잔뜩 젖은 눈을 들어 하연이 연서를 보았다. 그 눈에는 또한 원망이 가득 들어 있었다.

"왜 그랬어? 왜?"

"난…… 하연아, 난……."

뭐라고 말을 해야 하는지 모르겠다. 잔뜩 담긴 눈물에 담긴 원망을 고스란히 받으며 연서도 울고 있었다.

"누구보다 내 마음을 잘 알고 있잖아. 그러면서 왜? 어떻게 네가 그럴 수가 있어?"

"알아, 그래서 안 그러려고 했어. 그런데 하연아, 나도 네가 왜 그 사람을 마음에 담았는지 알았어. 왜 그렇게 아프게 울었는지도 알았어. 잠시야. 아주 잠시만 네 대신을 할게. 그러니까 울지 마. 그렇게 아프게 울지 마."

기어이 연서가 하연을 품에 안으며 애원을 하자 하연의 눈물이 그대로 연서에게 흡수되는 것 같았다. 흠뻑 젖은 가슴에 얼굴을 묻고 있던 하연이 고개를 들었을 때, 더는 눈물이 보이지 않았다.

"시간이 별로 없는데 그래도 괜찮아? 네 말대로 잠시지만. 내 대신으로 그의 곁에 있을 시간이 많지 않아. 그러면 넌 어떡할래?"

"나는…… 나는……."

차마 입에서 대답이 나오지 않았다. 잠시니까, 시간이 얼마 없어도 괜찮다고 말하려고 했지만 입이 떨어지지를 않았다. 대답 대신 이번에는 연서의 눈에서 눈물이 쏟아지고 있었다.

가만히 손을 들어 연서의 눈물을 닦아 준 하연이 애달픈 눈빛으로 그녀의 뺨을 어루만지고 있었다.

"너는 나고, 나는 너야. 그래서 말하지 않아도 난 알아. 네 마음을 알아. 그래서 더 슬퍼. 그래서 더 괴로워. 내 존재로 인해 너는 또 힘들어질 거야. 그래서 또 미안해."

알 수 없는 말에 더 묻고 싶었지만 이미 하연의 몸이 흩어지고 있었다.

"하연아?"

"기억해. 내 선택이 아니야. 너의 선택이었어. 그래도 한 번은, 꼭 한 번은 서방님을 보여 줘. 그거면 돼. 아무것도 바라지 않을게. 딱 한 번만 내게 그분을 보여 줘. 잊지 마, 선택은 이미 이뤄졌어."

마지막 말은 거의 알아듣지도 못할 정도로 작았다. 그럼에도 연서가 기를 쓰고 흩어지는 하연을 잡으려 손을 내밀지만 하연은 잔잔한 미소를 보이며 끝내 연서의 시선에서 사라졌다. 그리고 기다렸다는 듯이 안개가 커다란 장막처럼 펼쳐지며 다시 하얀 세계를 만들어 버렸다.

"하연아? 하연아!"

"연, 일어나시오. 연!"

이른 새벽 연의 처소에서 들리는 목소리에 군영을 돌던 세현이 급하게 그녀를 찾았다. 누운 채 손을 허우적거리며 공주를 찾는 연을 보고 급한 마음에 그가 그녀를 품에 안고 흔들어 깨우려 애를 쓰고 있었다.

간신히 눈을 뜬 연을 보며 세현이 겨우 안도의 한숨을 쉬었다.

"정신이 드오?"

"네, 당신이군요. 다행이에요. 정말 다행이에요."

그의 품에 안겨 드는 연을 안으며 세현도 같은 마음이었다. 그녀가 공주의 이름을 부르는 순간 앞이 까마득해졌다. 혹여 이대로 공주가 돌아올 것 같아 두려운 것은 비단 연만은 아니었다.

"무슨 꿈을 꾼 것이오?"

"아무것도, 아무 꿈도 아니었어요."

꿈 이야기를 해 봐야 걱정만 할 거라는 걸 알고 있었다. 그래서 연이 가슴에 꿈을 묻으며 그의 품에서 도리질을 하고 입을 다물었다.

"그러면 다행이오. 그러면 되었소."

그 마음을 알기에 그도 더는 묻지 않았다. 항상 그들을 불안하게 하는 일이 오늘은 일어나지 않았으니 그냥 넘어가자는 마음이었다. 아직은 연이 그의 품에 있으니 다른 것은 생각하지 말자 싶었다.

"그 약속 기억하시오?"

"무슨?"

"언제든 내게는 말을 해야 하오. 아무 말도 없이 내 곁을 떠나는 일은 없을 거라는 약속."

"그럼요. 말하고 갈 것입니다. ……꼭 말하고 갈 것입니다."

애절한 그의 음성에 또 눈물이 차올라 아예 그의 품에 얼굴을 떼지도 않고 연이 다시 지킬 수 없는 약속을 하고 있었다. 그러나 마음으로는 여전히 가는 날부터 그의 기억에서 자신을 지워 달라 빌고 있었다.

"쓸데없는 생각은 하지도 마시오. 그대 혼자 아픈 것을 모두 지고 가게 할 것 같소?"

이미 연을 알고 있는 그였다. 처음 그에게 오고부터 자신을 위해 움직인 일이 없었다. 처음에는 공주를 대신하더니 그다음은 온통 그를 위해 움직이는 여인이었다. 단 한 번도 자신의 안위는 따지지도 않는 연을 알기에 더 불안했다.

"꼭 제 머릿속에 들어오신 분 같으십니다. 그런데 계속 여기 계셔도 되십니까?"

정신을 차린 연이 세현의 옷차림을 보며 고개를 갸웃했다. 어제와 달리 그는 낯선 갑옷 차림이었다. 그래서 뺨에 닿는 느낌이 거칠고 차가웠던 모양이었다.

이곳의 갑옷은 쇠 그물에 비늘처럼 생긴 작은 철 조각들로 엮어 움직일 때 거추장스럽지 않게 만들어져 있었다. 그 안에 가죽옷을 입고 이 그물 옷을 다시 입는 모양새 같았다. 가죽옷만으로도 꽤 무거울 것 같은데 이것까지 더하면 무게가 장난 아닐 거라는 것은 굳이 입어 보지 않아도 알 수 있었다.

"나가 봐야 하오. 이제 괜찮겠소?"

"그럼요. 저도 이제 일어나야겠어요. 어제 태어난 아이를 보고 싶어요. 밤새 잘 잤겠죠?"

"누가 축복해 준 아이인데. 분명 잘 자고, 잘 먹고 있을 거요.

사람을 하나 붙여 주겠소. 꼭 같이 다녀야 하오."

"넵!"

엄한 얼굴을 하는 그를 보며 연이 두 손가락만으로 거수경례를 하며 웃었다.

"그건 또 무슨 짓이오?"

"음, 우리 쪽의 관군들의 인사법 정도라고 하면 되려나? 암튼 그런 인사예요. 알았다는."

고개를 갸웃하는 그에게 설명을 해 주자 어이없다는 웃음이 따라왔다.

"그런 장난 같은 인사라니. 그쪽은 군율이 엉성한 모양이오."

"가세요. 이러다 아예 하루 종일 있겠어요. 그 인사는 그저 간단히 제가 따라만 한 거예요. 설마 거기라고 군율이 다르겠어요. 저 옷 갈아입어야 하니 얼른 볼일 보러 가시지요."

그녀가 미는 손에 일어나는 세현에게서 갑옷에서 나는 소리가 시끄럽게 따라 울렸다.

"그래도 그대가 하니 꽤 예쁘다는 건 알겠소."

막 문을 나서던 그가 연을 보며 한마디 남기고 나간다. 그래서 또 연은 예쁘게 웃으며 눈물 한 방울을 흘리고 있었다.

무슨 뜻일까? 선택이 이미 이뤄졌다는 하연의 말이 아직도 귓가에 남아 있었다. 그리고 시간이 그리 많지 않다는 말도. 무슨 일이 일어나려는 것인지 몰라도 불안하고 초조해져 가만히 있을 수가 없었다.

한동안 안 보이던 하연을 보고 처음 든 생각은 두려움이었다. 그리고 미안함이었다. 여전히 울고 있는 그녀를 보며 이제는 자신이 그녀를 울리는 존재가 되었다는 슬픔이었다.

정말 하연과 자신은 하나일까? 그러면 어떻게 다른 세상에 살고 있다는 말인지 이해도 안 되었다.

온통 이해할 수 없는 말에서 단 한 가지, 시간이 별로 없다는 말만 가슴에 송곳처럼 박히고 있었다. 그의 옆에 있을 수 있는 시간이 얼마 없다는 말에 벌써 가슴이 메어지고 있었다. 입술을 깨물며 떨어지는 눈물을 닦아 낸 연이 옷을 챙겨 입었다.

"가는 날까지 최선을 다하는 거야. 넌 연이니까 할 수 있어. 가슴에 있는 모든 것을 그에게 주고 가는 거야. 아무것도 남기지 말고 모두 내어 주고, 대신 그 사람의 아픔만 가지고 갈 거야. 그게 내가 할 수 있는 일이니까."

작은 손거울을 통해 보이는 얼굴은 여전히 하연이었지만 이제 연에게는 그저 자신의 얼굴로 보이고 있었다. 처음 거울을 볼 때마다 놀라던 자신은 없었다. 이제 거울에 비친 얼굴을 보면서 자연스레 자신의 이름, 연을 떠올리는 여인만 있었다. 그만큼 시간은 흘렀고 또 이 모습에 익숙해지고 있었다.

하연은 도리어 그녀와 쌍둥이 같은 느낌이었다. 그동안 많은 시간을 밖에서 지내 건강해진 얼굴은 분명 하연이지만 다른 얼굴이기도 했다.

거울 속에 여리고 가냘픈 여인은 없었다. 그곳에는 당돌하고 영리해 보이는 얼굴만 있었다.

마음을 다잡은 연이 머리띠까지 갖춰 하고 문을 나서자 기다렸다는 듯이 처음 보는 사내 하나가 인사를 한다. 사내라고 하기에는 아직 어린 소년으로 보였다. 대충 보아도 열다섯을 간신히 넘긴 것 같았다.

"신녀님을 모시라는 명을 받았습죠."

그런데 사투리를 쓰지 않았다. 그것만으로도 반가운 마음이었다. 마을을 향하면서 그들의 말을 알아듣는 것에 애를 먹고 있었는데 적어도 동행하는 이와는 말이 통한다니 마음이 놓였다.

"반가워요. 어제 태어난 아기를 보려고 하는데 길은 알아요?"

그의 등 뒤를 살피며 혹시 그가 보일까 싶어 확인하지만 이미 보이지 않았다. 오늘은 만석도, 현도 보이지 않는 것을 보니 분명 무슨 일이 있지 싶었지만 확인할 마음은 없었다.

그들이 이곳에 놀러 온 것이 아님을 알기에 직접 무슨 일이든 알려 주기 전까지는 모르는 척하기로 했다.

"네, 그럼요. 거기서 자랐는걸요."

"에? 그런데 말투가 달라요. 사투리를 안 쓰네."

"예, 어릴 때 아버지를 따라 여기저기 돌아다녔거든요."

"이름이 뭐예요?"

그제야 이해가 되었다. 아마도 떠돌이 생활을 하다 고향으로 돌아온 모양이었다. 정식 군졸은 아니고, 그들의 심부름을 하며 생활을 하고 있다는 소년에게 우선 이름부터 물어보았다.

"그냥 돌이라고 부르시면 됩니다."

"돌?"

"예."

재밌는 이름이었다. 생긴 것이 꼭 저쪽의 동생 중에 윤석이라는 아이와 많이 닮아 더 친근감을 느끼는지도 모르겠다.

돌이 그녀가 들고 있는 주머니를 챙겨 들고 앞장을 서고 연은 다시 한 번 주변을 즐기며 마을로 향했다.

마을은 생각보다 컸다. 처음 정신없어 아이만 받느라 주변을 살피지 못했는데 안쪽으로 들어갈수록 제법 구색을 갖춘 집들이 들어서 있었다.

비류수가 흐르니 농사를 짓는 데도 무리가 없어 벼농사와 밭농사가 주업이지만 산으로 다니며 약초도 제법 뜯어 판다며 열심히 돌이 설명을 하는 동안, 주변의 사람들이 연을 보고 다들 하던 일을 멈추고 고개를 조아리며 가슴에 손을 얹고 인사를 한다.

"어제 신녀님이 하신 일을 듣고 다들 감사드리는 것입니다."

돌의 설명에 얼굴이 붉어졌지만 일일이 고개를 숙여 답례를 하느라 목이 아파 와 이젠 그만했으면 하는 마음이 더 컸다.

"신녀님!"

어느새 어제 그녀를 찾아왔던 아이가 나와 치마 끝을 잡고 생글거리며 웃고 있었다.

"너로구나. 동생은 잘 있어?"

같은 나라 사람인데 통역을 두고 말하는 폼이 웃기긴 했지만 그래도 지금은 방법이 없었다. 뭐랄까 갑자기 제주도 방언을 대하는 느낌이었다.

아이의 이름은 달래라고 했다. 그리고 정말 아기는 깨끗한 모습으로 잠이 들어 있었다. 이곳에도 아이를 낳으면 외부인은 못 들어오는 풍습이 있었다. 그러나 신녀만은 예외여서 돌은 밖에 있고 그녀만 들어가 아기를 보았다.

사내 아기는 엄마 젖을 신나게 먹고 잠이 들어 있었다. 아기 엄마는 그녀를 보고 먼저 눈물을 흘리며 고마워했다.

정말 예쁜 아기였다. 잠이 깰까 조심스레 아이의 볼을 쓰다듬던 그 순간, 머릿속을 스치며 지나가는 영상에 연의 눈이 커졌다.

어린아이를 목말 태우고 남은 손으로는 다른 아이의 손을 잡고 웃고 있는 세현의 모습을 보았다. 마치 스치는 그림처럼 보였던 영상에 가슴이 아려 왔다.

그 영상을 보고 있는 사람이 자신인지 아니면 하연인지 알 수가 없었다. 그러나 중요한 건 그가 환하게 웃고 있었다. 세상을 다 가진 것처럼 웃고 있는 그의 얼굴을 보며 목이 메어 연이 눈을 감아 버렸다.

너무 아름답고, 그리고 너무 슬퍼서 연은 삼족오 메달을 두 손으로 잡고 눈을 감은 채 스스로를 달래야 했다.

인사를 하고 그 집을 나서니 사람들이 줄을 서서 기다리고 있었다. 돌은 그들이 아픈 곳이 있어 신녀를 찾는 거라고 알려 준

다. 혹시나 준비해 온 약초들을 이런 식으로 쓰게 될 줄은 몰랐
다.

그다음부터는 정신이 없었다. 사람들을 살피며 그녀가 할 수
있는 최대한의 노력으로 치료하려 애를 썼다.

주로 산으로 다니며 상처를 입고 그대로 두어 곪은 사람들이
많았다. 그곳에 약초만 바르고 있으니 덧이 날 수밖에 없는 상황
이었다.

돌에게 뜨거운 물을 가져오라 시키고 주술사 할머니가 치료하
던 것을 떠올리며 일일이 곪은 것을 짜내고 다시 약을 발라 주었
다. 부스럼이 있는 아이에게는 그에 맞는 약초를 내어 주고 그것
으로 목욕을 시키라는 말을 해 주는 것이 고작이었지만 그들에게
는 그것만으로도 커다란 도움이 되는 모양이었다.

항상 깨끗이 씻으라는 말을 해 주며 될 수 있으면 물도 끓여
먹으라는 말도 잊지 않았다. 이곳의 사람들은 비류수의 물을 그대
로 식수로 사용하고 있었다.

물론 시대가 달라 깨끗한 물이라고는 하나, 기운이 떨어진 사
람들에게는 혹여 해가 될 수도 있어 일부러 몸이 약한 사람들에
게는 특별히 당부했다.

그들은 더불어 아기에게 해 주었던 축복의 행위도 부탁하고 있
었다. 그들에게 그 모습은 신녀의 축복을 받고 있는 것처럼 보인
모양이었다.

망설이던 연이 포옥 한숨을 쉬며 깨끗한 물 한 사발을 들고 아

기에게 해 주었던 그대로 사람들에게 축복을 주었다. 가슴속에서는 이런 행위가 신을 모독하는 일이 아니기를 바라며 진심으로 그들이 무탈하기를 빌어 주었다.

그들에게는 연의 치료보다 이 축복이 더 감사한 모양이었다. 곧 모든 병이 나을 거라고 기뻐하는 모습에 자신이 사기꾼이 된 것 같아 미안하고 마음이 불편했지만 내색할 수도 없었다.

해 준 것도 없이 모두에게 감사의 말을 들은 것만도 미안한데 그들은 다투어 자신들이 보관하고 있던 약재를 내놓았다. 덕분에 가져간 약초보다 더 많은 약초를 얻어 올 수 있었다.

개마산에서는 볼 수 없었던 약초의 쓰임은 돌이 주인의 설명을 전해 주어 알 수 있었다. 신기하게 생긴 버섯부터 잘게 쪼개진 나무까지, 생각보다 쓰임새가 많은 약초를 보며 연이 항상 휴대하고 다니던 작은 종이책을 꺼내 열심히 그림과 함께 효능을 적어 갔다.

이곳의 아이들이 대부분 글을 모른다는 말에 있는 동안 아이들에게 글이나 가르칠까 생각하며 내일 오겠다는 말로 그들을 물리고 연은 돌과 함께 세현을 찾아 길을 나섰다.

성까지 올라가는 길은 한참이지만 그래도 그 길을 오르면 그가 기다리고 있다는 것만으로도 힘이 나는 연이었다.

숲길을 지나 성벽으로 올라가는 길로 들어서는데 젊은 여자 하나가 연을 스치고 지나갔다. 고개를 숙이고 긴 머리로 얼굴을 가려 정확하지는 않지만 흔들리지 않는 걸음걸이가 분명 젊은 여자였다.

언뜻 보면 자신과 같은 또래로 보이기도 했다. 반가운 마음에 알은척을 하려는 연을 무시한 여자는 급한 걸음으로 어디론가 향하고 있었다.

"저 여자는 누구야?"

"모르겠는데요. 저도 처음 보는 얼굴인데. 마을에 다른 사람이 들어왔나? 누가 시집왔다는 말도 없었는데."

머리를 갸웃하며 돌이 다시 한 번 여자를 살피려 고개를 돌렸지만 이미 여자는 그림자도 없었다.

"저쪽은 비류수 쪽인데. 거긴 위험한데 왜 가는 걸까요?"

"글쎄, 이유가 있겠지. 얼른 가자. 오라버니들이 기다리시겠다."

"네."

연의 재촉에 돌이 재빨리 길을 나서며 연의 가방을 흔들고 있었다. 오늘 하루 꽤 친해진 두 사람은 이런저런 이야기를 나누며 가파른 길을 힘든 것도 잊은 채 오르고 있었다.

역시나 세현은 연이 오는 것을 보더니 한걸음에 다가왔다. 그 뒤로 현과 만석이 뒤따르고 있었다. 환한 웃음으로 그에게 뛰어오는 연을 맞이하는 세현의 얼굴도 마찬가지로 기쁨에 환하게 웃고 있었다.

저녁은 뜻밖에 만석과 현도 함께였다. 아침과 다르게 갑옷을 벗은 세현은 훨씬 가뿐한 모습이었고 연도 갑옷을 입은 모습보다는 긴 장옷을 입은 그가 더 좋았다. 처음 긴 머리를 보며 웃긴다는 생각을 했던 것은 모두 잊어버리고 지금은 등 뒤로 날리는 그의 머리카락조차 멋있어 보인다. 그래서 사랑은 콩깍지라는 말이 생긴 거라고 실없이 중얼거리면서도 눈을 돌릴 수가 없었다.

가끔 그의 머리카락을 당기는 장난을 치는 연의 행동에 처음에는 놀라던 그도 이제는 웃으며 그녀의 손에 잡힌 머리카락을 그대로 두곤 했다.

하루가 지날수록 해는 짧아지고 있었다. 지금도 호롱불이 흔들리며 그들의 소박한 식탁을 비춰 주고 있었다.

"자, 이제 말씀을 해 주세요. 언제 가시나요?"

뜬금없는 연의 질문에 다들 수저를 들다 말고 연에게 시선을 모았다.

"그 투울룬인지 투룰룬인지 잡으러 가신다면서요. 날짜를 정했을 것 아닙니까?"

"투울룬 칸입니다."

현이 톡 끼어들며 연의 발음을 교정했다. 그런 현을 째려보며 연이 입을 삐죽였다.

"그깟 이름 하나 틀린다고 무슨 큰일이 나는 것도 아니고 언제냐고요."

헛기침을 하는 현을 외면하고 이제 아예 연이 세현을 째려보고 있었다.

이 남자들은 아마도 그녀 몰래 다녀올 생각을 하는 모양인데 그걸 모를 연이 아니었다. 처음부터 그들의 목적이 무엇인지 알고 온 처지였다.

"원래는 빠르게 가려고 했었소."

"에? 얼마나요? 그런데 말씀도 안 하십니까?"

뾰족한 음성에 세현도 현을 따라 그녀를 외면하고 있었다. 영리한 여인이니 기억하고 있을 거라는 걸 왜 잊고 있었을까. 숨기고 가려고 했던 자신이 바보처럼 느껴진다.

"그러나 닷새 후에 출발할 거요."

긴 한숨을 쉬며 세현이 날짜를 알려 주었다. 모르게 간다고 모를 그녀도 아니었다. 도리어 알려 주지도 않고 가다 일이라도 당하면 혼자 남을 그녀가 걱정되는 것도 사실이었다.

그녀를 위해 무조건 살아올 것이라 다짐하지만 전장에서 다짐만으로 산다면 죽는 이도 없을 거라는 건 이미 알고 있는 사실이었다.

그의 대답에 연이 가만히 고개를 숙이며 아무 말도 없이 밥을 먹고 있었다.

"그믐이군요. 좋은 날이네요. 그러나 제게 오셔야 합니다. 그 약속만 하신다면 전 이곳에서 편하게 기다릴 것입니다. 세 분 모두 제게 오신다는 약속은 하고 가셔야 합니다. 다치셔도 좋습니다. 살아서만 제게 오십시오."

조용히 속삭이는 그녀의 목소리에 세현도, 현도, 그리고 만석도 울컥하고 있었다. 흔들리지 않는 목소리에 담긴 것은 그들에 대한 믿음이었다. 꼭 살아서 돌아올 것이라는 믿음이었다.

"그럼요, 마마의 예쁜 얼굴 보려고 올 겁니다. 전 어디 하나 다쳐서 올 것입니다. 그래서 마마의 치료를 받을 예정이랍니다. 다친 데가 없으면 일부러 굴러서라도 다쳐 올 것입니다."

여태 신녀라고 불렀던 만석이 연에게 받은 감동을 숨기지도 않고 나무 숟가락으로 탁자까지 치며 하는 큰소리에 모두 황당해 이번에는 모든 시선이 그를 향했다.

"그러니까 만석 형님은 일부러 다치시겠다! 그럼 저도 일부러 한 곳은 다쳐 올 것입니다. 형님 혼자 그런 호사를 누리게 할 수는 없지요."

농담이라고는 모르는 현도 만석을 따라 농을 하며 분위기를 띄우려 노력하는 모습에 연이 환하게 웃을 수 있었다.

"잘 생각하셔야 하실 겁니다. 제가 치료사로 이름은 좀 있지만 솜씨는 장담을 못 하는 바라. 뒷일은 모릅니다. 혹여 실수로 잘못되면 신녀로서 기도는 해 드리죠."

딱딱거리는 말투에 두 사람의 얼굴이 구겨지고 세현은 또 한참을 웃었다.

"현 오라버니의 매 말입니다. 그거 이름은 뭔가요?"

이곳에 와서 현의 팔에 얌전하게 앉아 있는 새를 보고 놀랐었다. 사나운 생김새와 달리 고고한 모습에 솔직히 반했다는 말이 맞았다. 그리고 날카로운 발톱과 하늘을 날며 날개를 펴고 비행하는 모습을 보고 매라는 것을 깨달았다.

"매요? 이 새는 해청이라 하는데요."

현이 연의 말에 고개를 갸웃하며 새의 이름을 알려 주었다.

"그러니까 새 이름이 해청이요? 예쁘다."

"네, 다들 이런 종류의 새를 해청이라고 부르죠. 새끼 때 기르면 보라매라 부르고, 야생에서 잡아 길들인 것은 산진이라고 부르지요. 집에 있으면서 여러 해 된 것은 수진이고 흰 것은 송골, 청색은 해동청이라 부릅죠. 이 녀석은 보라매에 속하죠."

현의 말을 들으며 연이 천천히 정리를 하고 있었다. 그러니까 이쪽에서는 매라는 말이 없다는 말이었다. 그러나 매보다는 해청이라는 말이 더 예뻤다. 더구나 암놈이라니 더욱 어울렸다.

"제 팔에도 앉을까요?"

"잘못하면 다칠 수도 있소."

세현의 염려에 연도 망설였지만 알에서 깨자마자 키운 놈이라 사람을 따른다는 말을 하며 현이 그녀에게 자신이 끼고 있던 장갑과 비슷한 모양의 물건을 주었다. 가죽으로 덧대어 해청의 발톱에 상하는 일이 없도록 만들어진 물건 같았다.

얼른 손에 끼고 팔을 내밀자 해청이 주인을 몇 번 보더니 날름 연의 팔로 옮겨 앉는다. 생각보다 새의 무게가 나가 놀라면서도 신기해 팔에 앉은 새를 자세히 관찰하니 역시 매라는 생각을 할 수밖에 없었다.

일반 새와 같은 동그란 눈이지만 그래도 서늘한 눈매와 굽어진 부리는 날카로워 한 번 물면 절대 놓지 않으리라는 생각이 먼저 들었다. 용기를 내어 깃을 만지니 기분이 좋은 모양인지 가만히 있었다. 부드러운 깃이 손에 만져지며 절로 탄성을 자아냈다.

"그놈도 마마가 좋은 모양입니다."

보통은 다른 사람의 손에 들려 줘도 곧바로 주인에게 돌아오는 놈이 아예 그곳이 제 자리라는 양 연의 팔에서 내려올 생각을 안 하는 모습에 현이 놀라며 연과 해청을 바라보고 있었다.

"저도 마음에 드는 걸요. 너무 아름다워요. 이참에 이름을 지어 주면 어때요? 음…… 순이 어때요?"

"순이?"

세현의 우습다는 뜻을 감추지도 않고 되묻는 말에 연이 배시시 웃는다.

"암놈이라면서요. 거기다 이토록 순하니까, 순이. 딱 좋잖아요."

"천하에 용맹하기로 소문난 해청에게 순이라니 좀 이상하지 않소?"

세현의 말에 현도 고개를 끄덕이며 동의의 뜻을 표하고 있었지만 연은 아랑곳없이 벌써 순이라 부르며 해청을 쓰다듬고 있었다.

"현 오라버니, 얘 먹이는 뭘 줘요? 제가 줘도 되나요?"

"아마 힘드실 겁니다. 주로 쥐를 잡아 주거나 스스로 찾아 먹게 하거든요."

현의 대답에 연의 얼굴이 당장 구겨졌다. 아무리 순이가 예쁘지만 쥐를 손에 들고 주고 싶은 마음은 생기지 않았다.

"미안, 순이야. 나중에, 아주 나중에 내가 쥐에 익숙해지면 그
때 줄게. 알았지?"

순이라 불리는 해청이 마치 그 말을 알아들었다는 듯 눈을 빛
내며 날갯짓을 하자 세 남자가 모두 웃고 말았다. 볼수록 신기한
공주였다.

현과 만석에게 공주는 이상하고 신기한 존재였다. 원래 신녀로
선택받은 공주인가 싶을 정도로 그녀는 모든 사람에게 한결같이
머리를 숙였고 존중했다.

누구든 더러운 손을 내밀어도 단 한 번을 밀치는 꼴을 보지 못
했다. 도리어 그 손을 잡고 그들의 사연을 들어 주며 어떻게든 해
결해 주려 노력을 한다.

며칠 사이에 군영에서도 신녀는 그들을 위해 하늘이 내려 준
고마운 분이라는 믿음이 생기고 있었다.

불안하기는 모인 사람 모두가 같았지만 그래서 더 일부러 그들
을 웃기려 연이 최선을 다하고 있었다. 그 마음을 알고 있기에 세
현이 탁자 밑에서 연의 손을 살며시 잡으며 힘을 주었다. 그리고
마주잡은 연도 힘을 주어 그에게 대답을 해 주었다.

모두들 무사히 그녀에게 돌아오기를 바라는 마음을 담아 연이
더욱 수다를 떨며 그들을 웃기고 있었다.

다음 날은 연도 늦지 않게 일어났다. 오전 중에 아픈 병사들을

둘러보고 오후에 마을에 나가기로 이미 그와 약속이 되어 있었다.

문을 열고 나오는데 어제처럼 갑옷을 입은 그가 앞에 서 있다.

"좀 더 자도 될 것을 왜 이리 일찍 깬 거요?"

아직 해가 뜨지 않아 쌀쌀한 날씨에 그가 먼저 눈살을 찌푸렸다.

"해야 할 일이 많잖아요. 그런데 투구는 없어요?"

반짝이는 갑옷 위로 긴 머리를 반만 상투를 뜬 모습에 연이 갸우뚱하며 물어보았다. 예전 사극을 보면 이런 옷에 가죽에 털을 댄 귀 가리개가 달린 모자를 쓰던데, 세현은 그저 갑옷만 입고 긴 장도만 차고 다닐 뿐이었다.

"당연히 있지만 전시도 아닌데 쓸 일이 무엇이 있겠소. 막사까지 갑시다. 어차피 나도 들여다보아야 하니."

"정말요? 우와! 나 호위무사와 같이 다니는 느낌이에요."

"틀렸소, 호위무사가 아닌 남편과 다니는 거요."

은근한 목소리에 붉어진 연의 얼굴을 다행히 아직 뜨지 않은 해님 덕분에 남아 있는 어둠이 가려 주고 있었다.

"가실까요. 부인?"

"네, 서방님!"

작은 속삭임에 연도 같은 음성으로 대답을 하며 그의 옆에서 종종걸음으로 그를 따라나서는 길에 때마침 해님이 떠오르며 세현의 갑옷을 반짝이고 있었다.

"신녀님, 그 아기요. 이름을 연생이라고 지었대요."

"연생?"

"네, 신녀님이 살려 주신 아이라고 그런 이름을 지었다는데요."

어제 하루 동행했다고 부쩍 친해진 돌이 어제와는 다르게 신나게 수다를 떨며 마을을 향하는 길을 안내하고 있었다.

어릴 때 부친을 따라 이곳저곳 방랑하며 살다가 아버지를 여의고 다시 돌아온 고향에서 따뜻하게 맞아 줘서 너무 고마웠다는 말을 하는 돌을 보며 연도 웃고 있었다. 돌의 수다가 넘칠수록 저쪽의 동생들을 보는 것 같아 자꾸만 눈시울이 붉어졌지만 애써 감추며 그의 수다를 전부 들어 주고 있었다.

그때, 마치 멈춰진 영상처럼 돌이 목을 잡고 하얗게 질린 얼굴로 연을 돌아보고 있었다. 무엇인가 말을 하려 하지만 목소리가 나오지 않는 것처럼 목을 부여잡은 돌의 모습에 연이 황급히 달려가다 누군가에게 붙잡혀 두꺼운 손에 의해 입이 틀어 막혔다. 그리고 힘없이 쓰러지는 돌의 목에서 마치 분수처럼 피가 솟구치고 있었다.

'안 돼!'

소리 없는 외침이 막혀진 입에서 튀어나오다 사그라졌고, 머리를 울리는 통증에 연은 그대로 정신을 잃었다.

돌의 시체는 아기를 낳은 동생 부부를 찾아가던 군사장이 먼저 발견했다. 놀란 그가 마을로 가던 길을 돌려 군영을 향했고 곧 발칵 뒤집어졌다.

신녀를 모시던 군졸 하나가 목이 반은 잘려 죽어 있었고, 신녀는 흔적조차 없이 사라져 버렸다. 가장 분노한 사람은 세현이었다. 미친 듯이 마을을 뒤지고 모든 성벽을 뒤지고 다녔지만 연은 그림자도 보이지 않았다.

그를 따라 움직이는 만석과 현의 얼굴도 만만치 않게 굳어져 사방을 뒤지고 있었다. 그러나 어디에도 연은 없었다.

"이것은 분명 몽골의 수법입니다. 소리도 못 내게 한순간에 목을 긋는 수법은 흔하지만, 몽골인들이 양을 잡을 때 쓰는 칼과 같은 상흔을 남기고 있습니다."

결국 죽어 있는 돌의 상처를 살피며 범인을 색출하려는 현의 말에 세현이 그대로 주저앉았다.

"왜? 도대체 왜 그들이 연을 데려간 것인가?"

"그들은 마마의 정체를 모릅니다. 단지 신녀로 알고 있지요. 그렇다면 신녀가 필요한 상황이라는 말입니다. 다행인 건 아직 마마는 무사하실 것입니다."

현의 말에도 세현은 아득해지는 마음을 어쩌질 못하고 있었다. 하루가 불안한 그였다. 언제 연이 떠날까 가슴 졸이던 날들을 보내다 이런 식으로 연을 잃어버릴 줄은 몰랐다.

"찾으러 가야겠다. 연을 그런 오랑캐의 손에 있게 할 수는 없어."

정신없이 나서는 그를 따라나서는 이는 만석이었고, 잡은 이는 현이었다.

"준비도 없이 가시면 도리어 마마를 죽이실 수도 있습니다. 아시지 않습니까? 어차피 저희는 저기를 가야 하는 입장입니다. 이미 정해진 길, 가면서 마마도 구해 오면 됩니다. 아무리 그들이 험한 무리라 하나, 신녀를 함부로 대할 수는 없습니다. 신녀를 함부로 하면 어떤 벌을 받는지 다들 알고 있으니까요. 제가 최대한 정보를 모으겠습니다. 우선 신녀의 행방부터 알아보겠으니 조금만 참으시지요."

현의 말이 맞았다. 함부로 움직여 연이 다치기라도 한다면 그것대로 큰일이었다. 머리로는 받아들이지만 세현의 몸은 벌써 연을 향해 움직이려는 듯 들썩이고 있었다.

'연의 머리카락 하나라도 다치는 순간 네놈들을 아주 쓸어버릴 것이다. 내가 죽는 한이 있어도 네놈들의 씨앗 하나도 남김없이 쓸어버릴 것이다.'

몽골인들이 있는 곳을 향하는 그의 눈에 증오심이 가득 담긴 불길이 훨훨 타오르고 있었고, 장도를 잡은 손은 잔뜩 힘이 올라 굵은 핏줄이 서고 있었다.

5.
그곳이 내 자리니까

정신이 드는 순간 알아들을 수 없는 말이 먼저 귀에 들렸다. 더불어 깨질 듯한 두통이 따라온다. 정신이 없어 무슨 일이 벌어졌는지 알 수가 없었던 연의 뇌리에 도와 달라는 눈빛으로 그녀를 바라보던 돌의 하얀 얼굴과 더불어 빨갛게 치솟던 핏줄기가 선명하게 떠올랐다.

돌이…… 죽었다.

밝게 웃으며 아버지를 따라 떠돌아다녔다는 아이. 고향에 왔더니 다들 너무 반겨 줘서 좋았다던 아이. 일일이 사람들에 대해 설명하며 가슴을 내밀며 자랑하던 아이가 너무나 순식간에 사라졌다.

"악!"

저도 모르게 머리를 부여잡고 연이 소리를 지르고 있었다. 태어나 사람이 죽는 것을 본 적이 없었다. 사람이 그렇게 쉽게 죽는 다는 것도 생각해 본 적이 없었다. 한꺼번에 몰려오는 두려움과 공포가 연을 미치게 하고 있었다.

왜 그 어린 소년이 죽어야 하는지도 모르겠다. 바로 눈앞에서 죽어 가는데도 그녀가 한 일이라고는 왜냐고 묻는 아이의 눈을 보는 것밖에 없었다는 것만으로도 숨이 막혀 왔다.

그녀의 발작을 멈춘 것은 누군가의 손이었다. 거세게 뺨을 때리는 손길에 이제 막 일어나 앉아 있던 연이 저만큼 구석으로 내쳐졌다.

"기틀예 님, 신녀는 함부로 다루면 아니 되옵니다."

군사를 따라다니는 주술사가 기틀예의 행동에 기겁을 하며 앞을 막았다.

"저것의 행동으로 혹여 주군의 상태가 알려지기라도 한다면 신녀라는 것은 필요도 없을 터."

그러나 도리어 차가운 질책만 되돌아올 뿐이었다. 그 말에 주술사도 고개를 숙이며 더는 입을 열지 않았다.

"깨워라."

한 대 맞고 이미 나가떨어진 신녀를 한심하게 바라보며 기틀예가 주술사에게 차가운 말투로 명령을 내렸다.

그녀의 명령에 주술사가 일그러진 얼굴로 다가가 신녀를 흔들었지만 깨어날 생각을 하지 않는다. 기어이 참을성 없는 기틀예가 주치를 닦아 주던 물그릇을 들어 그대로 연에게 부었다.

차가운 물에 정신이 든 연이 연신 고개를 저으며 헐떡이는 모습을 가만히 바라보던 기를예가 작지만 날이 파랗게 선 칼을 들고 연에게 다가가 머리채를 쥐어 고개를 젖히고 목에 대었다.

하얀 목덜미에서 벌써 빨간 피가 내비치고 있었다. 차가운 물보다 목에 대고 있는 칼의 섬뜩함 때문에 정신이 든 연이 자신을 협박하고 있는 사람이 여자라는 것을 알고 더 놀랐다.

"저 사람을 살려 내라. 만약 그가 살지 못하면 너도 죽는다. 대평원의 여전사이자 대보르지긴의 전사인 나, 기를예의 명예를 걸고 네 씨족까지 멸할 것이다."

무서운 얼굴로 무엇인가 중얼거리지만 알아들을 수 없는 말이었다. 그리고 곧이어 그녀의 말을 해석해 주는 이가 있어 고개를 돌리다 그만 칼이 목에 선을 늘리고 그만큼 피를 흘리게 만들었다.

따끔거리는 느낌을 무시한 연이 자신이 지금 몽골군사에 와 있음을 깨닫고 있었다. 둥그런 천장 가운데 구멍이 나 있었다. 바닥은 맨땅이었지만 여자가 가리킨 곳에 남자 하나가 신음을 하며 커다란 양털로 보이는 양탄자 같은 것에 누워 있었다.

아마도 저 남자를 살리라는 것 같았다.

형형한 눈을 빛내는 여자는 무서웠다. 그 눈빛을 보고 돌을 죽인 사람이 누군지도 이제야 알겠다. 목덜미를 누르는 칼의 날카로움은 굳이 눈으로 확인하지 않아도 알 것 같았다. 벌써 목덜미를 따라 흐르는 것은 분명 땀은 아니었다.

그녀의 말을 해석해 주는 남자의 우스꽝스런 머리 모양도 그렇고 얼굴 가득 그려진 흉측한 문신도 그가 몽골인임을 말해 주고 있었다. 그리고 칼을 대고 있는 여자 얼굴의 반을 가른 흉터는 분명 칼자국이었다. 가야 말을 제대로 하는 것도 아니었다. 더듬거리며 끊어지는 말은 간신히 알아들을 수 있었다.

등 뒤로 한기가 흐르며 저도 모르게 좀먹고 있는 공포가 연을 지배해 한 발 떼는 것도 힘들었다.

이들의 모습은 배웠을 때와는 달리 보는 것만으로도 사람을 두렵게 했다. 손 하나 까딱하는 것도 힘에 겨울 정도로 무서워 연이 밀려오는 공포를 이기려 이를 악물고 떨리는 몸을 제어하려 노력하고 있었다.

"카…… 칼……을……."

목에 칼을 댄 상황에서는 아무것도 할 수 없다는 말을 하는 것도 간신히 목소리를 쥐어짜 내야 했다. 그녀 옆에 있는 남자가 제대로 전한 모양이었다. 곧 칼은 치워졌지만 따라서 여자의 억센 손길이 연의 목덜미를 잡아 질질 끌어 양털에 파묻혀 있는 남자의 곁으로 데려갔다.

"네가 살려야 할 분이시다. 위대한 평원의 전사시다. 만약 이분이 잘못되어 조상의 품으로 가게 되면 너도 따라가 이분의 수발을 들어야 할 것이다."

여자의 말은 해석해 주지 않아도 대충 알아들을 수 있었다. 이를 갈며 남자를 가리키는 폼만으로도 이 남자가 이 여자에게 얼마나 중요한 사람인지 알겠다.

벌벌 떨면서도 누워 있는 남자를 살피던 연이 처음에 느낀 것은 살이 썩어 가는 특유의 고약한 냄새였다. 어깨 쪽을 감싸고 있는 것으로 보아 다친 곳이 썩어 가고 있다는 소리였다.

건장한 사내였다. 몽골인치고는 큰 키에 건장한 체격이었으리라. 그러나 지금은 고열로 심하게 앓은 테를 내며 근육부터 무너지고 있었다.

사내 역시 몽골 특유의 변발을 하고 있었다. 정수리 부분의 머리는 풀려 있었고 귀 양옆으로는 땋아진 머리가 물에 젖은 듯 축 늘어져 있었다. 그러나 아무리 정신을 잃고 있다고 하나 두렵기는 매한가지였다.

금방이라도 눈을 떠 그녀의 목을 딸 것처럼 험악하게 생겼다.

억지로 두려움을 삼키며 정신을 가다듬고 살피니 과연 살아날 수나 있을까 싶을 정도로 사내의 상태는 심각해 보였다.

이 사내를 살려 내라는 말이었다. 만약 잘못되면 그녀도 죽이리라는 협박을 들으며 연의 마음이 아득해졌다.

그때, 천막의 장막이 열리더니 이번에는 누워 있는 사내보다는 나이가 있어 보이는 사내가 들어왔다. 들어온 사내는 누워 있는 사내보다도 더 험상궂어 연은 저도 모르게 두려움에 몸을 움츠리고 어떻게든 그 사내의 시선에서 벗어나려 기를 쓰고 있었다.

이 사내 역시 특이한 머리 모양이었다. 더구나 하늘로 치솟은 수염이 얼굴을 더욱 사납게 보이게 한다. 익숙하지 않은 모습에 연이 뒷걸음치려 하자 여자의 손에 힘이 들어가, 움직일 수도 없었다.

계속 나타나는 인간들마다 같은 모양새를 보니 분명해졌다. 자신이 지금 몽골군에 와 있다는 것이, 그것도 그들 한가운데 끌려와 있음을 알겠다.

"장군의 상태는 어떠십니까?"

"이제 좋아지실 겁니다. 치료사를 데려왔으니까요."

천부장 수배치였다. 다른 장수들과 달리 수배치만은 주치를 모시는 사람들 중 하나였다. 그리고 칭기즈칸의 네 번째 동생이기도 했다. 주치와 같은 전투를 치르며 그의 인품에 반해 진정한 칸의 후계자는 그라고 믿는 몇 안 되는 사람 중의 하나였다. 그래서 지금도 그를 대신해 넘치는 힘을 주체 못 하는 군사들을 조율하고 있었다.

그가 있어 주치의 상태를 숨길 수 있었다. 만약 그의 상태가 차거타이에게게라도 들어간다면 더욱 기승을 부릴 그들이라는 것을 적어도 두 사람은 너무도 잘 알고 있었다.

힐끗 기를예의 손에 잡혀 있는 여자를 본 수배치의 눈이 커졌다. 그냥 치료사라고 생각했는데 차림을 보니 신녀였다. 물론 몽골에서 신을 모시는 주술사가 치료사를 대신하기도 하지만 신녀와는 다른 위치였다.

신녀는 곧 신을 모시는 여자라 함부로 하면 안 된다는 믿음이 그들에게도 있었다.

"신녀 아닌가?"

"주군을 살릴 수만 있다면 신녀가 아니라 신이라도 데려올 것입니다."

기를예의 말에 수배치도 더는 말을 이을 수가 없었다. 그만큼 상황은 급했다. 주치의 상태를 숨기는 것에 한계가 오고 있었다. 이곳으로 진군한 지 한 달 동안 전투다운 전투는 겨우 세 번뿐이었다.

"뭐하고 있어? 치료를 하란 말이다."

기를예가 연을 밀쳐 앓아누운 남자에게 바짝 대며 소리를 질렀다. 그러니 별수 없이 살피는 척이라도 해야 했다.

열이 나는 이유는 상처 때문인 것 같았다. 오랜 시간 제대로 먹지 못해 야윈 몸을 보며 연이 더욱 인상을 썼다. 이 상태로는 언제 죽어도 이상하지 않았다.

어깨를 둘둘 말아 놓은 천도 지저분하기는 매한가지였다. 상처에서 나오는 진액과 달리 원래 더러운 천이라는 것을 알 수 있을 정도로 제 색을 알아볼 수도 없었다. 그러니 상처가 덧날 수밖에.

그들의 눈을 피해 세심하게 사내를 살피는 척하지만 정작 연은 세현을 걱정하고 있었다. 천막 안이라 해를 볼 수는 없지만 가운데 구멍을 보고 이미 밤이라는 것은 알겠다. 그렇다면 돌을 발견하고도 남았을 시간이었다.

없어진 그녀를 찾아 헤매느라 기를 쓰고 있을 그를 생각하니 자꾸만 눈물이 흐르려 하는 것을 참는 것도 고역이었다.

'나를 찾아 주세요. 나 여기 있어요. 제발 나를 찾아 주세요.'

마음으로 그를 찾으며 잠시 눈을 감았던 연이 입술을 깨물고 누워 있는 사내를 향해 떨리는 손을 대었다.

이 사내가 죽는 것은 상관이 없었다. 그러나 이 사내가 죽고 그녀도 따라 죽임을 당한다면 남은 그는 어찌해야 하는지, 그리고 또 하연은 어떻게 되는지. 가슴 한곳이 무너지는 것을 참으며 연이 사내의 상태를 살피고 있었다.

우선은 이 사내부터 살려야 했다. 그래야 여기서 살아갈 방도라도 찾을 수 있을 것 같았다.

"……뜨거운 물부터…… 준비해 주세요. ……그리고 혹시 제…… 가방 가져오셨나요?"

또박또박 제 목소리로 주문을 하는 신녀의 모습에 기를예가 날카로운 눈으로 쳐다보다 통역을 맡은 늙은 사람을 보았다. 더듬거리는 그의 말에 커다란 덩치를 자랑하는 남자가 그녀 앞에 가방 하나를 던졌다. 그 모습에 놀라 연이 다시 뒷걸음질을 치다 여자의 차가운 눈빛에 얼른 앓아누운 사내에게 고개를 돌렸다.

커다란 덩치의 사내가 던진 가방을 주워 들며 연이 입술을 깨물고 차오르는 눈물을 간신히 억누르고 있었다. 돌이 연을 대신해 들고 다니던 약초 가방이었다.

다시금 떠오르는 돌의 마지막 모습에 잠시 눈을 감았던 연이 스스로를 다잡으며 그녀가 할 수 있는 한도에서 최대한의 치료에 들어갔다.

뜨거운 물은 곧바로 천막 안으로 들어왔다. 제법 많은 양이었다. 그 물을 작은 그릇에 덜어 깨끗이 손을 닦은 연이 가슴 안쪽에 있던 삼족오 메달을 꺼내 두 손에 품고 잠시 기도를 올렸다.

'그에게 아무 일이 없기를. 제발 신이 계시다면 그를 지켜 주세요. 그리고 하연도, 저도 지켜 주세요.'

먼저 세현을 위한 기도를 마친 연이 사나운 여자가 빈틈없이 감시하는 것을 모른 체하며 사내의 어깨를 감고 있는 천부터 풀었다. 이미 의식이 없는 상황에서도 말라붙은 천이 떨어질 때마다 사내가 몸을 떨었고, 그때마다 여자가 눈살을 찌푸리고 있었다.

상처는 천으로 덮여 있던 상태보다 더 심했다. 날카로운 꼬챙이에 뚫린 상처 같은데 주변으로 까맣게 썩어 가는 것이 그대로 보였다. 구멍이 있던 곳은 벌써 곪아 노란 액체로 채워져 있었다. 그 사이 꾸물거리는 것은 분명 구더기로 보였다.

참으려 했지만 그 모습에 기어이 연이 토악질을 했다. 냄새와 더불어 꿈틀거리는 벌레의 모습에 비위가 상하며 더는 참을 수 없는 구토가 따라왔다. 그리고 그 대가는 여자의 매서운 따귀였다.

"기를예 님, 진정하십시오. 신녀입니다. 혹여 잘못하면 신벌을 받을 수도 있습니다."

참고 있던 부이룩이 나서 기를예를 막았지만 이미 신녀는 그녀의 힘에 밀려 저만큼 쓰러져 있었다.

"신벌은 내가 받는다. 주군만 살린다면 어떤 벌이라도 받을 수 있어. 데려와."

사나운 일갈에 부이룩이 더는 그녀를 말리지 못하고 신녀를 일으켜 세워 다시 주치의 옆으로 데려왔다.

"조심하는 것이 좋을 것이다. 저분은 주군의 일이라면 신이라도 무서워하지 않으실 분이시다."

덩치에 어울리지 않는 부드러운 손길에 후들거리는 다리로 간신히 서 있던 연이 그의 말을 통역해 주는 늙은이를 향해 고개를 끄덕였다.

납치되며 맞은 머리부터 여자에게 맞은 얼굴까지, 어느 하나 아프지 않은 곳이 없었다. 벌써 주저앉고 싶은 마음이었지만 멈출 수도 없었다.

"······카······칼을······ 좀······ 주세요."

자존심이 상하지만 목소리도 떨려 나오고 있었다. 그만큼 연은 지금 두렵고 무서워 죽을 것 같았다. 오직 세현만 떠올리며 살아야 한다는 생각뿐이었다. 연이 주문을 하자 당장 여자의 얼굴이 죽일 것 같은 표정으로 바뀌었다.

"상처를······ 도려내야······ 합니다. 안 그러면······ 팔을 자를 수도······."

그녀의 말이 끝나기도 전에 또 여자의 손이 날아오는 것을 막은 것은 커다란 덩치를 자랑하던 부이룩이라 불리는 사내였다. 그리고 그 사내가 여자 대신 작은 단도를 주었다.

천천히 무거운 발을 끌며 연이 천막 안의 가운데 지펴 놓은 모닥불 옆으로 다가가 그 끝을 달구기 시작했다. 칼끝이 곧 빨갛게 달아올랐다가 불에서 빼내자 제 모습을 찾았다.

아무리 둘러봐도 붕대로 쓸 만한 물건이 보이지 않아 결국 연이 제 치마 끝을 잘라 길게 붕대로 만들었다.

이제 남은 일은 가장 하기 싫은 일이었다. 그래도 해야만 하는 일이니 빠르게 끝내는 것이 연에게도, 또 사내에게도 좋은 일이라는 것을 알고 있었다.

찢어 낸 천을 옆에 두고 조금 더 찢어 낸 연이 입을 가리고 긴 한숨을 내쉬고는 상처 부위의 까맣게 썩은 부분을 잘라 내며 빨간 피가 나오는 것을 확인해 가고 있었다.

생각보다 깊이까지 썩어 들어 있었다. 썩은 부분을 제거하면서 이물질이 섞여 나오는 것을 보며 이것이 상처를 더 악화시켰다는 것을 알았다.

그리고 뜨거운 물의 온도를 확인하고 무명 속옷을 잘라 붕대로 만든 천을 이용하여 고름이 차오르는 곳을 짜내기 시작했다.

연의 움직임이 속도를 낼수록 사내의 신음은 더욱 커지고 있었지만 도리어 지금이 아니면 할 수 없는 일이기도 했다. 맨 정신으로 이런 치료를 받는다는 것은 죽으라는 말과 같았다.

부이룩의 도움으로 등 쪽의 관통한 부분도 같은 치료를 시작했다. 거기서도 꽤 많은 이물질이 나오고 있었다. 원래 상처가 생기며 들어간 이물질인지 아니면 이곳의 치료사가 넣은 것인지는 몰라도 그 이물질이 상처를 더욱 악화시키고 있었다.

마지막으로 주술사 할머니가 만들어 주었던 고약을 바르고 붕대를 감자 붕대 밖으로 고약 색과 더불어 빨간 핏기가 배고 있었다.

아마도 몇 번은 더 이런 치료를 해야 할 것 같았다. 하루로 끝날 일이 아니었다.

온몸이 땀범벅이 된 연의 내일도 이런 치료를 해야 한다는 말에 여자의 눈에 잠깐이지만 사내를 향한 안쓰러움이 가득한 빛이 돌았다.

아마도 누워 있는 사내가 이 여인의 정인인 듯싶었다.

진이 빠져 덜덜 떨리는 손으로 부이룩이라는 사내에게 단도를 넘겨 준 연이 가방을 열어 모닥불에서 끓고 있는 물에 해열에 좋은 약초를 골라 넣었다. 얼마의 시간이 흘러 약초가 우러나자, 연이 직접 약초 건더기를 골라낸 끓인 물만 따로 그릇에 담았다.

"이것을 저분에게 먹이세요. 열을 내리는 약입니다."

부이룩에게 그릇을 넘긴 연이 도저히 일어설 힘이 없어 그 자리에 주저앉았다. 그러자 재빨리 여자가 그릇을 받아 먼저 맛을 보고는 사내에게 다가갔다. 그러나 입을 벌릴 상태가 아닌 사내를 응시하던 여자가 주저 없이 약을 입에 머금고 그대로 사내의 입에 입을 대고 먹인다. 한 그릇 가득하던 약을 여자는 끝까지 같은 행동으로 모두 사내에게 먹였다.

"난 기룰예라고 한다. 기억해 둬. 주군을 살리면 넌 내게 은인이 되겠지만 주군이 잘못되면 네 목을 딸 사람도 나이니까."

사내에게 약을 모두 먹인 그녀가 연의 앞에 서서 내려다보며 이름을 밝혔다. 그녀의 말을 들으며 연의 얼굴도 하얗게 질려 갔다.

눈 하나 깜짝 안 하고 사람을 죽일 수 있는 여자에게서 천천히 뒷걸음질을 치며 그녀의 시선에서 멀어지려 애를 쓰고 있었다. 그러나 그것도 여자의 손에 의해 막혔다.

"묶어 둬. 혹시 도망가기라도 하면 큰일이니까."

기를예의 말에 부이룩이 천막가에 둘러진 나무 대에 가죽 끈으로 단단히 연의 두 손을 묶고, 그것도 모자라 두 발도 묶었다.

자신이 묶은 것을 확인한 그가 기를예를 향해 고개를 끄덕이자 그녀가 그제야 연에게 신경도 쓰지 않고 앓아누운 사내를 향해 다가가 아까와는 다르게 부드러운 손길로 땀을 흘리는 사내의 몸을 닦고 있었다.

○

"연의 행방은?"

세현은 또 그대로 마음이 급했다. 몽골이란 족속이 어떤 족속이던가. 사람의 목숨을 벌레보다 못하게 여기는 종족이었다. 이미 숨이 끊어진 돌을 보며 심장이 멎는 줄 알았다. 혹여 연에게 무슨 일이 있다면 그가 살아갈 이유도 없어진다.

"진정하십시오. 지금 막 세작의 보고가 도착했습니다."

"이게 진정할 일이던가? 보고하라."

당장이라도 몽골을 향해 진격할 분위기의 세현을 달래며 현이 무거운 얼굴로 보고를 하고 있었다.

"몽골군이 이곳에 도착한 것은 한 달이 조금 안 되는 시기였고 단 세 번 아무르에 침공을 하였습니다. 그리고는 저 상태로 아무르성 앞에 진을 치고 기다리고 있는 중입니다. 이건 그들답지 않은 행동이기도 합니다. 아무리 아무르성이 말로 올라가기 힘든 곳이라 하나 대충 세어도 천 가까이 데려온 군대가 마치 아무르를 지키러 온 모양으로 대기하고 있는 것은 누가 보아도 이상한 일입니다."

"그래서?"

"그들의 우두머리 중에 누군가 아무르를 진격하는 도중 다친 것 같다는 보고입니다. 정확히 누구라는 말은 없지만 이번 선봉인 주치라는 설이 다분합니다. 그리고 신녀를 납치한 까닭은 그를 치료할 사람이 필요해서일 겁니다."

차분한 목소리와 달리 현의 표정은 그리 밝지만은 않았다. 주치라면 지금의 칭기즈칸의 장자였다. 그를 살리기 위해 연을 데려갔다면 그의 생사와 연의 생사가 같을 수도 있다는 말이었다.

"그리고 민지설 장군은 살아 계십니다. 그들의 군영 중앙에 나무를 박아 매달아 놓았다는 정보입니다. 아무래도 우리에게 본보기를 보이는 모양입니다. 또 하나 나쁜 소식이 있습니다."

민 장군이 살아 있다는 말에 잠시지만 장수들의 얼굴에 희망이 보였다. 그러나 곧 현의 말에 다시 굳어졌다.

"첫 전투에서 투울룬 칸이 꽤 큰 상처를 입은 모양입니다. 아무르성에서도 숨기고 있지만 아무래도 힘들 것 같습니다. 그쪽의 지휘는 이미 그의 아들들이 대신하고 있다는 보고입니다."

산 너머 산이었다. 연은 몽골에 납치를 당하고 살려 데려가야 할 투울룬은 이미 사경을 헤맨다는 말에 다들 할 말을 잃었다.

군사를 나선 세현이 성벽 너머로 보이는 몽골군의 진영을 뚫어져라 보고 있었다. 잔뜩 굳어 있는 어깨가 얼마나 그가 분노하고 있는지 보여 주고 있었다.

"좌랑?"

만석이 어쩔 줄 모르는 눈으로 연신 세현과 몽골의 진영을 번갈아 보며 애달아하고 있었지만 세현을 부르는 현의 목소리는 도리어 잔잔했다.

"연은 무사합니다. 그렇게 말하고 있습니다. 가슴이."

현의 물음에 한참을 대답이 없던 세현이 조금은 진정된 음성으로 입을 열었다.

"네, 무사하십니다. 주치의 상태가 안 좋은 이상 그들도 마마를 어쩌지 못합니다. 더구나 그들은 마마의 진정한 신분을 모르지요. 그들에게도 신녀란 함부로 대해서는 아니 되는 사람입니다."

달래듯 현도 잔잔한 음성으로 대꾸를 해 주었다.

"네, 형님의 말을 믿습니다. 그러나 무사하다 하나 저곳에서 겁에 질려 있을 것을 생각하며 지금이라도 저곳으로 쳐들어가고 싶은 마음입니다. 이렇게 있어도 되는 건지 끊임없이 머릿속에서 묻고 있습니다."

이를 악물고 대답하는 그의 말에 현도 더는 말을 잇지 못했다. 공주는 현과 만석에게도 소중한 여동생과 같은 존재였다. 그들을 향해 밝게 웃는 얼굴을 떠올리는 현도 세현과 같이 그곳을 향하고 싶은 마음이었다.

달이 없는 그믐이라 더욱 빛을 발하는 몽골 진영 횃대의 불빛을 보며 세 남자가 붉어진 눈으로 그곳을 노려보고 있지만 정작할 수 있는 일이 없었다.

"우리도 비류수 앞쪽으로 진을 옮기는 것이 좋을 듯합니다. 그쪽의 경비도 강화할 필요가 있고, 혹시 모를 일을 대비하는 것도 좋은 일일 겁니다. 아마도 주치의 상태가 아니었다면 그들이 비류수를 넘어오는 일은 없었겠지만, 누구도 모르게 강을 넘어 마마를 납치할 동안 아무도 몰랐다는 말은 그만큼 구멍이 있다는 말과 상통하니까요."

비류수 주변은 병사들이 번을 서는 정도로 감시만 하고 있었다. 혹여 넘어오는 요나라 사람을 구하는 것이 주된 임무였다.

현의 말에 세현이 고개를 끄덕였다. 이미 생각하고 있었던 일이었다. 조금이라도 연에게 가까이 갈 수만 있다면 무슨 짓이라도할 수 있는 그였다.

'무사히 있으시오. 아니, 살아만 계시오. 살아서 내 품에 오시기만 하면 되오. 그저 살아만 계시오.'

차가운 성벽에 주먹을 부딪치며 세현이 간신히 눈가를 적시는 눈물을 감추고 있었다.

◈

　주치는 꿈을 꾸고 있었다. 화사한 여인이 그를 어루만지니 통증이 줄었다. 마치 하늘에서 내려온 천녀처럼 아름다운 여자는 어찌 보면 어머니인 보르테를 닮았다.

　그녀의 얼굴은 눈부신 빛을 내뿜었고 살짝 감은 눈으로 그를 어루만지며 편안한 잠으로 인도했다.

　그녀는 그를 달래 직접 입으로 쓰디쓴 약도 먹여 주었다. 그녀의 입을 통해 밀려오는 약은 쓴맛조차도 달콤함으로 바뀌며 말라 버린 그의 입을 넘어 목구멍까지 부드럽게 적셔 주었다.

　그래서 눈을 뜰 때마다 그녀를 찾았지만 어쩐 일인지 그녀는 잠시 나타났다 사라지곤 했다. 가끔 어깨에 뜨거운 인두를 지지는 듯 아픔이 찾아올 때면 그녀도 같아 나타나 어두운 얼굴로 그를 쳐다보고 있었다. 그 얼굴은 마치 그의 아픔을 같이 나누고 있는 것처럼 안쓰러움이 가득했다.

　그의 통증에 애타하는 그녀를 보고 있으면 어느새 통증은 가라앉고 편안한 잠이 그를 찾아왔다. 그러면 다시 그녀가 입안에 머금은 약을 부드럽게 그의 입으로 밀어 넣어 주었다.

　그녀를 잡으려 손을 내밀지만 힘이 없는 손은 꼼짝을 안 해 그의 마음만 애타게 만들었다.

억지로 잠을 쫓으며 그녀를 눈에 담으려 애를 쓰지만 너무 환한 빛에 제대로 그녀의 얼굴을 보기도 힘이 들었다.

그는 지금 평생 기다리던 여인을 보고 있었지만 그녀를 잡을 힘도 없음에 이를 갈고 있었다. 오직 눈을 뜨면 그녀가 있기를 바라면서 주치는 쏟아지는 잠에 정신을 맡겼다.

이틀 연속 그의 상처를 살피던 연이 처음으로 그가 눈을 뜨고 있다는 것을 알아차렸다. 그러나 열에 들뜬 눈에 무엇이 보이는지는 모르겠다. 검은색 눈동자가 혼란함을 담고 그녀를 바라보더니 그대로 눈을 감았다.

뒤이어 기를예가 연이 건네준 약을 입에 머금고 그에게 먹이는 모습을 보며 깊은 한숨을 내쉬었다.

밤새 묶여 있던 손목에 파랗게 멍이 올라 있었다. 그러나 이들은 그녀의 몸수색까지는 하지 않았다. 덕분에 팔에 매어 놓은 단검도, 허벅지에 달아 놓은 단도도 그대로 연의 손에 있었다.

천막 밖으로는 나갈 수도 없었다. 천막에 들어오는 이도 한정되어 있었다. 무섭게 생긴 늙은 사내와 앓아누운 사내의 보디가드로 보이는 덩치 큰 사내, 그리고 그녀에게 통역을 해 주고 있는 키 작은 사내와 기를예라는 여자뿐이었다.

통역을 해 주던 문신이 무서운 늙은 남자 대신 이번에는 조금은 더 평범해 보이는 다른 사람으로 바뀌어 있었다. 그러나 곧 그 남자가 가야 말을 더 잘한다는 것을 알고 바뀐 이유를 알았다.

아마도 몽골인은 아닌 모양이었다. 굽은 허리에 굵은 주름진 얼굴에 고단함이 가득했지만 그 역시 그녀만큼이나 이 사람들을 두려워하고 있었다.

아무리 철인이라고 하나 이틀을 새우며 그를 돌본 여자의 얼굴에 지친 기색이 역력했다. 그리고 부이룩이라는 덩치 큰 사내도 마찬가지였다.

밤이 되면 통역을 하던 남자는 사라졌다. 그녀에게 주어진 것이라고는 물 한 자루와 딱딱한 육포 몇 조각이 전부였다. 천막을 드나드는 사람들의 뒤로 보이는 밖의 밝기를 보며 연이 대충 시간을 재고 있었다.

오늘 밤 기회가 되면 이곳에서 벗어날 생각이었다. 천막 안에는 딱 두 사람만 지키고 있었다. 특별하게 소란스럽지도 않은 밖의 상황을 보며 운은 하늘에 맡길 수밖에 없었다.

그녀를 찾느라 진이 빠질 그를 생각하면 더욱 마음이 급해졌다. 더구나 달이 없을수록 움직임이 수월해진다.

문제는 하연의 몸이 수영을 할 수 있느냐였지만 그건 도망가서 비류수를 만나면 생각하자는 마음이었다. 제일 급한 것은 이곳에서 벗어나는 일이었다.

생각만으로도 벌써 다리가 후들이며 무서웠다. 그래도 연은 가야 했다. 애타게 그녀를 기다리고 있을 그의 곁으로.

어두워지며 곧바로 천막 안에 먼저 작은 횃불이 피워졌다. 가운데 나 있는 구멍으로 이미 밤이 와 있음을 알았다. 그리고 생각대로 사내 곁을 지키던 기를예가 자신도 모르게 꾸벅꾸벅 졸기 시작했다. 그리고 천막 문 앞을 지키는 부이룩이라는 사내의 눈에도 피곤이 가득했다.

손목을 묶은 가죽 끈은 살을 파고드는 것처럼 통증을 일으키고 있었다. 그럼에도 고통을 참으며 연이 손목을 움직여 묶어 있는 가죽 사이로 틈을 만들려 애를 쓰고 있었다.

쉬운 일은 아니었다. 가끔씩 눈을 돌려 그녀를 살피는 부이룩을 보며 담담한 얼굴을 만드는 것도 고역이었다.

팔 힘만을 이용하며 가죽을 넓히는 것은 생각보다 더딘 일이었다. 기를예를 살피던 연이 그녀를 똑바로 바라보고 있는 사내의 눈을 보고 저도 모르게 신음이 나오는 것을 혀를 깨물어 삼키며 그대로 얼음이 되었다. 그러나 사내는 언제 그랬냐는 듯 다시 눈을 감고 어제보다는 훨씬 부드러운 숨소리를 내며 잠이 들었다.

그리고 그 숨소리가 자장가가 되어 기를예의 고개가 그의 어깨로 떨어지는 순간, 손끝이 인해가 주었던 작은 단도의 손잡이에 닿았다.

완전히 잠이 든 기를예는 이제 문제가 되지 않았다. 부이룩이란 사내도 이미 고개를 끄덕이며 찾아오는 잠을 어쩌지 못하고 있었다.

그다음은 생각보다 쉬웠다. 단도를 이용해 한 가닥만 끊었을 뿐인데 가죽 끈은 바로 풀렸고, 잽싸게 움직여 다리 끈도 푼 연이 도망갈 구멍을 찾다 천막의 장막은 포기했다.

그 앞을 지나가는 그대로 덩치 큰 사내에게 자신이 도망가고 있음을 알려 주는 꼴이었다. 결국 묶어 있는 자세를 유지하며 등 뒤의 천막에 단도로 구멍을 내는 길을 택했다.

다행히 가죽은 아니었다. 얼기설기 엮은 천 조각이 단도의 날카로움을 못 이기고 천천히 갈라졌다. 그 소리에도 가슴이 뛰고 숨이 막혀 죽을 것 같았지만 모닥불이 탁탁 튀는 소리가 천이 잘리는 소리를 대신 해 주고 있었다.

'됐다.'

마음속으로 연이 셋을 세고 잽싸게 구멍을 통해 천막을 나왔다. 납작 땅에 엎드려 발소리에 귀를 기울이던 연이 재빨리 옆에 있는 천막 뒤로 몸을 숨겼다.

그리고 바로 그 옆으로 몽골인 사내 하나가 지나갔다.

숨을 돌릴 여유 따위는 없었다. 어떻게든 여기를 벗어나야 한다는 생각뿐이던 연의 눈에 천막 가운데 나무에 매달려 있는 사람들이 보였다.

고개를 떨어뜨리고 지쳐 있는 사내들의 복장은 분명 가야인이었다. 모두 네 명의 사내가 지친 모습으로 기둥에 매어져 있었다.

'왜?'

긴 머리가 제멋대로 풀어져 땅에 닿아 있었고 며칠을 묶여 있었는지 알 수 없을 정도로 초췌해진 모습에 연이 입을 틀어막았다.

옷차림으로 보아 세현과 같은 가죽 갑옷이었다. 횃불이 그들을 둘러싸고 있어 대낮처럼 훤하게 그들을 보여 주고 있었다.

'무시해, 지금 너는 저들을 구할 수 없어. 그러니까 무시해.'

머리에서는 연신 스스로를 설득하고 있었다. 그녀가 할 수 있는 일이 없다며 가라고 소리를 질러 대고 있었지만 연은 차마 그들을 외면할 수가 없었다.

주변에 그들을 지키는 군사는 없었다. 그렇게 묶어 놓았으니 도망갈 수 없다고 생각한 건지 그들을 주시하는 사람도 없었다. 그리고 더불어 풍겨 오는 술 냄새가 군사들이 거나하게 한판 벌였다는 것을 알려 주고 있었다.

단지 몇 명만 남아 귀찮다는 듯 막사 주위를 돌며 감시를 하는 수준이었다.

어쩌면, 정말 어쩌면 그들을 구할 수도 있는 기회라는 생각에 떨리는 손에 단도를 힘주어 잡은 연이 기다시피 그들에게 다가갔다.

연이 입은 남색 옷도 도움이 되었다. 누군가 발소리가 들리면 구석에 엎드려 웅크리면 알아차리는 사람은 없었다. 문제는 저들을 지키느라 피워 놓은 횃대였다. 그 불빛만은 피할 수가 없었다.

눈에 뜨이는 머리띠를 벗어 허리춤에 감춘 연이 기다시피 그들에게 다가가는 동안 아무도 그녀를 눈치채지 못한 것은 하늘이 돕고 있다는 소리였다.

사실 그날 밤 많은 병사들을 달래느라 수배치가 술을 풀었다. 덕분에 연의 행동도 그만큼 자유로울 수 있었다.

"가야인이시죠?"

"누구?"

민지설 절도사는 뜻밖의 여인의 목소리에 정신이 들었다. 제대로 물도 주지 않고 신분을 대라는 고문을 받는 동안 거의 실신지경이었다. 그래서 들리는 목소리가 처음에는 꿈이라 생각했다.

"지금 풀어 드릴 것입니다. 움직이실 수 있으십니까?"

속삭이는 음성은 분명 여자였다. 그리고 꿈도 아니었다.

"물론이오."

누구든 상관없었다. 이곳에서 구해 준다면 무슨 짓이든 할 수 있었다. 그의 옆에 거의 정신을 잃고 있는 젊은이는 그의 아들이었다.

그를 따라 처음으로 전장으로 나온 아들이 지금 그로 인해 죽어 가는 상황이었다. 날카로운 칼의 느낌이 들더니 곧 손이 자유로워졌다.

눈치를 보던 부하들의 손도 자유로워졌다. 그러나 그의 아들은 이미 정신을 잃어 방법이 없었다.

그를 구한 여인이 가야의 여인이라는 것은 얼굴을 보고야 알았다. 분초를 다투는 상황에서 아들을 어깨에 둘러메던 그들의 귀에 몽골인의 부산함과 커다란 목소리가 들렸다.

들켰다!

그 순간 모두의 머릿속에 드는 생각이었다.

"가세요. 어서, 좌랑을 보시면 저는 무사하다고 괜찮다고 전해 주세요. 이분은 제가 지키겠습니다. 저와 이분이 따라가면 분명 모두 잡힐 것입니다. 어서 가세요. 누구라도 살아서 소식을 전해야 할 것입니다. 그리고 여기 우두머리가 사경을 헤매고 있다고 전해 주세요. 지금이 적시라는 말도. 어서 가세요."

민 장군 대신 그의 아들을 품에 안은 여인이 다급한 목소리로 그를 닦달하고 민 장군과 같이 풀려난 부하들도 그녀의 말에 수긍하며 재빨리 장군을 끌고 달리기 시작했다.

민첩하기로 유명한 몽골군이라 하나 이미 술에 취한 그들을 따돌리는 것은 그리 어려운 일이 아니었다. 곧 어둠 속으로 사라지는 그들을 보며 연이 입술을 깨물었다.

마지막 기회였는지도 몰랐다. 자신은 어쩌면 지금 최악의 선택을 했는지도 몰랐다. 그러나 품에 안겨 정신을 잃은 사내라고 보기에도 어려운 소년을 보며, 또다시 선택을 하라고 해도 결국 같을 것이라는 것을 깨달았다.

이미 그녀 때문에 돌이라는 어린 소년이 죽었다. 그러니 이 소년이라도 살려야 했다. 소리도 못 지르고 죽어 간 돌을 대신해서라도.

"아닐 거예요. 이렇게 당신을 못 보고 죽지는 않을 거예요. 그러니까 기다려 줘요. 무슨 일이 있어도 난 당신에게 갈 거예요. 그곳이 내 자리니까 꼭 갈 거예요."

몽골의 병사들이 그들을 둘러싸며 험악한 기색으로 보기에도 두려운 칼을 들이미는 상황에서 연이 소년을 품에 꼭 안고 하늘을 향해 세현에게 들리기는 바라는 마음으로 저도 모르게 외치고 있었다. 그리고 결국 입술을 깨물며 흐르는 눈물을 억지로 참아내고 있었다.

6.

도대체 그대는 무슨 짓을

가야의 진영 부여부에는 뜻밖의 인물이 와 있었다. 늦은 밤 갑작스러운 서희 종군사의 방문에 세현의 눈가가 올라갔다. 종군사는 전쟁을 위한 인물이 아니었다. 주로 외교적인 분쟁을 주재하는 역할을 하고 있었다.

"오랜만이구나."

"오시는 길이 험하셨을 텐데 무사히 오셔 다행이십니다."

종군사와는 이미 오래전부터 아는 사이였다. 아버지인 대사헌과의 친분이 돈독해 어린 시절 잠시지만 세현의 글 선생을 하신 적도 있으신 분이었다.

"상황이 많이 안 좋은 것이더냐? 얼굴이 많이 상했구나."

종군사가 세현을 보며 처음으로 눈살을 찌푸렸다.

"어인 일이신지요."

이미 비류수 가까이 군영을 만들고 내려가려던 찰나 나타난 종군사가 반가울 리가 없었다,

"투울룬의 명운이 오늘내일 한다지?"

"소식이 빠르십니다."

"아직 조정에는 아니 들어갔을 것이다. 나도 오는 도중 따로 들은 것이니. 그런데 군영을 옮기는 것인가?"

사람들이 바쁘게 움직이는 모습을 살피며 종군사가 긴 수염을 쓰다듬으며 호기심을 보였다.

"비류수 가까이에 군영을 새로이 세웠습니다."

"혹여 공격할 기미가 보이는가?"

종군사의 표정이 순식간에 어두워졌다. 아직은 이르다고 생각하고 온 길이었다. 될 수 있으면 전쟁은 막아 보자는 생각으로 나선 길이었다.

"아닙니다. 그러나 마음을 놓고 있는 동안에 저들이 이곳을 다녀가고 있음을 확인했습니다. 그래서 진영을 저쪽으로 옮겨 좀 더 대치하는 방향으로 대비하는 것뿐입니다."

"그래? 무슨 일이 있었군."

세현의 말에 여전히 생각에 잠긴 표정으로 종군사가 대답을 하고는 더 이상 다른 말을 하지 않았다.

"말씀해 주시지요. 도대체 무슨 일로 오신 것인지."

분명 다른 목적이 있어 온 것을 모르지 않았다. 영리하고 매사 분명한 인물이었다. 더구나 정쟁 중에도 중간자 입장을 취하며 어

느 편도 들지 않으며, 오직 친분이 있는 사람이 있다면 대사헌이 다였다.

"대사헌의 말씀이, 전쟁을 피하고 얻고 싶은 것을 얻을 방법을 찾자 하시었지."

"그런 방법이 있으십니까?"

가만히 그의 말을 경청하던 현이 중간에 끼어들며 반신반의하는 얼굴을 한다.

"찾아야지. 그래서 나와 같이 할 사람이 필요하다네. 현, 자네가 갈 텐가? 그러면 든든할 것인데."

"도대체 무슨?"

"칭기즈칸을 만날 생각이야."

"네?"

뜻밖의 말에 현을 포함한 모든 이가 놀란 얼굴을 만들고 있었다.

"그들은 지금 요서로 진군 중이지. 아마 진을 치고 있다는 말을 들었어. 지금 이곳에서 투울룬을 잡겠다는 건 가야를 침공하기보다 그들의 뒤를 염려하고 있다는 뜻으로 받아들이는 것이 맞을 것이야. 그렇다면 분명 방법은 있는 법."

"그런 방법이 있으십니까?"

세현은 그 말을 들으면서도 회의적이었다.

"그들이 험악한 무리라는 것은 알지만 칭기즈칸이라는 인물은 꽤 영리한 인물이라 들었다. 제대로 말만 알아듣는다면 그들에게도 우리에게도 나쁠 것은 없는 일이니까."

종군사 서희. 요나라는 물론 진과 금을 넘어 몽골어에도 능통한 인물이었다. 그래서 조정에서 나라 밖의 일은 주로 그가 맡아 하고 있었다.

언변도 좋아 원하는 것을 얻어 내는 일에도 능한 사람이었다. 종군사가 나선다면 아주 틀린 일은 아닐 거라는 생각을 하며 현이 고개를 끄덕였다.

"종군사 나리께서 가신다면 저도 따르지요."

"형님!"

세현의 질타에 현이 가만히 고개를 가로저었다.

"좌랑도 같은 생각이시잖습니까? 더구나 대사헌 나리의 생각이시라면 제가 가는 것이 맞습죠."

현에게 형님이라고 부르는 세현을 놀란 눈으로 바라보지만 정작 종군사는 따로 그것을 따지지는 않았다.

현의 능력이야 종군사가 이미 더 잘 알고 있었다.

"복야, 복야! 잠깐 나와 보시지요."

그들이 종군사과 이야기를 나누는 동안 밖에서 급한 목소리가 세현을 찾았다.

또 무슨 일이 벌어진 것인가?

놀란 세현이 급하게 밖을 나가자 거친 호흡을 가다듬는 군졸 하나가 서 있었다.

"절도사께서 오셨습니다."

"뭐라? 진정이렷다?"

"예, 방금 비류수를 넘어오는 수상한 자를 잡았사온데 민 장군이셨습니다."

"가자!"

세현이 나는 듯이 비류수 진영을 향하는 모습을 보며 종군사 서희가 고개를 갸웃했다.

"가시지요. 가시는 동안 설명을 해 드리지요."

이미 만석도 미친 듯이 달리고 있었고, 현도 그 뒤를 따르며 종군사에게 더는 다른 말은 하지도 않은 채 나서고 있었다.

"내가 모르는 일이 또 있는 모양이군. 큰일은 아니어야 할 텐데."

혀를 차며 종군사가 무거운 몸을 이끌고 그들을 따라나섰다.

군졸의 말은 맞았다. 먼저 한민호 절지사가 확인을 하며 그 앞에 부복했다. 지친 몸으로 비류수를 넘느라 기진맥진한 민 절도사를 보며 세현이 재빨리 두꺼운 옷으로 그들의 체온부터 보호하고 막사 안으로 데려갔다.

"무사하시니 다행입니다."

모닥불을 피우고 옷을 갈아입히니 민 절도사는 겨우 사람처럼 보였다. 얼마나 고초가 심했는지 당당하던 얼굴이 반쪽이 되어 있었다.

"다, 하늘의 도우심이었습니다."

"어떻게?"

세현의 질문에 민 절도사의 얼굴이 어두워졌다.

"신녀님이 도우셨습니다. 그곳에 왜 신녀님이 계신지는 모르지만 저희를 구하시고 제 아들 때문에 남으셨습니다."

"방금 뭐라 하셨습니까?"

신녀라는 말에 세현의 얼굴이 파랗게 질렸다.

"갑자기 나타나신 신녀님이 저희를 도와주셔서 도망칠 수 있었습니다. 그러나 제 아들놈의 상태가 너무 심해 같이 올 수가 없자 신녀님이 자진해 남으셨습니다. 그놈을 지켜 주신다는 말씀을 하셨습니다."

그의 말이 끝나기도 전에 세현이 하얗게 질린 얼굴로 의자에 쓰러지듯 앉았다. 연이 도망갈 수 있는 기회를 스스로 포기했다는 말에 앞이 깜깜해졌다. 더구나 포로를 풀어 주고 잡혔다는 것은 자칫 목숨과 연결될 수도 있었다.

"연, 도대체 그대는 무슨 짓을."

얼굴을 가린 그의 손 사이로 숨길 수 없는 눈물이 흐르고 있었다. 만석과 현도 놀란 얼굴로 몽골의 진영을 바라보며 어쩔 줄 몰라 하고 있었다.

"신녀라니, 아는 여인인가?"

냉철하기로 소문난 세현이 무너지는 모습에 종군사가 심각한 얼굴로 의문을 표했다.

"신녀님이시지요. 우리의 동생이 되시기도 하시지요. 그리고 좌랑의 안사람이 되시지요."

"복잡…… 자네들 지금 뭐라 했나? 좌랑의 뭐라고? 설마 내가
아는 그분이 지금 몽골에 잡혀 계시다는 말은 아니겠지?"

현의 속삭이는 듯 작은 목소리를 들으며 고개를 끄덕이던 종군
사의 얼굴도 하얗게 질렸다.

좌랑의 안사람이 누구던가. 아무리 황제가 내어놓은 자식이라
고 하나 공주였다. 가야의 공주가 지금 저들 손에 있다는 말에 아
무리 강심장인 종군사라 해도 표정이 바뀔 수밖에 없었다.

"자네, 무슨 짓을 한 건가? 그분을 이리로 모시고 오다니. 미친
겐가?"

종군사의 질책에도 세현은 움직이지도 않고 넋이 빠져 있었다.
이대로 있다가는 미칠 것 같아 벌떡 일어선 것을 막은 것은 만석
이었다.

"놓아라. 내가 가야 할 것이다. 가서 구해 올 것이야. 저대로
둘 수는 없음이다. 놓아라."

"꼭 잡고 있게. 그를 놓치면 그들에게 그분이 어떤 분인지 알
게 하는 것이 될 뿐이야. 절대 그럴 수는 없네."

세현의 외침을 무시하며 종군사가 만석에게 엄한 눈으로 명령
을 내리고 있었다. 감정으로 일을 처리할 문제가 아니었다.

적어도 그들에게 공주의 신분을 알릴 수는 없었다. 그곳에서
죽더라도 공주 아닌 신녀의 신분으로 죽어야 할 일이었다.

"그를 묶어 두게. 정신을 차리면 풀어 주게."

차가운 일갈을 마치고 종군사가 막사를 나가자 현이 고갯짓으로 만석에게 종군사의 뜻을 따르라 말하고 있었다. 일그러진 얼굴로 만석이 몸부림치는 세현을 간신히 묶으며 달래려 하지만 이미 이성을 잃은 그에게 들릴 턱이 없었다.

"참으세요. 곧 풀어 드릴 것입니다. 마마를 구하러 가시는 데 분명 저도 갈 것입니다. 그러나 오늘은 안 됩니다. 좌랑도 아시지 않습니까. 그러니 이성을 찾으세요. 적어도 마마는 아직 무사하십니다."

꼼짝도 못 하게 묶어 놓은 세현의 눈에서 형형한 빛이 내뿜어지고 있었다. 가만히 그의 옆에 앉은 현이 그를 달래며 제정신이 돌아오기를 바라는 사이, 여명이 밝으며 비류수가 반짝이는 물비늘을 자랑하고 있었다.

아침 해가 세상을 밝히는 시간 세현은 천천히 제정신으로 돌아왔다.

"풀어라."

차가운 말투에 만석이 움찔하며 그를 묶었던 것을 풀어 주었다.

"상황은?"

세현은 예전 만석이 알고 지냈던 차가운 사내로 변해 있었다. 바늘 끝도 안 들어갈 만큼 차갑고 어려운 남자로 변한 모습에 절로 마음이 아파 와 만석이 얼른 현을 불렀다.

"특별한 것은 없습니다. 절도사의 상태가 많이 호전되어 있는 상황입니다."

현의 말이 끝나기도 전에 또 막사 밖에서 급히 세현을 찾는 목소리가 들려왔다. 듣기에도 다급한 음성이었다.

"무슨 일인가?"

"글쎄요, 저도 아직 보고받은 것이 없어서."

차가운 눈으로 현을 쳐다본 세현이 막사를 나서자 부복한 장수가 재빨리 상황을 설명한다.

"비류수 앞에 그들이 기둥을 세우고 있습니다. 혹시 포로를 해하려는 것은 아닌지."

말이 끝나기도 전에 세현과 현이 달리기 시작했다. 그 뒤를 만석이 덩치와 어울리지 않게 빠른 속도로 따랐다.

도착한 그곳에는 이미 종군사를 비롯해 간신히 몸을 추스른 절도사까지 나와 있었다. 남아 있는 사람이 그의 아들이었다. 그것도 하나밖에 없는 자손이었으니 말은 안 해도 그 마음이 오죽할까.

가슴을 졸이는 사람들과 달리 그들은 커다란 기둥에 망치질을 하고는 튼튼한지 확인까지 하고 있었다.

"헉!"

저절로 세현의 입에서 신음 소리가 흘러나왔다. 기둥을 묶은 뒤 그 앞에 데려온 사람은 남아 있었던 절도사의 아들이 아닌 연이었다. 먼빛으로도 그녀의 남색 옷을 못 알아볼 세현이 아니었다.

"쓰시지요."

현이 내민 것은 천리경이었다. 그가 상단 일을 하며 구해 온 천리를 본다는 물건. 재빨리 천리경을 이용해 비류수 너머를 보니 거칠게 끌려 나오는 연의 모습이 더욱 자세히 보였다. 머리띠는 어디로 사라졌는지 긴 머리를 그대로 강바람에 흩날리며 거친 사내의 손에 잡혀 인형처럼 흔들리고 있었다.

그들은 거침없이 그녀를 기둥에 묶었다. 마치 기둥을 안은 듯 보이는 모습에 세현의 눈에 보이는 것은 그녀의 뒷모습뿐이었다.

설마 저들이 연을 죽이려는 것은 아니기를 빌며 그가 이를 악물고 있었다. 만약 그들의 손에 연이 잘못되기라도 하면 오늘부로 몽골이란 이름이 붙은 씨족은 모두 멸하리라 마음먹은 그였다.

그러나 그의 예상과 달리 긴 채찍을 들고 나타난 것은 여자였다. 주치의 심복 중에 유일하게 여자가 하나 있다는 말은 들었다.

그리고 다들 고개를 돌려야 했다. 오직 세현만이 이를 악물고 천리경으로 그 모습을 눈에 담고 있었다.

자기 키보다 더 큰 채찍을 휘두르던 몽골 여자가 그대로 연의 등으로 채찍을 휘둘렀다. 순식간에 연의 목이 거세게 꺾이며 들리지 않는 처절한 비명이 울리는 것 같았다. 곧이어 두 번이나 채찍은 징그러운 뱀같이 연의 등을 휘감으며 내려쳐졌다.

천리경을 잡은 세현의 손이 덜덜 떨리고 있었다. 악다문 입에서는 피가 흐르고 눈에는 붉게 핏기가 올라오고 있었지만 그 모습 하나 놓치지 않고 바라보며 채찍을 휘두르는 여자를 눈에 새겼다.

'네년만은 사지를 찢어 죽여 주리라. 무슨 일이 있어도 네년만은 곱게 죽이지 않을 것이다.'

사람을 향해 이런 증오심을 가져 본 적이 없었다. 그럼에도 몽골 여자에게 향하는 한없는 증오심에 몸을 떨고 있었다.

정신을 잃은 연을 향해 손짓을 하자 사내 둘이 나타나 연을 질질 끌며 사라져 갔다. 그러자 여자는 이미 그들이 그녀를 보고 있다는 것을 알고 있다는 듯 똑바로 가야의 진영을 노려보고 있었다.

그 행동에 세현이 들고 있는 천리경을 통해 얼굴까지 똑똑히 보였다.

"최현, 작전을 짜라. 무슨 일이 있어도 연을 구하러 간다. 그것이 내 목숨을 잃는 일이라 하더라도 구해 온다. 만약 제대로 작전을 짜 오지 않는다면 나 혼자 간다. 명심해라."

그동안 형님이라고 살갑게 굴던 세현은 없었다. 오직 적진에 자신의 여인을 빼앗긴 분노로 하얗게 질린 사내만 있었다.

그의 목숨 같은 여자가 자신의 실수로 적진에서 채찍을 맞는 모습을 본 세현은 이제 한 마리의 호랑이 같았다. 지금이라도 그들을 덮쳐 목숨 줄을 끊고 포효하려는 호랑이였다.

막사로 들어온 세현이 순간 노여움을 참지 못하고 모든 물건을 때려 부수기 시작했다. 그러나 정작 죽이고 싶은 것은 자신이었다.

지켜 준다 그리 약속해 놓고 결국 그는 연을 지키지 못했다. 연이 채찍질을 당하는 내내 그의 등에도 그만큼의 상처가 생기는 듯 아파 왔다. 그 통증이 얼마나 대단한 줄 알기에 숨이 막혀 왔다.

그리 함부로 대해질 여인이 아니었다. 연은 그에게는 구원이며 삶의 목적이었다. 그럼에도 보고만 있어야 하는 자신의 눈을 뽑아 버리고 싶었다.

그가 막사 안에서 난동을 부리는 동안 현과 만석이 그 앞을 지키며 아무도 들어가지 못하도록 번을 서고 있었다. 그리고 마지막에 조용해지며 흐느끼는 사내의 울음소리에 하늘을 보며 이를 악문 채 눈시울을 붉히고 있었다.

◈

계약은 성립되었다. 이를 악물고 억지로 몸을 일으킨 연이 정신을 잃은 사내애를 향해 기어갔다.

"이 사람을 살려 주면 당신이 원하는 대로 저 사람을 꼭 멀쩡하게 만들어 주겠어요."

포로를 살려 준 것이 신녀라는 것을 안 기를예는 미친 듯이 화를 냈다. 그리고 돌아온 것은 모진 매질이었다. 세상에 태어나 이렇게 맞아 본 기억이 없었다. 몇 번을 까무러쳤는지 기억에도 없었다.

주술사가 말리지 않았다면 그 여자의 손에 이미 저승 구경을 하지 싶었다. 그러나 그들에게 연은 필요한 사람이었다. 적어도 연이 치료하고 나서 그들이 모시는 사내가 차도를 보이고 있었다.

그래서 당당히 같은 가야인도 살려야 한다고 주장할 수 있었다. 덕분에 한 사람의 목숨을 구했다. 그러나 그 대가는 생각보다 컸다.

포로를 탈출시켰다는 죄목으로 족쇄를 차야 했고, 더불어 세 번의 채찍질을 당해야 했다. 그녀를 끌고 간 곳이 비류수 가까이라는 것을 깨닫고 눈을 감았다. 저 강 너머로 그가 그녀를 보고 있음을 굳이 확인하지 않아도 알 수 있었다.

그래서 아무렇지도 않은 척이라도 해 볼 요량이었지만 채찍에 맞은 통증은 상상을 초월했다. 맨살에 맞는 것도 아닌데 벌써 배어 나온 핏물로 옷이 말라붙고 있었다.

한 대 맞고 기절했던 연은 두 번째 채찍질의 통증 때문에 정신을 차려 고스란히 고통을 느껴야 했다. 기절하면 곧 채찍질에 깨어나던 시간은 정말 다행이라는 마음이 들 정도로 세 번으로 멈췄다.

그 끔찍한 통증에 그마저도 잊어버릴 정도였다. 차라리 죽는 것이 편하다 느낄 정도의 고통이었다.

맥이 풀린 그녀가 깨어난 것은 사내가 앓아누운 막사 구석이었고, 옆에는 아직도 정신을 잃은 가야 군졸이 있었다.

"약속은 지킨다. 그러니 제대로 주군을 고쳐야 할 것이다. 앞으로 사흘을 줄 것이다. 그 안에 주군이 일어나야 할 것이야. 만약 그렇지 않으면 네 옆에 있는 저놈부터 네 앞에서 목을 딸 것이다."

이제 막 정신을 차린 연을 기다리고 있었던 모양이다. 차가운 눈으로 그녀를 쳐다보던 가를예가 단도를 그녀의 목에 대며 협박을 하고 있었다.

"또한 신녀라고 죽이지 않을 거라는 생각 따위는 버려라. 만약 주군이 아니었다면 넌 벌써 죽었어. 나에게 신녀보다 더 중요한 이가 주군이라는 것을 명심해. 한 번만 더 이런 행동을 하면 그 자리에서 죽여 버릴 테니까."

날카로운 단도에 이미 연의 피가 흐르고 있었다. 할 말을 끝낸 그녀가 단도의 묻은 피를 쓱쓱 옷에 닦더니 앓아누운 사내의 곁으로 다가갔다.

"주치의 상태는 여전한가?"

때마침 막사로 들어선 수배치의 말에 연이 깜짝 놀랐다.

주치, 말로만 듣던 이름이었다. 칭기즈칸의 큰아들로 평생 혈통의 문제로 고통받았던 사내. 그렇다면 여태 자신이 살리려던 사내가 주치란 말인가.

정말 주치라면 살리는 것이 맞는 일인가? 아니면 그대로 죽도록 놔둬야 하는 것인가? 온몸을 휘감는 고통과 별개로 머릿속은 복잡하게 돌아가고 있었다.

과연 이 사내를 살리는 것이 역사에 어떤 일을 만드는 것인지 알 수가 없었다. 더구나 그 역사에서 가장 영향을 끼치는 것은 가야였다.

아무리 바뀐 역사라고 하나 분명 이름 있는 인물들은 태어나고 있었다. 또 그만큼 이름을 떨치고 있었다.

약초 가방에는 사람을 살리는 약도 있지만 죽일 수도 있는 약도 있었다. 그 약을 몰래 섞으면 테도 안 나게 사람을 죽일 수 있었다.

그러나 결국 연은 고개를 저었다. 그녀는 할 수 없는 일이었다. 이 선택으로 내내 후회를 하더라도 그녀는 누구든 죽일 수 있는 사람이 아니었다.

'보고 싶어요. 지금 제 옆에 계셨으면 좋겠어요. 마지막 가는 순간 제발 당신의 품이길 바랍니다. 제가 하는 선택이 옳은 것이라는 말을 듣고 싶어요. 당신이 그렇다면 그렇게 알게요. 그러니 알려 줘요. 당신이 정말 필요해요.'

그래서 연은 삼족오 메달을 붙잡고 세현을 찾고 있었다. 그를 떠올리는 것만으로도 벌써 눈물이 차오르고 있었다. 이토록 그가 보고 싶을 수가 없었다. 그를 한 번이라도 보게 해 준다면 정말 무슨 일이든 할 수 있을 것 같았다. 그의 품에 한 번만 안겨 볼 수 있다면 죽어도 원이 없을 것 같았다.

족쇄를 달고 움직이는 것은 쉬운 일이 아니었다. 한 발 걸을 때마다 무거운 쇠사슬이 발목을 잡아끌었다. 얼마 지나지 않아 발목 피부가 벗겨지며 피가 흐르기 시작했다.

궁여지책으로 속옷을 찢어 쇠사슬이 닿는 부분을 감싸 직접 피부에 닿는 것을 면했다. 그러다 아직도 칼 하나가 남아 있음을 깨달았다. 허벅지 안쪽으로 사타구니 가까이 매어 놓은 단도가 제자리를 지키고 있었다.

다행히도 발 하나만 매어 놓은 것이라 질질 끌며 우선 누워 있는 사내부터 치료를 시작했다. 어깨 쪽에서 더 이상은 사람을 괴롭히는 냄새는 사라졌다. 깨끗이 닦아 내니 빨갛게 핏기 밴 건강한 살점이 나타나 있었다. 코를 대고 맡아 보니 더는 곪는 냄새도 없었다. 원래 건강한 체질이라 제대로 치료를 받으니 빠른 속도로 상처가 아물고 있었다.

이 사내를 살리는 것이 과연 잘하는 일인지 끊임없이 스스로에게 묻고 있었지만 방법이 없었다. 결국 다시 고약을 바르고 붕대를 묶던 연이 손목을 잡는 손에 놀라 고개를 들었다. 사내가 눈을 뜨고 그녀를 번뜩이는 눈으로 보고 있었다.

"누구냐? 이름은?"

통역을 맡은 늙은이가 얼른 고개를 조아리며 그의 말을 전해 주었다. 놀란 연이 가까스로 입을 열어 대답을 해 주었다.

"여…… 연."

"어연?"

떨리는 음성을 잘못 들은 모양인지 되묻는 말에 연은 그저 고개만 끄덕여 맞는다는 말을 하고 손을 빼려 했지만, 방금까지 정신을 잃은 사내라고 보기에는 너무도 강한 힘으로 잡고 있어 쉬이 뺄 수가 없었다.

"주군, 정신이 드십니까?"

"누구지?"

"치료사입니다. 주군을 치료하기 위해 데려온 여자입니다."

반가운 마음에 기를예가 한쪽 무릎을 꿇고 설명을 하며 눈물을 흘리고 있었다.

"얼마나?"

"나흘이 넘는 시간이었습니다."

기를예의 말에 주치가 신음을 흘렸다. 그러나 여전히 손을 빼려는 여자를 잡고 있는 것은 잊지 않았다.

너무 오래 시간을 끌었다. 겨우 투울룬 하나 잡자고 나선 길이었다. 그런데 목표는 제대로 이루지도 못하고 쓸데없는 시간만 흘렀다는 말에 주치는 잠시지만 차가운 아버지의 눈빛을 떠올렸다.

가뜩이나 묶여 있던 손목이었다. 파랗게 멍이 오르다 못해 이제는 작은 자극에도 통증이 밀려오는데 거친 사내의 아귀힘을 이길 수가 없어 연이 포기하고 손목을 맡긴 채 가만히 서서 그들의 대화를 듣고 있었다.

"앉히라."

차가운 명령에 기를예가 부이룩을 불렀다.

"주군, 치료사를 놓아주셔야."

그제야 자신이 아직도 여인의 손목을 잡고 있음을 깨달은 그가 손을 놓아주었다. 그러자 연이 기를 쓰고 그에게서 멀어지려고 애를 쓰는 동안 부이룩이 그를 일으켜 앉혔다. 잠깐의 움직임에도 현기증이 밀려왔다.

제길 이런 상태로는 말을 탈 수도 없었다. 겨우 활 하나 맞았다고 이런 꼴이라니, 스스로가 한심스러워 주치가 이를 악물었다. 이런 식이면 차거타이에게 그를 업신여길 거리 하나를 더 주는 셈이었다.

"수배치 삼촌을 불러라, 당장."

그의 명이 떨어지자 부이룩이 급한 걸음으로 막사를 나섰다. 기를예만이 걱정이 가득한 눈으로 그를 지키고 있었고 주술사와 통역을 하던 늙은이는 아예 머리를 땅에 박고 온몸을 조아리고 있었다.

연도 여전히 정신을 잃은 가야의 병졸 옆에 웅크리고 앉아 그들의 눈을 피하려 애를 쓰고 있었다.

수배치의 설명은 간단했다. 너무 오랜 시간 여기서 지체했다는 말이었다. 군사들의 성정도 더는 다스리기 힘들 정도라는 말에 주치의 얼굴이 더욱 험악해졌다.

원래 싸움꾼으로 태어난 민족이었다. 한곳에 오래 머무르는 성정은 더더욱 아니었다. 싸움도 없이 아무것도 할 일 없이 그저 한

곳만 바라보며 지키는 것은 처음부터 무리인 종족 아니던가.

"이미 투울룬의 목숨도 경각이라 들었다. 더는 있을 필요가 없지. 이제 너도 일어났으니 우린 칸에게 돌아가는 것이 맞을 것이다."

수배치의 말은 어느 하나 틀린 것이 없었다. 투울룬의 목을 가져가지 못한다 하나 요의 대부분은 이미 손에 넣었다. 그러나 돌아갔을 때 아버지의 얼굴은 보지 않아도 알 수 있었다. 그래서 주치는 땅을 치고 싶은 심정이었다.

또 아버지에게 인정받을 기회를 잃었다. 덕분에 그의 혈통에 대한 말들이 더욱 무성해지리라는 것쯤은 누가 말해 주지 않아도 알 수 있었다.

"퇴각을 준비하지요."

그러나 기분에 치우치기에는 너무나 이성적인 사람이 주치였다. 아무리 분하다 하나 지금의 정세를 보면 이 결정이 최선이라는 것쯤은 알고 있었다. 그의 마음을 알면서도 수배치가 고개를 끄덕였다. 그래서 주치를 선택했다. 어떤 상황이든 기분보다 이성으로 해결하는 주치기에 칸의 뒤를 잇는다면 더욱 몽골을 키울 인재로 보았다.

다른 아들들처럼 기분에 얽매여 일을 치는 경우도 없었다. 칸의 아들들이 모두 용맹하다는 것은 이미 널리 알려진 사실이었다.

칸의 아이들은 늑대의 아들이라는 말만큼 용맹하며 겁이 없었다. 그중에 가장 지략이 높은 인물이 주치였다. 혈통의 문제만 없다면 분명 칸의 뒤를 이어 대업을 이룰 인물이었지만 항상 그를 잡는 그놈의 혈통이 문제였다.

그러나 수배치가 보기에 가장 칸을 닮은 아들은 바로 주치였다. 냉정한 눈으로 주변을 살피며 사람들을 수용하는 능력까지, 어느 하나 닮지 않은 곳이 없었다. 그럼에도 핏줄이 아니라는 듯 다른 머리카락과 눈이 그를 아쉽게 만들었다.

퇴각은 사흘 뒤로 정해졌다. 아직 주치가 말을 타는 것은 무리라는 의견이 분분했지만 더는 미룰 수 없는 일이었다.

주치가 눈을 뜨고 움직이기 시작하자 몽골군도 움직이기 시작했다. 하루에도 몇 명의 몽골군의 수장으로 보이는 인물들이 막사를 드나들었다. 그 와중에 가야 병졸은 가끔이지만 눈을 뜨고 헛소리를 하긴 해도 정신을 차리곤 했다. 그래서 이름이 용운이라는 것을 알았다. 나이가 열일곱이라는 것도 알았다.

"부목과 천을 가져다주세요."

연은 이제 한계에 다다른 몸을 이끌며 통역을 하는 늙은이에게 우선 용운의 다리를 고정할 부목부터 요구했다.

"무슨 일이냐?"

귀도 밝은 인간이었다. 멀리서 속삭이는 말을 어떻게 들었는지 주치가 먼저 소리를 질렀다. 평상시처럼 말해도 충분히 알아들을 거리였다. 그런데 소리를 지르니 천막 안에서 울려 사람을 움찔하게 만든다.

그 목소리에 놀라 통역하는 늙은이가 최대한 몸을 조아리며 연의 말을 들려주었다.

"무엇에 쓰려고?"

"약속입니다. 장군을 제대로 치료하면 여기 이 병졸을 치료해도 된다는 약속을 받았습니다."

그녀를 노려보는 눈은 차갑고 무서웠다. 그러나 연도 지지 않고 똑바로 그의 눈을 마주 보며 기를예의 약속을 상기시켰다.

"제가 한 약속입니다."

기를예의 말을 들은 그가 손짓으로 허락을 하자 늙은이가 바쁘게 그녀가 원하는 물건을 가져왔다.

"용운아, 정신 차리고 이거 한 알만 먹어. 그럼 아픈 거 덜할 거야. 지금부터 다리뼈를 맞출 거야. 그러니까 아파도 참아."

다리뼈를 맞추는 것은 주술사에게 부탁을 했다. 지금의 연의 몸으로는 무리였고 또 할 줄도 몰랐다. 다행히 주술사는 뼈를 맞추는 것은 제법 잘하는 모양이었다.

하긴 이들은 유목민이었다. 말을 타다 팔이나 다리가 부러지는 일은 다반사였으리라. 그리고 준비도 없이 주술사가 용운의 다리를 돌려 제자리를 찾게 했다. 순간 고통에 몸부림치던 용운이 연의 등을 움켜쥐었다.

채찍에 맞은 자리가 그대로 상처로 남아 있던 등을 움켜잡는 힘에 연의 눈앞도 깜깜해지는 것 같았다. 찢어질 것 같은 통증에도 신음도 못 내고 견딘 연이 품에서 혼절한 용운을 보며 빠르게 움직이려 하지만 몸이 쉬이 움직이질 않았다.

그동안의 모진 매질과 채찍질로 만신창이가 된 몸도 문제지만 발에 매달린 족쇄 때문에 움직이기가 어려웠다. 자신이 과연 얼마나 버틸 수 있을지 사실 연도 자신할 수 없는 상태였다.

오직 한 가지, 그를 만나야 한다는 일념 하나로 견디고 있었다. 그녀를 잃고 애타할 그를 위해 무슨 수를 쓰든 그를 만나 그의 품에서 쓰러지리라 결심하고 견디고 있었다.

바쁘게 움직이는 여자를 주치가 가만히 응시하고 있었다. 단한 번 그와 눈을 마주치고는 한 번도 그를 보지 않았다.

몽골 여자와는 다른 모습이었다. 하얀 얼굴과 까만 머리카락이 인상적인 여인이었다. 신녀라고 했다. 가야의 신녀.

가야의 여인들을 본 것은 처음이었다. 가냘픈 몸을 보며 저런 몸으로는 말을 탈 수도 없겠다는 생각을 먼저 했다.

몽골의 여인들은 남자들과 같이 싸웠다. 용맹하기로 따지면 웬만한 남자들보다 더 용맹하기로 소문난 여인들이 몽골의 여인들이었다.

기를예만 보더라도 멋을 부리기보다 당장이라도 싸움터에 나갈 준비가 되어 있는 전사의 모습이었다.

그러나 마주친 여인의 눈에 담겨 있는 단호함은 용맹한 몽골의 여인들보다도 더 당찬 무엇인가를 지니고 있었다.

칼 하나도 제대로 들을 수도 없어 보이는 여인은 제 팔뚝보다 더 굵은 쇠사슬을 맨발로 끌고 다니며 소년병을 간호하고 있었다. 까맣게 때가 올라 있었지만 닦아 내면 그 발도 하얗다는 것에 손가락을 걸 수도 있었다.

상상할 수도 없는 일이지만 저 여인이 포로들을 풀어 주었다 들었다. 아무리 병사들이 술에 취했다고는 하나 겨우 여인 하나가 막사 중앙에 묶어 두었던 포로들을 풀어 주었다는 말에 놀란 것도 사실이었다.

그리고 더욱 중요한 것은 그가 사경을 헤맬 때 그의 손을 잡아 준 사람이 저 여인이라는 것이었다. 그가 목이 마르면 목을 축여 주고, 뜨거운 염화에 몸부림을 치면 차갑게 달래 주던 여인이 바로 저 얼굴이라는 것이었다.

더구나 여인은 어머니를 닮았다. 당차고 차가운 어머니의 모습은 아니지만 그래서 더 욕심이 났다. 적어도 이곳에 와서 주치는 한 사람은 건졌다. 영원히 옆에 두고 싶은 여인을 발견했다.

신녀를 바라보는 주치의 눈빛을 느끼며 기를예는 저도 모르게 가슴 한쪽이 서늘해져 왔다. 지금 주군이 신녀를 바라보는 눈빛은 분명 사내의 눈빛이었다. 어떤 여인을 보아도 냉정한 눈을 하던 그녀의 주군이 바라보면 안 되는 이를 보고 있었다.

입술을 깨물며 기를예가 연을 차갑게 노려보았다. 주군의 앞길에 방해가 된다면 자신이 치워 줄 것이었다. 신녀를 죽여 그 벌을 받는다면 주군을 위해 자신이 받으리라는 마음이었다.

다른 것은 모르지만 신녀를 품는 것은 주군의 앞에 커다란 장

애가 될 일이었다. 그만큼 신녀는 함부로 대하면 안 되는 여인이
었다.

　더구나 여인으로 품으면 나라에 재앙이 된다는 믿음이 있었다.
그러니 신녀는 일이 끝나면 사라져야 했다. 그녀가 모시는 신의
품으로 돌아가야 했다.

7.

누가 남았으려나

"일어나. 어서 일어나."

자꾸만 감기는 눈을 뜨며 연이 주변을 살펴보았다. 다시 하얀 안갯속이었다. 항상 연서가 하연을 찾아다녔는데 오늘은 하연이 연서를 흔들어 깨우고 있었다.

"여기서 잠이 들면 안 돼. 눈을 떠."

"지쳤어, 너무 힘들어. 나 이대로 잠들면 안 될까?"

왜인지는 모르지만 온몸이 아프고 눈을 뜨기도 힘이 들었다. 그러나 하연이 계속 흔들어 대며 일어나라 조르고 있었다.

"안 돼. 절대 잠들면 안 돼. 넌 아직 할 일이 남았잖아. 약속했잖아. 그러니까 눈을 떠."

처음으로 듣는 하연의 단호한 음성에 간신히 눈을 뜬 연서가 눈물 없는 하연을 보고 힘겨운 미소를 보였다.

"오늘은 울지 않네."

"네가 대신 울어 주고 있으니까."

"조금만 아주 조금만 잠들면 안 될까? 나 너무 아파, 하연아."

그러나 하연은 도리질을 하며 연서를 다그치고 있었다.

"힘든 일인 거 알고 시작한 거잖아. 넌 강한 애잖아. 그러니까 괜찮을 거야. 넌 나보다 훨씬 강한 애니까. 눈을 떠. 넌 나와 한 약속을 지켜야 해. 그러니까 지금 쓰러지면 안 돼."

하연의 말에 간신히 눈을 뜬 연의 눈에 비친 건 맨발의 두 발이었다. 깜짝 놀라 일어서려던 연이 신음과 함께 다시 쓰러졌다. 그러자 한쪽 무릎을 굽힌 사람이 양털 이불을 덮어 준다. 생각지도 않은 친절에 움찔하며 물러서려던 연이 놀라 고개를 드니 다른 사람도 아닌 주치였다.

벌써 움직일 수 있게 된 모양이었다. 차가운 바닥에서 올라오는 냉기에 덜덜 떨리던 몸이 따뜻한 양털로 감싸이며 간신히 추위를 면하게 되었지만 갑자기 머리카락을 치우는 사내의 손길에 기겁을 하고 고개를 돌렸다.

"그래, 처음 보았을 때처럼 예쁘군. 오늘부터 넌 내 여자다. 명심해라. 나 주치의 여자라는 것을."

고개를 돌리는 연의 턱을 잡은 손은 부드러웠지만 도저히 얼굴을 빼낼 수는 없었다. 아예 자신의 얼굴 가까이 대고 속삭이는 말은 알아들을 수 없었지만, 꽤 불길하게 느껴졌다.

빙글거리는 얼굴을 보며 생각 같아서는 침이라도 뱉고 싶은 마음이었지만 그러기에는 두려움이 더 컸다.

'도와줘요. 제발 구해 줘요. 뭐하고 있어요. 제발 구해 줘요.'

양털 속에서 삼족오 메달을 쥐며 연이 애원을 하고 있었다. 소리 없는 구원의 외침이 그에게 닿기를 바라는 마음으로 눈을 감고 턱을 잡은 채 그녀를 노려보고 있는 사내를 외면하고 있었다.

한참을 양털에 숨은 그녀를 바라보던 주치가 막사를 나가자 기를예가 차가운 눈으로 연을 노려보며 그를 따라나섰다. 그리고 그 뒤를 커다란 덩치의 브이룩이 따랐다. 간만에 막사에는 연과 이미 기력이 다한 용운만이 남아 있었다.

❖

"잠시만 멈춰."

세현이 낮게 몸을 숙이고 갈대밭에서 움직이다 손을 들어 일행의 움직임을 막았다. 순간이지만 연의 목소리가 들렸다. 구해 달라는 애절한 목소리를 분명 들었다.

"왜 그러십니까?"

그러나 바람에 흔들리는 갈대가 들려주는 환청이라 생각하며 다시 손짓으로 일행을 움직였다. 세현과 만석, 그리고 잠행에 능한 두 사람과 이번에 조카를 얻은 군사장이 길을 나섰다. 이곳의 지리를 누구보다 잘 알고 있는 군사장은 직접 자신이 가겠다고 자원한 사람이었다.

손이 귀한 집안의 아이를 살려 주신 신녀를 위해서라면 목숨이라도 내놓겠다는 그의 마음과, 또 그가 지닌 지식이 필요해 고마운 마음으로 그를 받아들였다.

현은 종군사와 따로 할 일이 있어 이번 암행에는 빠지기로 했다.

'이틀 안에 돌아오지 않으면 우리가 움직일 겁니다. 그때 포로로 잡혀 계시면 일이 크게 틀어집니다. 그러니 꼭 구해 오셔야 합니다. 만약 길이 막히시면 아무르성으로 가십시오. 분명 그들이 도와줄 겁니다.'

길을 나서는 세현을 잡고 현이 다시 한 번 주의를 주었다. 그의 계획이 무엇인지 모르지만 분명 따로 나라에서 내린 명이라는 것은 알 수 있었다. 종군사가 이곳에 놀러 올 일은 없었다. 무언가 목적이 있어 나선 길이고 아마도 현이 이곳에 있어 그를 데리러 온 것이리라.

아버지의 의중은 모르지만 분명한 건 전쟁을 막으시려 사방으로 힘을 쓰고 계심은 알 수 있었다. 누구보다 백성을 위하는 분이시니 전쟁이 났을 때를 걱정하고 계심이었다.

비류수의 강물은 생각보다 더 차가웠다. 이제 다가오는 겨울의 찬바람에 강가는 조금씩 얼어붙기 시작했다. 그러나 다섯 사람은 신음 소리 하나 없이 비류수를 건너왔다.

제일 짧은 구간이라고 해도 강을 건너는 것만 한 시진이 지나 있었다. 오늘은 암행에 도움을 주는 것인지 날씨마저 짙은 구름이 끼어 한 치 앞도 보이지 않았다.

"눈이 올 수도 있습니다."

어둠을 내려 그들의 길을 가려 주는 것은 고마우나 만약 눈이 오면 또 상황이 달라진다. 눈으로 인해 그들의 흔적이 남아 적들에게 따라올 빌미를 주게 되어 일을 망칠 수도 있었다.

"최대한 빠르게 움직인다."

세현의 말에 다들 행동이 빨라졌다. 현의 노력으로 그곳에서 그들의 뒷일을 해 주던 요의 늙은이와 연이 닿았다. 덕분에 신녀가 어느 막사에 있는지 알게 되었다. 가끔 그곳을 청소하던 그에게서 신녀의 다리에 쇠사슬로 족쇄를 묶어 움직임에 제한을 두었다는 말도 들었다.

족쇄라니. 이를 악물고 그 말을 듣던 세현의 눈에 다시 불길이 일고 있었다. 얼마나 많은 고초를 겪고 있는 것인지 생각하기도 싫었다. 그러나 덕분에 천막의 어디를 열어야 바로 그녀를 구할 수 있는지 알았다.

몽골의 군영에 도착했을 때를 맞춰 눈이 날리기 시작했다. 때 이른 눈이었다. 그러나 아직은 이제 막 내리기 시작한 때라 흔적을 남기지는 않았지만 쌓이는 것은 시간문제였다. 그만큼 시간이 촉박해지고 있었다. 차가운 강물에 젖은 옷에서 서서히 김이 나고 있었지만 신경 쓸 여유도 없었다.

강물에 차갑게 얼었던 몸이 긴장과 더불어 빠른 움직임에 말라 가는 것 같았다. 눈이 쌓이기 전에 연을 구해 움직여야 했다. 눈에 남은 흔적으로 그들이 따라오면 일이 커지게 되고, 그만큼 연이 위험해진다.

검은 잠행복으로 갈아입은 다섯 남자가 일사불란하게 움직이며 어두운 곳을 골라 기듯이 연이 머물고 있는 막사를 향해 움직였다.

그러다 일순 세현의 손짓에 일행이 다시 몸을 숨기며 숨을 죽였다. 순식간에 어둠에 몸을 숨긴 사내들 사이로 알 수 없는 말을 떠들며 지나가는 몽골군이 보였다.

마음으로야 그들의 목을 따고 싶은 심정이나 세현이 숨을 죽이고 그들의 발걸음이 멀어져 들리지 않을 때까지 기다렸다. 다시 움직이라는 신호를 받은 사내들이 천천히 막사를 돌아 원하던 목적지에 도착했다.

세현을 뺀 사내들이 그를 보호하듯 둘러싸며 어둠을 이용해 장막을 쳤다. 곧 세현이 날이 선 칼을 이용해 소리를 죽이며 장막을 가르기 시작했다. 그가 장막을 가를수록 안의 불빛이 밖으로 삐져 나왔다. 잠시 칼질을 멈춘 그가 안의 소리에 귀를 기울였다.

인기척이 없는 막사를 확인하며 덜컥 겁이 났지만 이대로 멈출 수는 없었다. 사람 하나 간신히 빼낼 수 있는 길이로 장막을 가른 그가 조심스럽게 안을 살폈지만 아무도 보이지 않아 허탈해할 즈음 바로 눈앞에서 하얀 양털이 움직이며 검은 머리채가 보였다.

손만 뻗어 살며시 양털을 걷자 그동안 그토록 그리던 얼굴이 눈에 들어왔다. 순간 눈이 뻑뻑해져 왔다. 저도 모르게 상한 얼굴을 쓰다듬자 마치 알고 있었던 듯 연이 눈을 떴다.

"당⋯⋯."

놀란 눈으로 입을 열던 연의 입이 그의 손에 의해 빠르게 막혔다. 남은 손의 손가락으로 입을 막으며 조용하라는 신호에 연이 양털에서 머리를 빼 주변을 살피며 고개를 끄덕였다. 어느새 연의 눈에서 쉼 없이 눈물이 흐르고 있었다.

손짓으로 나오라는 신호를 보내는 그를 보며 연이 안타까운 눈으로 고개를 저으며 다리를 보여 주었다. 그녀의 다리를 묶어 놓은 쇠사슬을 직접 보니 세현의 눈에 다시 불길이 일고 있었다.

쇠사슬은 커다란 쇠침으로 땅에 박혀 있었다. 쇠사슬을 당긴 세현이 만석을 찾았다. 손짓으로 쇠사슬을 당기라는 뜻을 알아들은 만석이 이를 악물고 힘을 주자 천천히 쇠막대가 뽑혀 나왔다. 자르고 싶은 마음이지만 그러기엔 시간이 너무 없었고, 혹시 소리라도 나면 몽골군의 이목을 끌게 되어 위험해질 수 있었다.

먼저 쇠사슬을 끌어당겨 연의 움직임을 도우며 다시 나오라는 손짓에 연이 고개를 끄덕이더니 곧바로 옆의 누군가의 손을 잡고 세현이 만들어 놓은 탈출구로 향했다.

용운을 두고 갈 수는 없었다. 처음부터 연의 행동에 눈을 뜨고 있던 소년이 혼자 가라고 고개를 흔들지만 그럴 연이 아니었다. 애가 타는 세현의 마음을 아는지 모르는지, 연은 기를 쓰고 용운을 챙겨 간신히 막사를 벗어났다.

용운을 만석에게 맡긴 세현이 아예 쇠사슬과 연을 품에 안고 막사 두어 채를 돌아 몸을 숨겼을 때, 연의 막사에서 노성이 터져 나왔다. 그리고 일시에 몽골의 군영이 소란스러워지며 사방을 뒤지고 있었다.

"아무르로 간다."

가장 가까운 곳은 아무르성이었다. 비류수 쪽을 향하다가는 몽골군의 기마병을 이길 방법이 없었다.

역시 영리한 현이었다. 만약을 위해 퇴로까지 생각해 놓았다. 군사장이 앞장서며 아무르로 가는 가장 빠른 길을 오르기 시작했다. 이 길은 말을 타고는 오를 수 없는 길이었다. 그래서 여태 몽골군이 아무르를 보고만 있었다. 말을 타면 무적이지만 말을 벗어나면 일반 병졸과 같은 이들이 몽골군이었다.

더구나 약해진 연과 비류수를 건너는 모험을 할 수는 없었다. 품에 안긴 연의 몸은 이미 불덩이처럼 뜨거워져 있었다. 원래도 몸이 약한 여인이었다.

그동안의 여정으로 강인해졌다고는 하나 여인의 몸으로 겪은 고초를 생각하면 살아 있다는 것도 어쩌면 기적이었다. 그래서 더욱 세현의 마음이 급했다. 빠른 시간 안에 편안한 잠자리에 뉘어 보살펴야 했다.

"조금만 참으시오. 곧 편안한 곳에 모시리다."

"저는…… 괜찮습니다. ……서방님 품에 있는 걸요."

남아 있는 힘을 모아 그의 옷깃을 부여잡은 연이 스러지듯 작은 음성으로 대답하는 말에 다시 세현이 이를 악물고 넘치는 눈물을 참고 있었다.

그랬다. 지금 연은 그토록 바라던 님의 품에 안겨 있었다. 만약 하연이 깨우지 않았다면 그가 왔는지도 몰랐으리라.

'고마워. 정말 고마워, 하연아.'

일어나라고 흔들던 하연을 떠올리고 다시 연이 눈물을 참으며 세현의 품을 파고들고 있었다. 힘든 그를 알지만 지금은 걸을 힘도 없었다. 그저 그의 옷깃에 매달려 그가 조금 더 편하게 움직일 수 있도록 도움을 주는 것밖에는 할 수 있는 것이 없었다.

매달리는 연을 안은 팔에 힘을 주며 세현이 부지런히 길을 나서는 군사장의 뒤를 따라 험한 산길을 오르고 있었다.

그들의 뒤에 횃불이 서너 개 둥둥 떠다니며 몽골군의 외침이 따라붙었다. 한 무리는 이쪽을, 다른 무리는 비류수를 향하고 있는 것이 보였다.

더불어 그들의 앞길을 막아 주기라도 하듯 눈은 더욱 기승을 부리며 쏟아지고 있었다.

"무어라? 신녀가 사라져?"

막사에 들어온 주치가 양털로 만든 이불만 남아 있는 것을 확인하고 노성을 지르고 있었다.

"감히 대몽골의 막사를 찢고 포로를 빼돌릴 동안 너희들은 무엇을 하였느냐? 겨우 우리가 이것밖에 안 되었더냐? 찾아라. 그리고 모두 잡아라. 내 그들의 목을 베어 몽골의 위상을 알리리라."

눈에 불을 번쩍이며 소리를 지르는 주치의 모습은 흡사 사막을 가르는 이무기처럼 보였다. 그동안 앓아 뼈만 도드라지는 얼굴에 눈만 더욱 돋보여 무서울 정도였다.

"주군, 겨우 신녀 하나와 병졸 하나입니다. 고정하십시오. 그러다 다치신 몸에 해가 될까 우려됩니다."

펄펄 뛰는 주치를 달래려 기를예가 나섰지만 소용없었다.

"다른 건 몰라도 신녀는 내 앞에 데려오라. 아니면 네 목부터 벨 것이야."

주치의 차가운 명령에 기를예의 눈에 놀라움이 떠올랐다. 그깟 신녀 하나 때문에 그동안 마음을 바쳐 충성한 자신의 목을 벤다는 말을 그리 쉬이 하는 주인 때문에 가슴 한쪽이 무너지고 있었지만 그녀는 고개를 숙여 명을 받을 뿐이었다.

"그만해라. 눈이 내리고 있어. 지금도 칸에게 가는 길이 늦었다. 하루라도 빨리 서둘러 칸을 봬야지. 넌 언제까지 이곳에 머물러 있을 생각이냐? 차거타이가 벌써 진을 반이나 도륙 내었다는 전령이 왔다. 진을 넘으면 다음은 금을 칠 것이다. 그것도 뺏길 참이냐?"

이런 모습의 주치는 처음 보았다. 무엇이든 욕심을 부리지 않아 그의 속을 태우더니 겨우 여자 하나 때문에 이러는 모습에 수배치는 도리어 배신감을 느끼고 있었다.

"더구나 신녀. 신녀를 잘못 건드리면 어떤 벌이 따라오는지 몰라서 이러는 것이야? 차라리 도망간 것을 천운이라 생각해라. 어차피 놔줘야 할 여자였다."

차가운 수배치의 질책에 주치의 얼굴이 일그러졌다.

"그 여자는 신녀가 아닙니다. 이제 그 여자는 제 여자일 뿐입니다."

"보르지긴 주치! 이대로 칸의 눈에서 벗어날 생각이냐?"

"칸께서 한 번이라도 저를 아들로 인정하신 적이 있습니까? 그런데 왜 전 아들 노릇을 해야 하는 겁니까?"

"주군!"

기를예가 주치의 말을 막으려 애를 쓰지만 이미 늦었다.

"넌 지금 내 형님이자 위대한 칭기즈칸을 부정하는 것이냐?"

주치의 말에 수배치의 얼굴이 차갑게 굳어졌다. 주치의 사람됨을 보고 그를 아꼈지만 언제나 우선은 그의 형, 칭기즈칸이었다.

"아버지를 부정하는 것이 아닙니다. 아버지가 저를 부정하고 계신다는 말입니다."

"그걸 말이라고 하느냐? 원래 차가운 성정이신 것을 몰랐더냐? 너와 다르게 아끼는 아들은 있더냐? 네 스스로 족쇄를 달고 있다는 걸 왜 몰라?"

"삼촌 말을 부정하지는 않겠습니다. 제가 모자라 그럴 수도 있습니다. 그러나 삼촌, 전 이번만큼은 양보하지 않겠습니다. 그 신녀라 불리는 여인은 나의 여자가 될 것입니다. 어차피 납치혼은 일반적인 우리의 법도입니다. 내가 그 법도를 이용해 여인을 갖는다고 누가 뭐라 하겠습니까? 제 어머니도 그렇게 저를 낳으셨습니다."

주치의 대답에 수배치가 머리를 짚으며 신음을 흘렸다. 제대로 그 여자에게 현혹되어 있었다.

"그러나 너는 하나는 잊고 있구나. 너의 어머니는 신녀가 아니었다."

답답함에 그가 잊고 있는 것을 알려 주고는 수배치가 거칠게 막사 문을 나섰다. 그 모습을 멍하니 바라보고 있던 주치가 할 말을 잃고 신음을 흘렸다.

"주군, 제발 이번 일은 불가합니다. 신녀라는 것도 문제가 되겠지만 더 큰 이유는 가야의 여인입니다. 지금도 주군을 노리는 인간들이 문제를 삼는 것이 무엇인지 아시지 않으십니까? 더 문제를 만들어 주군의 앞날을 어둡게 하지 마시옵소서."

수배치가 나가고 이번에는 기를예가 그 앞에 부복하며 읍소를 하고 있었다. 그러나 날아온 것은 사나운 주치의 손이었다. 그의 힘에 밀려 막사 구석으로 떨어진 기를예의 입에서 피가 흐르고 있었다.

"감히 너 따위가 어디라고 나서느냐? 이미 정한 일이다. 그 여인을 되찾아 올 것이다. 넌 이대로 군을 따라 귀환하라. 이번 일은 나와 부이룩만 함께할 것이다."

제대로 미쳤다. 흐르는 피를 닦으며 기를예의 눈이 파랗게 빛나고 있었다. 여인에게 미친 주군을 보며 저도 모르게 이를 악무는 그녀를 주치가 지나쳐 나가자 부이룩이 재빨리 일으켜 세웠지만 그녀의 손이 밀어냈다.

"죽인다. 그 여자가 주군의 앞을 가로막는 꼴을 볼 수는 없다. 그러니 내 손으로 죽인다."

거칠게 입에 고인 피를 내뱉은 후 기를예의 입에서 나온 말에 브이룩이 놀라 굳어졌다.

"그러다 주군의 손에 네가 죽는다."

"죽이신다면 죽어야지. 어차피 그분이 살려 준 목숨이다. 처음부터 그분을 위해 죽으려던 목숨이니 아까울 것도 없다."

주치를 따라나서는 그녀의 뒤를 따르며 부이룩이 속 깊은 한숨을 쉬었다.

'그때 말렸어야 했다. 신녀를 훔쳐 오는 일은 어떻게든 벌을 받을 일인 것을.'

부이룩의 눈에는 어두운 앞날이 보이는 것 같았다. 그러나 주군이 움직이니 같이 움직일 수밖에 없었다.

막사마다 하얗게 눈이 쌓인 모습은 마치 초원을 떠돌던 그때 평화롭던 시절을 연상시켰다. 오늘따라 부이룩은 그때가 그리워졌다.

수배치의 명령으로 철수 준비가 한창이었다. 그러나 신녀 일행

은 영리했다. 몽골군이 그들을 따라 수색하는 동안 군영의 말을
모두 풀어 버렸다.

결국 우선은 말을 찾는 것이 급선무가 되었다. 잃어버린 몇 마
리를 빼고 간신히 숫자를 채웠을 때는 하루가 다 가 있었고, 여전
히 눈은 그들을 묶어 버리려는 듯이 내리고 있었다.

아무르성에 도착한 것은 해가 막 떠오르려고 안간힘을 쓰던 시
간이었다.

눈이 내려 길이 미끄러운 것도 있었지만 중간에 성을 지키는
요의 병사들에게 심문을 당하는 일도 만만치 않게 시간이 걸렸다.
그러나 만석의 입에서 가야의 복야라는 말이 나오자 그들은 바쁘
게 그들을 성안으로 모셨다.

아무르성은 처참했다. 그동안의 항전으로 사방이 막혀 제대로
물자 전달이 되지 않은 상태에서 지친 기색이 역력한 이들을 보
며 세현의 얼굴이 다시 굳어졌다.

그들의 일행이 투울룬이 머무는 건물에 닿기도 전에 누군가 다
가와 고개를 숙였다.

"누군가?"

만석의 물음에 고개를 드니 제법 젊은 사내였다.

"투울룬 칸의 차자 질라부입니다. 제가 모시겠습니다."

망설일 틈이 없었다. 품 안의 연에게서 느껴지는 열기가 그를
조급하게 만들고 있었다. 벌써 정신을 놓은 듯 축 처진 연을 고쳐

안으며 세현이 그를 따라 급하게 건물 안으로 들어갔다. 만석도 용운을 업고 재빨리 그 뒤를 따랐다.

아무르성에 모여 있는 요의 인물들은 간신히 몽골군을 피해 나온 백여 명에 원래 성에 살고 있던 원주민들을 합해 갓 이백을 넘기는 머릿수였다. 대부분 여자들과 아이들이었으며 그나마 남은 군사들도 전의를 잃고 간신히 버티고 있는 상황이었다. 생각보다 심각한 상황에 세현의 얼굴이 더욱 굳어졌다. 그러나 지금은 연의 상태가 우선이었다.

"신녀님은요?"

먼저 정신이 든 민 장군의 아들이 연의 상태부터 확인했다.

"괜찮을 것이다. 넌 네 상태나 챙겨."

만석의 따뜻한 말에 그제야 눈물을 보이던 용운이 잽싸게 눈물을 감추었다.

"아버님은 괜찮으십니까?"

"그래, 무사히 군영으로 오셨다."

"다행입니다. 모두 신녀님 덕분입니다. 신녀님은 저 때문에……."

고개를 숙이며 자책하는 그를 달래는 것은 만석의 몫이었다. 이미 상황은 들었다. 그를 구하기 위해 공주가 남았다는 말에 미친 듯이 화를 냈던 세현을 붙잡은 것도 그였다.

그래서 공주를 모시고 방으로 들어간 세현을 기다리는 만석도 한결같은 마음으로 빌고 있었다. 너무 늦은 것이 아니기를 바라는 마음이었다. 만신창이가 된 공주는 차마 눈뜨고 보기 힘들 정도였다. 사내도 견디기 힘든 시간을 어찌 견뎠을지 마음이 아려 왔다.

"연? 연. 제발 눈을 뜨시오. 제발."

이미 정신을 놓은 연은 고열에 시달리며 제대로 신음 소리조차 못 내고 있었다. 옷을 벗기자 드러나는 처참한 모습에 세현의 눈이 붉어지고 있었다.

하얀 살결은 어느 한 곳 제 색을 지닌 곳이 없었다. 얇은 거미줄처럼 남은 흔적은 분명 말채찍 자국이리라. 그리고 연의 등에는 굵은 뱀이 휘감은 듯한 채찍 자국이 선명하게 남아 핏빛을 드러내고 있었다.

한쪽 얼굴도 이제 막 멍이 가시려는 듯 보라색이 올라오며 더욱 파리한 안색을 도드라지게 하고 있었다.

목덜미에 남아 있는 상흔에도 핏기가 배어 있었다. 분명 그건 칼자국이었다. 도대체 그 안에서 연은 무슨 일을 당한 것인가.

분명 그들도 신녀는 귀하게 대접한다 들었다. 그런데 이 꼴로 만든 그들을 용서할 그가 아니었다. 그들은 처음부터 그녀를 납치하는 순간 돌이킬 수 없는 일을 만들었다.

무사히라도 되돌려 주었다면 조금이라도 용서할 마음이 있었다. 그러나 이런 연의 모습을 확인하는 순간 이미 그들은 강을 넘었다. 가만두지 않으리라.

긴장하며 스스로를 지키고 있던 연이 세현을 확인하고 안심하는 사이 그동안 참았던 통증과 함께 기력이 다한 까닭에 쉬이 정신을 차리지 못하고 있었다. 그런 연을 살피던 세현이 애타는 마음에 더러워진 손을 닦아 주며 그녀를 부르고 있었다.

물이 닿는 차가운 느낌에 정신을 차린 연이 두려움에 숨을 들이마시다 세현을 보았다. 그토록 그리던 얼굴을 보며 꿈일까 두려워 눈도 깜박이지도 못하는 연을 그가 마주 보며 겨우 안도할 수 있었다.

"정신이 드오?"

손을 들어 그를 만지려 하지만 움직일 힘도 없었다. 그러나 그녀가 움직일 필요도 없었다. 그가 그녀의 손을 잡아 스스로의 뺨에 대었다.

"……꿈이라고…… 정말…… 당신……."

따듯한 그의 온기가 그대로 손을 통해 흡수되고 있었다.

"물론이오. 나요, 내가 여기 있소. 정신이 드오?"

"……울지…… 나…… 괜찮……."

손을 통해 축축한 물기가 묻어났다. 이 사내가 울고 있었다. 그래서 연도 울고 있었다. 너무 반가워서, 그립던 그를 바로 눈앞에서 보고 있다는 기쁨에 반가움의 눈물이 흐르고 있었다.

"……사랑……해요."

아주 작은 목소리, 간신히 귀를 기울여야 들리는 목소리에 세현의 가슴이 벅차올랐다. 세상에서 이 말이 얼마나 아름다운 말인지, 얼마나 연의 입으로 이 말을 듣고 싶었는지 깨달았다.

"연? 연!"

"기절하신 겁니다. 지금은 쉬시게 두시지요. 이 작은 옥체에 무슨 힘이 있어 그런 일들을 견디셨는지. 정말 신녀실지도 모르겠습니다, 마마는."

"아니, 연은 신녀가 아닙니다. 제가 온 마음을 다해 사모하는 여인입니다."

며칠이었다. 눈앞에 없었던 며칠 만에 연은 처절하게 망가져 있었다. 지키리라 마음먹은 여인의 처참한 모습에 기어이 세현이 연의 손을 붙잡고 소리 없이 울고 있었다. 울지 말라는 연의 말을 어기고 참을 수 없는 분노와 안도에 그동안 쌓였던 불안이 눈물과 함께 흐르고 있었다.

이제야 간만에 세현이 살가운 모습으로 돌아왔다. 그래서 만석은 공주가 더욱 고마웠다. 이제 현에게 이곳의 소식을 전해야 할 때였다. 밖에 현이 보낸 순이가 그를 기다리고 있었다. 여기서 글을 아는 이는 세현을 빼고 용운이라는 이름을 가진 민 절도사의 아들뿐이었다.

밖의 사정을 생각하며 만석의 얼굴이 다시 흐려졌다. 이곳에서 얼마나 버틸 수 있을지 자신이 없었다. 이미 전의를 잃어버린 성 안의 사람들은 만약 그들이 조금만 늦었어도 백기를 들고 몽골에 투항했을 거라는 말로 만석을 기함하게 만들었다.

이미 목표인 투울룬은 물론 그의 장자까지 죽은 마당에 그들이 여태 이곳을 지키고 있었다는 것도 기적이었다.

현을 믿을 수밖에 없었다. 그와는 달리 수단이 좋고 머리가 좋은 사내가 그였다. 그러니 이틀의 여유를 주고 나타나지 않는다면 움직인다는 말을 했으리라.

우선은 모두가 살아 있음을 알리는 것이 우선이었다. 더불어 걱정하고 있을 공주의 안위도 알려 주어야 그가 편히 움직이리라는 생각이었다.

◈

날아온 순이를 팔에 얹은 현이 순이의 발에 달린 작은 연통에서 쪽지를 꺼냈다. 몽골군의 움직임이 수상하다는 보고를 받으며 세현들이 잠입했음을 알았다.

어느새 가야의 유명한 해청이 순이로 불리고 있었다. 용맹하기로 유명한 새를 순하다며 순이라 부르는 공주의 웃는 얼굴을 보고 싶었지만 아무래도 못 보고 가 싶다. 꽤 아쉽지만 그래도 그들이 구해 냈기를 바라는 마음이었다. 그래서 돌아오는 날 그를 반길 공주님을 뵙고 싶은 마음이었다.

밤을 새우며 몽골의 진영의 움직임을 살피던 현이 잠시 눈을 감고 손에 들린 소식을 확인하기 전에 숨을 골랐다. 그러나 떨리는 손을 어쩌지는 못했다. 그리고 소식을 확인한 현의 얼굴에 곧바로 환한 웃음이 피어났다.

"야호!"

"좋은 소식인 모양이군."

냉정하기로는 누구도 따라가지 않는 현의 환호에 종군사가 웃으며 가까이 다가왔다.

"죄송합니다."

멋쩍게 웃는 그를 보며 종군사 서희가 고개를 끄덕이며 다 안다는 듯 인자한 미소를 짓는다.

"좋은 소식이라면 아마도 좌랑이 성공한 모양이군. 마마도 무탈하시고?"

"예, 다행히 마마께서 무탈하시답니다. 아, 민 장군께도 말씀드려야 할 텐데요. 아드님도 무탈하다는 소식입니다. 지금 모두 아무르성에 있답니다."

"잘 되었군. 자! 이제 우리가 움직여 볼까? 먼 길을 가야 하니 준비 단단히 하게. 이제 나이를 먹어 겨울은 싫은데 어쩌다 또 겨울에 나서누."

털털한 웃음으로 별일 아니라는 투로 말하며 일어서는 그를 보면 정말 놀러 가는 사람처럼 보였다. 그러나 현만은 속지 않았다. 이번 일은 어쩌면 돌아올 수 없는 길이 될 수도 있음을 알고 나서는 길이었다. 그리고 그 사실은 종군사도 이미 알고 있었다.

제대로 성공만 한다면 가야를 전쟁에서 구할 수도 있는 일이었다. 그러나 잘못되면 목숨을 바쳐야 하는 일이었다.

그러나 현은 믿고 있었다. 수더분한 얼굴로 수염을 쓰다듬는 늙은 저 사내의 능력이 보기와는 다르다는 것을 알고 있었기에 담담히 그를 따라나설 수 있었다.

"어디, 그 유명한 대륙의 푸른 이리라 불리는 칭기즈칸을 만나러 가 볼까?"

하얀 설원이 되어 버린 비류수 너머를 바라보며 현이 혼자만이 들을 수 있는 말로 중얼거리며 순이의 깃을 쓰다듬었다.

"네가 마마 곁에 있어 주겠니? 무슨 일이 생기면 마마를 지켜 주렴."

순이를 날리는 현의 손길이 가벼웠다. 순이의 먹이는 만석이 알아서 챙겨 줄 것이었다. 그리고 무슨 일이 생기면 연락책이 되리라는 생각이었다.

공주의 안부를 알았으니 가벼이 길을 나설 수 있었다. 정말 종군사의 말대로 긴 여정이 될 터였다. 더구나 무식한 저들과 같이 가야 하는 길이니 더욱 험한 길이지만 가야만 하는 길이었다.

"모두들 건강하게 잘 있게나. 돌아오면 아주 반가운 소식이 기다리고 있었으면 좋겠으이."

훨훨 날아 목적지를 향하는 순이를 배웅하며 현이 혼잣말을 하고 있었다.

8.

부탁해, 이 사람을 부탁해

연의 상태가 심각했다.

아무르성에 들어와 간신히 연을 누인 세현의 얼굴이 파랗게 질려 있었다. 도무지 열이 내릴 생각을 하지 않았다. 열이 올라 빨개진 볼만 빼고 하얗게 질린 얼굴과 바짝 말라 고목나무의 등걸처럼 보이는 입술에는 물기라고는 아예 보이지도 않았다.

제대로 물도 삼키지 못하는 연에게 입으로 물을 먹이는 일을 반복하며, 성안에 남아 있는 여인 중에 그나마 환자를 돌볼 줄 안다는 여인이 나서 하루 종일 차가운 물로 온몸을 가볍게 두드리며 어떻게든 열을 내리려고 하지만 연은 점점 까라지기만 했다.

뜨거운 몸과 달리 파랗게 질리는 입술을 보며 세현의 마음이 찢어지고 있었지만 품에 안아 덜덜 떠는 연에게 자신의 체온을 나눠 주는 일밖에는 할 수 있는 일이 없었다.

더구나 온몸이 상처투성이라 제대로 안아 줄 수도 없었다. 혹여 상처에 닿아 아프기라도 할까 조심스러운 손길에도 그의 아픔이 묻어났다.

"제발, 연. 돌아오시오. 그대가 무사할 수만 있다면 내 무슨 짓이라도 하리다."

결국 그는 차도 없는 연을 품에 안고 누군가를 찾으며 매달리고 있었다. 그리고 뜨거운 연의 볼에 차가운 세현의 눈물방울이 달래기라도 하듯 대신 흐르고 있었다.

연서는 다시 하얀 안갯속에 있었다. 그러나 다른 날과 달리 움직일 수가 없었다. 다리에 무거운 돌이라도 달아 놓은 듯 한 발 뗄 힘도 없어 주저앉아 눈앞을 가리는 하얀 안개만 하염없이 바라보고 있었다.

그때, 갑자기 안개가 뭉치는 것 같더니 어느새 하연이 앞에 서 있었다.

"지쳤니?"

그대로 서서 주저앉은 연서를 내려 보며 담담한 말투로 묻는다.

"응, 너무 힘들었어."

하얀 안개를 병풍처럼 뒤에 두고 선 하연이 연서를 안쓰러운 얼굴로 보고 있었다.

"그럼 이제 돌아갈래?"

무심히 묻는 말에 연서가 놀라 고개를 쳐들었다.

"……이제…… 돌아올…… 거야?"

갑작스러운 말에 연서의 눈에 금방 눈물이 차올랐다. 그러나 하연은 아무것도 모른다는 얼굴로 연서만 보고 있을 뿐이었다.

"시간이 별로 없어. 이제는 제 자리를 찾을 시간 같아서."

"……그러니까……."

무슨 말을 해야 하는 걸까? 가기 싫다고? 그를 두고는 못 간다고? 그러나 처음부터 그는 하연의 남자였다. 처음부터 그녀에게 돌려주겠다고 약속한 사람은 자신이었다. 그럼에도 가슴속에서 절규하듯 싫다는 외침이 터지려 하고 있었다.

"싫어?"

이상하다는 얼굴의 하연이 처음으로 미웠다. 아무렇지도 않게 자리를 바꾸더니 이제는 제 맘대로 돌아오겠다는 그녀가 죽도록 미웠다.

이렇게 한 사람을 욕심내게 해 놓고 이제는 돌려 달라는 그녀가 너무 미웠지만 연서는 차마 대답도 못 하고 고개만 저었다.

차라리 조금만 일찍 선택을 했으면 이토록 마음이 아프지 않을 것을. 너무 늦은 선택에 숨이 막히고 가슴이 아려 왔다. 그가 너무 보고 싶었다. 인사도 못 하고 그를 떠나야 할 줄 몰랐다. 그러나 알았다 한들 그에게 무어라 인사를 한단 말인가.

"……잊게 해 줘. 그…… 사람에게서…… 연을 모두…… 지워 줘. 그건 할 수 있지?"

그래서 생각할 수 있는 것이 이것밖에는 없었다. 그의 마음에서, 그리고 머릿속에서 연을 지우는 방법.

"그래도 돼? 정말 다 지워도 돼?"

'싫어, 그에게 잊히는 건 싫어. 그에게 영원히 기억되고 싶어.'

되묻는 하연을 보며 연서가 힘들게 침을 삼켰다. 그리고 속마음을 감추며 더 어렵게 말을 이었다.

"……그래, 완벽하게…… 지워. ……그 사람이…… 아프지 않게."

"그럴게. 고마웠어. 아마 다시는 못 보겠지만 항상 기억할게. 고마워."

그러나 차마 연서는 고맙다는 말을 할 수 없었다. 하얗게 눈앞을 가리는 안개가 점점 하연의 모습을 감추고 있었다. 그리고 연서는 아무것도 보이지도 또 느끼지 못한 채 깊은 잠으로 빠져들었다.

"잠깐이야, 그러니까 푹 쉬고 있어. 바보, 선택은 이미 끝났다고 그렇게 말을 했었는데. 미안해, 그러나 지금밖에는 시간이 없어. 정말 잠깐이니까 푹 쉬고 있어."

하연의 속삭임은 안개에 묻혀 연서에게 전달되지 않았다. 슬픈 얼굴로 안갯속으로 가라앉는 연서를 바라보던 하연의 뒤로 안개가 걷히고 있었다.

"연? 연, 제발 정신 좀 차리시오."

성에 도착한 이후 열에 들뜬 연이 좀체 정신을 차리지 못하자 세현이 아예 애원을 하고 있었다. 이미 성안에는 그녀를 위한 어떤 것도 해 줄 사람도, 약초도 없었다. 성안에 갇혀 지낸 사람들의 삶은 궁핍했고 잡아먹을 수 있는 동물들은 이미 사람들의 입으로 사라져 있었다.

결국 그가 할 수 있는 일이라고는 차가운 물로 그녀의 열을 내리려 애쓰며 연을 부르는 것이 다였다. 간신히 그녀를 구했으나 비류수를 넘을 방도가 없었다.

오늘 현과 종군사가 몽골의 진영으로 들어갔다는 소식은 만석에게 들었다. 그들의 목적이 한시라도 빨리 이뤄지기를 바라는 마음이었다.

한시라도 빨리 연을 부여부로 데려가야 했다. 그때 그의 애원이 통했는지 천천히 연이 눈을 떴다.

"정신이 드오? 연?"

"⋯⋯유모?"

연의 힘없는 목소리에 세현이 그대로 얼어붙었다. 연이라면 깨어나 먼저 그를 찾을 사람이었다. 유모를 먼저 찾는 이는 공주밖에 없었다. 늘 유모 지씨의 뒤에 숨어 고개를 숙이던 공주를 떠올리며 세현의 눈앞이 아득해져 왔다.

그러나 마음이 먼저 부인했다. 익숙해져 그럴 수도 있다고 달래며 떨리는 손으로 연을 잡고 눈을 마주 보았다. 그동안의 고초로 수척해진 얼굴에는 변함이 없었다. 오히려 아름답던 얼굴이 상해 반쪽이 되어 있었다.

한쪽 눈은 부어올라 제대로 떠지지도 않았다. 남은 하나의 눈이 멍한 빛을 보이며 그를 향하고 있었다. 그리고 눈빛을 보는 순간, 세현은 깨달았다.

깨어난 이는 연이 아니었다. 그동안 그토록 두려워하던 일이 일어났다. 말도 없이 연은 사라지고 갑자기 나타난 공주를 보며 그는 긴장된 눈으로 뚫어지게 연의 얼굴을 한 공주를 보았다.

"……다행이오. 깨어나셔서. ……쉬시오."

떨리는 눈빛의 공주를 잠시 응시하던 세현이 쥐어짜듯 목소리를 내며 일어섰다. 더 이상은 아무렇지도 않게 공주를 볼 수가 없었다.

천천히 밖으로 나오니 다시 눈이 펑펑 내리고 있었다. 검은색 옷은 유난히 하얀 눈 사이에서 돋보였다. 조금 더 한 발 나서자 검은 옷을 가리기라도 하듯 눈발이 이불이 되어 그를 덮어 주고 있었다.

말없이 조금 더 나가던 그가 그대로 무릎을 꿇고 고개를 숙였다. 그리고 기다렸다는 듯 뜨거운 눈물이 쏟아져 내렸다.

연이 떠났다. 아무런 언질도 없이. 그의 앞에서 햇살 같은 웃음으로 그를 행복하게 하던 여인이 모진 일들만 겪고, 위로할 틈도, 제대로 치유할 시간도 주지 않고 그의 곁을 떠났다. 분명 간다는 말은 하고 가겠다고 약속했던 연이 말도 없이 떠나 버렸다.

"……연, 그대는…… 어찌……."

무너지듯 주저앉은 세현이 차가운 눈을 가득 쥐어 입에 틀어막고 간신히 새어 나오는 울음을 삼키려 애쓰고 있었다. 그러나 끝없이 흘러나오는 눈물을 막을 수는 없었다.

말도 없이 떠나 버린 연을 찾을 길이 없다는 것을 너무 잘 알고 있어 숨이 막혀 왔다. 이제는 다시는 연의 환한 미소를 볼 수 없다는 현실을 부정하려 하지만 꺼진 불빛 같은 공주의 눈빛을 보며 깨달았다.

소리라도 지르고 싶었지만 그마저도 할 수 없는 그가 차가운 눈을 퍼 입을 막으며 견디다 결국 눈 위에 엎드려 어깨를 떨고 있었다.

억지로 몸을 일으킨 하연이 기를 쓰고 그가 나간 문을 향해 나아갔다. 도대체 여기가 어딘지 알 수가 없었다. 눈을 떴을 때 이런 곳이리라고는 상상도 못 했었다.

한 발자국 떼는 것도 힘에 겨웠지만 하연은 있는 힘을 다해 그를 따라나서고 있었다. 몇 발자국 걷지도 않았는데 온몸이 땀으로 흥건하게 젖어 왔다. 차가운 바닥이 뜨거운 발바닥에는 차라리 축복처럼 느껴졌다.

문을 나서고 바로 마당이 보였다. 곧이어 그녀의 눈에 보인 것은 그렇게도 보고 싶었던 사내가 눈밭에 무릎을 꿇고 있는 모습이었다. 마지막으로 한 번만 보고 싶었던 얼굴은 보이지도 않았다.

하얀 눈이 이불처럼 그를 덮어 가고 있었다. 그럼에도 그는 온몸을 눈 속에 묻기라도 하듯 엎드려 움직이지 않고 있었다.

그러나 움직이지 않는다고 생각했던 것은 얄팍한 눈의 속임수였다. 약하게 떨리는 어깨가 그의 마음을 그대로 보여 주고 있었다.

그리고 그녀에게 들리는 숨죽인 울음소리와 함께 불리는 이름에 하연이 입을 틀어막고 그 자리에 주저앉았다.

정녕 저 사내가 자신이 아는 그 사내가 맞는지 의심스러웠다. 괴로움에 몸부림치는 그를 보며 숨이 막혀 와 가슴을 치던 하연이 더는 그 모습을 볼 수가 없어 힘겹게 되돌아 원래의 자리로 돌아왔다.

조금 움직였을 뿐인데 현기증이 먼저 찾아왔다. 그래도 정신을 놓을 수는 없었다. 시간이 없었다. 그러니 두 눈을 뜨고 있어야 했다. 간신히 정신을 추스른 하연이 여전히 눈밭 가운데 숨을 죽이며 울고 있는 사내를 떠올리며 울고 있었다.

욕심이었나 보다. 그저 말없이 사라져야 하는 것을, 왜 그리 미련이 남아 잡는다고 잡혔을까? 그래서 그녀가 하는 일이라고는 사모하는 이를 아프게 하는 일인 것을.

"몸은 어떠시오?"

얼마나 시간이 흘렀을까. 다시 돌아온 그는 하연을 보며 아무런 일도 없었다는 듯 묻고 있었다. 그러나 붉어진 눈가를 감출 수는 없었다.

"움직일 만합니다."

그의 붉어진 눈가를 외면하며 하연이 어렵게 말을 이었다.

"아직은 무리하지 마세요. 많이 상하셨습니다. 사람을 불러 돌봐 달라 말을 전할 것이니 될 수 있으면 나으실 때까지 움직이는 것은 삼가세요."

그의 말이 끝나기 무섭게 하연이 급하게 그의 옷깃을 잡았다.

"왜 그러시오?"

갑작스런 그녀의 행동에 그가 놀란 빛이 역력한 눈으로 그녀를 보고 있었다. 그러나 그 눈빛에 담긴 것은 의문일 뿐 더 이상의 감정은 없었다. 그래서 하연은 또 버릇처럼 그의 옷깃을 놓아 버렸다. 시간이 없어 조금이라도 그의 곁에 있고 싶은데 그 말을 할 용기조차 없었다.

"……네, 그리하겠습니다."

결국 하연이 할 수 있는 말은 그게 다였다.

그러나 금방 가리라 여겼던 그는 한참을 그녀를 응시하다가 자리를 비웠다. 그녀를 바라보는 그의 눈이 누구를 찾고 있는지 너무 잘 알고 있어서 마음이 아파 왔다. 말없이 그녀를 향하는 눈이 너무 슬퍼서 가슴이 아파 온다.

그럼에도 그는 아무런 내색도 없이 그녀를 챙기고 있었다. 마치 그게 자신이 할 수 있는 최선의 일이라는 듯이. 그러나 내내 이번에는 그가 그녀의 눈을 피하고 있었다.

힐끗이며 고개를 들면 무심하게 돌아보던 눈빛을 떠올리던 하연이 이제야 그 눈빛이 지금보다 그립다고 생각하고 있었다. 차라리 아무 의미도 없는 눈길이 덜 아팠다는 것을 지금에야 깨닫고 있었다.

자신을 보며 다른 누군가를 찾고 있는 그를 보는 것은 날카로운 칼로 가슴을 베이는 것 같은 아픔으로 다가왔다.

"……처음부터 내 사람이 아닌 것을."

이미 자리에 없는 그를 향하며 하연이 가슴에서 우러나오는 탄식을 하고 있었다.

그 아이를 만난 것은 꿈속이었다. 온몸을 제 손으로 부둥켜안고 떨고 있는 아이는 어딘가 자기를 닮았다. 그래서 알은척을 했었다.

아무것도 없는 빈 공간에서 그렇게 아이는 자기를 지키려는 듯 동그랗게 몸을 말고 있었다.

'왜 그러고 있니?'

'이렇게 하면 못 느끼니까.'

'뭘?'

'내가 혼자라는 사실.'

'외로워?'

'아니, 안 외로워. 그런 거 난 몰라.'

당차게 부인하던 꿈속의 아이를 보며 처음에는 자신이라고 생각했다. 또 다른 자신을 만나고 있는 거라고 생각했다. 설마 정말 존재하는 아이일 줄은 몰랐다.

잠이 들면 나타나는 아이를 붙잡고 참 많이도 울었다. 외롭다고 몸부림치며 그 아이에게 매달렸었다.

말없이 들어 주던 아이가 진짜 존재한다고는 생각하지 않았다. 그저 또 다른 자신에게 넋두리를 하는 거라고 믿었다.

그 많은 시간을 그 아이는 말도 없이 안타까운 눈으로 자신의 눈물을 받아 주었다. 그래서 하연은 외롭지 않았다. 항상 그 아이가 자신을 지켜 준다고 믿었었다.

지금도 꿈을 꾸고 일어난 것 같은 느낌이지만 분명 달라졌다. 자신이 아니라 자신의 몸이 이제는 낯설게 느껴지고 있었다.

깊은 잠에서 깬 것 같은데 세상이 달라져 있었다. 잠을 자는 내내 그녀를 달래던 수많은 목소리를 들으며 마음이 편했었다. 낯선 목소리들이 돌아가며 수다를 떨어 주었던 곳이 어딘지는 잘 모르지만 그래서 깨어나고 싶지 않았었다.

끊임없이 누군가 자신을 부르며 돌아오라고 외쳤지만 무시했었다. 처음으로 목소리밖에 들리지 않지만 사람으로 대접하는 곳이 참 좋았었다. 그리고 정신이 들었을 때는 이미 늦었음을 알았다. 그리고 정말 돌아오고 싶었는지도 확실치 않았다.

그 아이의 끈질긴 삶의 의욕이 자신과 그 아이의 삶을 바꿔 놓았음을 알았을 때, 도리어 안심했었다. 살고 싶은 이는 살아가고 삶을 놓은 이는 끝이 나는 것이 순리라 여겼다. 그럼에도 욕심을 부리고 있었던가? 그래서 자신은 마지막이라는 명분을 달고 이곳에 와 있는가?

손끝의 느낌도 낯설었다. 온몸을 관통하는 통증도 처음이었다. 돌아온 이곳에 이미 자신은 없었다. 자신의 모습을 한 낯선 이가 있을 뿐이었다.

이런 곳에 있을 자신이 아니었다. 금방이라도 허물어질 것 같은 건물을 보며 하연이 눈살을 찌푸렸다.

도대체 유모는 어디에 있는지 도통 보이지도 않는다. 웃기게도 눈을 뜨고 가장 보고 싶은 사람은 유모였다. 그를 보기 위해 왔건만 지금 가장 그리운 사람은 유모 지씨였다.

온통 모든 것이 낯설었다. 자신이지만 또 자신이 아닌 것 같은 느낌. 이 아이는 도대체 자신은 어디에 데려다 놓은 걸까? 그리고 무슨 짓을 했기에 그의 눈에서 빛을 가져갔을까? 잠시지만 그 아이가 미워지려 했다. 그를 만나 그토록 원하던 것을 그 아이는 순식간에 가져가 버렸다.

그러나 곧 하연이 고개를 저었다. 괜한 미련이었다. 착하고 올곧은 아이의 마음이 하연을 잡고 놓지 않아 머물러야 했다.

"바보, 내 선택이 아니었어. 그건 바로 네 선택이었어. 살고자 했던 너의 선택임을 왜 몰라."

이미 끝난 선택을 알려 주러 온 길이었다. 그리고 마지막으로 마음에 담은 그 사내를 한 번만 더 보고 싶은 욕심이었다. 끝을 내려고 온 곳이지 시작을 하러 온 곳이 아니었다. 그러니 욕심도 우습게 느껴졌다.

자신을 향하는 사내의 눈에서 다른 여인을 보며 하연은 온몸에 느껴지는 고통보다 더 한 마음의 고통을 느끼고 있었다. 차라리 오지 말 것을. 무엇이 남아 또 이곳을 찾아 또 다른 아픔을 알아야 하는 건지.

바보 같은 스스로에게 질책을 하던 하연이 멍한 눈으로 벽을 보고 있었다.

"돌아오지 말았어야 했는데. 그런데 넌 여기서도, 또 거기서도 너무도 질기게 스스로를 붙잡고 있구나."

잠들어 있는 와중에 들려오는 목소리로 알았다. 이 아이도 자기만큼이나 외로운 아이라는 것을. 그러나 자기와는 다르게 외로움을 웃음으로 삼키는 아이라는 것도 알았다.

그리고 돌아온 이곳에서 더 외로워진 자신도 알았다. 이제는 마음을 다해 사랑하는 사람도 자신이 돌아옴으로 자신처럼 외로움에 목말라 갈 것이라는 것을 말이다.

그럼에도 조금만 욕심을 내고 싶었다. 비록 자신을 보러 오는 것이 아니더라도 자신을 찾아 주는 그를 보고 싶었다. 남아 있는 모든 감정까지 모두 버리고 갈 수 있는 시간이 되리라는 생각이었다.

"조금만 욕심내는 거야. 이미 끝났을 목숨을 연장해 주는 건 남기지 말고 가라는 뜻이지? 그렇게. 모두 버리고 갈게."

하연이 혼잣말을 하며 가슴을 치는 내내 세현은 어두운 눈으로 아무르성 밖을 보고 있었다.

"그래도 마마가 깨셔서 다행입니다. 얼마나 걱정을 했는지."

그 옆에 만석이 서서 그와 같이 몽골 군영의 움직임을 살피고 있었다. 그동안 가장 바쁜 이는 만석이었다. 남아 있는 사람들을 위해 움직일 수 있는 모든 공간을 움직이며 먹을 수 있는 것들은 모두 잡아 왔다.

원래 사냥에도 도가 튼 그이기에 수확이 꽤 많았지만 그래도 여전히 많은 입을 먹이기에는 모자랐다.

"그래, 다행이지."

힘없는 음성에 놀라 만석이 그를 다시 보았다. 마마가 깨면 가장 기뻐할 좌랑이라고 생각했는데 막상 마마께서 깨어나시고는 아예 웃는 낯을 볼 수가 없었다.

"무슨 일이 있으십니까?"

조심스러운 물음에 세현은 고개만 저었다.

"형님, 약조를 했으니 지켜야지요. 그렇지요? 약조란 건 지키라고 있는 것이니. 네, 지킬 것입니다. 온 마음 다 감추고 지킬 것입니다. 그래야 연도 기뻐할 것입니다. 공주가 울면 그녀도 분명 울 것이니, 나는 더 이상 공주를 울리지 않을 것입니다. 만석 형님. 그러니 옆에서 깨우쳐 주십시오. 제가 연을 찾거든 이제 연은 없다고 깨우쳐 주십시오."

정중하게 부탁하는 좌랑을 보며 당황한 것은 만석이었다. 마마가 깨어나 기뻐하리라 생각하며 자신도 덩달아 마음이 흡족했다. 그런데 정색을 하고 친형을 대하듯 말하는 좌랑의 모습은 어딘가 불길하기까지 했다.

"좌랑! 도대체 무슨 말씀이십니까? 공주마마가 연이지 않습니까?"

도대체 모를 말이었다. 마마가 직접 연이라 부르라는 말을 했었다. 그렇다고 공주가 아닌 것은 아니지 않는가.

"그렇죠? 공주가 연이지요. 그렇지요."

여전히 시선은 몽골의 군영에 두고 세현이 힘없이 대답하자 답답한 것은 만석이었다.

"제가 마마 드리려고 토끼 한 마리를 잡았습니다. 폭 고았으니 드시기 좋을 것입니다. 제가 지금 드리려 하는데, 좌랑도 같이 가시겠습니까?"

답답한 마음에 분위기라도 띄우려고 만석이 애를 쓰며 입을 열었다.

토끼 굴을 발견한 것은 행운이었다. 한 마리만 잡은 것도 아니어서 신이 난 만석이 성안에 토끼 고기로 잔치를 하고, 개중에 가장 실한 놈을 골라 공주를 위해 살이 연해지도록 고았다.

"아닙니다. 형님 혼자 가셔…… 아니요. 제가 가지요. 아마 공주가 형님을 보시면 놀라실 것입니다."

"네?"

모를 소리를 하는 세현을 보며 만석이 고개를 갸웃하면서도 재빨리 공주에게 올릴 국을 준비해 좌랑에게 내밀었다.

김이 폴폴 나는 국은 진하게 우러나, 냄새조차도 군침을 흘리게 할 정도로 맛나 보였다.

국그릇을 받친 쟁반을 들고 가는 세현의 발걸음이 너무 무거워
보여 만석의 걱정이 늘었다. 가뜩이나 적진으로 들어간 현의 일도
걱정스러운데 무엇인가 잔뜩 어두워진 좌랑의 얼굴도 그를 불안
하게 만들었다.

"아! 좌⋯⋯."

이미 저 멀리 가 버린 좌랑을 부르려던 만석이 급한 마음에 숟
가락을 챙겨 부지런히 공주의 처소를 향했다.

하연은 멍한 눈으로 자신이 있는 곳을 살피며 기억을 떠올리려
애를 쓰고 있었다. 하지만 아무리 기억을 살펴도 모르는 곳이었
다.

오래도록 방치되어 있는 품이 마치 궁 안의 폐궁을 연상시키는
곳이었다. 더구나 그녀를 돌보는 여인의 말은 알아들을 수도 없었
다. 어디를 가든 따라다니던 유모는 코빼기도 보이지 않았다.

지금이라도 아이고, 공주님, 하며 유모가 달려올 것 같았다. 그
품에 안겨 한참을 울면 속이라도 편할 것 같은데 도통 보이지를
않았다.

하연을 힘들게 하는 것 중에는 움직일 수도 없게 온몸을 잠습
해 오는 통증도 있었다. 발끝부터 머리끝까지 어디 하나 아프지
않은 곳이 없었다. 심지어 덮고 누운 이불에 닿는 피부도 아팠다.
살면서 이렇게 아픈 적이 없어 입술을 깨물며 신음을 삼키지만

저절로 입 밖으로 새어 나오곤 했다. 자신이 음복한 약의 후유증 인가 싶어 간신히 참고 있었다.

설마? 유모 지씨에게 무슨 일이 일어난 것은 아닌지. 저절로 드는 생각에 고개를 저으며 그를 기다렸다.

그사이 무슨 일이 있을 리가 없었다. 마지막으로 유모의 얼굴을 보고 싶은데 아무리 기다려도 보이지 않으니 답답하고 걱정이 된다.

설명을 해 줄 이는 서방님밖에 없었다. 잠시 일을 보러 가신다더니 한 시진이 지나도록 얼굴을 보이지 않으니 벌써 안달이 나고 있었다. 시간이 별로 없는데…… 아무래도 보고 싶은 이를 다 보고 갈 수는 없는 모양이었다.

"몸은 어떠시오?"

눈이 빠지게 기다리던 그가 나타나자 눈물이 나도록 반가웠다. 예전이라면 스치듯 그녀를 지나칠 그였지만 지금은 그녀를 보며 걱정하고 매 순간 그녀를 챙겼다.

그러나 허한 눈빛에 왜 더 외로워지는지 모르겠다. 말 한마디만 해 주어도 고마웠던 그때보다 하연은 더 외롭고 추워 몸서리를 치고 있었다.

이제는 놓아줄 시간이었다. 그럼에도 자꾸만 욕심을 부리는 자신이 우스웠다. 그가 마음에 정말 다른 여인을 담았으니 이제는 기회도 없음을 깨달았으면서 쉬이 놓아지지를 않는다.

그를 놓아주려 했던 자신의 선택이지 않았던가? 그러니 이게 당연한 일인데 마음은 아직도 그를 놓지 못했다. 어쩌면 정말 바보 같은 자신의 선택에 대한 짙은 후회라는 말이 옳았다.

"괜찮습니다."

고개를 숙이지 않으면 들리지도 않을 정도의 작은 음성임에도 세현이 고개를 끄덕이며 그녀의 옆에 쟁반을 놓았다. 그 위에 모락모락 김이 나는 국물이 담겨 있었다.

"좀 드셔야 쉬이 일어나실 것입니다."

"좌랑! 그것만 들고 가시면……."

급하게 좌랑을 따라왔던 만석이 더는 말을 잇지 못했다. 그를 보고 비명을 지르는 공주를 보고는 놀라 들고 있던 숟가락을 떨어뜨리고 멍하니 서 있었다.

"마마?"

그를 보자 덜덜 떨며 이불 속에 숨어 버린 공주를 향해 만석이 당황하며 불러 보지만, 오히려 더욱 이불 속으로 파고드는 공주를 보아야 했다.

"나오시구려. 우리 동료요. 그렇게 놀라면 저 사람도 당황하지 않겠소? 나에게는 따로 형님이 되시기도 하오."

그러나 공주는 쉬이 얼굴을 내밀지 않았다. 연이라면 만석을 보고 반가움에 활짝 웃었을 사람이었다.

그랬다. 지금 여기 연은 없었다. 어디 있는지도 모르는 연을 그리며 세현은 아픈 눈으로 이불에 숨은 공주를 보았다.

"나중에 설명드리겠습니다. 지금은 공주의 몸 상태가……."

변명을 하기도 전에 만석이 그에게 떨어진 숟가락을 제 옷에 닦아 주고는 얼른 방을 나섰다.

"나갔으니 이제 이불을 거두시오. 국물이라도 드셔야 기운이 나실 것이니."

그의 말에 간신히 고개만 내민 공주가 사내가 사라진 것을 확인하고 놀라 하얗게 질린 얼굴을 내 보였다.

험악한 모습에 저도 모르게 두려움에 숨어 버린 스스로가 부끄러웠지만 변명을 하기에는 시간이 너무 모자랐다.

미안한 마음에 그를 보던 하연은, 그녀를 향하는 슬픈 얼굴을 대하며 가슴 한쪽이 서걱 베이며 피가 흐르는 것 같았다.

눈을 떠 이 사내가 자신을 못 알아보면 그대로 살아도 되지 않을까 하는 욕심을 잠깐이나마 냈었다. 그러나 이 사람은 눈을 뜨자마자 그녀를 알아보고 눈빛이 꺼져 버렸다.

"만석이라고 내게는 사적으로 형님이 되시는 분이오. 공적으로야 아랫사람이라지만 같이 많은 일을 하며 내가 믿는 사람이니 다음에 보시거든 편하게 보면 될 것이오."

그의 설명에 공주는 아무런 사족을 붙이지 않았다. 단 한 번도 말대꾸를 한 적이 없는 사람이었다. 목소리조차 연으로 있을 때 익숙해졌을 정도로 들어 본 적이 없었다.

그래서 또 세현은 연이 그리웠다. 웃으며 가끔은 짜증 내며, 또 가끔은 그를 놀리던 그의 여인이 그리웠다. 그러나 연과 약속했었다. 공주가 오면 따스하게 안아 주겠다고, 맞아 주겠다고. 그러나 이토록 아픈 일일 거라고는 생각 못 했다. 당장이라도 그녀를 찾아오고 싶은 마음이 그를 미치게 만들고 있었다.

"시간이…… 없습니다. 이제는……더는……."

그때였다. 속삭이는 말투에 세현이 제정신으로 돌아왔다.

"신첩이…… 적어도 하나는…… 해 드릴 수…… 있으니 너무…… 미워하지 마십시오."

"무슨 말씀이십니까?"

처음으로 공주가 그의 물음에 답을 하기 위해 그의 눈을 똑바로 응시하고 있었다.

"신첩이 서방님의 손을 놓은 것입니다. 그러니…… 죄의식을 가지실 필요도 없습니다. 그러니 신첩이…… 먼저 손을 놓은 죄로 이제 서방님을 위해…… 할 수 있는 일을 하려고 합니다. 먼…… 훗날 다른 세상에서 혹시라도 신첩을 보시면…… 그때는 웃어 주십시오. 신첩만…… 보고 웃어 주십시오."

"공……주?"

애절한 음성에 젖은 물기가 세현의 마음을 아프게 하지만 달리 위로할 방법을 찾을 수도 없었다.

공주가 연을 알고 있는지도 묻지 못했다. 공주는 한 번도 연을 입에 올리지도 않았다. 공주의 마음을 이제는 알기에 더욱 마음이 아파 왔다.

그럼에도 공주를 보며 다른 여인을 떠올리는 자신을 어쩌지도 못하는 그였기에 세현은 공주에게 미안해 차마 대답도 할 수가 없었다.

"······아십니까? 이것은 신첩의 선택이 아니었습니다. ······처음
부터 그 아이의 선택이었습니다. 서방님의 손을 잡은 것은 그 아
이의 선택이었습니다. ······우리 둘은 거울을 마주 대고 서 있는
존재들입니다. 그래서 돌아서는 순간······ 선택이 엇갈린 것입니
다. ······그러니 이제······ 서방님의······ 곁으로 보내 드릴 것입니
다. 처음부터 틀어진 연이라 이토록 힘이 들었나 봅니다. ······남
은 찌꺼기는 제가 가져갈 것입니다. 그 아이가 서방님을 웃게 하
였으니 충분히 상을 받을 만하지요."

천천히 힘겹게 손을 올린 하연이 온 마음을 다해 담았던 사내
의 뺨을 매만졌다. 처음으로 먼저 손을 내밀어 그를 만지고 있었
다. 이토록 쉬운 일을 왜 그리 어렵게 생각했는지 우스워질 정도
였다.

"그 아이에게 너무 미안해하지 말라고 전해 주십시오. ······서
방님을 오해하고 원망하며 끝났을 저를 제대로 보게 해 준 아이입
니다. 그래서······ 많이······ 고마워하더라고 전해 주세요. 그래도
제가······ 서방님께 하나는 해 드릴 수 있어 다행입니다. ······유모
를 부탁드립니다. 다른 사람은 걱정이 안 되는데 유모는 많이 걸
리네요. ······행복하실 것입니다. 네, 서방님은 분명 행복하실 것
입니다."

편하게 말하니 또 이토록 편하게 말이 나오는 것을, 그동안은
어째서 이 사내만 보면 얼어붙었는지도 모르겠다. 마음을 버리니

한결 모든 것이 수월했다.

손바닥으로 느껴지는 거칠어진 피부에 가슴이 아파 왔다. 아무리 기를 써도 자신의 사내가 될 수 없는 사내를 이제는 놓아주려 마음먹으니 오히려 편안해졌다. 그래서 이제는 그를 보며 편안하게 웃을 수 있었다.

'부탁해, 이 사람을 부탁해.'

"공주, 무슨 뜻이오? 공주?"

잠시 하늘을 향하던 하연이 눈을 감고 스르르 그의 품으로 스러졌다. 쓰러지는 그녀를 품에 안고 흔들며 대답을 구해 보지만 그는 더는 답을 얻을 수 없었다. 갑자기 쓰러진 공주의 몸이 다시 불덩이처럼 열이 오르고 있었다.

◈

한국병원 중환자실에서는 다시 한 번 급한 발걸음이 이어졌다. 그동안 아무 이상 없던 중환자실의, 간호사들의 여동생 연서의 상태가 급격히 나빠졌다.

의사들이 기를 쓰고 심폐소생술을 하며 애를 썼지만 갑자기 나빠진 연서의 상태는 돌아오지 않았다.

결국 의사가 고개를 저으며 힘을 빼는 순간, 그녀의 옆을 지키던 경대에서 작은 소음이 났지만 누구도 신경 쓸 여유가 없었다. 의사의 지시로 곧바로 인공호흡기가 연서의 호흡을 대신하고 있었다.

그곳에 있는 사람들은 모두 알고 있었다. 살리기 위해 그러는 것이 아니라는 것을. 이제 중환자실에서 모두의 사랑을 받던 아가씨는 많은 사람들을 살리고 떠나리라는 것을 알고 있었다.

다들 애타는 마음에 그녀가 살았던 고아원에 연락을 하자 모든 원생이 중환자실 앞에서 눈물을 흘리며 기도로 애원을 했지만 끝내 열 달을 조금 넘게 살기 위해 사투를 벌이던 스물넷의 연서라는 이름을 가진 여자는 숨을 거두었다.

차가운 이른 봄에 들어온 그녀는 온통 알록달록 물든 단풍이 아름다운 날에 생에 대한 끈을 놓았다.

곧이어 그녀의 시신은 장기기증이라는 이름으로 바로 수술실로 들어갔고, 가톨릭계 병원 영안실에 환하게 웃는 사진이 국화꽃으로 둘러싸여 놓여 있었다.

슬프게도 지키는 이외에는 찾는 사람도 없는 쓸쓸한 장례식이었다. 장례식이 끝나고 시신은 곧 시신기증을 위해 의대로 향했다.

가족이라고는 고아원의 사람들이 전부였던 여자는 죽어서는 많은 사람을 살리고 좋은 일을 하며 기억에 남았다.

그녀의 물건을 정리하던 안젤라 수녀님이 경대를 챙기다 가루처럼 부서져 깨진 거울을 확인하고 결국 숨죽여 울었다. 마치 주인의 상태를 알려 주기라도 하듯 가루로 부서진 거울을 보며 가슴을 치고 있었다.

환하게 웃던 연서를 떠올리며 한없이 우는 수녀님 곁에서 아이
들도 같이 울고 있었다.

같은 시각, 개마산의 인해도 갑자기 거미줄처럼 금이 가던 거
울이 끝내 가루로 부서져 내리는 모습에 소리도 못 지르고 덜덜
떨고 있었다.

"큰 마님?"

하루가 멀다 하고 공주가 돌아올 길에 나가서 기다리던 유모
지씨가 인해의 모습에 놀라 다가왔다.

"이게?"

경대의 상태에 놀란 지씨가 그대로 주저앉아 눈을 굴리며 인해
를 향해 묻고 있었다.

"······갑자기······ 금이······ 나도······."

제대로 말을 잇지 못하던 인해가 주저앉은 지씨를 붙잡고 급하
게 말을 이었다.

"별일 없으신 게지? 그렇죠? 지씨, 말을 해 봐요. 마마께서는
무탈하신 거라고. 얼른 대답을 해 봐요."

덜덜 떨리는 손을 감추기라도 하듯 얼른 치마 품에 감춘 지씨
가 재빨리 고개를 끄덕였다.

"그럼요. 별일이 있을 리가 없잖습니까? 부마께서 같이 나서신
길인데."

"그래요, 우리 마마께서 무슨 일이 있을 리가 없지요. 지씨 가

서 사람을 불러 줘요. 다시 거울을 맞춰 넣어야겠어요. ……아마
도 여기 가져오실 때 어디서 부딪친 거예요. 그래요. 그래서 그럴
거예요. 얼른요."

인해의 닦달에 지씨가 잽싸게 움직였다.

"아무 일도 없으실 겁니다. 그리 믿고 기다릴 것입니다. 약속하
셨잖습니까? 서방님과 함께 천지에 오르신다고. 서방님은 준비를
하고 계시는데 마마는 언제 오시는 겁니까?"

왜인지 모르지만 두려워진 인해가 거울도 없는 경대를 쓰다듬
으며 혼잣말로 공주를 애타게 그리고 있었다.

그날 하얗게 눈이 내린 개마산의 허항령의 주술사가 구름에 가
려 제대로 봉우리가 보이지 않는 개마산을 향하며 혀를 차고 있
었다.

"갈 사람은 가고 남을 사람은 남는 법이지. 그러나 누가 남았
으려나."

9.

욕심내는 순간 선택은 끝이 났다

수배치는 당당히 자신의 앞에 서 있는 가야인들 때문에 황당해하고 있었다. 유유자적한 모습으로 차가운 바람이 부는 가운데 서서 살살 부채질까지 하며 자신들이 대가야의 사신이라고 말하는 이들을 보며 어떻게 반응해야 하는지 알 수가 없었다.

"저들이 뭐라고 하는 것이냐?"

그래서 포로들 중에 가야 말을 한다는 사내에게 되묻고 있었다.

"사신이라고 합니다. 저기, 칸을 만나겠다고."

"누구를 만나?"

"카…… 칸을."

버럭 소리를 치는 수배치 때문에 두려워진 사내가 말꼬리를 자르며 간신히 대답을 해 주었다.

"저에게 물어보시지 그러셨습니까? 제가 몽골 말을 합니다."

그런데 부채질을 하던 늙은 사내가 아무렇지도 않게 자신들의 말을 하고 있었다.

"저는 대가야의 종군사 서희라고 합니다. 황제 폐하의 칙서를 들고 위대하신 칸을 뵈려고 합니다. 아마도 칸께 가시는 길 같은 데 저희도 같이 가시면 도움이 될 듯하여 왔지요."

"둘이서 말인가?"

기가 막힌 수배치가 신분을 밝힌 늙은 사내와 그 옆에 표정 없이 서 있는 젊은 사내를 손가락으로 가리켰다.

"칸을 뵈러 가는데 군사를 대동하고 갈 수는 없는 일이지 않습니까? 저희는 말 그대로 평화의 사신이라는 뜻으로 둘만 왔을 뿐입니다. 여기 황제의 칙서도 있습니다."

서희라는 인간이 내미는 황금색 두루마리를 보고도 수배치는 선뜻 받을 수가 없었다. 누구 하나 글을 아는 이가 없으니 받은들 무슨 소용이 있을까.

"칸의 장자께서 오셨다 들었는데, 헛소문인가 봅니다. 장군이 여기 지휘를 하시는군요. 이왕이면 같이 가려 하나 싫으시다면 따로 길을 나설 수밖에요."

겁이 없는 것인가. 아니면 믿는 것이 있는 것인지 모를 인간 둘이 수배치의 골머리를 아프게 하고 있었다.

"기다리라. 곧 답을 줄 것이니. 그 칙서라는 거 이리 주게."

결국 수배치가 택한 것은 주치의 의사였다. 여자에 미쳐 정신

을 못 차리는 그를 생각하면 다시 머리가 아파 왔지만 이 일만큼
은 주치가 정할 일이었다.

"그래서요?"

수배치의 말을 들은 주치는 그가 내민 칙서는 무시하고 빤히
그만 바라보고 있었다. 오랜만에 일어나 몸을 풀고 이제야 제대로
움직이고 있다지만 푹 꺼진 볼이 그동안 얼마나 심하게 앓았는지
보여 주고 있었다.

그러나 빤히 처다보는 그를 보며 수배치는 딱 한 대만 때려 주
고 싶다는 생각을 하고 있었다.

"어차피 그 칙서라는 거 읽을 수도 없지 않습니까? 차라리 그
자에게 읽어나 보라고 하셨어야지요."

그 생각을 못 했다. 수배치의 벌게진 얼굴을 보며 주치가 혀를
찼다.

"기다리라고 하십시오. 곧 나가 볼 터이니."

수배치가 나가는 것을 확인한 주치가 다친 어깨를 움직여 보았
다. 뻐근하게 통증이 오지만 이런 상처쯤이야 움직이는 데 어려울
것은 없었다. 그녀가 제대로 치료한 모양이었다.

조금만 움직여도 쉬이 지치던 몸도 어느 정도 가벼워졌다. 이
제 미뤘던 일을 하려는 그였다.

"가 보자. 우선 그들부터 해결을 보자고."

기를예와 부이룩을 향해 명령을 내리며 주치가 간만에 제대로

차비를 하고 막사를 나섰다. 너무 오랜 시간을 지체했으니 이제 칸에게 돌아가야 한다는 수배치의 결정은 옳았다.

이제 요의 모든 곳을 점령한 상태에서 더 이상 머물 이유 따위는 없었다. 이제 이곳을 맡을 소수만 남기고 진을 향하는 칸을 도와야 한다. 그러나 남을 소수의 사람들 중에 주치가 있는 것은 비밀이어야 했다.

그가 칸에게 가는 날은 잃어버린 그의 여자를 찾았을 때였다. 이미 어디에 있는지도 알았다. 명분은 요의 남은 잔당을 쓸어버리는 것이었지만 진짜 목적은 그녀를 찾는 일이었다.

당장이라도 아무르성을 요절내고 그녀를 찾고 싶지만 형편이 따르지를 않았다. 삼촌을 먼저 보내면서 일부가 철수하는 모습을 보면 안심하고 느슨해질 성을 칠 계획이었다. 그 후 가야의 신녀를 찾으면 곧바로 수배치의 뒤를 따라나서면 그뿐이었다.

삼촌도 눈치껏 시간을 조율해 주치를 기다리며 칸에게 가는 길을 늦춰 줄 것이라는 것은 말하지 않아도 알고 있었다. 세상에서 가장 믿을 사람이 있다면 삼촌, 수배치였다.

그런데 혹이 생긴다는 것이 괜히 마음에 걸렸다. 칸인 아버지가 가장 걱정하는 부분이 가야였다. 진을 치는 동안 혹시 뒤를 친다면 가장 곤란해지는 것은 아버지였다. 앞으로 나가며 뒤를 걱정하는 것은 아버지의 성격과 어울리지 않는다.

과연 가야의 사신이라는 인간들이 무엇을 원하는지 알아보고 움직이는 것도 나쁘지 않았다. 어차피 시간이 걸릴 뿐 그녀는 자

신의 손아귀에 들어오는 날이 멀지 않았다는 계산에 주치의 얼굴
에 자신감이 어려 있었다.

주치를 본 서희와 현의 표정이 날카로웠다. 그러나 그들의 행
동에는 어떤 변화도 보이지 않았다. 상대방에 대한 최대한의 예절
을 지키며 주치를 마주 보는 둘의 눈빛은 순식간에 날카로움이
사라지고 평온해 보였다.

"그대들인가? 대몽골의 칸을 만나겠다는 사신들이?"

생각보다 키가 큰 사내였다. 그리고 생각보다 젊어 보이는 사
내는 같이 서 있는 몽고의 사내들보다 하얀 피부가 돋보였다.

순식간에 현은 신녀를 납치한 이유를 확인하고 있었다. 아프다
더니 그 말이 사실이었다. 이 사내를 구하고자 공주를 납치했음을
깨달은 현이 평온함을 가장한 날카로운 눈으로 그를 주시하고 있
었다.

날씨 때문이라는 듯 두꺼운 가죽 털로 만든 짧은 겉옷을 걸치
고 있지만 오른팔을 쓰는 것이 꽤 불편해 보인다는 것도 알 수 있
었다.

"가야의 황제께서 대몽골의 칸에게 드릴 말씀이 있어 제가 대
신 길을 나서고자 합니다. 그러나 먼 길을 가자니 도움이 필요한
데 이곳에 장군이 계시니 도움을 받을까 합니다."

언제나 무사태평한 얼굴의 종군사를 보면 절로 존경스러웠다.
일부러 가야를 낮추고 몽골을 높이면서도 그의 얼굴에 한 점 부

끄러움 따위도 없었다. 더구나 수많은 몽골의 사나운 사내들 앞에서도 옆집에 놀러 온 듯 두려움 없는 편한 모습이었다.

그런 늙은 가야인을 보는 주치의 눈도 꽤 날카로웠다.

"읽어 보라."

그가 종군사에게 황제의 칙서를 던지자 칙서는 서희의 손에 닿기 전에 그의 발끝에 떨어졌다. 일순 긴장하며 앞으로 나서는 현을 막은 것은 종군사의 손이었다.

감히 오랑캐 주제에 황제의 칙서를 험하게 다루는 모습에 속에서 열불이 치솟고 있었지만 달래듯 가볍게 두드리는 종군사의 손길 때문에 참았다.

그 순간, 주치의 옆에 서 있는 여자의 모습이 보였다. 저 여자였다. 공주에게 채찍질을 하던 여자. 참기 어려운 분노에 현이 스스로를 달래려 주먹에 힘을 주며 여자를 노려보았다.

현의 눈길을 받은 기를예가 사나운 눈으로 그를 마주 보고 있었다.

덕분에 칸의 위대한 업적을 칭찬하며 긴히 의논할 일이 있어 사신을 보내니 황제의 의견에 대한 답을 달라는 칙서를 찬찬히 읽는 종군사의 말은 흘려듣고 있었다.

가만히 종군사의 말을 듣고 있던 주치가 수배치를 불러 사라지더니 또 한참을 기다리게 한다.

"제법 머리가 있는 인물이군. 아들들이 모두 똑똑하다면 그것도 나쁘지 않지."

"네?"

주치를 평가하는 종군사의 말을 들으며 현이 이해가 어려워 고개를 갸웃했다.

"똑똑한 인물이 많으면 배가 산으로 가거든."

혀를 차며 현의 이해를 돕는 종군사의 표정은 남들이 보기에는 그저 날씨 이야기를 하듯 별거 아니라는 표정이었다.

"같이 갈까요?"

"같이 가게 될 걸세. 가면서 저 젊은 몽골인을 알아보는 것도 꽤 재미날 것 같아."

무엇을 믿고 자신하는지 몰라도 종군사가 그렇다면 그렇게 되리라는 것을 알고 있는 현이 고개를 끄덕였다.

"이틀 후 출발할 것이다. 너희들도 같이 간다. 따라오는 것은 너희의 몫이다. 만약 뒤처지면 버리고 간다."

종군사의 말이 맞았다. 주치가 아닌 수배치가 마치 더러운 것이라도 뱉는 듯 내뱉고는 사라졌다.

"이런 힘든 길이 되겠구나. 준비는 되었지?"

"네, 따로 준비해 두었습니다."

"그래, 그래서 내가 너와 다니는 길이 즐겁구나. 그나저나 살아서 가야 땅을 밟을 수나 있을런지."

"제가 모셔 올 것입니다."

종군사의 말은 농담처럼 들렸지만 그의 나이를 생각하면 농담만은 아니었다.

"그래, 너만 믿고 가는 길이니 꼭 데려와야 한다."

"그럼요. 당연한 일을."

대답을 하며 현은 가야가 아닌 아무르성을 바라보고 있었다. 아직 그들이 성안에 있었다. 모두가 철수하는 것은 아닐 터, 분명 남은 이들이 그 성을 치고 따라오리라는 생각이었다.

비류수 건너 바로 코앞이라 하나 부여부에서 할 수 있는 일은 없었다. 이곳은 요의 땅이었으며 지금 전쟁을 벌이는 것은 몽골과 요였기에 가야가 낄 수 있는 일이 아니었다.

만약 그들을 구하러 사람이 나선다면 신분이 밝혀질 것이고, 문제가 될 일이었다. 다시 차가운 비류수를 바라보며 현이 자신만 아는 한숨을 내쉬었다.

날씨가 도와주지를 않았다. 공주와 함께 비류수를 넘는다는 것은 자칫 공주의 목숨을 앗아 가는 일이 될 수도 있었다. 좌랑이라면 절대 그런 무리를 하지 않을 것도 알고 있었다.

이미 수하들을 이용해 아무르에 필요한 것들을 대어 주라 말은 해 놓았지만 이들이 지키고 있는 한은 그것도 용이한 일은 아니었다. 그러니 최대한 빨리 이들을 이끌고 이곳에서 사라져야 했다.

◈

열에 들떠 사경을 헤매던 공주를 지키는 세현의 마음이 급해졌다. 아무런 치료도 못 받은 채 혹여 잘못될까 봐 치료사를 찾아보았지만 성안에 있는 사람들 중에 치료사란 존재는 없었고, 치료를 할 줄 안다는 사람도 공주의 상태를 보고는 고개만 저으며 손을 놓아 버렸다. 만석도 종종거리며 혹시나 싶어 사방을 뒤져 찾아보지만 약초라는 것이 남아 있을 리 없었다.

결국 세현이 넋을 잃고 공주의 옆에 앉아 고개를 숙였다. 이제 공주마저도 그의 곁을 떠나려 하는 것을 막을 수가 없었다.

"연, 그대와의 약속조차도 못 지킬 모양이구려. 내겐 그대도, 공주도 구할 능력조차 없구려."

공주의 손은 여전히 뜨거웠다. 지친 그의 슬픈 넋두리가 도화선이 되었을까? 갑자기 공주의 가슴에서 빛줄기가 옷을 뚫고 터져 나오는 것처럼 솟구쳤다.

눈이 부시도록 강렬한 빛에 놀라 공주의 가슴에 손을 대려 했지만 너무 강한 빛에 눈을 뜰 수도 없었다.

간신히 눈을 떠 공주를 살피려는 그의 눈에 눈부신 빛으로 감싸인 새 한 마리가 날아올랐다. 마치 환영처럼 보이는 새는 천천히 공주를 맴돌다 순식간에 다시 공주의 가슴으로 스며들었다.

새가 사라지고 빛도 같이 사라졌다. 너무 환한 빛 때문에 세현은 자신이 잘못 본 것이라고 생각하며 연신 눈을 비비고 공주를 보니, 아무 일도 없었다는 듯 편하게 잠들어 있었다. 방금까지 열이 들떠 힘들어하던 모습은 어디에도 없이 숨소리마저 안정되어 있었다.

　밤새 한숨도 못 자고 그녀의 곁을 지키던 그가 아직도 밤에 있었던 일을 떠올리며 황당해하고 있었다.

　그 길로 뛰쳐나와 밖에서 번을 서던 만석에게 혹시 방 안에서 빛이 나는 것을 보았냐고 묻는 세현을, 만석이 도리어 걱정스레 쳐다보았다. 공주 때문에 애를 태워 이제는 헛것을 보는 거라며 그의 몸도 좀 챙기라며 안쓰러워할 뿐이었다.

　아팠다는 것이 거짓처럼 다음 날 아침 편안한 얼굴로 잠이 들어 있는 공주를 보며 세현이 심각한 얼굴을 하고 있었다.

　어느 누구도 그 빛을 본 사람이 없었다. 오직 그의 눈에만 보였다는 소리였다. 이제는 그도 공주를 걱정하느라 지친 몸이 헛것을 보았다고 생각할 정도였다.

　그래도 새가 공주의 품으로 스며든 것 때문에 혹여 무슨 일이 생기는 것은 아닌지 애를 태웠다. 그러나 걱정과 달리 아무래도 좋은 징조였나 보다. 공주가 무사하리라는 길조였던 모양이었다.

　그 일 이후로 더 이상 열은 오르지 않았다. 오히려 편안한 숨소리와 더불어 얼굴에도 생기가 돌고 있었다. 이제 공주는 무사히 일어날 수 있으리라는 생각에 세현의 어깨에 힘이 빠졌다.

　아직도 쓰러지기 전에 했던 그녀의 말을 이해할 수가 없었다. 그리고 더는 이 여인이 연이 아니라는 것도 받아들이기 힘들었다.

복잡한 마음으로 공주의 곁을 지키며 스스로를 달래는 일뿐이었다.

당장이라도 연을 찾으러 가고 싶은 마음에 몸이 먼저 움찔거리다가도 이 세상이 아니라고 말하던 모습을 떠올리며 처지는 어깨를 막을 수가 없었다. 다른 세상이라는 말은 죽어서도 그녀를 볼 수 없다는 말과 같았다.

이대로 연을 다시는 볼 수 없는가?

지켜 주겠다 말을 하고 제대로 지켜 주지도 못했다. 그런데 차마 미안하다는 말도 못 하고 그녀를 보내고 나니 마음속에 가득했던 말들이 그대로 비수가 되어 그의 마음에 꽂히고 있었다.

조금 더 많이 사랑한다 말해 줄걸. 조금 더 많이 안아 줄걸. 조금 더 많이 그녀의 웃는 얼굴을 보아 둘걸. 조금만 더, 아주 조금만 더 시간이 주어진다면 그 모든 것을 해 줄 수도 있으련만.

그러나 이미 사라진 그녀는 불러도 대답조차 할 수 없는 곳으로 가 버렸다. 차라리 그도 데려가면 좋을 것을, 그마저도 불가능하니 꽉 쥔 주먹만이 눈물 대신 떨리고 있었다.

이토록 자신이 눈물을 자주 흘리는 사내였던가. 그러나 지금도 그의 눈시울은 붉어지고 있었다.

연이 보고 싶었다. 죽도록 연이 그리웠다. 그래서 지금도 세현은 서서히 죽어 가는 마음을 어찌지 못하고 연의 얼굴을 하고 있는 공주를 지키며 마음을 달랬다.

공주에게 미안하나 눈을 감고 있는 모습은 영락없는 연이었다.

그 안에 머무는 사람이 공주라고 하나 눈을 감았을 때만큼은 그의 연이었다. 그래서 세현은 공주에게 눈을 못 떼고 있었다.

그가 사랑하는 여인을 투영시키며 한없이 공주의 얼굴을 눈에 담고 있었다.

"공주?"

눈이 그를 속이고 있는 건지 방금 공주의 눈꺼풀이 바르르 떨리는 것 같아 그가 살짝 공주를 흔들었다. 그러자 천천히 공주의 눈이 뜨였다. 그리고 눈을 뜨자마자 울고 있었다.

"흡!"

"공주? 왜……?"

눈을 뜨더니 서럽게 우는 공주를 어쩌질 못해 세현이 당황하고 있는 동안에 공주는 아예 통곡을 하고 있었다.

천천히 팔을 뻗은 공주가 그의 옷깃을 당겨 그대로 그의 품에 안겨 들었다. 그리고 이제는 그의 품에 눈물을 쏟아 내고 있었다.

가슴 가득 안겨 오는 뿌듯함에 세현은 묻지 않아도 느낄 수 있었다. 품 안의 여인이 누구인지를.

"……연? ……그대요? 진정 그대요?"

대답도 못 하고 그의 품에 안겨 울어 대는 여인이 간신히 느낄 수 있게 고개를 끄덕였다. 그것만으로도 충분한 대답이 되었다. 마치 그녀가 다시 없어지기라도 할 듯 세현이 있는 힘을 다해 그녀를 품었다.

"되었소. 이제……. 그러니…… 우시오. 마음껏……."

그도 그녀의 머리에 얼굴을 묻고 뜨거운 눈물을 흘리고 있었다. 이제야 공주의 말을 이해하고 있었다. 공주의 선택이 아니라는 말은, 말 그대로 연이 남기로 선택했음을 말한다는 것을 이제야 알겠다. 그래서 세현은 품에 안은 여인이 고마워서 울었다.

그리고 그리 떠나는 공주에게 따뜻한 말 한마디 못한 자신이 미안해서, 그리고 그 마음이 고마워서 세현도 연과 함께 공주를 위해 눈물을 흘리고 있었다.

"……하연이…… 하연이가……."

"다…… 알고 있소. 그러니 마음껏…… 우시오. 고맙소. 남아 줘서 고맙소."

'미안하오. 그리고 고맙소. 다음 생애에는…….'

연을 달래며 공주에게 고맙다는 말을 하던 세현은 끝내 다음 말을 잇지 못했다. 마음을 다해 그를 사랑해 준 여인에 대한 고마움과 미안함에도, 끝내 지킬 수도 없는 약속도 못 하는 스스로를 탓하며 울다 지쳐 잠이 든 연을 품에 안은 채 그도 오랜만에 잠이 들었다.

두 사람이 눈을 뜬 것은 기다리다 지쳐 먹을 것을 들고 찾아온 만석이 세현을 흔드는 손길 때문이었다.

눈을 뜬 세현이 만석을 확인하고 고마움에 그가 들고 있는 쟁반을 받아 들었다. 재빨리 쟁반을 넘기고 나가려는 만석을 잡은 것은 공주의 음성이었다.

"······다치신 곳은······ 없지요? 오라버니?"

잔뜩 쉰 음성이지만 그를 걱정하는 말투에 만석이 당황하며 공주를 향해 고개를 끄덕였다. 또 그를 보고 비명을 지를까 두려워 가까이 오지도 못하고 망설이는 그를 향해 세현이 그만 아는 한숨을 내쉬었다.

"이리로 오세요. 이제 괜찮습니다."

"정말 괜찮으신 겁니까?"

"네."

몇 번의 다짐을 받고 그가 조심스럽게 연에게 다가왔다.

"······다행입니다. 무탈하시니······ 다행입니다. 현 오라비는?"

기운이 다해 끊어지는 말투가 안쓰러워 만석이 애처로운 얼굴로 고개를 저었다.

"현 형님은 일이 있어 오시지 않으셨소. 그래도 우리가 어디에 있는지는 알고 계실 거요."

만석 대신 세현이 재빨리 현의 안부를 전하자 기력이 다한 연이 또 눈을 감았다.

"왜?"

놀란 만석이 얼른 다가와 정신을 놓은 연을 보며 애를 태운다.

"지쳐 그런 것입니다. 현 형님의 소식은 없습니까?"

잠이 든 연이 깰까 싶어 세현이 목소리를 낮추며 만석에게 현의 소식을 물었다.

"순이를 보냈습니다. 그러니 곧 소식이 올 것입니다. 무사히 그쪽 진영으로 들어간 것은 분명한데 어째 움직임이 아직은 없습니다."

"그래요? 알겠습니다. 여기 성안 사정은 어떻습니까?"

그동안 연 때문에 정신이 없어 아무르성을 돌아볼 생각도 못하고 있었다.

"사정이고 뭐고 볼 것도 없습니다. 이미 다들 포기한 상태입니다. 그나마 우리가 들어오고 희망을 가진 모양인데, 그래 봐야 달랑 대여섯이니 그 실망이 말이 아닙니다. 지금이라도 몽골군이 쳐들어오면 당장 항복할 분위기입니다."

만석도 덩치에 어울리지 않게 연을 살피며 속삭이듯 답을 주고 있었다.

"질라부를 만나야겠습니다. 잠깐 연을 지켜 주십시오."

"예? 그러다 깨셔서 절 보고 놀라시면……."

"안 그럴 것입니다. 연이 얼마나 형님을 좋아했는지 잊으셨습니까? 그때는 열에 들떠 헛것을 보아 그런 것입니다. 그러니 잘 지키셔야 합니다. 이제 두 번은 잃을 수 없는 사람입니다."

"예, 두 눈 부릅뜨고 지킬 것입니다. 목숨을 걸고 지킬 것입니다."

만석이 주먹까지 불끈 쥐며 대답하는 모습에 세현이 희미한 미소를 지으며 밖으로 나섰다. 답답하기는 그도 마찬가지였다. 그동안은 연 때문에 아무것도 보이지 않았으나 이제는 연과 함께 이곳을 나가야 했다.

이전은 가야의 신녀를 납치한 몽골에게서 신녀를 찾아오는 정당한 행위였다. 하지만 이제는 상황이 바뀌어 있었다. 이곳 아무르로 오면서 가야가 이 전쟁에 개입했다는 명분을 그들에게 줄 수도 있었다. 그러니 철저히 가야인이 아닌, 아무르성의 이름 없는 백성으로 움직여야 했다.

부쩍 차가워진 날씨도 그의 마음을 조급하게 했다. 아무것도 남아 있지 않은 이곳에서 쇠약해진 연이 버틸 수 있을지도 걱정이었다. 그렇다고 대놓고 배를 타고 비류수를 넘을 수도 없는 상황이었다.

그를 기다리고 있는 아직은 어린 투울룬의 차자 질라부를 보니 벌써 한숨부터 나왔다.

"마마?"

눈을 뜬 공주를 보며 만석이 어쩔 줄 몰라 하며 작은 목소리로 공주를 불렀다. 그 소리에 고개를 돌려 그를 확인하고는 연이 희미한 미소를 짓는다. 덕분에 만석이 안도의 한숨을 내쉬었다.

사실 그를 보고 놀라 숨어 버렸던 모습을 보고 섭섭했었다. 그러나 다시 그를 향해 웃어 주는 공주를 보니 괜히 쑥스럽기도 하고 기쁘기도 했다.

그럼에도 어딘가 그늘진 미간이 마음에 걸렸다. 그놈안의 고초로 심하게 상한 얼굴만 보아도 속이 부글부글 끓을 정도로 화가 났지만 좌랑의 마음이 어떨까 싶어 내색도 못 하고 있었다. 그러나 아픈 기색과는 다르게 허한 눈빛이 괜스레 그를 불안하게 한다.

"좌랑은 잠깐 일이 계셔서 나가셨습니다."

문을 향하는 눈길에 만석이 재빨리 그 뜻을 알아채고 먼저 세현의 행방을 일러주었다. 그제야 공주는 끄덕이며 다시 눈을 감았다.

"……마마, 뭐라도 드셔야……."

"연."

"네?"

"……연이라 부르세요. ……이제…… 마마는 없습니다."

힘없는 목소리는 간신히 귀를 기울여야 알아들을 수 있었다. 그러나 그 뜻은 도무지 몰라 만석을 당황스럽게 한다.

"누구든 상관없습니다. 소인은 그저 눈앞에 계신 분이면 됩니다."

한참을 망설이던 만석이 마음에 있는 말을 그대로 뱉었다. 공주든 아니든 상관없이 그를 향해 웃어 주던 여인이면 그만이었다. 천한 신분의 그를 사람으로 대해 주던 여인이면 그만이었다.

"고맙습니다. 고맙습니다, 오라버니."

신분과 상관없이 그를 따르며 오라비라 부르는 여인을 만나 처음으로 자신도 귀한 사람이 된 것 같았다. 이렇게 불러 주어 그는 어깨를 펴고 웃을 수 있었다.

"그럼 이제 큰 오라비의 말을 들으세요. 안 그러면 혼을 내 줄 것이니."

"제가 하지요. 형님은 해 주실 일이 있으십니다."

밖에서 그들의 대화를 듣고 있던 세현이 천천히 들어오며 인기척을 내었다. 작은 말 한마디로 사람을 감동시키는 여인이었다. 그래서 더욱 사람들의 사랑을 받는 여인을 보며 가슴이 아파 왔다. 지금 그 속이 얼마나 아픈지 알고 있기에 그의 속도 쓰리고 있었다.

"아! 오셨군요. 그렇잖아도 걱정하던 참입니다."

세현을 보며 반가이 맞으면서도 만석의 얼굴은 별반 밝지 않았다. 아무르성의 상태야 세현보다 그가 더욱 잘 알고 있었다.

"질라부에게 말을 해 두었습니다. 형님은 저희 군의 장수라고 말해 놓았으니 말은 맞추셔야 합니다. 모든 정비를 해야 할 것입니다. 현 형님의 연락이 오기 전까지 제대로 성을 지켜야 하니까요. 그다음은 연락을 받고 생각해 보죠."

"현 오리버니는요?"

세현의 말을 듣고 나가려던 만석이 연의 물음에 멈칫하다 그에게 대답을 맡기고 바쁜 걸음으로 나섰다. 정신이 없는 와중에도 계속 현의 안부를 물으니 같은 답만을 해 주고 있던 참이었다.

"일이 있어 여기에는 안 계시오."

세현도 다시 같은 답을 해 주며 연의 기색을 살폈다. 눈을 뜨면 묻는 것이 사람들의 안부였다. 다들 괜찮다는 답을 듣고 잠이 들기를 반복하는 연을 보며 불안했었다. 그러나 지금의 연은 우느라 잔뜩 부어 있는 상태임에도 꽤 맑은 눈빛을 하고 있었다. 덕분에 그가 연 모르게 안도의 한숨을 내쉬었다.

다행이었다. 위험한 곳이라는 것은 알겠다. 졸본성이 아니라는 것은 눈을 뜨고 바로 알아보았다. 벽이 돌로 되어 있었다. 그리고 덮고 있는 천도 직접 손으로 짜서 수를 놓은 천이라는 것도 알았다.

"아무르성이군요."

몽골군의 진영에서 비류수를 건너지 않고 숨을 수 있는 공간은 단 한 군데, 아무르성뿐이었다.

"그렇소. 다행히 이곳은 안전하니까. 일어날 수 있을 것 같소?"

세현이 연의 옆에 앉아 그녀의 어깨에 팔을 들이미는 순간, 연이 입술을 깨물며 신음을 삼키고 있었다.

"아프오? 그럼 그냥 누워서 드시겠소?"

극심한 통증에 입을 열 기력도 없었지만 고개를 저었다. 차라리 지금은 이 통증이 반가웠다. 간신히 일어난 연이 어지러운 머리를 진정시키느라 잠시 눈을 감았다.

"괜찮소?"

애가 타는 목소리를 들으며 또 눈물이 먼저 나왔다. 이 남자를 욕심냈던 자신의 이기심이 결국 하연을 울렸다. 그리고 마침내 그녀를 세상에서 지워 버렸다. 또한 자신의 육체도. 오직 남은 것은 하연의 몸을 지닌 연서뿐이었다.

영화처럼, 그리고 드라마처럼 보이던 그 많은 순간들은 어쩌면 꿈일 수도 있었다. 자신의 장례식을 보는 것이 꿈이 아니라면 어떻게 설명할까? 그럼에도 연은 국화꽃 속에서 환하게 웃고 있던, 오랜만에 보는 자신의 얼굴을 보고 실제라는 것을 알았다.

'고마웠어. 그러니까 슬퍼도 하지 마. 엇갈린 붉은 실이 이제야 제자리를 찾은 거야. 그래서 나도 행복해. 잘 살아야 한다.'

안갯속에 울리던 하연의 목소리를 향해 움직이려 했지만 아무것도 할 수 없었다. 그렇게 하연은 자신의 모든 것을 주고 영원히 연에게서 사라졌다.

가슴 한쪽 잃은 듯 허한 마음과 가늘 수 없는 슬픔에 눈물은 멈춰지지가 않았다. 그의 옆이 자신의 자리라고 믿었던 그때, 선택은 이미 끝났음을 알지 못했다.

하연의 말이 그런 뜻이라는 것을 이제야 알았다. 연이 그를 욕심내는 순간 결정되었다는 것도 이제야 알았다.

처음부터 선택은 자신의 몫이었다. 돌아가고 싶은 마음이 강했다면 돌아갈 수도 있었다는 것을 이제는 안다. 그러나 연은 그를 선택했다. 그의 곁에 있고 싶은 마음이 저쪽으로 돌아가려는 마음마저 끊어 내 버렸다.

무슨 자격으로 그의 옆자리가 자신의 자리라 믿었는지도 모른 채 오직 그를 향하는 마음만 생각했었다. 당연하게 여겼던 것들이 지금에야 결코 당연한 것이 아니라는 것을 알았다.

원래의 주인이 있음을 알고 있었다. 마음으로 돌려주겠다던 자신은 그를 마음에 담은 순간 그 말로 스스로의 욕심을 덮어 버리고 변명을 하고 있었다. 이 사내를 선택하며 모든 선택은 그때 끝을 보았음을 왜 이제야 깨닫는가.

아무 말도 없이 조심스레 그녀를 품에 안은 그의 품에서 또 연은 한없이 울어야 했다.

"이제 그만, 그러다 정말 큰일 나오."

"……제가…… 욕심을 부려서…… 하연이…… 하연이."

"그래서 고맙소. 그러니 그 벌은 내가 다 받을 것이오. 그대가 아니오. 내가 그대를 잡았음이오. 그대의 욕심이 아니라 나의 욕심이었소. 그러니 탓하려거든 나를 탓하시오. 그대의 잘못은 어디에도 없으니."

그의 위로에도 눈물이 멈추질 않았다. 자신의 추악한 이기심을 확인하고 더는 핑계가 없어 연은 그의 옷깃을 잡으며 스스로를 탓하는 것밖에는 할 수 있는 것이 없었다.

"이 말을 전해 주라고 했소. 공주는 그대가 이럴 줄 알고 스스로 손을 놓은 거라는 말을 해 달라고 했었소. ……나를, 이 못난 나를 오해하고 원망하지 않아도 되니. ……고맙다 전해 달라 했소. 그대와 공주는 거울을 마주 대고 있는 사람들이라고, 그러니 미안해하지 말라고도 했소. 그리고 유모를 부탁한다고 고맙다고, 그러니 그만 우시오. 이렇게 스스로를 자학하면 과연 공주가 기뻐하리라 생각하오? 연, 이러는 것이 과연 공주를 위하는 길이오?

공주를 따라 죽기라도 할 참이오?"

부드럽게 시작한 말이 점점 엄한 말투로 바뀌고 있었다. 공주의 마음을 알면서도 제대로 손도 못 내민 자신을 탓하는 것이라면 차라리 좋을 것을 연은 스스로를 탓하느라 벌써 기력이 떨어지고 있었다.

이러다 연마저 잃을까 더럭 겁이 난 세현의 말투가 날카로운 질책으로 바뀌며 연을 일깨우고 있었다. 선택은 끝났으니 이제 책임을 져야 하는 시간들이었다.

"……오늘만…… 울겠습니다. ……오늘만……."

속삭이는 음성에 세현이 안도의 한숨을 쉬며 조심스럽게 연의 어깨를 쓰다듬었다.

"그래요. 오늘만, 나도 오늘만큼은 그대와 같은 마음으로 보낼 것이오."

품에 안은 여인은 분명 안해인 공주이나 또 공주가 아니었다. 안해인 공주는 이미 이 세상 사람이 아니었다.

평생을 외롭게 지낸 그의 안해가 그로 인해 결국 외로운 인생을 마쳤다. 그러니 오늘 하루만이라도 세현은 공주 하연을 위해 제를 지낼 생각이었다.

다음 생에는 많은 사랑받는 여인으로 태어나기를 빌어 줄 생각이었다. 적어도 먼 길 갈 때는 외롭지 않기를 바라며 조용히 혼자만의 제를 지내려 준비 중이었다.

겨우 하루만 내어 주는 자신의 야박함에 한숨이 나오지만 지금은 방법이 없었다. 그래서 오늘은 그도 연을 찾지 않을 생각이었다. 그러니 연도 마음을 다잡아야 했다. 그가 공주를 보내는 시간 동안 그녀도 이제는 공주를 놓아주어야 했다.

모든 것이 제자리를 찾으면 그때는 제대로 공주만을 위한 제를 치를 생각이었다. 그에게 가장 소중한 여인을 보내 준 공주를 위해 감사의 마음을 담아 연과 함께 공주를 보내 줄 요량이었다.

10.

내가 여기 있는 이유

이를 악물고 일어나는 연을 보며 만석이 어쩔 줄 몰라 하고 있었다. 오늘은 좌랑이 오지 않을 거라는 말과 함께 공주를 지켜 달라는 부탁을 받았다. 부탁을 하는 좌랑의 얼굴이 너무 어두워 그도 마음을 졸이며 잠이 든 공주에게 눈도 떼지 않고 있었다.

그런데 눈을 뜬 공주는 갑자기 일어나겠다며 힘겹게 움직이고 있었다. 마음이야 달려가 도와주고 싶지만 귀하신 몸에 함부로 손을 댈 수도 없어 만석이 침소 옆에서 동동거리고 있었다.

"그러고 계실 거면 저 좀 일으켜 주세요."

속삭이는 말투만으로도 얼마나 힘에 겨운지 알 수 있었다. 그동안의 고초로 엉망이 된 연을 보니 그의 속이 다 아플 지경이었다.

"하오나……"

"도와주세요."

망설이던 그가 결국 억지로라도 일어나겠다며 기를 쓰는 연에게 지고 말았다. 힘 좋은 그가 도와주니 겨우 일어나 앉을 수 있었지만 그녀를 도와주는 내내 만석은 고개를 돌려 연을 보지 않으려 노력해야 했다.

속옷 차림의 공주를 보는 것만으로도 불경죄였는데 함부로 만지는 것은 극형에 처하고 남을 죄였다. 그러나 연의 고집을 막을 힘도 없어 간신히 그녀가 앉을 수 있도록 도와주었다.

손가락 하나 움직이는 데도 통증이 밀려왔다. 그동안 두려움에 긴장하고 있어 몰랐던 상처들이 일제히 손을 내밀어 사지를 비틀어 대는 것 같았다.

더 이상 누워 있는 것도 무리였다. 쓰린 등에 열이 올라 숨이 막혀 왔다. 가슴 한쪽 텅 빈 것처럼 비워진 슬픔조차도 통증을 어쩌지는 못했다.

"그래, 난 살았으니까."

있는 힘껏 이불을 쥐어 다시 터지려는 눈물부터 막았다. 이런 통증도 살았으니 느끼는 것이었다. 그러니 이 통증도 고맙다 여겨야 한다는 것을 이제는 알고 있었다. 차라리 몸이라도 아픈 것이 반가웠다. 이렇게라도 욕심을 부린 대가를 받고 있는 것 같았다.

운다고 해결 볼 일은 없었다. 이제는 더는 하연을 볼 수 없다는 것을 인정해야 했다. 그러니 이토록 가슴 한가운데가 뻥 뚫린 듯

싸한 바람이 불고 있음이었다.

단 한 번도 얼굴을 마주 본 적도 없었다. 그럼에도 하연은 그녀에게 또 다른 인격이었고 또한 또 다른 자신이었다.

그녀의 슬픔과 아픔을 고스란히 느끼던 그때부터 하연은 이미 연서와 똑같은 자아로 느껴졌다. 그렇지 않고서야 어떻게 그 감정을 그대로 나눌 수 있었겠는가.

"이제부터 난 너야. 그리고 넌 나야. 그래, 우린 영혼의 쌍둥이였어. 그래서 정말 우리는 이제 하나가 된 거니까 나 슬퍼하지 않을게. 내가 웃으면 너도 웃는 거라고 믿을게. 그래서 이제는 울지 않을 거야. 내가 울면 너도 울 테니까. 고마워. 그리고 미안해. 또 사랑해. 내 반쪽이던 하연아."

만석의 도움으로 일어난 연이 가슴에 간직하고 있던 삼족오 메달을 손에 꼭 쥐고 눈을 감고 하연에게 들리지 않는 다짐을 하고 있었다.

그 모습이 정말 신녀처럼 보며 만석이 흠칫했다. 공주도 신녀가 될 수 있는지도 모르지만 만약 정말 신녀가 되신다면 좌랑은 어쩌라는 건지. 당장이라도 좌랑을 찾아가 지금 상황을 말하고 싶었지만 자리를 지키라는 명령 때문에 이러지도 저러지도 못하며 불안해하고 있었다.

"용운인 어때요?"

눈을 감고 뭔가 알 수 없는 말을 중얼거리던 공주가 만석에게 같이 온 소년 병사의 안위를 물었나.

"좋아지고 있습니다. 다리도 제대로 나으면 걸을 수 있을 듯합니다."

"다행이다. 정말 다행이에요. 그런데…… 돌이는?"

이름을 꺼내는 것도 고통이었다. 눈을 감으면 자신을 향해 손을 내밀려고 애를 쓰던 그 아이의 얼굴이 떠올랐다.

"볕 좋고 경치 좋은 곳에 묻어 주었습니다. 그러니 잊으십시오. 착한 아이이니 좋은 곳으로 갔을 것입니다."

그의 말대로 정말 좋은 곳으로 갔기를 기도해 본다. 누군가 또 죽는 모습을 보도 싶지 않았다.

그러나 이곳은 전장이었다. 책으로 텔레비전으로 보던 전쟁과는 차원이 다른 곳이었다. 그래서 더 두려웠다. 과연 자신이 이곳에서 무엇을 할 수 있을지 막막하기만 했다.

"마마, 순이가 왔습니다."

만석이 창가에 서더니 재빨리 현의 장갑을 끼고 손을 내밀자 해청이 사뿐히 앉는다. 연의 소식을 알리려고 현에게 보냈던 순이가 제 임무를 끝내고 다시 돌아왔다.

"그런데 전 글을 못 읽어서……."

"절 주세요."

재빨리 순이의 다리에 달린 작은 연통에서 연필 굵기의 종이를 꺼내 연에게 내밀었다. 돌돌 말려진 종이를 펴서 천천히 읽어 가는 연의 얼굴이 흙빛으로 변했다.

현의 연락은 그리 반가운 소식이 없었다. 종군사와 몽골의 칭기즈칸을 만나러 간다는 말을 서두로 남아 있는 몽골인들의 숫자를 적어 놓았다. 그들만으로 아무르성을 치려고 한다는 말과 함께 그 선두가 주치 같다는 말이었다.

주치가 남았다. 그렇다면 그 여자도 남았다는 말이었다. 칭기즈칸의 장자가 이깟 작은 성 하나 함락시키기 위해 남았다는 말이 도무지 이해가 되지 않았다.

이 성이 그들에게 중요한 요충지라도 된다는 말인가? 국경선까지 몽골군이 밀고 왔다는 말은 요가 전멸했음을 알려 주고 있었다. 이제 남은 것이라고는 이 작은 성 하나인데 그마저도 시간이 지나면 저절로 손을 들고 항복하기 쉬웠다.

가야와 붙어 있는 곳이라면 모를까 비류수가 국경선 역할을 하고 있어 가야로서도 손을 쓸 수 없는 곳이 아니던가.

그런 외교적인 문제를 치우고라도 연은 그들을 다시는 만나고 싶지 않았다. 생각만으로도 오금이 저리고 숨이 막혀 올 정도로 무서웠다.

겨우겨우 그를 보겠다는 마음으로 견뎌 냈던 시간들이지만 다시 하라면 차라리 혀를 물고 죽고 싶을 정도로 고통스럽고 무서운 시간들이었다.

벌써 덜덜 떨리는 몸을 간신히 가누며 연이 만석에게 종이를 넘겼다.

"……그에게…… 전해 주세요. ……급하게 보셔야 할 일입니다."

주치에 대한 공포가 아니었다. 그의 그림자로 움직이는 여자, 기틀예라고 불리는 그 여자가 두려웠다. 차가운 눈은 언제든 사람을 죽일 수 있는 눈빛이었다. 망설임 없이 사람의 목숨을 끊어 놓고도 전혀 죄의식을 못 느끼는 얼굴을 떠올리며 연이 진저리를 치고 있었다.

다음에 혹시라도 그녀를 마주한다면 분명 그녀의 손에 죽으리라는 두려움에 당장이라도 이곳을 도망가고픈 마음이었다.

두려움에 벌벌 떨던 연의 머릿속에서 스치는 생각에 갑자기 멍해졌다. 이런 마음이 연을 만들었다. 살고 싶어 하는 마음이 이 자리에 연으로 남겨진 것이라는 것을 깨달았다. 하연이 끝을 선택하는 순간, 연은 시작을 선택했음을 알았다.

"그랬구나. 그래, 분명 그건 내 선택이었어. 내가 연을 만들었어. 넌 내게 그 말을 하고 싶었던 거구나."

잠들었던 자신을 깨우며 환하게 웃던 하연의 모습이 마지막이었다. 이제 더는 꿈속에서도 그녀를 볼 수 없음을 알 수 있었다.

그런데도 하연은 웃고 있었다. 처음으로 하연이 연서를 향해 웃어 주었다. 바보처럼 착하기만 했던 하연을 떠올리며 다시 눈물에 흐르는 것을 거칠게 훔쳐 냈다. 그리고 다시 한 번 연서가 아닌 연으로 살리라 다짐을 해 본다.

연은 하연과 연서가 모두 담겨 있는 인물이었다. 둘로 나뉘어 다른 공간에 떨어졌던 하나가 다른 하나를 만나 한 사람인 연으로 태어났음을 기억하려 애를 쓰고 있었다.

당당해야 했다. 하연은 가야의 공주였다. 연 역시 가야의 공주였다. 아무리 버림받은 공주라 하나 분명 가야의 공주였다.

"네가 못 했던 것들을 모두 내가 할게. 하고 싶은 말, 하고 싶은 행동 모두 내가 해 줄게. 내 안에서 모두 보고 있는 것 아니까 나 열심히 살아갈게. 이미 내 안에 네가 있으니까. 나는 너이고, 너는 나이니까."

말도 안 되는 소리라는 것을 알지만 그래도 연은 그렇게 믿고 있었다. 하연이 떠난 것이 아니라 이제야 하나가 되었음을. 다른 곳에 태어난 영혼의 반쪽이 이제야 하나가 되었음을 믿고 있었다.

세현을 찾아온 만석은 막상 그에게는 다가가지도 못하고 망설이고 있었다. 성벽 위에 깨끗한 사기그릇에 물 한 사발 올려놓고 제를 지내는 모습에 멍하니 그 모습만 바라보고 있었다.

오늘이 혹시 집안의 제사를 지내는 날인가 싶기도 하지만 지금이 상황에 경건한 모습으로 절을 하는 그를 보니 아무리 사안이 급해도 쉬이 그에게 다가갈 수가 없어 그의 행동이 끝나기만을 기다리고 있었다.

제를 지내고도 그는 멍하니 성벽 너머의 하늘을 보며 깊은 생각에 잠겨 도통 움직일 생각을 하지 않았다. 가다리다 지친 만석이 일부러 헛기침을 내어 그의 상념을 깨웠다.

"공주를 지키라 했더니 여긴 어쩐 일이십니까?"

만석을 확인하고 세현의 미간이 먼저 찌푸려졌다.

"순이가 소식을 가져왔는데 마마께서 이건 좌랑께서 보셔야 한다고 하셨습니다."

"현 형님이 보내신 소식입니까?"

"예."

만석의 손에 들린 연통을 받아 읽는 세현의 얼굴도 연만큼이나 어두워졌다.

"도대체 무슨 소식입니까? 현에게 무슨 일이라도 있는 겁니까?"

공주의 말에 급하게 오면서 들었던 것은 현의 안부였다.

"아닙니다. 무사히 몽골 진영으로 가셨고 목적지로 출발하신답니다. 사람들을 동원해 이곳에 필요한 것을 넣어 주실 거라는 말씀이십니다."

"정말 대단한 사람입니다. 이곳이 어디라고. 그래도 살았습니다. 당장 마마께 쓸 약도 없어 마음을 졸이던 차였습니다."

현을 향해 감탄하기는 세현도 마찬가지였다. 조그만 상단이라고 겸손을 떨지만 사실 현의 상단은 사방으로 뻗어져 있는 그물망같이 연결되어 조그만 정보부터 사람을 알아보는 일까지 모두 가능했다. 지금도 이곳에 갇혀 있을 그들을 걱정해 있는 힘을 모두 모아 이곳에 쏟아붓고 있음을 모르지 않았다.

그러나 정작 중요한 소식은 아직 만석에게 말하지 않았다. 주치가 남았다는 말에 세현의 이마에 굵은 선이 생겼다.

모두 가는 것은 아니라 백여 명이 남는다는 말 다음에 그들을 이끌고 남을 자가 주치 같다는 말로 그들이 마지막으로 이 성을 공략하리라는 것을 알 수 있었다.

마지막에 현은 이들은 항복하면 받아 주지만 반대라면 풀 한 포기 안 남기는 족속이라는 말로 끝을 맺었다.

연통을 확인한 세현이 현이 남기고 간 천리경을 이용해 몽골의 막사를 살폈다. 그의 말대로 철수를 준비하는 것인지 천막을 치우는 모습이 보였다. 그러나 적어도 아무르성 가까이 있는 천막은 움직임이 없었다.

"백여 명으로 이곳을 칠 수 있다 믿는군. 그러나 그리 쉬운 일은 아닐 것이다. 내가 여기 있으니 감히 성안으로 들어올 수도 없을 것이다."

누가 남든 상관이 없었다. 이곳에 연이 있으니 지킬 것이었다. 그러나 작은 소망이 있다면 연에게 채찍질을 하던 여자만큼은 남았기를 바라고 있었다. 이대로 그 여자를 놓치면 다시는 볼 수 없다는 것쯤은 알고 있었다. 그러니 그 여자는 남아야 했다. 연에게 했던 짓에 대한 대가는 충분히 치르게 해야 했다.

"가셔서 연을 지켜 주세요. 많이 두려워할 것입니다. 저는 잠시 이곳에서 할 일이 있습니다."

천리경을 갈무리하며 세현이 어두운 기색을 거두지도 않고 만석에게 다시 연을 부탁했다.

"그리하지요. 좌랑, 소인은 두 분 사이에 무슨 일이 있었는지는

모릅니다. 그러나 마마가 무사하시니 기쁩니다. 그것 하나만으로
도 소인은 신께 무한히 감사드립니다."

고개를 숙이며 만석이 그동안 참아 왔던 말을 남기고 서둘러
연을 향했다.

"네, 저도 그렇습니다. 연이 무사해서 다행이고, 연이라서 기쁩
니다. 그래서 더 죄스럽습니다. 너무나 귀한 선물을 주고 가신 분
께 제가 정말 못 할 짓을 했다는 것을 늦게 깨달아 오늘은 연을
볼 수가 없습니다."

이미 사라진 만석에게 속삭이는 말은 그가 아닌 다른 이에게
드리는 사과였다.

◆

먼 하늘을 향해 그가 긴 한숨과 함께 용서를 비는 동안에도 몽
골의 막사는 분주했다. 그리고 몽골의 움직임에 예민하게 긴장하
던 성의 사람들의 얼굴에 환호가 어렸다. 이제는 살았다는 분위기
는 곧 축제라도 하려는 사람들 같았다.

무서움과 두려움에 떨던 사람들을 진정시킨 사람은 만석이었
다. 밖의 소식을 전해 들은 연이 그에게 나가 진정시키라는 말하
자 그는 우선 질라부를 불렀다.

상황 설명을 들은 질라부의 얼굴은 다시 하얗게 질렸다. 차라
리 항복을 하겠다는 그에게 험악한 얼굴로 기선을 잡은 이도 만

석이었다.

"만약 항복을 한다면 먼저 내 손에 죽을 것이다. 여기 가야의 신녀와 복야가 계신다. 가야의 비호를 받는 너희들이 지금 누구를 두려워하느냐."

갑옷도 아닌 검은 잠행복을 입고 커다란 창을 든 만석은 더부룩한 수염 때문에 마치 하늘에서 내려온 장수처럼 보였다. 그리고 커다란 목소리는 마치 하늘에서 그들을 엄히 꾸짖는 음성처럼 들렸다.

"네, 저희는 그저 복야만 믿습니다. 절대 복종할 것입니다."

그의 기세에 눌린 질라부가 넙죽 엎드려 빈다. 순간 만석은 피식 흘러나오려는 웃음을 간신히 참고 있었다. 혹여 이런 일이 벌어지면 이런 행동을 하라고 일러준 이는 연이었다. 밖의 웅성거림에 무슨 일인지 확인한 연이 심각한 얼굴로 만석을 불러 부탁한 일이었다.

이제 시작인 싸움이었다. 남은 인원이 적기에 더욱 기습적으로 이곳을 쳐들어오리라는 생각이 들었다. 그래서 우선은 흥분하고 마음을 놓을 성안의 사람들부터 다잡아 놓자는 마음이었다.

천천히 다음 일을 생각하며 연이 머리를 굴리고 있었다. 역사에서 어떻게 성안에서 소수로 밖의 많은 적을 상대로 싸웠는지 생각하지만 딱히 좋은 생각이 나오지 않았다.

"행주산성!"

왜 잊고 있었을까? 남자들만 싸우라는 법은 없었다. 세상에서 가장 강한 힘이 아이를 지키려는 어미의 마음이었다.

무기가 부족하면 무기가 될 만한 것들을 찾으면 그만이었다. 그리고 이 성안에는 널리고 널린 것이 돌멩이였다. 그리고 그것들은 곧 무기로도 충분히 쓰일 수 있었다.

움직일 수 있다면 직접 나서고 싶은 마음이나 지금 형편상 그녀는 한 걸음 걷는 것도 무리였다. 여전히 등 뒤에서는 핏물 밴천이 상처가 얼마나 깊은지 알려 주고 있었다.

이런 것이 고문이라는 것을 이제야 알겠다. 사람들이 고문을 당하면 골병이 든다는 말도 이제는 이해를 하고 있었다. 그래도 천천히 움직이며 늘어지려는 스스로를 독려하는 중이었다.

식은땀을 닦아 내며 덜덜 떨리는 손으로 허벅지에 묶여 있는 칼을 확인했다. 인해가 준 단도는 정말 필요할 때 잘 썼다. 이제 이 칼만은 쓰이지 않았으면 하는 바람이지만 상황이 저절로 무기를 확인하게 만들었다.

"기름예라고 했었지? 이제는 그냥 당하지는 않아. 적어도 네 얼굴 한 대는 치고 끝을 볼 거야."

이를 악물고 그녀의 목에 칼을 드밀던 여인을 떠올렸다. 칼자국이 선명한 얼굴은 생각만으로도 등 뒤로 한기가 흐를 정도로 연에게 두려움을 주었다. 그래서 더욱 기를 쓰고 갚아 줄 생각이었다.

평생 그녀라는 두려움을 달고 살 수는 없었다. 더구나 그녀가 돌을 죽였다. 눈 하나 깜짝이지 않고 어린 소년을 죽이는 악랄함에 치가 떨렸다. 오랜 떠돌이 생활에서 이제는 벗어나 행복하다며 웃던 소년의 얼굴을 그리며 연이 힘을 주어 작은 단도를 쥐고 있었다.

사람을 죽이는 것은 감히 생각할 수도 없었다. 아무리 이 세계가 사람 목숨을 파리처럼 여기는 곳이라 해도 연이 배운 것은 사람만큼 귀한 것은 없다는 것이었다. 그래서 주치를 죽일 수도 없었다.

약초 몇 뿌리면 누구도 모르게 시름시름 앓다 죽일 수도 있다는 것을 알면서 차마 그럴 수가 없었다. 그러나 이대로 가만히 있기에는 너무 억울했다. 적어도 사람을 죽였으면 그 죗값은 받아야 했다. 그러다 피식 웃음이 나왔다.

"정신 차려라, 연. 이곳은 원래 그런 곳이야. 이제부터 네가 살아야 하는 곳은 이런 세상이라고. 더구나 넌 가야의 공주다. 공주답게 당당해야 한다고."

모든 것을 내어 주고 떠나간 하연을 위해서라도 당당해야 했다. 이젠 자신은 일개 하찮은 고아가 아니었다.

대가야의 공주였으며 대사헌의 며느리고 또한 호조좌랑이자 복야의 안사람이었다. 그러니 생각이란 걸 해야 했다. 그에 걸맞은 사람이 되어야 했다.

그래서 연은 곰곰이 그동안 자신이 알고 있던 그쪽 시대의 역사를 되새기고 있었다.

아는 것이 힘이었고, 적을 알면 백전백승이란 말은 어디에 있든 삶의 진리였다.

역사에도 나와 있었다. 칭기즈칸이란 인물은 몽골에서야 대단한 인물이지만 그에게 당한 나라에서는 공포로 통하는 인물이었다.

징그럽게 냉철하고 또 차가운 인물이며 매사 논리적인 인물이라는 평가를 받고 있었다.

중요한 것은 이들이 이룬 대몽골은 3대를 못 넘기고 사라졌다. 그리고 이름을 떨친 것은 원이었다. 쿠빌라이 칸이 세운 원나라가 그의 명맥을 잇는다.

그렇다면 주치는 어떻게 되더라? 딱히 떠오르는 것이 없었다. 그가 칭기즈칸의 친아들이 아니라는 것 이외에는.

지금 연이 살고 있는 세상은 말 그대로 사람 목숨의 값어치가 바닥인 곳이었다. 땅따먹기로 수많은 전쟁이 일어나며 그 속에서 또 수많은 사람들의 생명이 사라지는 곳이었다. 화적 떼가 설치고, 왜구가 설치는 곳이었다.

가야의 공주로 얌전히 대사헌의 집에 있었다면 이런 꼴은 안 보아도 될 것을, 이 길을 선택한 이도 자신이었다. 처음부터 이 모든 것은 자신의 선택으로 이뤄진 일이었다.

앞으로의 역사를 걱정할 필요는 없었다. 어떻게든 흘러갈 역사였다. 그리고 자신의 선택으로 무엇이 바뀌든 그것도 역사의 하나가 되리라는 것을 깨달은 연이 멍하니 돌벽 사이로 만들어진 작은 창을 통해 파란 하늘을 쳐다보았다. 똑같은 것이 있다면 저 파란 하늘밖에 없었다.

"그러니 최선을 다할 수밖에. 난 오직 그 사람을 위해 움직일 거야. 다른 누구도 아닌 그 사람을 위하는 일이면 주저 없이 할 거야. 그게 내가 여기 있는 이유니까."

결정은 내렸다. 자신은 연이었다. 연서와 하연과는 상관없는 말 그대로 세현의 여인, 연만 남았을 뿐이었다.

그를 위해서라면 모든 것을 다 버릴 수 있는 여자만 남았다. 이 세상에서 연을 붙잡고 있는 끈은 오직 하나 세현이라는 사내였다.

통증을 참으며 천천히 이불부터 걷었다. 자신의 상태를 살펴볼 심사였다. 팔 하나 움직이는 것도 고통이었지만 입술을 깨물며 신음을 삼키고 가장 통증이 심하게 올라오는 등을 살피려 하지만, 쉬운 일은 아니었다. 단지 자리에서 일어난 자리에 남은 핏빛으로 상처가 패였음은 알겠다.

그다음은 발목을 감은 천을 풀었다. 천을 풀자 살이 벗겨져 빨간 상처가 발목 주위로 동그랗게 나 있었다. 쇠사슬에 쓸린 상처였다.

피부가 너무 연해 그만큼 상처도 깊었지만 다행히 빨갛게 부풀어 오르긴 했어도 쇳독이 오른 것 같지는 않았다. 아마도 차가운 날씨가 상처에는 도움이 되고 있는 것 같았다.

여기저기 남은 상처들은 모두 기틀예가 남긴 상처들이었다. 말

채찍으로 맞는 자국은 시간이 지나면 사라질 것 같았다.

목을 만져 보니 그곳에도 천이 감겨져 있었다. 천천히 풀어 낸 연이 붕대로 사용한 천을 보고 눈물을 보이고 있었다. 세현이 입고 다녔던 장옷의 허리띠였다. 파란 비단으로 만들어진 천에는 용맹을 상징하는 호랑이가 촘촘히 수놓아져 있었다.

어떤 마음으로 그 띠를 붕대로 사용했을지 알기에 벌써 눈물이 핑 돌았다. 그녀를 생각하는 마음은 언제나 자신보다 그가 더 크다는 것을 알고 있었다. 하연을 생각하고 언젠가는 떠나리라는 마음 때문에 거리를 둔 사람은 자신이었다.

그 마음까지도 감수하며 가슴에 품은 그를 위해 이제 온 마음으로 그를 받아들이려는 연이었다. 그것이 연이 남도록 아픔조차도 버리고 떠나간 하연의 마음이기도 했다.

그의 허리끈을 손에 꼭 쥔 연이 다시 한 번 숨을 크게 들이쉬며 마음을 다잡았다.

거울이 없으니 손끝으로 상처를 만져 보며 어느새 아물어 가고 있다는 것도 알았다. 그러나 보기 흉하니 당분간은 가리고 다니는 것이 좋을 것 같았다. 그래서 그의 허리끈으로 조심스럽게 가리며 그저 추운 날, 목을 가리는 목도리처럼 보이도록 애를 썼다.

"벌써 일어나시면 안 됩니다."

제 할 일을 마치고 돌아온 만석이 일어나 앉아 있는 연을 보고 황급히 다가오다 멈칫하며 고개를 돌렸다.

"제 옷을 좀 주시지요."

"네?"

연의 말에 놀라 고개를 돌리던 만석이 다시 황급히 고개를 돌려 연을 외면하고 있었다.

"이대로 있을 시간이 없습니다. 그러니 제가 할 수 있는 일을 해 볼 생각입니다. 먼저 제 옷을 주시고 혹여 이 성에 몽골어를 아는 사람이 있다면 불러 주세요. 제가 몇 마디 알아야 할 것이 있습니다."

"하오나, 마마?"

"오라버니, 시간이 없습니다. 움직일 만하니 움직입니다. 걱정은 나중에 하시고 우선 옷부터 주시고 사람을 찾아 주세요."

단호한 말투에 어쩔 줄 몰라 하던 만석이 끝내 깊은 한숨을 쉬고 구석으로 가더니 주섬주섬 보따리 하나를 들고 여전히 고개를 돌린 채 연에게 내밀었다.

"좌랑이 챙겨 온 것입니다."

"감사합니다. 제가 옷을 갈아입을 동안 나가셔서 몽골어를 하는 사람을 데려와 주세요. 이왕이면 가야 말도 같이 하면 좋은데, 그건 무리겠지요?"

"글쎄요. 하지만 제가 찾아보겠습니다."

대답을 끝으로 만석이 더 이상의 의문을 달지도 않고 밖으로 나섰다. 누구보다 영리한 여인이라는 것을 알고 있었다. 세상에서 영리한 사람을 찾으라면 일등으로 현을 꼽고 있던 만석은, 현이 공주를 보며 대단히 영리한 분이라며 혀를 차던 것을 떠올렸다.

그가 겪은 바대로 영리한 사람들은 다 이유가 있어 일을 시켰으며 그건 그만큼의 성공을 가져왔다. 그래서 그는 바쁘게 성을 뒤져 몽골어를 아는 사람을 찾기 시작했다.

세현이 챙겨 온 옷은 그의 성격대로 자상함이 그대로 묻어났다. 날씨가 바뀌어 차가운 것을 감안해 일부러 겨울옷으로 모두 챙겨 왔다. 그 와중에 그녀를 구하리라는 믿음이 보여 슬며시 연의 얼굴에 미소가 어렸다.

지금쯤 그는 하연을 보내고 있으리라. 그러니 방해하는 것은 하연에 대한 예의가 아니었다. 가야의 공주로 태어나 단 한 번도 귀함을 받지 못하고 외로움에 지쳐 떠나는 그녀를 위해 그녀가 가장 사모하는 사람이 애도해 주는 것은 위로가 되리라, 스스로를 위로하는 중이었다.

무명 속옷도 두어 벌 들어 있었다. 이미 입고 있던 속옷은 주치의 붕대로 쓰느라 너덜거리고 있었다. 주치를 살린 게 자신이라는 것이 생각해 보면 웃기는 일이었다.

도대체 자신은 이곳 역사 속에서 어떤 역할을 하는지 모르겠다. 그러나 나갈 수밖에 없었다. 이미 벌어진 일이었다. 고민한다고 답이 나올 리도 없었다.

허벅지에 매달아 놓은 단도를 이용해 속옷 하나를 길게 잘라 연이 힘겹게 등을 감쌀 붕대를 만들었다. 상처에 바를 고약이 있었으면 좋겠지만 경황이 없어 약초 가방은 생각도 못 하고 몽골 군을 벗어났다. 그나마 깨끗한 천이니 상처에 도움을 줄 것이라 믿고 천천히 감아 꼭 죄었다.

순간 밀려오는 통증에 저도 모르게 신음이 흘렀다. 아무래도 이 상처는 흉터로 남을 것 같았다. 그다음은 발목을 단단히 감싸 니 통증은 더하지만 움직일 수는 있을 것 같았다.

이제 옷을 챙겨 입었다. 따뜻한 옷이 상처를 감싸니 그나마 움 직일 때마다 느끼던 통증은 덜했다.

긴 머리는 대충 묶어 모자에 감추었다. 그리고 마지막으로 신 발을 신고 나니 지치고 힘들었던 시간들이 언제냐는 듯 기운이 난다.

어쩌면 이 옷은 정말 신녀를 위한 복장인지도 모르겠다. 움직 이기 편하고 또한 어디든 눈에 띄어 신분을 알려 주어 사람들의 시선에 경배가 어리게 만드는 힘이 있었다.

막 만석을 찾아 나서려는 참이었는데 마치 알고 있기라도 한 듯 만석이 어떤 여인과 함께 들어오다 연을 보고 놀라 멈춰 섰다.

"마마?"

당장이라도 그녀를 침상에 누일 것 같은 기세의 만석을 향해 연이 먼저 손을 저어 막았다.

"그 여인입니까?"

"네, 그러나 가야 말은 모릅니다. 원래 몽골의 여인이나 이곳

사람과 혼인을 했다 합니다."

바로 전날까지 심하게 앓았던 공주였다. 지금도 당장 쓰러져도 이상하지 않을 얼굴을 보며 만석이 안절부절못하는 마음이었다. 그러나 눈빛이 그를 말리고 있었다. 이상하리만치 단호한 눈빛이 그에게 더는 토를 달지 말라고 말하고 있었다.

연이 힘겹게 움직이자 여인이 잽싸게 그녀의 곁에 오더니 팔을 잡아 준다. 제법 눈치가 있는 여인이었다. 자세히 보니 유모와 비슷한 연배로 보였다.

"잘 부탁드립니다."

팔을 잡은 여인에게 기대며 인사를 하자 만석이 대신 말을 전해 주었다.

통역이 있는 것은 참으로 불편한 일이었다. 차라리 중국 말이라면 어떻게 해 보겠는데 이쪽 말은 알아듣기가 힘들었다.

"여인들을 불러 모아야겠습니다. 제가 할 말이 있어서요."

사내들이라고 해야 벌써 대부분 전투에서 희생되었다. 이 성에 남은 것은 그나마 여기까지 피난 온 그들의 가족들뿐이었다. 그러니 남은 사람들이라고는 여인들과 아이들이 대부분이었다.

이제 그들이 군대가 될 것이었다. 이 성을 지키며 스스로를 지키는 사내들 못지않은 군대가 되어 가족을 지키게 될 것이었다. 예전 행주산성의 어미들이 앞치마에 돌을 날라 그들의 사내를 도운 것은, 나라를 위해서가 아닌 아이를 지키기 위한 모성이었다. 그리고 자신의 가족을 지키기 위한 몸부림이었다.

성안에 얼마 남지 않은 사내들의 숫자만 보고 겨우 백여 명 남았을 몽골군을 모르지 않았다. 그들이 무시하고 업신여기던 여인들의 손에 의해 그들은 뼈아픈 패배를 안고 가게 만들리라 다짐하는 연의 얼굴은 사뭇 비장했다.

11.

하연이 준 굴레

공주의 제를 끝난 시간은 늦은 자정이었다. 미안함과 안타까움, 그리고 고마움을 담은 그의 마음을 알고 있다는 듯 다시 함박눈이 내리고 있었다. 초라한 제를 올리며 그가 집으로 가기 전에 들를 개마산에서 제대로 정성을 들인 제를 다시 올려 드리마 약속을 드렸다.

그곳의 주술사에게 부탁하면 아마도 알아서 제를 행해 주리라는 믿음이 들었다. 처음부터 무엇인가 아는 것 같은 눈의 늙은 주술사를 떠올리며 세현이 어두운 얼굴로 하늘을 보았다. 모든 것을 내어 주고 떠나간 공주에게 겨우 그것밖에는 해 줄 것이 없어 더욱 미안한 그였다.

성루에 올랐던 그가 내려오자 그 앞에 기다리고 있던 이는 질라부였다. 오랜 시간 기다렸는지 그의 머리에는 하얗게 눈이 쌓여 있었다.

"질라부, 가야의 복야께 인사 올립니다."

새삼스러운 인사에 세현이 작은 의문을 표시했다. 가뜩이나 복잡한 심사에 반갑지 않았다.

"무슨 뜻인가?"

"이미 아버지이신 칸께서 가야에 투항하실 마음이셨습니다. 그러니 이제 집안에 남은 사내라고는 저밖에 없으므로 제가 대신하여 아버지 뜻을 받들어 가야에 투항합니다. 이것은 돌아가시기 전에 써 놓으신 아버지의 투항 문서입니다."

무릎을 꿇고 공손하게 내미는 문서를 받으며 세현이 겉으로야 아무렇지도 않았지만 당황하고 있었다. 이건 자신이 받을 문서가 아닌 황제가 받을 문서였다.

"내게 주는 이유는?"

"앞으로를 장담할 수 없으니 미리 드리는 것이옵니다."

담담히 대답하는 투울룬의 차자 질라부는 나이답지 않은 현명함을 보이며 다시 고개를 조아렸다. 앞으로의 전투를 앞두고 뒷일을 걱정하고 있다는 것을 말하지 않아도 알아들었다.

한때는 한 나라의 왕자가 겨우 다른 나라의 일개 복야에게 고개를 조아리면서도 한 점 부끄러움조차 보이지 않았다.

말이 쉽지 결코 쉬운 일이 아니라는 것은 세현이 더 잘 알고 있었다. 왕족이란 어디를 가든 결코 그 자긍심을 버리지 않는 인간들로 유명하지 않았던가.

"하나만 부탁드립니다. 복야를 믿고 성안의 사람들이 앞일을 대비하고 있습니다. 그러니 지켜 주십시오. 남은 그들의 생명을 지켜 주십시오."

너무 많은 죽음을 지켜보며 이제 망국의 비운의 왕자로 남을 질라부가 떨리는 음성으로 남은 백성을 걱정하고 있었다. 모든 자긍심을 버리고 고개를 숙이며 백성을 지켜 달라 애원하는 모습에 세현의 얼굴에 더욱 무거운 음영이 드리워졌다.

장담할 수 없는 싸움이었다. 남은 사내도 별반 없거니와 지금 연을 구해 이곳에 온 가야의 군졸이라 해야 자신을 포함해 겨우 다섯이었다.

"받으라. 이 문서는 그대가 직접 대가야의 황제의 용안을 뵙고 올리라. 내가 그리하도록 만들 것이니 잘 간수하고 있게나."

한참을 안타까운 눈으로 질라부를 바라보던 세현이 다시 문서를 그에게 돌려주었다.

질라부에게는 미안하지만 그도 이 성을 지켜야 하는 이유가 있었다. 목숨보다 소중한 여인을 지키기 위해 그도 이 성은 꼭 지켜야 했다.

그리고 지금 그 이유 외에 또 다른 이유가 생겼다. 그를 믿고 고개를 숙이는 질라부의 마음을 가슴에 담으며 이를 악물었다. 무슨 수를 쓰더라도 지켜 내야 한다는 무게감에 그의 얼굴은 더욱 어두워지고 있었지만 눈빛은 생생히 살아나고 있었다.

"돌아가 준비를 해야지. 자네도 사내이니 백성을 생각해 싸워야 할 것이야. 가세나."

쉼 없이 내리는 눈 때문에 어둠도 밀려 주변이 환하게 느껴졌지만 세현의 가슴은 반대로 까맣게 타들어 가고 있었다. 앞일을 생각하면 답답한 마음이 먼저 앞섰다.

원래는 연을 이곳으로 빼돌리고 시간이 지나면 틈을 보아 그녀를 부여부로 보낼 생각이었다. 연의 상태가 심각해 발목이 묶여 결국 아무르성을 지켜야 하는 입장에 처했다. 더구나 부여부로 원군을 요청할 수도 없었다.

이곳에서 가야와 몽골군이 부딪히면 종군사와 현의 일이 틀어짐은 물론이며 그들의 생명까지 장담할 수 없어진다. 그러니 그는 이곳에서 이름 없는 일개 병사로 몽골군을 맞아야 했다.

먼저 앞서는 그의 뒤를 질라부가 천천히 따르다 갑자기 멈춰서는 세현에게 하마터면 부딪칠 뻔했다.

"복야? 무슨……?"

세현의 키가 커 앞이 안 보여 기웃거리던 그가 놀라 제 눈을 비비고 있었다. 분명 아프다던 가야의 신녀가 그녀를 지키는 커다란 장수의 팔에 매달려 여인들을 모아 놓고 무엇인가 지시를 하고 있었다.

한눈으로 보기에도 신녀의 모습은 정상으로 보이지 않았다. 파리한 안색에 가까스로 서 있는 모습을 알 수 있었다. 그 모습에 복야의 발걸음이 거의 뛰다시피 바뀌었고 그도 따라 뛰어야 했다.

"도대체, 여기서 무엇을 하는 것이오?"

제대로 성이 난 음성이지만 세상에서 가장 반가운 음성에 연이
활짝 웃으며 그를 맞이했다. 오늘은 그를 못 보리라 생각하고 있
었는데 뜻밖에도 만나 더욱 반가웠다.

"오셨습니까? 잘 보내 드리셨습니까?"

황당해하는 그를 무시한 채 연이 하늘을 잠깐 바라보고는 애잔
한 음성으로 되묻는다.

"그랬으면 하지만 글쎄요."

그의 대답은 여전히 무거웠다. 떠나는 이의 마음을 어찌 그가
알 수 있을까. 단지 그랬기만을 바라는 마음뿐이었다.

"아직 내 질문에는 답을 주지 않았소."

"사람이 없지를 않습니까? 그렇다고 두 눈 뜨고 이 성을 내줄
수는 없고요. 그러니 우리도 싸울 준비를 해야겠지요."

더욱 황당한 대답에 그가 인상을 쓰고 있었다. 힘없이 겁에 질
린 여인들에게 칼이라도 쥐여 주고 몽골의 훈련된 전사들과 싸우
라고 내몰 참이냐고 묻고 싶어졌지만 연의 마음을 생각해 말을
돌렸다.

"여인들을 모아 무엇을 한단 말이오? 잘 숨어 있는 것이 도와
주는 것이라는 걸 모르시오?"

"숨어 있다고 해결이 날까요? 살아 있는 사내들이라고 해 봐야
둘러보니 몇 안 되더이다. 이대로 몽골군이 밀고 온다면 이길 수
있습니까? 그들이 모두 쓰러지면 남은 여인들과 아이들은 또 그
대로 당해야 하는 것을요. 그러니 목숨 걸고 싸우는 사내들과 함

께해야지요. 어차피 사내들이 죽으면 여기 있는 우리들도 죽을 것이라는 걸 모두 알고 있지 않습니까?"

당장이라도 쓰러질 것처럼 간신히 만석의 팔에 매달려 있는 모습의 연이지만 목소리만큼은 대찼다.

"형님, 이제 제가 모시지요. 고생하셨습니다."

다른 이의 팔에 매달려 있는 연의 모습이 마음에 들지 않은 그가 얼른 만석에게서 연부터 인계를 받았다. 그제야 만석의 팔에 매달려 있던 연이 기다렸다는 듯 그의 품으로 쏙 들어온다. 아직도 열이 남은 듯 열기가 느껴져 세현의 안색이 더욱 굳어졌다. 이런 몸으로 나다니는 것조차 마음에 들지 않았다.

"아직은 쉬고 있어야 하오. 몸이 이 모양인데 어쩌려고 그러시오?"

"편안한 곳에 가면 쉬겠습니다. 그러나 지금은 할 일이 있으니 움직여야지요. 이대로 당하고 넘어가는 것은 제 성미에 맞지 않습니다. 전 가야의 공주입니다. 감히 공주의 몸을 이 모양으로 만든 그들에게 적어도 그 죗값을 치르게 할 것입니다."

"공주?"

스스럼없이 공주라는 말을 내뱉는 연 때문에 순간 세현의 가슴에 서늘한 바람이 불었다.

"그게 하연이 제게 준 굴레입니다. 그러니 여기 있는 저는 분명 가야의 공주가 맞습니다."

그의 걱정을 알았는지 달래듯 말하던 연이 가쁜 숨을 들이쉬며 잠시 호흡을 골랐다. 그의 말대로 움직이는 것이 무리인 것은 맞았다.

조금만 움직여도 숨이 가빠 오고 온몸에 통증이 일고 있었다. 아무리 조심해도 기운이 빠지는 것을 막을 수는 없었다. 조급한 마음에 연의 말이 빨라지고 있었다.

"여인들을 이용하세요. 아무것도 할 수 없다 미리 생각하지 마세요. 이곳은 성입니다. 적어도 저들이 할 수 있는 일이 있습니다."

"도대체 여인들이 무엇을 할 수 있단 말이오?"

"성루마다 돌을 모아 쌓아 놓으라, 할 것입니다. 성벽을 오르는 병사가 있다면 숨어서 그 돌을 던져 올라오는 적을 막을 수 있지요. 정말 쓰고 싶지는 않지만 성벽마다 솥을 걸어 뜨거운 물을 끓여 부을 수도 있지요. 그리고 비밀리에 숨어 들어올 수 있는 곳마다 부비트랩을 설치하면 적어도 숨어든 쥐새끼는 막을 수 있지요. 돌아가며 번을 서 상황을 살피는 것도 할 수 있지요."

"부비……?"

또 알아들을 수 없는 말에 세현이 되묻자 잠시 생각에 잠긴 연이 알맞은 말을 골라 다시 대답을 했다.

"덫이라고 하면 아마도 맞을 겁니다. 분명 성이 오래되고 지난 전투로 빈틈이 있을 것입니다. 그런 곳은 아이들이 제일 잘 알고 있을 겁니다. 사내들이 들어올 만한 통로마다 줄을 연결하고 조그마한 종을 달아 놓으면 미리 적이 침입하는 것을 알 수 있을 겁니다. 아무리 전쟁 중이라 하나, 이곳에 살고 있던 아이들이라면 누구보다 그런 장소를 잘 알고 있을 겁니다. 그러니 가장 활동적이고 개구진 아이들을 모아 안내를 받으세요. 효과를 볼 것입니다. 사람이 없으니 모두들 함께 견뎌 나가야지요."

세현이 놀란 눈으로 연을 쳐다보았다. 그런 식으로 생각해 본 적은 없었다. 그저 남은 사내들의 머리수를 세며 고민을 하고 있는 사이, 연은 단 하나도 놓치지 않고 주변을 살피고 있었다. 더구나 엉망인 몸으로 직접 움직이며 사람을 모으고 있었다.

옷차림도 신녀 복장을 모두 챙겨 입고 나와 있었다. 지금 그녀는 신녀로 움직이고 있었다. 창백한 안색임에도 굳은 얼굴에 온화한 미소를 보이며 아픔을 모두 감추고 있었다. 그리고 그녀의 모습과 행동은 여인들에게 힘을 주고 있음이 분명하게 보인다.

그동안 내내 불안하게 숨어 있던 여인들의 얼굴에 무엇인가 할 수 있다는 자신감이 보이고 있었다.

"시간이 없습니다. 저라면 지금 이곳을 기습할 것입니다. 자신들이 철수한다는 것을 보고 안심하고 있을 것이라 믿고 움직일 겁니다. 아마 당신도 같은 생각이시지요?"

힘이 빠져 세현에게 거의 기대다시피 서 있는 연의 목소리도 잦아들고 있었다. 그럼에도 그를 잡은 손에는 힘이 들어가 있었다.

"그렇소. 나라면 지금이 바로 적시라고 생각할 것이오. 아마도 오늘 늦은 밤이면 기습하지 않을까 생각했소. 그래서 그대를 숨겨 두고 싶은 마음이오. 그동안 큰 고초를 겪었는데, 또 겪게 할 생각은 없소."

"네, 저도 무섭습니다. 사실 도망가고 싶습니다. 그러나 갈 곳이 없더군요. 그리고 이대로 도망가면 전 평생 저들을 두려움으로 떠올리겠지요. 그리고 당신 걱정에 숨이 멎을 겁니다. 그러니 여기서 같이 맞설 것입니다. 당신이 저를 지키는 마음처럼 저도 당신을 지키고 싶습니다."

지켜 주고 싶은 사내의 마음이었다. 그러나 지키기는커녕 지금도 가장 위험한 곳에 자신의 여인을 두고 애타는 심정이 고스란히 담긴 음성에 연의 마음이 아려 온다.

그가 지금 어떤 심정으로 이 성을 지키려고 하는지 너무 잘 알고 있기에 연은 웃을 수 있었다.

연의 욕심은 바로 앞에 서 있는 이 사내였다. 어두운 얼굴로 자신을 살피는 세현에게 그래서 연이 더 예쁘게 웃어 주었다.

"당신을 믿어요. 당신이 날 지켜 주리라는 것도 믿어요. 그래서 우린 여기서 살아갈 거예요. 아주버님과 함께 천지를 오르기로 약속을 했으니까 가야죠. 약속을 지키라고 있는 거니까요. 기운 내요. 당신이라면 잘 할 수 있어요. 나는 조금 도와줄 뿐이에요. 알죠?"

열이 올라 발간 얼굴로 그를 위로하는 연이 너무 예뻐서 세현이 조심스럽게 그녀를 품에 안았다.

"난 아무것도 한 일이 없는데 너무 많은 것을 주는구려. 과연 내가 그대에게, 그리고 공주에게 이런 마음을 받을 만한 사람인 거요? 이렇게 받기만 해도 되는 걸까?"

하루 종일 머리에 담은 의문이었다. 자신이 무엇이라고 한 여자는 모든 것을 버리고, 남은 여자는 모든 것을 바쳐 가며 옆에 있으려 하는 것인지 죄스러울 정도였다. 그래서 더욱 고맙고 미안하고 또 아파 왔다.

"당신은 전생에 나라를 구했나 보죠. 그리고 나랑 하연이는 전생에 나라를 팔아먹었나 봐요."

누군가를 좋아하는 이유를 묻는다면 과연 몇이나 이래서 그 사람을 사랑해라고 말할 수 있을까? 그래서 먼저 사랑하는 사람이 손해라는 말을 들으며 웃어넘겼던 그때를 비웃고 있었다.

그냥 좋아하는 마음이었다. 어느 날 스며들어 나가지 않는 사람을 탓할 수는 없었다. 도리어 그 사람도 같은 마음이라는 것 하나만으로도 가슴에 감사함이 가득하고 이유 없이 행복한 것이 사랑이라는 것을 알겠다.

그의 마음을 알기에 모르는 척 연이 우스갯소리로 그를 달래고 있었다. 누구보다 그 마음을 더욱 잘 알고 있었다.

"이러고 있을 틈이 없어요. 우리 우선 급한 불부터 꺼요. 그리고 그다음 일을 걱정하자고요. 하나만 약속해 줘요. 다치지 말아요. 어느 한구석도 이제 당신 것은 없어요. 모두 내 것이니까 꼭 무사해야 해요."

"물론이오. 그러니 그대는 좀 쉬시오. 그대 걱정에 내가 다른 일을 할 수가 없으니까."

그의 말대로 따를 수밖에 없었다. 풀리는 다리 때문에 서 있는 것도 더는 무리였다. 결국 그가 품에 안아 처소로 옮기는 것을 말리지 않았다. 더는 이곳에서 그녀가 할 일은 없었다. 방법을 알려 주었으니 그가 제대로 해내리라는 믿음이 있었기에 그의 품에서 연이 살며시 눈을 감고 그의 체취에 젖어 들었다.

"준비는?"

눈발이 앞을 가려 제대로 성이 보이지 않음에도 아무르성을 노려보는 주치의 눈에서는 인광이 흐르고 있었다.

"모두 준비를 끝내고 명을 기다리고 있습니다."

기를예가 부복한 채 답변을 하며 걱정스러운 시선을 감추지 않고 있었다. 일어나 움직이고는 있지만 예전처럼 강인한 몸은 아니었다. 수척해진 몸 상태를 보면 예전의 그를 떠올리는 것이 쉽지 않을 정도였다.

브이룩과 씨름을 해도 밀리지 않을 정도의 강한 사내가 얼굴색만으로도 얼마나 사경을 헤매고 깨어난 것인지 알려 주고 있었다.

더구나 그가 노리는 것이 아무르성이 아닌 신녀임을 알고 있기에 기를예의 마음이 더욱 쓰려 왔다.

처음부터 그의 옆자리를 택하는 것이 아니었다는 사실을 너무 늦게 깨달아 도망갈 수도 없었다. 그저 바라는 것이 있다면 그를 대신해 죽을 수만 있다면 좋겠다는 마음이었다. 그러면 영원히 그의 기억에 남으리라는 마음이었다.

"저들이 안도하는 틈을 이용한다. 빠르게 성을 치고 우리도 삼촌과 함께 칸에게 향한다. 가야인의 막사에는 사람을 붙여 두었겠지?"

"물론입니다. 둘 다 꼼짝을 하지 않고 있습니다. 일행이 더 있을 거라는 양해를 구하며 내일 떠나기 전에 도착할 것이란 말을 끝으로 아예 얼굴도 내밀지 않고 있습니다."

기를예의 대답을 들으며 주치가 고개를 끄덕였다. 달랑 두 사람이라지만 만만한 인물들로 보이지 않았다. 전사의 기질은 없지만 깊이를 알 수 없는 눈 속에 담긴 무엇인가가 그에게 그들을 조심하라고 신호를 보내고 있었다.

적진에 들어와 태연한 얼굴로 제 할 말을 다하는 인간들이라면 그 담력이야 전사 못지않음도 느낄 수 있었다. 특히 늙은이의 경우에는 칸의 책사로 있는 야율초재를 보는 것 같은 느낌이었다.

쉬이 속을 보이지 않아 답답하게 하면서도 매사 눈으로, 머리로 사람을 읽는 유난히 감이 좋고 머리를 빠르게 굴리는 인간들에게서 느껴지는 날카로움에 섬뜩할 정도였다.

젊은 쪽도 늙은이와 비슷한 느낌이었다. 그러나 늙은이보다 더 무섭게 느껴지는 것은 나이 때문이었다. 젊은 나이임에도 늙은 남자와 같은 분위기를 풍기는 사내를 보며 느껴지는 위화감에 주치의 눈살이 더욱 찌푸려졌다.

"제대로 감시하라. 절대 만만한 인간들이 아니다."

"존명!"

기를예의 대답이 끝나기도 전에 브이룩이 다가왔다.

"전사들의 배치는 모두 끝이 났습니다. 우선 선두가 성을 치는 동안 저희와 몇 명이 성안으로 잠입해 성문을 열 것입니다."

덩치에 비하면 참으로 조용한 움직임을 자랑하는 사내였다. 과묵한 성격에 필요하지 않으면 말도 안 한다.

사람들이 그를 처음 보면 덩치에 놀라 정작 중요한 그의 내면은 제대로 파악하지 않고 보이는 대로 단정 짓는 경향이 있지만, 주치만은 덩치에 가려진 그의 성실함과 영리함을 알아보고 자신의 심복으로 잡아 두었다. 그리고 그는 그의 바람대로 충분히 움직이고 있었다. 말하지 않아도 그의 계획을 알아, 목숨을 건 전쟁에서 마음 놓고 뒤를 맡길 수 있는 사내였다.

"산치르(토성)가 빛나면 움직인다."

주치의 짧은 명령에 부이룩이 기를예처럼 부복하며 명을 받았다. 기습에 익숙한 부족은 아니었지만 그동안 주변을 살피며 지형을 외워 둔 그로서는 눈을 감고도 병졸을 움직일 수 있었다.

이미 세 번의 습격으로 폐허처럼 보이는 성 하나쯤은 대몽골의 군사 십여 명이면 충분했지만 만약을 위해 그 열 배를 나누어 배치해 두었다. 단지 기력이 쇠한 주인을 위한 배려였다.

"나가 봐."

주치의 차가운 명령에 두 사람은 침묵을 유지한 채 소리도 없이 그의 막사를 나섰다. 그들이 사라지자 주치가 손목에 감고 있던 천을 끌러 가만히 향기를 맡았다. 짙은 남색의 끈에는 금색 술이 달려 반짝인다.

신녀가 남기고 간 단 하나의 흔적이었다. 지금도 눈을 감으면 생생하게 떠오르는 얼굴이 그를 괴롭히고 있었다. 살면서 가지고 싶은 것이 별로 없는 그였다. 그러나 그 여인만은 마치 그를 만나기 위해 태어난 여인처럼 느껴졌다.

부드러운 손길로 어루만지던 느낌이 선명하게 남아 마치 지금이라도 눈을 감고 손을 뻗으면 잡힐 것처럼 느껴졌다.

여기로 떠밀어 준 차거타이가 고마울 정도로 주치는 신녀가 가지고 싶었다. 눈처럼 하얀 얼굴에 까만 눈동자가 그를 향하여 반짝이는 것을 보고 싶었다.

가야의 신녀는 얼굴색만 다른 어머니 같았다. 한 번도 따뜻하게 웃어 주지 않는 어머니와는 달리 그를 향해 웃어 주는 그녀는 어머니 대신으로 그에게 신이 내려 준 귀한 선물이었다. 그녀만 있다면 아무것도 필요 없어도 살아갈 수 있을 것 같았다.

사실은 열에 들떠 환상을 보았다고는 생각하지 않는 그였다. 늘 바라던 꿈을 꾸며 그녀를 대입하고 있다는 것도 생각하지 못한 채 주체하지 못한 그리움에 주치가 손에 쥔 신녀의 흔적을 더욱 힘주어 쥐었다가 조심스럽게 손목에 감았다.

이제 곧 신녀를 가지게 될 것이라 믿으며 눈을 빛내는 그의 모습은 마치 처음 전장에 나가며 설레하는 몽골의 어린 전사처럼 보였다.

12.

그래서 제가 여기 있어요

　지쳐 잠이 든 연을 지키는 세현의 눈에는 여전히 걱정이 가득
차 있었다. 억지로 움직이고 있음을 여실히 보여 주는 얼굴은 보
는 내내 그의 마음을 아프게 했다. 상할 대로 상한 얼굴은 열이
올라 발갛게 들떠 있었고 귀를 기울이지 않으면 들리지 않는 얕
은 숨소리가 그를 더욱 불안하게 만든다.

　그녀의 생각은 옳았다. 겁에 질려 숨을 죽이고 있던 아무르성
의 여인들은 연이 직접 나서 호소하자 마음을 움직였다.

　수많은 죽음 속에 아비를, 남편을, 아들을 잃어버린 여인들의
마음속에 복수라는 악다구니를 끄집어낸 사람도 연이었다.

　할 수 있다는 믿음과 남아 있는 자신들의 피붙이를 지키겠다는
마음을 심어 주자 여인들의 움직임은 생각보다 더 대단했다.

　더불어 어떻게 힘을 쓴 것인지 몰라도 현이 사람들과 함께 먹

을 음식을 조달해 왔다. 대여섯의 사내들은 마치 그림자처럼 불쑥 나타나 등에 진 짐 속에서 급하게라도 사람들의 허기를 채울 먹을거리를 내어놓았다. 그리고 그 사내들은 그대로 남아서 그들의 전력이 되었다. 한 사람이 아쉬운 그들에게 대여섯의 사내는 분명 작은 힘이 아니었다.

아이들은 아이들대로 연의 말대로 구석구석 돌아다니며 어른들을 피해 숨어 놀았던 곳들을 알려 주어 아무르성의 빈틈을 짚어 주었다. 그 자리마다 쥐덫이 놓였고 작은 웅덩이를 만들어 나무 가시를 박아 놓았다. 쥐덫이 아니더라도 한 발만 내딛으면 발 한 쪽은 못 쓰게 되리라.

혹시 몰라 곳곳마다 아군만이 아는 표식으로 아군의 피해를 줄이라는 것은 연의 생각이었다.

횃대 곳곳에 돌들이 쌓여 있었고, 드문드문 솥을 걸어 물을 끓이고 있었다. 보기에는 특별하게 변한 것이 없어 보였지만 지금 이 성은 작은 쥐새끼 한 마리도 발 들일 틈 없이 지켜지고 있었다.

그 와중에 잠시 숨을 고른 연이 다시 사람들 앞에 나서서 그들이 일사불란하게 움직이는 것을 지켜보다 그들을 위해 하늘을 향해 무사안위를 기원하는 모습을 보여 주었다. 신녀가 지켜 준다는 믿음은 사람들을 더욱 굳건하게 만들었다. 그들의 생각까지 읽고 열에 들떠서도 성벽에 올라선 연을 보며 마음을 졸이던 세현이었다.

결국 가까이 서 있던 그의 품에 스르르 정신을 놓은 것을 사람들이 눈치채지 못하게 처소로 옮긴 것이 반 시진도 안 되었다.

다시 열에 들떠 쌕쌕거리는 숨소리 때문에 세현의 속이 타고 있었지만 그가 할 수 있는 일이 없었다. 애타는 마음에 연의 손을 잡고 주문을 외우듯 쓰다듬는 일이 다였다. 그래서 더 화가 났다. 자신의 여인 하나 제대로 지키지 못하는 못난 남자라는 현실에 스스로에게 화가 나 미칠 지경이었다.

살며시 연을 쓰다듬던 손을 움직여 따뜻한 볼에 대었다. 그리고 손 대신 이번에는 그의 볼을 연의 볼에 부비며 괴로워하는 그의 모습은 그녀를 괴롭히는 열을 흡수하려는 사람처럼 보였다. 그리고 천천히 그녀의 입술에 입 맞추며 연의 숨결을 마시는 세현의 행동은 연인들의 아름다운 입맞춤이라기보다는 사랑하는 사람의 아픔에 애달파하는 안타까움이 더 깊어 보인다.

"연, 아시오? 그대가 없었으면 나는 산다는 것이 얼마나 아름다운 일인지 모르고 살았을 것이오. 그대가 있어 세상이 빛나고 있소. 나에게 그대는 빛이며 생명이오. 그래서 그대를 놓을 수가 없소."

조용히 속삭이는 말소리에 애절함이 그대로 묻어났다. 그리고 숨길 수 없는 미안함도 담겨 있었다.

"이토록 많은 것을 받을 만한 사내가 아님에도 나는 그대를 사랑하고 또 사랑할 수밖에 없소. 내가 해 줄 수 있는 일이 겨우 사랑하는 일밖에 없음이 이토록 나를 초라하게 하는 일이라는 것이 서글프지만 그래도 나는 그대를 사랑하오. 그러니 내 목숨을 가져 가도 좋으니 건강하게 일어나 주시오. 그대가 없으면 나도 없음이 니 내 목숨 따위는 상관없음이오."

그의 간절함이 전해졌는지 천천히 연의 눈이 뜨였다. 그리고 구슬픈 미소가 입술에 그려졌다.

"내가 선택한…… 사람은…… 당신이었습니다. 아무런 이유 도…… 필요 없습니다. 사람이 사람을…… 좋아하는 것에는 이유 가…… 없습니다. 그저…… 마음이 가는 것을 막을…… 수 없으 니까요."

아주 작은 목소리였다. 그러나 얼굴을 마주 대고 있던 세현만 큼은 똑똑히 들을 수 있었다. 놀란 눈으로 고개를 들어 연을 보니 맑은 눈을 뜨고 그를 바라보고 있었다. 입가에 걸린 얇은 미소가 눈이 부시도록 아름다워 세현은 자꾸 눈물이 나려는 것을 참아야 했다.

"내가 혹시 이 말을 그대에게 하였소?"

"무슨?"

"사랑하오. 내가 태어난 이유는 아마도 그대를 은애하기 위해 서였나 보오."

"알아요. 그래서…… 제가 여기…… 있어요."

무뚝뚝하기로 유명한 사내가 떨리는 목소리로 고백하는 말에 연의 가슴이 벅차올랐다. 그의 입에서 나오는 사랑한다는 말을 들 으면 늘 가슴이 먹먹해지고 눈물이 먼저 대답을 한다. 그래서 연

의 목소리에도 물기가 가득 머물러 있었다. 그녀도 같은 마음이었
다.

왜 그를 사랑하냐고 물으면 뭐라고 답할 이유가 없었다. 이 남
자라서였다.

"좌랑, 와 보셔야겠습니다."

망설이는 목소리가 연과 세현의 세계를 깨트렸다. 급하게 눈물
을 감춘 세현이 일어서 어둡게 가라앉은 만석의 표정을 보았다.
뒷말을 듣지 않아도 이미 무슨 일이 일어나고 있는지 깨닫고 있
었다.

"아마도 시작인가 보구려. 움직이지 말고 가만히 있으시오. 이
번에는 제발 내 말을 들어주겠소? 그대 때문에 가슴이 까맣게 타
버리겠소."

농담처럼 말하지만 그의 마음이 어떤지 그대로 전해져 와 다시
눈시울이 붉어졌다. 그녀로 인해 애가 탔을 그를 알고 있었기에
눈물을 감추고 일부러 웃어 보려 애를 쓰는 연이었다.

"이 상태로는 말썽을…… 부리고 싶어도 못해요. 하나만……
약속해…… 주세요. 꼭…… 내 곁으로 올…… 거라는."

"물론이오. 당신 옆이 바로 내 자리임을 잊었소? 그러니 얌전
히 기다리시오."

"만석 오라버니도 같이…… 오셔야 합니다."

"당연한 일. 자, 쉬시오. 한숨 자고 나면 모든 일이 끝이 나 있
을 것이오."

속삭이는 그의 말을 들으며 연이 다시 무거운 눈을 감았다. 가슴 가득 몰려오는 두려움을 잠재우려 애를 쓰며 깊은 숨을 들이마셨다. 그러다 생각이 나 일어서려는 그의 팔을 잡았다.

"왜?"

대답 대신 연이 항상 걸고 다니던 삼족오 메달을 힘겹게 끌러 그의 손에 쥐여 주었다.

"부적이라고 하기엔…… 애매하지만 왠지 이것이 당신을…… 지켜 줄 것 같아요. 그러니 목에…… 걸고 계세요."

억지로 몸을 일으킨 연의 눈빛이 간절하게 무사하기를 바라는 기원을 담고 있었다.

"고맙소. 그러리다. 자, 다시 누워요."

그녀가 준 메달을 목에 건 세현이 보이지 않도록 옷깃으로 마무리를 하고 연의 자리를 봐줬다. 그리고 돌아서 나가던 세현이 요나라 말로 누군가에게 명령을 내렸다.

"잘 지키어라."

만석이 데리고 온 여인이 멀리서 두 사람을 지켜보다가 그의 명령에 다급하게 다가왔다. 여인이 연의 곁에 지키는 모습을 확인하며 다시 그녀의 얼굴을 눈에 담은 그가 만석과 함께 처소를 나갔다. 그 모습을 애타는 마음으로 지켜보는 연의 시선을 등 뒤로 느끼며 그가 가슴 사이에 자리 잡은 삼족오 메달을 만지고 있었다.

밖으로 나서자 곧바로 환한 대낮처럼 밝은 성안의 모습이 보였다. 이제 정말 시작인 모양이었다. 성루 주변에는 남자들이 아닌 여인들이 성 밑을 바라보며 긴장하고 있었고, 제법 나이가 있는 아이들도 숨을 죽인 채 그들의 어미를 거들기 위해 지키고 있었다.

"위험하면 그대로 숨으시오. 절대 목숨을 걸고 나서지 마시오."

세현의 외침에 일순 그들의 시선이 모였다. 그러나 또 다른 외침이 시선을 흩뜨렸다.

"저기다."

"여기도 있다."

하얀 눈 속에 굼실굼실 움직이는 것이 그림자로 비추인다. 여기저기 하얀 눈 속에 위장용으로 양털을 뒤집어쓴 몽골의 병사들이었다.

많은 숫자는 아니었지만 기마족이라고만 생각하고 이런 산을 타는 것에는 재주가 없으리라는 생각을 비웃듯 재빠르고 신속하게 성 주변을 향해 올라오고 있었다.

소리도 없이 눈이 쌓인 언덕을 뛰어오르는 모습만 보더라도 충분히 제대로 훈련받은 군사들이었다.

사방으로 퍼져서 서너 명씩 짝을 지어 전체적으로 성을 포위하며 올라오는 모습은 마치 눈사태가 거꾸로 밀려오는 것처럼 느껴지기도 했다.

"제자리를 지켜라. 신호가 떨어지면 일제히 돌을 던진다. 아무도 성을 기어오르게 두지 마라."

그의 커다란 호령이 성루를 지나 꾸물거리며 올라오던 몽골군에게도 울렸다. 마치 신호라도 받은 양 일시에 쓰고 있던 위장막을 거두고 답이라도 하듯 고함을 지르며 일어서 무서운 기세로 성을 향해 밀려왔다.

"우리의 성이다. 우리가 지킨다."

몽골군의 고함보다 더 커다란 세현의 외침이 까만 밤하늘에 울려 퍼졌다. 그에 따라 수많은 사람들이 성벽에 붙어 재빨리 들고 있던 돌이 담긴 바구니를 잡은 손에 힘을 주고 있었다.

삼경이 지난 시간 까만 밤에 또다시 아무르성은 전쟁에 휩싸였다.

성을 넘으려는 자와 지키려는 자의 싸움은 치열했다. 그러나 그전의 전투와는 다르게 이번에 기를 쓰고 성을 지키는 이들은 여인들과 아이들이었다.

세현의 손짓과 함께 눈 대신 하늘에서 돌이 성 밖으로 쏟아져 내렸고, 막 성벽에 오르려던 몽골군의 비명이 어두운 밤하늘에 커다랗게 수놓아졌다. 이미 구멍이 나 있는 곳을 확인하고 침입하려던 무리들은 한 발 내디딜 때마다 발을 물고 놓아주지 않는 쥐덫에 주저앉아야 했다.

그들의 비명이 몽골군의 막사까지 들려오자 승전보를 기다리며 떠들고 웃으며 내기까지 하던 군사들이 동요하고 있었다. 급박하게 수배치가 나서 순식간에 지원군이 더하며 남아 있던 몽골군마저 성을 압박해 오기 시작했다. 백여 명이면 간단히 성을 진압하리라 믿었던 몽골군들이 전부 쏟아져 나오며 작금의 상황에 놀라고 있었다.

숫자가 많아지면서 성벽 위에서는 돌과 함께 이제는 뜨거운 물까지 쏟아져 내리고 있었다. 사상자와 사망자가 늘어나면서 앞으로 나서려는 병사들과 뒤로 물러서려는 병사가 엉키어 몽골군은 일대 혼란에 빠져 허둥거리고 있었다.

몽골군 막사의 소란스러움에 밖으로 나온 종군사와 현이 아무르성을 올려 보고는 놀라 저도 모르게 입이 벌어졌다.

"영리한 방법이군. 좌랑이 제법 큰일을 하는군."

"지킬 수 있을까요?"

"지켜보세. 분명한 것은 좌랑이 저 성을 지킨다는 것이야. 아마도 우리는 얼마 안 되는 몽골군과 함께 칭기즈칸을 만나겠군. 그때의 그의 얼굴이 참으로 궁금하긴 해."

차가운 날씨에 한지에 멋들어진 난을 친 부채로 살살 부채질을 하며 서희가 아무르성의 밝은 불빛에서 눈을 못 떼고 있었다.

그 옆에 서 있는 현도 서희와는 다른 걱정으로 아무르성을 지켜보고 있었다. 목숨을 걸고 몽골군과 맞서고 있는 이는 그에게 너무나 소중한 이들이었다. 이곳에 서서 지켜보고 있는 스스로가 답답해 미칠 지경이지만 그가 할 수 있는 일이 없어 무사하기만 빌고 있었다.

"피해가 너무 큽니다."

기를예가 생각지도 못한 반격에 당황하며 주치에게 상황을 알렸다. 그러나 돌아오는 것은 침묵뿐이었다. 부이룩이 세심하게 만들었던 통로마저 막혀 있는 상황이니 돌아가는 것이 최선이었다.

사방에서 군사들의 비명이 난무해 기를예가 경악하며 당장이라도 주치의 행보를 막고 싶었지만 대꾸도 없이 그는 아무르성을 노려보고 있었다.

"이쪽입니다."

상황을 살피며 길을 뚫던 부이룩이 소리도 없이 주치 옆에 서더니 앞장을 섰다. 막는다고 막아질 사람이 아님을 누구보다 잘 알고 있었다.

"군사들에게도 알려 주겠습니다."

"사람 두엇 들어갈 정도입니다. 우리가 우선 들어가 성문을 여는 것이 먼저입니다."

기를예의 행동을 막은 것은 부이룩이었다. 생각보다 더욱 단단히 방벽을 쌓아 당황한 것은 그도 마찬가지였다.

사방 허물었던 성벽들을 막아 버린 것이 아니라 줄을 이어 방울을 달아 놓았다. 누구라도 건드리는 순간 방울이 먼저 침입을 알리도록 설치해 놓았으며, 그 아래에는 쥐덫을 놓았고 조금만 더 지나면 땅을 파서 나무 침을 박아 놓았다.

목숨을 잃지는 않지만 적어도 발등에 목침을 박을 정도는 되어 수많은 군졸이 이미 기동력을 잃고 굴러다니고 있었다. 이 상태라면 살아 돌아간다 해도 다리를 못 쓰는 쓸모없는 인간들이 될 상황이었다. 몽골의 전사에게 발을 못 쓴다는 것은 말을 못 탄다는 말과 같았고, 그 말은 곧 죽음과 같은 뜻이었다.

생각보다 상황은 더욱 심각해져 가고 있었다.

떨어지는 돌에 맞아 쓰러지는 군사부터 뜨거운 물에 데어 얼굴이 벗겨져 형태를 알아보기 힘든 군사까지, 이미 수배치가 지원을 나온 상황임에도 삼백이 넘는 군사가 쓸모없어졌다. 제대로 움직일 수 있는 군사수를 따져 보면 갓 사백이 넘은 인원이 다였다. 더 이상 잃으면 칸에게 돌아가는 길이 위험할 수도 있었다.

"남은 군사를 물려라. 삼촌에게 후퇴를 명하라 전하라, 우리는 잠시 기다린다."

이를 악물고 있던 주치가 결단을 내렸다. 처음부터 목적은 성의 점령이 아니었다. 그러니 성은 버린다. 단, 처음 목적이었던 신녀만은 취해 돌아갈 생각이었다.

이런 식으로 군사를 잃은 것은 수치스럽지만 아무것도 얻은 것 없이 돌아가는 것은 더욱 자존심이 용납하지를 않았다.

"존명!"

부이룩이 소리도 없이 사라지고 주치가 성벽 가까이 붙어 고개를 숙인 채 주저앉았다. 그 옆에 기를예가 입술을 깨물며 주변을 지키고 있었다.

"피해가 너무 크다. 겨우 이런 성 하나 때문에 이런 수치를 겪어야 하다니. 갚아 준다. 이대로 물러가지는 않는다."

"그러나 얻을 것도 없습니다. 이대로 둔다 한들 저절로 무너질 성입니다."

평상시의 그라면 냉철하게 판단하고 처음부터 이런 일을 벌이지도 않았음을 알고 있기에 기를예의 말속에 답답함이 그대로 묻어났다.

"이미 벌어진 일이다. 이대로 물러서면 영원히 대몽골의 수치로 남아야 한다."

"그래서 무엇을 얻으시려는 겁니까?"

"가야의 신녀!"

단호한 대답에 기를예가 기가 막혀 입을 다물었다. 진즉 죽였어야 하는데 살려서 이런 사달을 만들었음을 이제 후회해 봐도 늦었다. 그러니 지금이라도 발견하면 죽여야 할 존재였다. 주군을 살리라 데려왔더니 아예 홀려 그의 앞길을 막고 있었다.

"이쪽입니다. 길을 뚫었습니다."

다시 나타난 부이룩의 한쪽 눈에 피가 흐르고 있었다. 그러나 그의 말투에는 한 점 흔들림이 없다.

"가자."

가만히 그를 바라보던 주치가 조용한 목소리로 부이룩의 뒤를 따르고, 그 뒤를 기를예가 따랐다. 몸을 최대한 숙이고 길을 따라 가던 그들은 작은 구멍을 발견하고 흠칫했다. 반은 땅속으로 가려져 제대로 그 크기도 알 수가 없었다.

"잡다한 것을 버리는 구멍입니다. 이곳을 통해 안으로 들어갈 수 있습니다."

부이룩의 설명에 얼굴을 찌푸리면서도 주치는 말없이 먼저 구멍을 향해 몸을 숙였다. 생각보다 작은 크기였기에 병 때문에 몸이 상하지 않았다면 아마도 그가 들어가는 것은 불가능해 보였다. 상대적으로 덩치가 작은 기를예만이 편하게 통과했지만 부이룩은 무리였다.

"제가 따르고 싶지만 제게는 무리입니다. 저는 이곳을 지키고 있겠습니다. 혹여 무슨 일이 생기시면 이곳으로 오시면 됩니다."

구멍 밖에서 부이룩이 낮은 음성으로 뒷일을 당부하며 아예 구멍을 가리듯 주저앉아 버렸다. 처음으로 그의 목소리에 주치에 대한 걱정이 담겨 있었다.

"무리해 성문을 여실 필요는 없으십니다. 이미 너무 많은 인원이 당해서 열어 봐야 들어갈 인원도 거의 없습니다. 주군의 목표만 이루고 나오시면 그대로 이곳을 빠져나가 칸께 향하면 됩니다."

"그렇다면 일이 빠르겠군. 금방 올 것이다. 가자."

부이룩의 말에 주치가 더욱 인상을 썼다. 이따위 성 하나 얻겠다고 초원을 호령하던 전사들을 잃었다는 분노와 수치감에 이마에 굵은 줄이 펴지지를 않았다.

이성은 여기서 멈추라고 하는데 마음이 그 여인을 찾고 있었다. 그러니 이런 모욕을 감수하면서도 잠입하고 있었다.

그의 옆에 그림자처럼 따르는 기를예의 번쩍이는 눈은 들어오지도 않았다. 어느 순간 말을 닫은 기를예가 칼을 잡은 손에 힘을 주고 있었다.

무사히 성안으로 잠입한 주치가 주변 상황을 살피고는 기가 막혔다. 대몽골의 전사들이 한낱 여인들과 아이들의 손에 나가떨어지고 있는 상황을 어떻게 받아들여야 하는지 알 수가 없었다.

아무리 살펴도 성안에 사내들의 모습은 보기 힘들었다. 종종거리며 성을 돌아다니는 것은 행주치마 가득 돌을 담아 나르는 여인들이었으며, 그 뒤를 따라 작은 바구니에 돌을 담아 나르는 아이들이었다. 그들의 행동이 무엇을 말하는지 굳이 눈으로 확인하지 않아도 알 수 있었다.

성안은 생각대로 폐허와 같았다. 그러나 생각과는 달리 수많은 횃대 덕에 환하게 밝혀져 있었으며, 오가는 사람들의 발걸음에 소란스러웠다.

이제야 무슨 일이 일어나고 있는지 깨달은 주치가 들리지 않는 신음을 흘렸다. 여자들과 아이들만 남아 있다고 우습게 여기고 덤벼든 자신들을 비웃기라도 하듯 성안의 남은 사람이 모두 한마음으로 전쟁을 벌이고 있었다. 그것도 자신이 할 수 있는 일들로 최선을 다하고 있었다.

"이길 수 없는 싸움이다."

"돌아가시겠습니까?"

한눈에 상황을 파악한 주치가 몸을 낮춘 채 중얼거리는 음성에 기를예도 침울한 말로 물어보았다.

"너무 우습게 보았다. 이런 식으로 싸우는 것을 본 적도 없다. 좋은 경험을 한 셈 치면 그만이지. 그러나 전사들의 희생이 너무 크다. 부이룩에게 전원 퇴각을 전하라. 그러나 나는 적어도 하나는 건져 간다."

말과 동시에 번개같이 움직인 주치가 가장 가까이 지나가던 어린아이 하나를 붙잡았다. 놀라 울음을 터트리려는 아이의 입을 막은 그가 기를예를 향해 눈짓을 하자 한숨을 쉰 기를예가 주변을 감시하며 사람들의 발자국 소리에 귀를 기울이며 고개를 끄덕였다.

"묻는 말에 대답해라. 제대로 답을 주지 않는다면 너는 물론 네 식구들의 목을 딸 것이다. 신녀는 어디에 있지?"

아이에게 유창한 요나라 말로 으름장을 놓았지만 울지도 못하고 놀라 고개만 젓는 아이에게 주치가 주저 없이 단도를 목덜미에 대며 겁을 주자 하얗게 질린 아이가 고개도 못 돌리고 손끝으로 건물 하나를 가리켰다.

"저 건물에 분명 신녀가 있으렸다?"

정신없이 고개를 끄덕이는 아이의 뒷목을 내려치자 아이는 곧 잠잠해지며 축 늘어졌다.

주치가 요의 말을 자유자재로 구사한다는 것을 아는 사람은 많지 않았다. 어린 시절 그와 가장 가까운 친구가 여진족이었다.

신분에 구애받지 않고 뛰놀던 그때, 그 아이가 쓰던 말을 배웠던 주치는 나중에 어른이 되어 자신의 손으로 친구의 목을 베어야 했다. 그래서 그는 여진족의 말을 할 줄 알면서도 내색하지 않았다.

"움직인다. 가자."

아이를 구석으로 던져 버린 그가 재빠르게 움직이며 명령을 내리고 벽을 따라 전진하기 시작했다. 그 뒤를 잠시 지키던 기를에가 몸을 숙여 브이룩을 찾아 나섰다.

빠르게 그에게 명령을 전달하고 다시 주치에게 돌아갈 생각이지만 먼저 해야 할 일이 있었다. 그가 신녀를 납치하는 와중에 신녀는 죽음을 맞이하게 될 터였다. 그리고 신녀가 죽은 후 자신이 나타나면 그만이었다.

전쟁 중에 누구의 칼에 죽었는지 찾는 것은 사막에서 바늘을 찾는 것보다 어려운 일이었다. 신녀를 원하는 주군의 마음은 안타깝지만 시간이 지나면 잊어버릴 일이었다.

주군의 앞날을 막는 일이라면 목숨을 다해 막을 의무가 자신에게는 있었다. 그러니 신녀가 주군의 곁에 머물게 둘 수 없었다.

악몽이었다. 이 얼굴을 또 볼 줄은 몰랐다. 연은 눈앞에 서 있는 몽골의 사내를 보며 기함을 하고 있었다.

밖의 상황이 걱정되어 맘을 졸이고 있던 그녀가 간신히 움직여 조그마한 창으로 밖을 내다보고 있던 순간, 작은 비명에 고개를 돌리니 그녀를 돌보던 여인이 축 늘어져 바닥에 쓰러져 있었다.

그리고 마치 카펫처럼 붉은 피가 그녀의 몸 아래에 웅덩이를 만들어 가고 있었다.

그 순간 돌의 모습이 겹치며 터져 나오려는 비명을 커다란 손바닥이 막아 결국 입안으로 삼켜 버렸다.

눈을 굴려 손의 주인을 보며 두려움에 몸이 굳었다. 왜 이 사내가 이곳에 있는 것일까? 그때 보고 마지막이라고 생각했다. 죽여야 하는 것인가 고민하게 했던 사내. 칭기즈칸의 장자 주치가 연의 얼굴을 마주 보며 빙글거리고 있었다.

"찾았다."

낮은 목소리에 담긴 것은 희열이었다. 그러나 연은 당장이라도 죽을 것같이 무서웠다. 마치 지옥의 악귀가 그녀를 잡으러 나타난 것처럼 보였다.

더 무서운 것은 사방을 둘러보아도 그녀를 도와줄 누구도 보이지 않는다는 사실이었다. 성을 지키느라 모든 사람이 성벽과 성 주변에 배치되어 망을 보고 있었다.

소란스러움에 소리를 질러도 제대로 들릴지도 미지수였다. 무섭게 뛰는 심장을 다스리려 애를 쓰며 연이 급한 대로 입을 막고 있는 손가락을 있는 힘껏 물었다.

"악!"

효과가 있었다. 힘이 빠진 그의 팔을 빠져나오며 손에 잡히는 대로 무기를 찾았다. 그러나 눈에 뜨이는 것이 없자 결국 연이 자신이 항상 매달고 다니던 작은 단도를 손에 들었다.

"고양이로군, 아주 마음에 들어."

알아들을 수도 없는 말에 답답하지만 더욱 걱정스러운 것은 세현이었다. 이 사내가 이곳에 나타난 것은 성안에 이 사내 말고도 몽골군이 더 있다는 말이었다.

성문이 열린다면 여기 있는 모든 사람과 더불어 세현의 목숨도 장담할 수가 없어진다. 그러니 우선 사람들에게 이 상황을 알려야 하는데 능글거리며 웃고 있는 사내에게서 벗어날 방법이 없었다.

'정신 차려. 여기서 정신을 놓으면 그를 죽일 수도 있어.'

죽을 것처럼 겁이 나지만 세현을 떠올리며 연이 입술을 깨물었다. 이 사내 이외에는 누구도 보이지 않았다. 그를 그림자처럼 따르던 여자도 보이지 않는다.

밖의 소리는 딱히 변함이 없었다. 침입자가 있다면 사람들의 비명이 들려야 하는데 바쁘게 움직이며 서로를 격려하는 소리만 들려왔다. 그렇다면 이 사내 혼자 이곳에 왔다는 말인가?

바들바들 떨면서도 연이 바쁘게 머릿속을 굴리고 있었다.

"겨우 그런 작은 칼로 뭘 어쩌겠다는 건가? 시간이 없어. 가자."

한 발 나서는 사내를 보며 연이 있는 힘을 다해 마음속으로 애타게 그를 부르고 있었다.

'도와주세요. 제발 이리로 와 주세요.'

정신없이 구석으로 몰린 연이 마지막 수를 내어 손에 든 작은 칼을 자신의 목에 대었다. 저들에게 끌려가느니 차라리 스스로 목숨을 끊을 생각이었다.

그것이 자신을 위해서도, 그리고 하연을 위해서도 최선의 선택
이었다. 그래서 끊임없이 그를 부르고 있었다. 단 한 번만 마지막
으로 그를 볼 수 있기를 바라는 마음.

마지막 눈을 감을 때 낯선 사내가 아닌 사랑하는 그를 담고 갈
수 있는 자비를 내려 주기를 바라는 마음이 간절하게 기도처럼
튀어나왔다.

"연?"

성벽을 지키던 세현이 후퇴하는 몽골군을 바라보며 한숨을 돌
리던 그때, 뇌리에 스치는 목소리에 정신이 번쩍 들었다. 그를 부
르는 애절한 목소리는 분명 연이었다. 급하게 연의 처소를 향하는
세현의 뒤를 만석이 놀란 눈으로 따라나섰다.

"웬 놈이냐?"

연의 처소에 당도한 세현의 눈에 차가운 한광이 흘렀다. 몽골
군은 모두 치웠다 여겼는데 연의 처소에 떡하니 차지하고 있는
사내의 복장은 분명 몽골의 전사였다. 그리고 바닥에는 연을 보살
피라고 보냈던 여인이 죽어 있었다.

우선 구석에 몰린 연이 무사하다는 것을 확인하고 안심한 세현
이 장도를 들고 몽골의 사내 앞에 섰다.

"뒤를 조심해요."

연의 목소리와 세현의 행동이 동시에 이루어졌다. 곧바로 들고

있던 장도의 손잡이를 이용해 등 뒤를 내지르니 신음 소리와 함께 둔탁한 타격음이 울렸다. 한 발 물러서 힐끗 뒤를 보니 무릎을 꿇은 사내인지 여자인지 모를 몽골인 하나가 또 있었다.

눈에 보이지도 않을 속도로 한 번 더 강하게 뒷목을 내려치고 곧바로 연의 앞에 서 있는 몽골의 사내를 향해 칼을 겨누었다.

"누구냐?"

차가운 세현의 노성을 들으면서도 주치의 얼굴에 비웃음이 어렸다. 건드리면 부러질 것 같은 긴 칼 하나를 내밀고 서 있는 모습이 그에게는 가소로워 보였다.

그러나 세현은 또 그대로 제 손으로 목에 칼을 대고 있는 연을 보니 가슴에 불길이 치솟고 있었다.

"주치입니다. 칭기즈칸의 장자죠."

세현을 확인하고 스르르 주저앉은 연이 그에게 상대방이 누구인지 알려 주었다. 살았다는 안도보다 주치를 마주하고 서 있는 세현의 안위가 더 걱정이었다. 그나마 바로 그의 뒤를 따라 만석이 들어와 다행이었다.

"너는 누구냐?"

몽골어로 물어오는 주치에게 세현이 인상을 찡그렸다.

"죽으러 온 것이냐?"

이번에는 요나라 말로 다시 물어보자 주치가 입가를 씰룩였다.

"누가 죽을지는 겨뤄 보면 알 일."

몽골의 사내가 요나라 말을 하는 것을 들으며 세현이 자신이 가야인이라는 것을 감춰야 한다는 것을 상기했다. 그나마 이 사내는 가야 말은 아예 모르는 것 같았다.

"형님, 연을 부탁합니다."

"조심하십시오. 마마는 제가 지키겠습니다."

만석이 주치를 노려보며 천천히 연의 곁으로 다가가려는 찰나, 벌써 눈치를 챈 주치의 칼이 날아와 제대로 피하지 않았다면 그의 목에 박힐 뻔했다. 놀란 연이 소리도 못 지르고 벌벌 떨고 있었다.

"어딜, 그 여자는 내 거야. 누구라도 건드리는 꼴은 못 보지."

빙글거리는 사내 덕에 세현이 제대로 열이 받았다. 감히 누구에게 그따위 말을 내뱉는가. 숨 쉴 틈도 없이 세현의 칼이 먼저 날아들었다. 그리고 무식하게 휘어진 주치의 도와 부딪치며 불똥이 튀긴다.

그사이 만석이 급하게 연의 곁으로 다가가며 정신을 차리고 달려드는 또 다른 몽골인의 목을 잡았다. 목덜미를 잡혀 몸부림을 치는 기를예를 가볍게 잡고 있는 만석의 얼굴이 다른 때와는 달리 험악하게 일그러져 있었다. 여전히 몸부림치는 여자를 잡은 손아귀에 힘을 주어 제압한 만석이 연을 향해 안부를 챙겼다.

"괜찮으십니까?"

"……네, 저는…… 괜찮습니다. ……하지만 서방님께서……."

"믿으십시오. 좌랑의 실력은 보통이 넘으니까요."

만석의 말이 도움은 되지만 칼들이 부딪히며 불꽃이 튕기는 모습에 연은 기어이 눈을 감아 버렸다.

두 사내의 힘은 막상막하였다. 초원을 아우르는 주치의 힘은 거의 만석과 견줄 만하지만 그동안 앓았던 시간 때문에 제대로 힘을 낼 수가 없는 상태였다. 그럼에도 만만치 않은 힘으로 세현을 압박해 왔다.

"헉!"

잠시 눈을 떴던 연이 주치의 커다란 도의 끝이 세현의 가슴을 파고드는 모습에 저도 모르게 입을 틀어막고 신음을 흘렸다.

그러나 분명 세현의 가슴을 찔러 들어갔던 주치의 칼날이 튕기듯 비껴가며 세현의 옷깃만 베고 지나갔다. 베어진 천의 사이로 삼족오 메달이 불빛을 받아 반짝이고 있었다.

주치의 칼끝이 삼족오 메달에 막혀 더 이상 나가지 못하고 튕겨진 때문에 잠시지만 불꽃이 튕기는 것처럼 보였다. 다행히 그는 무사했지만, 주치의 힘에 밀려 울컥 피를 토하는 그를 보며 연의 얼굴이 하얗게 질렸다. 그러나 걱정과 달리 자세를 바로잡은 세현의 칼이 아무 일도 없었다는 듯이 아름다운 춤사위를 보이고 있었다.

힘으로 누르려는 주치와 달리 세현의 도는 나비처럼 날아다니며 주치의 빈틈을 노리고 파고들었다.

결국 주치와 세현은 힘과 기술의 싸움으로 바뀌어 있었다. 그 사이 소란스러움에 성안에 남아 있던 사내들이 들이닥쳤다. 창과 칼을 들고 두 사내를 에워싸고 있었지만 쉬이 다가갈 수 없을 정도로 격렬하게 부딪히는 칼 소리에 머뭇대기만 할 뿐이었다.

주변을 살피던 주치의 마음이 급해졌다. 칼을 맞대는 사내도 보통은 넘지만 주변을 둘러싸고 있는 군사들의 수도 만만치 않았다. 일이 틀어지고 있었지만 지금 그가 할 수 있는 일이 없었다.

이미 기를예도 잡혀 있는 상황이라 도망갈 틈을 노리고 있지만 귀신같이 그를 따라다니는 칼끝을 피하는 것도 지금의 그로서는 고역이었다.

"제법이군."

칼을 부딪치며 잠시 숨을 고르던 주치가 세현을 향해 히죽거렸다. 상대방의 기를 흩트리려는 목적이었지만 통하지 않은 모양이었다.

"항복하는 것이 좋을 텐데. 목숨은 구해 주지."

차가운 대답이 돌아온다. 그러나 대초원의 전사에게 항복이란 죽음과 같은 일이었다. 차라리 이곳에서 목숨을 잃는 한이 있어도 무릎을 꿇을 그가 아니었다.

모두들 숨을 죽이며 두 사내의 결투를 바라보고 있었다. 마음이야 힘을 모아 당장이라도 원수인 몽골 사내를 제압하고 싶었지만 혹시라도 가야의 복야가 상할까 싶어 빙빙 돌며 방어막만 치고 있었다.

만석도 긴장하여 세현의 칼끝을 응시하고 있었다. 주치와 세현을 응시하느라 그의 손에 힘이 빠진 것을 느끼며 기를예가 머리를 굴리고 있었다.

두 손을 모으고 긴장한 채 눈을 감고 있는 신녀를 보는 순간 방법이 떠올랐다.

순식간에 세현을 지켜보느라 정신을 빼고 있던 만석의 손을 뿌리치고 달려간 기를예가 연의 목덜미에 칼을 대고 소리를 질렀다.

"멈춰. 안 그러면 이 여자가 죽는다."

그녀의 새된 음성에 일시에 사람들의 움직임이 멈춰졌다.

"무슨 짓이냐?"

가장 먼저 주치가 입을 열고 기를예를 노려보았다.

목덜미에 닿아 있는 칼끝에서 또 피가 흐르고 있었다. 한두 번도 아니고 툭 하면 자신의 목에 칼을 대는 이 여자가 두려우면서도 슬슬 연도 화가 나고 있었다.

매번 자신이 세현의 발목을 잡는 꼴이 되고 있었다.

"나는 신경 쓰지 말아요. 주치를 잡아요. 이 여자에게 나보다 더 중요한 사람이 있다면 바로 당신 앞에 서 있는 저 사내예요. 그러니 내 걱정은 말아요."

연이 당황한 기색을 감추며 다부진 목소리로 세현의 정신을 앞의 사내에게 집중시켰다. 어떤 상황이 와도 주치는 이곳을 벗어날 수 없었다. 그러나 그의 칼에 세현이 죽도록 놔둘 수는 없었다. 비록 그래서 자신이 죽더라도 그는 지켜야 했다. 그게 자신의 뜻이었고, 모든 것을 내어 주고 떠난 하연의 뜻이었다.

"주군, 이 여자를 볼모로 이곳을 빠져나가야 합니다. 기회가 없습니다."

그러나 기를예는 말을 끝내자마자 비명을 질러야 했다. 연이 어느새 손에 쥐고 있던 단도를 그녀의 옆구리에 깊숙이 박아 넣었다.

비록 작은 단도라고 하나 살을 파고드는 느낌에 저절로 손이 떨려 오고 토악질이 나려는 것을 참으며 하얗게 질린 연이 그 와중에도 단도를 빼어 손에 꼭 쥐고 재빨리 한 걸음 뒤로 물러섰다.

그 틈에 만석이 비호처럼 달려들어 기를예의 팔을 꺾어 단도를 쳐 내 버리고 바닥에 눌러 버렸다. 발버둥을 치는 기를예의 옆구리에서 연이 찌른 단도 때문에 생긴 상처를 통해 피가 흐르고 있었다.

그사이 시선이 흐트러진 주치 역시 세현의 칼끝을 목덜미에 받아야 했다. 그와 동시에 그들을 둘러싸고 있던 사내들이 몰려들어 주치의 손과 발을 묶어 움직임을 막았다.

격렬한 증오가 담긴 사내들의 눈빛을 보며 연이 두려움에 떨면서도 세현을 불렀다.

"그를 죽이면 안 돼요. 그러면 현 오라버니가……."

뒷말을 잇지 않아도 충분히 그 뜻을 알아들은 세현이 거친 숨을 내쉬며 사내들을 뒤로 물렸다.

"질라부는 저들을 안정시키고 잠깐 이야기 좀 하지."

세현의 부름에 질라부가 눈을 부라리며 앞으로 나섰다. 당장이라도 몽골인을 죽이고 싶어 하는 마음이 그대로 나타난 눈빛에 연이 질려 고개를 돌렸다.

사람을 죽인 것도 아닌데 태어나 처음으로 사람을 스스로 상하게 만든 탓에 아직도 손이 떨리고 있었다.

혹시 자신이 기를예를 죽인 것은 아닌가 싶어 확인하고 싶었지만 제대로 눈도 마주칠 수 없었다. 단지 귀로 들리는 그녀의 신음 소리 때문에 살아 있다는 것을 확인하며 가슴을 쓸어내리고 있었다.

결국 스스로의 감정에 지친 연이 벽에 기대어 스르르 주저앉다가 주치와 눈을 마주치고 숨을 들이켰다.

인광이 번쩍이는 눈이 오롯이 자신만 쳐다보고 있었다. 사내의 눈빛에 담긴 것은 원망도 아니고 그렇다고 증오도 아닌, 뭐라 표현할 수 없는 욕망이었다. 왜인지 모르지만 커다란 구렁이가 전신을 꽁꽁 조여 오는 듯 갑갑해지고 숨이 막혀 왔다.

이 사내가 원하는 사람은 자신이었다. 불현듯이 따라오는 생각에 숨이 막혀 온다. 왜 이 사내가 자신을 원하는지 몰라도 쉬이 물러설 위인이 아니라는 것을 깨달은 연이 이를 악물고 기운을 냈다.

이 사내와의 인연은 여기서 끝을 내야 했다. 너무나 다른 세상에 떨어져 앞으로의 일을 알 수는 없지만, 가야의 공주가 몽골의 왕자와 얽힐 수는 없었다. 더구나 연은 이미 인연이 있는 몸이었다.

억지로 몸을 일으킨 연이 자세를 가다듬었다. 하얗게 질린 얼굴은 당장이라도 쓰러질 것처럼 위태로워 보였지만 굳건한 모습을 보이기 위해 이를 악물며 가슴 깊숙이 공기를 들이마시며 스스로를 북돋았다.

"주치, 푸른 늑대의 장자이자 혈통의 고통을 받는 자."

신녀와 시선을 마주치던 주치가 뜻밖의 몽골어로 자신을 부르는 말에 굳어지며 얼어붙었다.

아버지의 또 다른 이름이 푸른 늑대였다. 발음이 애매하지만 분명하게 알아들을 수 있는 몽골어를 하는 신녀를 보며 주치가 차가운 눈으로 쳐다보았다.

"신녀라고 하더니 능력도 대단하군. 그래서 더 탐이 난단 말이야."

아까와는 다르게 가라앉은 음성이 더욱 무서웠지만 연은 떨리는 몸을 감추기 위해 단도를 쥔 손에 더욱 힘을 주고 다른 손의 떨림은 불끈 쥔 주먹으로 가린 채 당당히 그의 눈빛을 마주했다.

눈빛만으로도 그가 얼마나 많은 사람을 죽였는지 알 수 있었다. 사람을 죽여 본 눈이 이런 눈이라는 것을 이제는 알 수 있었다. 그리고 그의 커다란 손이면 굳이 칼이 아니더라도 자신의 숨통쯤은 문제없이 끊어 놓을 수 있으리라는 것도 깨달았다.

'나는 가야의 공주다. 겨우 이런 오랑캐 따위에게 기가 죽을 수는 없다.'

하연이 모든 것을 버리고 가며 남겨 준 굴레를 가슴에 새기며 연이 자세를 바로잡았다. 변발 때문에 어찌 보면 우습게 보이는 머리 모양이 지금은 악마의 꼬리를 연상시켰고, 부리부리한 두 눈이 번쩍이자 당장이라도 그녀를 덮쳐 갈가리 찢어 버릴 기세처럼 보이는 사내 앞에서 당당히 서 있는 것은 쉬운 일이 아니었다.

혹시 몰라 필요한 말들만 따로 배워 외워 두었다. 몽골의 군사 하나라도 포로로 잡히면 써먹을 요량이었다.

과연 얼마나 효과를 볼지는 몰라도 가야에 도움이 되고 싶었던 마음에 일부러 말을 골라 외워 두었던 말. 그런데 정작 당사자에게 직접 이 말을 하게 될 거라고는 생각도 해 본 적이 없었다. 그저 자신이 외운 말이 주치에게 들어가기를 바라는 마음이었다. 분명 그러면 무슨 뜻인지 알아들을 것 같았다.

그 몽골어가 이런 식으로 쓰일 줄은 몰랐다. 알아들을 수는 없어도 해야 할 말은 분명하게 기억하고 있었다.

목소리를 가다듬은 연이 이미 쓰러져 생을 다한 여인을 통해 배운 몽골어를 이용해 주치의 가장 아픈 곳을 건드리며 마치 예언을 하듯 말을 이어 갔다.

온몸을 결박당한 주치를 향해 내키지 않은 발걸음을 내딛으며 연이 목소리를 가다듬었다. 생각지도 않게 연이 몽골어를 말하자 듣는 주치도, 보고 있던 세현도 놀라 그녀를 바라보았다.

"네가 기어이 혈통을 문제 삼지 않고 장자로 삼은 네 아비의 발꿈치를 무는 뱀 새끼가 되는구나. 몽골의 위대한 이름은 너의 이름으로 인해 영원히 묻히리라. 네가 문 네 아비의 발꿈치로 인해 푸른 늑대가 쓰러지리니, 그저 이름 없는 초원의 들개 한 마리가 되리라."

세현은 알아들을 수 없는 말에 얼굴을 찌푸렸고, 알아들은 주치의 얼굴은 미미하게 하얗게 질리고 있었다.

"돌아가라, 네 자리로. 네가 있을 곳은 이곳이 아니었다. 가야를 건드려 내 아비를 거꾸러트릴 것이냐? 네 목적이 그것이었느냐? 돌아가 알리라. 가야를 건드리는 순간 푸른 이리는 한낱 초원을 헤매는 들개가 되리라는 것을."

그리고 제대로 먹히고 있었다. 자신의 말이 끝나자 굳어 가는 얼굴을 보며 뜻이 전해졌음을 알 수 있었다.

"무어라? 네가 지금 무슨 말을 하는 것인지 알고는 있는 것이냐?"

신녀의 예언에 주치의 가슴 한곳이 덜컥 가라앉았다. 세상에서 가장 존경하는 아버지를 쓰러트리는 사람이 자신이 될 것이라는 예언은 아버지의 피가 아니라는 말보다 더 그를 경악하게 만들고 있었다.

"주군, 귀담아 들을 말이 아닙니다. 겁에 질려 제멋대로 뱉는 말입니다."

만석에게 짓눌려 아무것도 할 수 없음에도 기를예가 기를 쓰고 주치를 향해 그 말을 부정해 보지만 이미 흔들리는 그의 눈빛을 보며 절망하고 있었다. 그녀의 주군에게 가장 아픈 약점이 있다면 바로 지금의 칸이자 그의 아버지였다.

그가 가장 미워하면서도 또 가장 존경하는 인물, 칭기즈칸. 지금 가야의 신녀는 제대로 주치의 약점을 찌르고 있었다.

"형님, 연을 다른 곳으로 데려가세요. 저도 바로 가겠습니다."

여자를 잡고 있는 만석에게 세현이 조용히 부탁을 하고 연을 향해 안심의 눈빛을 보낸 후 질라부를 바라보았다. 그의 뜻을 알아들은 만석이 거의 쓰러질 듯 하얗게 질린 연을 조심스럽게 안아 그곳을 나서는 모양을 주치가 무서운 눈으로 노려보고 있었다.

13.

나는 가야의 공주다

"연? 정신이 드오?"

만석의 품에서 그대로 정신을 놓았던 연이 미간을 찌푸리는 모습에 세현이 애가 달아 살며시 그녀의 이름을 부르자 마치 대답이라도 하듯 연의 눈이 뜨였다.

"다행이오. 정말 다행이오."

떨리는 음성에 연의 마음이 아파 왔다. 이 사내는 항상 자신으로 인해 가슴을 졸이며 살아가고 있었다. 힘없는 손을 들어 **뺨**을 만지니 그동안의 마음고생이 그대로 손에 묻어났다.

"다치신…… 곳은…… 없으……신지요?"

뺨에 닿은 손을 잡으며 세현이 깊은 한숨을 쉬었다.

"나는 괜찮소. 그대가 아픈 것이 걱정일 뿐이오."

힘없이 속삭이는 연의 말투가 가슴을 아프게 한다. 그래서 세현이 아직도 미열이 남은 그녀의 손바닥에 입술을 대며 속삭였다.

영리한 그녀 덕분에 성안의 누구도 상하지 않고 지켜 냈다. 거기다 몽골의 수장까지 잡아 놓은 상황이었다.

"조금만…… 쉬면 좋아질…… 것입니다. 이제 저는…… 가야의 공주이니…… 강해져야 하니까요."

두 사람 모두 공주라는 말에 가슴 아픈 존재를 떠올렸다. 공주라는 말만 들어도 가슴 한쪽이 아려 왔다. 그래서 세현은 말 대신 고개만 끄덕였다.

"아십니까? 하연이가…… 곧 저입니다. 왜 이제야 알겠는지 모르지만 그 애는…… 저의 반쪽이었습니다. 하나로…… 만났어야 하는데 어떻게 된 일인지 우리는 둘로 나뉘어…… 서로 다른…… 곳에 떨어진 모양입니다. 그래서 전…… 그 애를 보내지 않았습니다. 여기…… 제 가슴에…… 그 애가 살아 있습니다."

그의 손을 잡아 연이 가슴에 대어 주며 부드러운 미소로 그를 보았다.

"그래서 제가…… 당신을 놓을 수가…… 없었나 봅니다. 사랑할…… 수밖에 없었나 봅니다. 다행입니다. 무사하셔서…… 다행입니다."

"고맙소, 그대라서 고맙소. 그리고 나라서 고맙소."

그녀의 말에 감동받은 그가 천천히 그녀의 입술에 자신의 입술을 가져갔다. 모진 일로 거칠어진 입술을 자신의 타액으로 달래 주며 세현이 마음을 다해 정성껏 그녀를 맛보는 동안 연도 거칠

것 없이 자신의 모든 것을 내어 주듯 입을 열어 그를 맞이했다.

오랜 시간 헤어진 연인이 마침내 만난 것처럼 두 사람이 서로를 원하며 끝없이 얽혀 갔다. 시간의 흐름도 잊어버리고 자신들이 어디에 있는지도 잊어버린 두 사람만의 공간에서 서로의 향기에 취해 마음껏 서로를 나누었다.

"악!"

연의 입술을 탐하느라 얼굴을 잡았던 세현의 손이 슬그머니 그녀의 등을 안으려다 그만 채찍에 맞은 자리를 건드렸다. 저도 모르게 비명을 지른 연이 고통에 입술을 깨물려다 세현의 입술을 깨물었다.

"억!"

결국 세현도 신음을 삼키며 입술을 떼야 했다.

"괜찮소? 미안하오. 나도 모르게……."

어쩔 줄 모르는 그를 보며 연도 민망해 얼굴을 붉히다 눈을 동그랗게 떴다.

"피가……."

"응?"

"입술에요, 피가……."

자신의 입술을 만진 손에 피가 묻어나자 세현이 기가 막혀 웃음을 보였다.

"꿀맛은 원래 피 맛인가 보오. 그대는 괜찮은 거요?"

"미안해요. 하지만 아직 등이……."

그의 입술에 맺힌 피를 보며 연이 안쓰러움에 살며시 손으로 닦아 냈다.

"내가 잘못한 것을 왜 그대가 사과를 하시오? 그래도 아시오? 이렇게 그대를 안을 수만 있어도 나는 행복하다는 것을?"

누구보다 그의 말뜻을 잘 알고 있었다. 그래서 또 눈물이 나려고 한다. 어느새 흘러내린 눈물을 세현이 조심스레 입술로 닦아냈다.

"성은 무사한가요?"

떨리는 음성에 부끄러움을 감추며 연이 아무르성을 걱정하고 있었다.

"누구의 지략인데 당연히 이길 수밖에. 그동안 내가 우습게 여겼던 여인들과 아이들이 얼마나 대단한 사람들인지 깨달았소. 연, 여자들은 대단한 사람들이오. 지키려는 이를 위해 모든 힘을 쏟아붓는 그들을 보며 내가 얼마나 어리석었는지도 알았소. 그대를 만나 나는 참으로 많은 것을 배우고 있소."

"당신은 내가 아니어도 충분히 알았을 사람이에요."

여전히 연의 손안에는 그의 볼이 담겨 있었다. 그녀만큼이나 마음의 고생이 심해 까칠해진 살결을 마치 달래 주듯 쓰다듬고 있었다.

"주치는 어쩔 생각인가요?"

"당신의 생각은 무엇이오?"

가만히 그의 볼을 쓰다듬으며 생각을 하던 연이 마침내 어두운 음성으로 답을 주었다.

"살려 주세요. 현 오라버니에게 보내요. 그래야 현 오라버니의 일이 무사히 끝날 수 있습니다. 다만 다짐을 받아 두세요. 제 말 어느 한 곳도 틀림이 없으니 가야를 넘보지 말라고 다시는 이쪽으로 발길도 돌리지 말라고 전하세요."

"그를 아시오?"

연의 말속에는 이미 주치라는 인물에 대해 분명히 알고 있는 특유의 자신감이 깃들어 있었다.

"제가 온 곳에서는 이미 죽은 사람이에요. 칭기즈칸 역시도요. 하지만 무서운 사람들이지요. 앉으세요. 제가 아는 것만 말씀드릴게요. 그리고 모두 적어 성 오라버니에게 전해 주세요. 얼마나 같은지는 몰라요. 하지만 비슷하기는 할 거예요. 그리고 분명 도움이 될 겁니다."

그녀의 말에 세현이 조심스럽게 연의 침대에 기대어 그녀의 말을 새겨들었다. 잠시 생각에 잠긴 연이 간략하게 칭기즈칸의 일대기를 마치 옛날이야기를 하듯 하나씩 들려주었다.

그가 태어나서 성장하며 또 어떻게 넓은 땅을 정복해 갔는지까지 이야기하니 새록새록 그에 대한 일대기를 읽었던 기억이 떠올랐다.

"그리고 우리가 만난 주치라는 사람은 그의 아버지보다 반년 정도 일찍 죽어요. 내가 아는 역사에는 그래요. 나중에 원나라를 세우며 거대한 제국은 멈추죠. 대신 수많은 속국을 만들었고 그중에 우리나라도 있었어요."

"그럼 가야가 오랑캐의 속국이 된다는 말이오?"

놀라는 세현을 달래며 연이 고개를 저었다.

"가야가 아니에요. 고려죠. 그러니 가야가 저들의 속국이 되는 일은 없을 거예요. 아니, 없어야 해요. 만약 똑같은 역사가 된다면 그건 너무 비참하니까. 이곳의 역사는 달라요. 같은 듯 엇갈리며 다르게 흘러가요. 그래서 나는 이곳이 좋아요. 불편하고 또 어색한 일도 많지만 앞날을 기대하게 만들어서 좋아요."

"내가 있어서는 아니고?"

많은 말을 하느라 지쳐 눈이 감기는 연의 이마에 살며시 입을 맞추는 세현이 그동안 묻고 싶던 말을 속삭였다.

"그래서 더 좋아요. 당신이 있어서."

"알고 있소. 나도 당신이 있어서 행복하오. 좀 쉬시오. 아무 걱정도 하지 말고 푹 쉬시오. 눈을 뜨면 건강해진 그대를 안고 싶으니까."

"그리고……."

갑자기 생각이 났는지 연의 얼굴이 흐려졌다.

"왜 그러시오?"

언제나 연의 표정에 민감한 그의 얼굴도 따라서 어두워졌다.

"그 여자요. 주치를 따라온."

"그 여자는 응분의 대가를 받을 것이오. 당신을 이리 만든 사람이 누구인지 내가 모를 것이라 여겼소?"

순식간에 흥분하는 그를 보며 연이 긴 한숨을 내쉬었다. 그러나 그러면 이해하리라는 생각에 천천히 자신이 생각하던 것을 일러주었다. 같은 여자이기에 그 여자의 마음을 너무도 잘 알고 있었다. 그리고 다른 사람은 몰라도 세현만은 알아주리라는 생각이었다.

연의 말을 듣고 처음에는 못마땅해하던 그도 한참을 생각하다 기어이 고개를 끄덕였다.

"알겠소. 당신의 뜻을 따르리다. 그들에게 그대는 신녀이니까. 그러니 마음 놓고 푹 쉬시오. 남은 일은 나에게 맡겨 주겠소?"

그의 대답에 안심하고 연이 고른 숨소리를 내며 잠이 든 것을 확인한 세현이 이제부터 해야 할 일을 떠올리며 또 깊은 한숨을 내쉬었다.

연의 말이 옳았다. 밖에서 눈을 부라리며 아무르성을 바라보고 있는 자들이 떠나지 못하고 있는 것은 아마도 지금 잡혀 있는 사내 때문이리라.

바꿔 생각하면, 현과 종군사가 그들의 손에 있는 한 세현도 함부로 움직일 수 없다는 것이다.

풀어는 준다. 그러나 그대로 보낼 수는 없었다. 다시 한 번 연을 살핀 세현이 그녀가 깊이 잠들었음을 확인하고 처소를 떠나 주치와 여인을 잡아 놓은 감옥으로 향했다.

대낮임에도 어두운 감옥에는 횃불로 어둠을 쫓아내고 있었고 몇 개 되지도 않은 감옥 중에 가장 가운데 있는 곳에 주치가 쇠사슬에 묶여 벽에 매달려 있었다. 그리고 그 옆에는 눈이 찢어질 것처럼 그를 노려보는 몽골의 여인이 쇠사슬에 발목이 묶여 있었다.

문 앞을 지키고 있던 군사가 세현을 보고 묵례를 하며 옥문을 열었다.

"주치라고? 거물을 낚았네. 어디 협상이란 걸 해 볼까?"

"내 이름이 주치인 것은 맞지만 협상할 가치가 있는지는 모르겠군."

세현만큼이나 요나라 말에 익숙한 사내였다. 그가 아무렇지도 않게 요의 말을 하는 것을 보며 놀란 것은 사실이었다.

세현이야 워낙에 변방으로 돌며 익힌 말이라지만 몽골의 전사가 무슨 이유로 이 나라 말을 익혔는지는 알 수 없었다. 그러나 말이 통하니 일이 더욱 쉬워진 것은 사실이었다.

"칭기즈칸의 장자인데 당연히 가치가 있지. 널 살려 주면 어떤 이득이 생길까?"

손발이 묶여 있는 상황에서도 주치의 얼굴에는 두려움의 기색이라고는 하나도 없었다.

"날 살려 주면, 널 죽이러 돌아오겠지. 그러나 그 여인을 내게 준다면 요를 살려 주지."

"주군!"

싱글거리며 대꾸하는 주치를 향해 기를예가 외마디 비명처럼 그를 불렀다. 그리고 그 뒤를 따라 거친 파열음이 들렸다.

"계집, 넌 입 다물고 있어. 네 차례는 다음이니까."

거침없는 세현의 주먹질에 기틀예가 그대로 벽에 처박혔다. 그 모습을 보고도 주치는 눈 하나 꿈쩍이지 않았다.

"널 죽이지 않는다. 그건 내 마음이 아니라 신녀의 부탁이니까. 네 아비의 발끝에 조아려 살아 돌아온 것을 감사하며 더불어 신녀에게도 감사하라. 당장 네놈의 목을 따 성 밖에 걸고 싶지만 신녀께서 말리시니 따른다. 감히 너 따위가 넘볼 분이 아니시다."

감히 오랑캐 따위가 연을 노리고 왔다는 사실에 세현의 분노가 하늘을 찌르고 있었다. 처음부터 이 사내의 목적이 연이라는 것을 깨닫고 당장이라도 목을 치고 싶어졌다.

그토록 부탁하던 연의 말은 이미 의식 저 너머로 사라지고 무서운 분노에 번쩍이는 눈동자가 주치를 노려보고 있었다.

같은 마음. 순간에 상대방의 눈에서 감정을 확인한 두 사내가 하나 있는 암컷을 두고 목숨을 다해 싸우려는 사자의 눈빛으로 변해 서로를 노려보았다.

"신녀의 말을 잊지 말라. 네놈이 신녀를 얻고자 한다면 네 아비부터 거꾸러트리게 될 터이니. 너 같은 놈이 얻기에는 너무도 고귀한 분이시니 이 순간부터 잊으라. 그리고 네 아비에게 똑똑히 전하라. 가야가 이곳에서 너희를 그냥 두고 보는 것은 두려워서가 아니라 백성을 아끼는 마음 때문이니라. 가야의 누구라도 피를 흘리는 순간 흘리는 피의 몇 백배의 대가를 받아 낼 것이니."

낮게 으르렁거리는 세현의 모습은 암컷을 지키려는 수컷 사자의 포효를 닮아 있었다.

"웃기는군. 네 눈에 담긴 것이 과연 신녀를 보는 눈이더냐? 가야의 신녀는 누구나 가질 수 있는 모양이지? 그런데 왜 나는 안 된다는 것인가?"

결국 참지 못한 세현이 주치의 얼굴에 주먹을 날렸다.

"잘 들어라, 그녀는 신녀이기 이전에 나의 여인임을. 네가 신녀라 믿는 그녀는 이미 임자가 있는 여인이라는 것을."

"그런 것이 무슨 상관이 있느냐? 내가 사는 곳은 뺏은 사람이 임자인 곳이다."

그의 주먹질에 입에 고인 핏물을 뱉으며 주치가 이죽거렸다.

"그러나 그녀는 고귀한 가야의 여인이다. 가야의 여인은 한 사람만을 섬긴다. 그 사람이 아니라면 목숨을 끊는 것이 법도니라. 그러나 그런 법도와는 상관없이 내가 그녀를 지키는 한 아무도 그녀를 넘볼 수 없다. 오늘 중으로 보내 준다. 네가 뱀 새끼가 되든 용이 되든 나와는 상관이 없으나 다시 한 번 그녀를 넘보면 네 머리통만이 네 아비에게 갈 것이다."

차가운 일갈을 남긴 세현이 뒤에 기다리고 있던 사내들에게 눈짓으로 주치를 끌어내라 명령을 내렸다.

"네년에게는 굳이 내가 벌을 내리지 않아도 끝없는 절망 속에서 살아가게 될 것이라는 말을 전해 달라는구나. 네가 사랑하는 이가 다른 이를 품에 안고 그 여인의 품에서 나온 아이들을 보며 웃는 모습을 보게 될 거라는 말을 전해 주라더구나. 영원히 네 마음을 숨기고 사는 것으로 지옥이 될 것이다. 네 주군을 잘 모셔라. 그러나 영원히 너는 여인이 되지는 못할 것이니. 옆구리에 새겨진 상처를 떠올리며 기억해라. 네가 저주받았음을."

머리채를 잡아 얼굴을 마주 대하며 세현이 작은 음성으로 속삭이는 말에 기를예의 얼굴이 하얗게 질려 갔다.

"네가 그토록 위하는 사내를 살려 준 이에게 감사는커녕 끔찍한 매질을 하던 그때 네 삶은 정해졌다. 다른 누구의 마음도 얻지 못하고 살아가게 될 것이다. 더더구나 원하는 사람은 더욱더 얻지 못하고 종내는 말라죽어 갈 것이니라."

파랗게 빛나는 눈빛을 보며 세현이 왜 이 여인에게 그런 말을 해 주라 했는지 연의 마음을 알게 되었다.

여기 또 쳐다보지도 않는 사내를 마음에 담은 여인이 있었다. 누구보다 그 마음을 잘 알고 있는 연이 그녀를 살려 보내며, 스스로를 지옥으로 안내하는 여인의 마음을 가엾이 여기고 있었다. 천성이 사람을 해할 수 있는 여인이 아니었다. 이 여인만큼은 보낼 수 없다는 세현을 달랜 것도 연이었다.

보내 주면 알아서 지옥에서 살 거라는 말을 이제야 이해하며 세현이 비웃음으로 기를예의 성난 눈을 무시해 주었다.

"네 주군이 다시 신녀를 탐하거든 그때는 네 주인의 목을 따는 사람은 내가 될 것이며 증인은 바로 네가 될 것이다. 명심하고 네 주인을 잘 감시해라. 네가 할 수 있는 일이라는 것이 겨우 그것뿐이라는 것을 명심하고 살아야 할 것이다."

더러운 것을 만진 사람처럼 거칠게 머리채를 놓아준 세현이 옷 깃에 손을 닦으며 남은 이들에게 고갯짓으로 여인을 끌고 나가라 명을 내리자 곧바로 기를예도 질질 끌려 나갔다.

"성문 밖으로 내던져 버리면 알아서 걸어갈 것이니 곧바로 버 리고 문을 닫으라."

이미 날이 밝아 성안의 사람들이 모두 모여 두 사람을 증오에 찬 눈으로 지켜보고 있었다. 그때 누가 던진 돌인지 몰라도 정확 하게 주치의 이마를 강타하자 눈 위로 피가 흘렀다. 마치 그 돌이 신호라도 된 듯 사방에서 돌비가 내렸다. 그러나 만석의 포효로 금방 멈춰졌지만 주치와 기를예는 이미 수많은 상처로 피를 흘리 고 있었다.

그 와중에 주치가 한곳을 노려보고 있었다. 성벽 이 층 안쪽에 서 보이는 남색의 옷 색깔이 눈에 들어온다. 그런 옷을 입은 여인 은 단 한 사람밖에 없다는 것을 알고 있었다.

그때 그의 눈에 믿기 어려운 모습이 눈에 들어왔다. 자신을 협 박하던 사내가 다가가자 자연스럽게 그의 품에 안기는 여인을 보 며 주치가 이를 갈았다. 그러나 무식하게 힘이 센 사내가 힘주어 쇠사슬을 끌어당겨 그는 날카로운 눈빛만 남긴 채 끌려 나갔다.

태어나 처음 당하는 수치심에 이를 갈면서도 주치는 여전히 신 녀의 모습을 눈에 새기고 있었다. 평생 잊히지 않는 모습으로 남 으리라는 생각에 핏물을 뱉어 내는 그의 행동에 씁쓸함이 어려 있었다.

이미 몽골군에게 전령을 보내 주치를 무사히 돌려준다는 말을 전해 놓았다. 혹여 다른 마음을 품는다면 그의 목만 받아 가야 할 것이라는 말에 성벽 문밖에는 수배치와 몽골군 두 사내만 기다리고 있었다.

그토록 굳건히 닫혀 있던 문이 그들 앞에서 열렸지만 할 수 있는 일은 아무것도 없었다. 대초원의 푸른 늑대라고 불리는 대칭기즈칸의 장자가 노예처럼 쇠사슬에 묶여 내던져지는 것을 간신히 수배치가 받아 내며 인상을 쓰고 있었다.

주치를 살려 주는 대신 아무르성은 건들지 않는다는 약속을 해야 했다. 돌아가 형님의 얼굴을 어떻게 보아야 할지 벌써부터 걱정이 되는 순간이었다.

"돌아가자."

차가운 수배치의 말에도 주치는 여전히 성을 바라보고 있었다. 뼈아픈 패배와 가장 욕심내었던 사람을 두고 가는 마음이 쉬이 발걸음을 내딛지 못하게 하고 있었다.

"이 일로 너의 위치는 더욱 위태로워질 것이다. 아느냐?"

수배치의 일갈에도 주치는 묵묵부답이었다. 그 옆에 기를예가 아픈 눈으로 그를 향하고 있었지만 그의 눈에는 오직 성벽에서 날리는 남색의 옷자락만 보일 뿐이었다.

"다 끝났소."

성벽 끝에서 그들이 떠나는 모습을 바라보며 세현이 연을 품에 안고 있었다.

"현 오라버니는 저들과 함께 가는군요."

"형님이라면 걱정할 것 없소. 종군사가 같이 가시니 분명 원하는 것을 얻고 오실 분이시오."

걱정 가득한 음성에 달래듯 세현이 연의 쓰다듬었다.

"종군사라는 분은 어떤 분이신가요?"

"종군사 서희라면 모르는 사람이 없다오. 외교술에 그분만큼 탁월한 분을 본 적이 없으니까."

"누구요?"

"종군사 대감을 아시오?"

세현의 물음에 대답을 줄 수가 없었다. 그 유명한 강동 6주를 얻어 낸 서희를 말하는 것인지 아니면 이름만 같은 다른 사람인지 확인할 방법이 없었다. 그러나 마음으로는 같은 사람이라고 말하고 있었다.

저쪽에서는 고려에서 무혈로 강동 6주를 얻어 낸 서희라는 인물이 이곳에서는 칭기즈칸을 상대하고 있었다.

이미 다른 역사였다. 이름 있는 인물들이 태어나나 같은 듯 다르게 자신의 이름을 남기고 있었다.

"원하는 것을 얻어 오시겠네요. 가야는 더욱 커지겠어요."

이제 정말로 몽골군들은 철수하고 있었다. 그곳에 마치 혈육을 딸려 보내는 것처럼 마음이 쓰였다. 짧은 시간이지만 연으로 만난 이들이었기에 그만큼 정이 깊었다.

그나마 다행이라면 만석은 옆에 남았다. 먼빛으로 현과 종군사를 배웅하며 마치 무엇인가 알고 있는 듯 속삭이는 말에 세현이 연을 돌려 눈을 마주쳤다.

"아시오? 신녀는 누구의 여인도 될 수 없다는 것을?"

잔뜩 경직되어 있는 그의 얼굴을 보며 연이 놀라 눈을 동그랗게 떴다. 도대체 그것이 자신과 무슨 상관이 있는지 모르겠다.

"가끔 그대는 정말 신녀처럼 보이오. 그래서 내 가슴이 덜컥한단 말이오."

투정을 부리듯 뒷말을 잇는 그를 보며 연은 그때서야 그 뜻을 알아들었다.

"제가 신녀라서 앞일을 예언한다고 생각하는군요."

대답 대신 그가 굳은 얼굴을 풀지도 않고 고갯짓으로 대신했다. 그래서 연이 대신 웃어 주었다.

"제가 살았던 곳은 이곳과는 다르지만 아주 먼 미래라고 말씀드렸지요? 웃기는 건 다르지만 같은 듯 익숙한 이름이 나옵니다. 칭기즈칸도 그렇고 주치도 그렇고, 또 종군사 대감도 그렇습니다. 그들이 한꺼번에 나타난 것은 아니지만 적어도 역사의 한 획을 긋는 인물들이지요."

살며시 그의 목에 팔을 걸고 그의 가슴에 귀를 대며 차분하게 뛰고 있는 심장 소리를 들으며 연이 다시 입을 열었다.

"그래서 저도 어떻게 일이 흐를지 모릅니다. 이곳은 또 다른 세상이니까요. 가끔 비교는 하게 됩니다. 그게 당신을 걱정시킬 줄은 몰랐습니다. 앞일은 저도 모르니 궁금해지기는 합니다. 분명 저는 신녀가 아니니까요. 하지만 모르기 때문에 아주 많이 기대가 됩니다. 앞으로의 일들이. 그리고 당신과 함께할 시간들이."

품에 연을 안으며 세현이 그녀의 등을 건들지 않으려 애를 쓰고 있었다.

"나 또한 그렇소. 그대와 함께할 시간들이 기대된다오. 연?"

그의 말을 끝까지 듣지도 않고 품에서 스르르 쓰러지는 연을 부여잡으며 세현이 당황하며 그녀의 이름을 불렀지만 이미 기력을 잃은 연이 대답할 리가 없었다.

잊고 있었다. 그녀가 얼마나 무리하며 움직이고 있었는지를. 전투가 끝나고 걱정이 사라진 지금 정신력만으로 지탱하고 있던 그녀가 마치 망가진 인형처럼 쓰러져 버렸다.

아무르성에는 또다시 어두운 암운이 걸렸다. 모든 사람들이 성 가운데 모여 한결같은 마음으로 신녀의 회복을 기원하고 있었다. 여인들은 스스로 나서 연을 위해 탕약을 끓이며 무사함을 기원하는 기도를 드리고 있었고, 세현은 세현대로 전투에 지쳐 있으면서도 밤을 새워 가며 연을 간호하고 있었다.

"연? 내 말이 들리오?"

얕은 호흡에 담긴 뜨거운 기운에 애가 달아 세현은 끊임없이 연의 이름을 부르며 그에게 돌아오라 재촉을 하지만 그녀는 쉬이 눈을 떠 주지 않았다.

"좌랑? 잠시만 시간을 내주시지요."

이틀이었다. 연이 오늘로 이틀째 고열에 시달리며 시들어 가고 있었다. 더불어 세현의 얼굴도 사색이 되어 같이 시들고 있었다.

그때 만석이 좌랑을 찾았다.

"무슨 일이신지요?"

"절도사께서 오셨습니다."

무거운 얼굴로 만석을 바라보던 세현이 어렵게 몸을 일으켰다. 아직 해결해야 하는 일이 있었다. 연의 일로 모든 것이 귀찮기는 했지만 그의 임무를 잊지는 않았다.

"잠시만 지켜 주십시오."

"물론입니다. 혹시라도 마마께서 찾으시면 바로 말씀 올리겠습니다."

"네, 부탁드립니다."

"좌랑?"

막 등을 돌리는 그를 만석이 불렀다.

"저는 이토록 강하신 분을 본 적이 없습니다. 그러니 걱정 마십시오. 마마께서는 분명 털고 일어나실 것입니다."

그의 위로가 참으로 큰 힘이 되었다. 세현도 연만큼 강한 여인을 본 적이 없었다. 이곳의 여자가 아니라서 그토록 강한 것인지 아니면 원래 강한 성격인지 모를 정도로 그 끝을 알 수 없을 만큼 대단한 여인이었다.

"압니다. 그래서 저도 기다리고 있습니다."

만석의 대답에 고개를 끄덕이며 세현이 대답을 주고 절도사를 찾아 나섰다. 연의 곁을 지키며 내내 생각한 일이 있었다.

공주가 함께 이곳에 온 것은 아무도 모르는 일이었다. 그러니 이곳에서 연의 존재는 그냥 신녀로 알고 있을 뿐이었다. 절도사조차도 연을 일개 신녀로 알고 있었다.

가야에서 신녀는 신을 모시는 여자 이외에 치료사라는 말과 통했다. 그러니 신녀 한 명 때문에 임무를 저버릴 순 없었다.

"고생하셨소. 그리고 정말 감사하오."

세현을 맞이하는 절도사가 반가운 얼굴로 우선 그의 손을 잡고 몇 번이나 감사하다는 말부터 하고 있었다. 그의 옆에는 그의 아들이 초췌하지만 건강한 얼굴로 앉아 있었다.

"대단한 전투였네. 보고 있는 내내 얼마나 마음을 졸였던지. 정말 대사헌의 아드님이십니다."

아들을 이곳에 두고 내내 마음을 졸였을 그의 마음을 이해하며 세현이 여전히 어두운 얼굴로 그에게 인사를 올렸다.

신분상 그가 위이나 나이로나 아버지와의 친분을 따져도 절도사가 윗사람이었다.

"장군, 부탁이 있습니다."

"말만 하시게. 내가 못 할 일이 없음이니."

잠깐 머뭇거리던 세현이 우선 같이 서 있는 사람들을 물렸다.

얼마나 대단한 부탁이기에 고심하는지 궁금해하는 절도사의 눈을 의식하며 사람들의 기색이 사라지는 것을 확인한 세현이 절도사 앞에 한쪽 무릎을 꿇고 고개를 숙였다.

"이게 무슨 짓인가?"

"저는 지금 좌랑도 아닌, 그리고 복야도 아닌 사내로서 부탁을 드립니다."

"여보게?"

당황하는 절도사와 달리 세현은 전혀 흔들림 없이 자세를 풀지도 않았다.

"신녀가 지금 사경을 헤매고 있습니다."

"나도 그 이야기는 아들놈을 통해 들었네. 정말 대단한 신녀더군. 그런데 그것이 자네와 무슨 상관이 있는가?"

절도사와는 얼굴만 알고 있었다. 그러나 아버지와 친분이 있는 분이었다. 성격이 대쪽 같은 면이 있어 황제에게 밉보여 국경 쪽으로만 돌고 있는 분이었다.

"신녀가 아닙니다. 공주마마십니다."

"뭐라? 지금 자네 무어라 했는가?"

좌랑이 부마라는 것은 온 세상이 알고 있었다. 그래서 신녀를 걱정하는 모습을 보며 사실 마음속으로 다른 생각을 하고 있었다.

이 험한 곳에 여인과 함께 온 모습을 보며 혹시나 하면서도 그 성격을 생각해 아닐 것이라 부정하고 있었지만 이런 말을 들을 줄은 몰랐다.

"그러니까…… 지금 이곳에 계신 분이 신녀가 아니라 공주마마라는 말인가? 자네…… 도대체?"

"예, 압니다. 그래서 말씀드리지 못했습니다."

고개를 숙이는 그를 보며 절도사가 이마를 짚으며 헛웃음을 흘렸다. 자신의 아들을 걱정하는 내내 정말 걱정할 사람은 따로 있었다는 말이다.

"그래서 부탁을 드리려 합니다. 폐하를 기만하는 일이기에 장군의 도움이 필요합니다."

생각지도 못한 말에 절도사가 당황하며 연신 고개를 저었다.

"우선 일어나게나. 이야기나 들어 보자고. 자네가 지금 무엇을 하려는 것인가? 폐하를 기만하다니? 도대체 그 말이 얼마나 무서운 말인 줄은 알고 있는가?"

절도사가 그를 직접 일으켜 세우며 엄한 눈을 하고 있지만 사정을 들어 줄 의향은 분명 있어 보였다. 가슴을 쓸어내리며 세현이 상황을 설명하고 어려운 부탁을 하기 위해 입을 열었다.

한 시진이 지나서야 두 사람은 방을 나섰다.

"그런 부탁이라면 내가 할 수 있는 일이지만, 마마의 안부는 분명 무사하시겠지?"

방을 나서며 절도사가 몇 번이고 확인을 한다. 아무리 버림받은 공주라 하나 부마가 험한 곳에 데려와 목숨을 잃는다면 대사헌까지 위험해질 수 있었다.

대사헌의 안부를 떠나 공주는 그의 아들을 살렸다. 어떻게 생긴지도 몰랐던 공주였다. 대사헌의 앞날을 막기 위한 애물단지로 알고 있었던 공주가 이렇게 대담한 여인이라고는 상상도 해 본적이 없었다.

더구나 아들을 위해 얼마나 모진 일을 당했는지 지켜보았던 그였다. 모진 일을 당하면서도 담대함을 잊지 않았던 모습에 이제야 이유를 알았다. 대가야의 공주였기 때문이리라. 그 자긍심으로 무너지지 않았으리라 생각하며 절도사가 새삼스러운 눈으로 세현을 바라보았다.

"네, 제가 무사히 모셔 갈 것입니다. 그러니 잘 부탁드립니다."

"좌랑, 지키셔야 하네. 대단한 분이시네. 진흙 속에서 빛나는 진주라는 말을 이제야 알겠네. 마마께서는 그런 분이시네. 그리고 자네는 정말 운이 좋은 사내일세. 깨어나시면 이 사람이 정말 감사하더라는 말 전해 주시게. 항상 가슴에 이 은혜를 품고 살 것이라는 말도 전해 주시게."

세현의 어깨를 두드리던 절도사가 같이 왔던 사내들에게 아들을 도와주라 이르며 질라부를 보았다.

"가세나."

처음 허름한 옷을 입고 세현을 맞이했던 질라부는 없었다. 요나라 왕자의 옷을 차려입은 질라부가 세현을 향해 깊이 감사의 인사를 올렸다.

"성안의 사람들을 잘 부탁드립니다."

"물론이야. 조심해 가게."

그의 인사를 받으며 세현이 그제야 안도의 한숨을 내쉬었다. 질라부를 황제에게 데리고 가야 하는 사람은 그였다. 원래 그의 목적이 투울륜의 칸을 황제에게 데려가는 일이었다. 죽은 사람을 살려 갈 수는 없으니 그의 아들이라도 데려가야 했다.

그러나 연의 상태가 먼 여행을 견딜 수 있는 상황이 아니었다. 데리고 갈 수도, 그렇다고 연을 두고 갈 수도 없었던 세현이 절도사에게 부탁한 일은 그 대신 질라부를 황제에게 데려가는 일이었다.

이유도 없이 절도사에게 황제의 명을 받들게 할 수는 없었다. 그래서 심하게 다쳐 일어날 수 없는 상황이라는 거짓을 고하도록 부탁을 드렸다.

이것이 거짓이라는 것이 밝혀지면 황제기만 죄로 가문이 멸할 수도 있는 일이었다. 더구나 황제는 눈엣가시 같은 아버지를 쳐내기 위한 좋은 기회라 여길 수도 있었다.

그 모든 상황을 알고 있음에도 그는 연을 두고 이곳을 나설 수 없었다. 연을 두고는 절대 이곳을 떠날 수는 없었다. 간다면 연도 함께 가야 했다.

"아무도 모를 것이네. 같이 온 이들은 내 수족 같은 이들이야. 그들에게도 입을 봉해 놓을 것이니 걱정은 접어 두고 마마의 안위만 신경 쓰게. 허나 대사헌의 걱정은 하늘을 찌를 것이야. 나중에 대사헌께 종아리를 맞을 준비는 하고 있게나."

농담처럼 건네는 말이지만 진심이 담겨 있었다. 황제를 속이며 아버지에게 진실을 말씀드릴 수는 없는 일이었다. 그러니 내내 그를 걱정하며 애가 탈 부모님을 생각하며 죄스러움에 세현의 얼굴에 더욱 짙은 어둠이 깔렸다.

"먼 길 조심하십시오."

"몸조심하시게. 가자."

절도사는 마음을 정하니 머뭇거림이 없었다. 왔던 순간만큼이나 소리도 없이 그들은 성을 나섰다.

질라부가 황제에게 그의 아버지가 남긴 칙서를 전하는 순간 이 땅은 가야에 복속이 될 것이나 아직은 요의 땅이었고, 임자 없는 성이기도 했다. 몽골군이 언제 또 정비를 하고 이곳을 치러 올지 알 수 없는 일이기도 했다.

요나라가 이미 몽골군에 점령당한 순간, 남은 유민이 스스로 몽골군이 되어 있었다. 어차피 요나라의 전신은 거란족이었고 그들 역시 유목민이었다. 그 기질은 같은 족속이라는 말이니 애국심이 있을 리 없었다. 더구나 영리하게도 몽골군은 스스로 투항하면 아무런 제재 없이 맞아들여 그들이 역량을 풀 수 있는 자리를 만들어 주었다.

처음부터 승산 없는 싸움이었다. 맞서면 풀 한 포기 남기지 않고 쓸어버리지만 스스로 항복하면 따뜻하게 그들의 부족으로 맞이하는 전술에 전쟁 한 달 만에 요나라는 반 토막이 났다. 그리고 남은 것이 아무르성이었다.

북쪽 추운 곳에 있는 아무르강에 살던 이들이 쫓겨나 만들었다는 이 성은 그래서 이름도 아무르성이 되었다. 그나마 그들이 남아 있는 이유도 여기 모여 살던 사람들의 단결심이 있어서였다.

쫓겨난 고향을 그리며 만든 성에서 살아가며 서로를 기대던 이들이었기에 마지막까지 견디고 있었다.

달리 말하면 그와 연은 아직도 적진에 머물고 있다는 말이었다. 차가운 날씨가 이제 한겨울을 달리고 있었다. 날씨가 적에게도 버거울 테니 도움이 될 수도 있었다.

그러나 성안의 상황을 보면 그리 낙관할 것도 없었다. 어린아이와 여인들만 있는 성에는 그동안의 전투로 남아 있는 것이 별반 없었다. 그들에게도 추운 겨울은 견디기 힘든 걸림돌이 되고 있었다.

가야의 원군이 옷을 바꿔 입고 지켜 주고는 있지만 다시 전투가 시작된다면 그때는 또 어떻게 될지 알 수 없었다. 그러나 그때까지는 어떻게든 버텨야 했다. 길고 긴 겨울이 시작되고 있음을 알리듯 또 눈이 내리고 있었다.

14.

연의 선택

"수염이······."

열흘 만에 눈을 뜬 연이 세현을 보고 처음으로 한 말이었다.

"연? 다행이오. 정말 다행이오."

얼마나 가슴을 졸였는지 한층 수척해진 세현이 연의 손을 뺨에 대며 뜨거운 눈물을 쏟았다. 살면서 지난 열흘만큼 길었던 시간이 없었다. 열에 들뜬 연은 끊임없이 하연을 불렀다.

약을 써도 열은 내리지 않았고 밤낮으로 연의 헛소리는 심해져 세현의 애를 태웠다. 불덩이 같은 연의 몸을 식히려 몇 번이고 차가운 물로 스스로의 체온을 낮추어 그녀를 품었다.

차가운 날씨에 얼음을 깨트리고 스스로에게 물을 부어 파리해진 그를 보며 만석은 말리지도 못하고 발만 동동 굴렀다. 그의 마음을 알기에 그저 공주가 하루라도 빨리 무사히 일어나기를 비는 기도밖에는 할 수 있는 것이 없었다.

약을 넘기지 못하는 연을 대신해 그가 입으로 그녀에게 먹였던 약만 합쳐도 한 솥은 넘지 싶을 정도였다.

연이 사경을 헤매는 동안 세현은 또 다른 의미로 사경을 헤매고 있었다.

"나는…… 괜찮…… 당신은…… 아파요?"

꺼져 들어가는 목소리에 담긴 것은 세현의 안부였다. 눈을 떠 처음 보는 얼굴이 그라는 것은 반가운데 너무나 상한 얼굴 때문에 그 와중에 마음이 아파 왔다.

"안 아프오. 이제 하나도 아프지 않으니 내 걱정은 마시오."

"아프…… 마세요. 그러면…… 내가…… 아프니까."

겨우 귀를 대어야 들리는 목소리지만 그렇게 아름다운 음성을 세현은 들어 본 적이 없었다. 힘에 겨운지 스르르 눈을 감는 연을 보며 다시 애가 탄 그가 애타게 연을 부르지만 더는 대답이 없었다.

다행인 것은 얕지만 깨끗한 숨소리가 이제는 무사하다는 것을 알려 주고 있었다.

"다행이십니다. 이제 사셨습니다."

세현과 함께 연을 돌보던 여인이 눈물을 닦으며 가슴에서 우러나오는 안도감에 주저앉았다. 살면서 이렇게 애가 타게 여인을 가슴에 품은 사내를 본 적이 없었다. 식사마저도 끊고 오직 여인의 무사함을 빌며 그 자리를 지키는 사내는 마치 여인이 죽으면 자신도 같이 죽으려는 사람처럼 보였다.

"나리께서도 좀 드셔야 합니다. 이제 신녀님은 괜찮으시니 먼저 몸부터 추슬러야지요."

간신히 풀린 다리에 힘을 준 여인이 급하게 그의 식사를 챙기러 나가는 것도 모른 채 세현은 연의 얼굴에 뺨을 대고 몇 번이나 고맙다는 말을 되풀이하고 있었다.

"왜 여기 계십니까?"

그리고 이틀 후가 지나서야 연은 일어나 앉을 수 있었다. 비몽사몽이지만 눈을 뜨면 항상 그가 있었다. 몇 번 만석을 본 것도 같았다.

열이 내리고 한차례 지나가는 홍역처럼 기운이 빠져 움직이는 것도 힘이 들었다. 지금도 앉아 있으면 천장이 핑핑 도는 것처럼 어지럽기는 하지만 견딜 만은 했다.

날짜를 물어보고 자신이 열이틀이나 정신을 놓고 있었음을 들을 수 있었다. 그제야 왜 그의 몰골이 이 정도로 횡해졌는지 알겠다. 그 시간을 자신의 옆에서 지키고 있었음이리라.

"그럼 내가 어디에 있으란 말이오?"

"지금쯤은 한성을 향하셔야 하잖습니까?"

그의 목적이 무엇이었는지 연도 알고 있었다. 그런 그가 이곳에 있으면 또 다른 문제가 생길 수도 있다는 생각에 걱정이 먼저 앞섰다.

"그 일은 내가 아니어도 할 사람이 있었소. 아마도 부지런히 폐하께 향하고 있을 것이오. 그런 걱정은 할 필요가 없소. 내가 알아서 할 것이니. 그대는 얼른 일어나 나와 함께 개마산에 갈 걱정이나 하시오. 잊었소? 우리의 약속을?"

별일 아니라는 듯 말하지만 분명 큰일이었다. 황제의 명령을 어기는 것은 이곳에서 잘못하면 멸문을 당할 수도 있다는 것을 이제는 안다. 그럼에도 그녀 때문에 미련한 선택을 했을 그를 알기에 연이 힘겹게 손을 올려 그의 뺨을 쓰다듬었다.

"계속…… 여기 계셨군요."

눈물 젖은 목소리에 세현의 눈도 젖어 갔다.

"세상에 태어나 처음으로 죽을 만큼 두려웠소. 그러나 이제는 되었소. 그대가 이렇게 나를 알아봐 주니 이것으로 모두 되었소."

그녀의 손에 얼굴을 묻으며 세현이 그동안 참았던 마음을 보이고 있었다.

"나는…… 그대를 두고 어디에도…… 갈 수가 없소, 아시오? 그대는 나에게 이미 전부라는 것을?"

"알아요. 나도…… 그런 걸요. 그래서 그러면…… 안 된다는 것을 알면서도…… 당신이 내 앞에…… 있어서 행복해요."

연의 대답에 세현이 그녀의 손을 당겨 조심스레 품에 안았다. 원래도 작은 여인이 그동안의 고초로 조금만 힘을 주며 바스라질 것처럼 말라 있었다. 그러나 이 작은 몸에 얼마나 강인한 마음이 담겨 있는지 이제는 알고 있었다.

"이제부터는 몸을 챙기셔야 합니다. 괜찮아지면 형님을 만나러 가야지요. 약속은 지키라고 있다는 말은 연, 그대가 나에게 했던 말임을 기억하오?"

"물론입니다. 가야지요. 전 천지가 정말 보고 싶습니다."

그의 품에 안겨 그의 체향을 맡으니 모든 걱정이 사라지는 것 같았다. 자신이 있어야 할 곳은 이곳이라는 것이 새삼 마음에 다가왔다. 이 사내를 만나기 위해 말도 안 되는 상황을 만들며 이곳까지 왔음도 알겠다. 그래서 더욱 이 사내를 놓을 수 없었다.

◎

시간은 흘러가고 연의 몸도 마음도 천천히 아물어 갔다. 그러나 등의 상처만큼은 예상대로 상흔으로 남아 그때의 기억을 떠올려 주는 매개체로 남았다.

조금씩 시간이 지날수록 일어나 앉아도 어지럼증이 덜하고 매일 눈도장을 찍는 만석에게 농담을 하며 웃을 수도 있게 되었다.

그래도 열흘이 더 지나서야 연은 일어나 걸을 수 있었다. 세현의 팔에 매달려 힘들게 움직이는 것이었지만 주변을 살필 수 있는 여력이 생겼다.

그러나 뜻밖에도 연이 움직일 수 있게 되는 날 세현이 힘없이 쓰러졌다. 연을 간호하느라 제대로 먹지도 못하고 그녀의 곁을 지키던 그가 기어이 탈이 난 것이었다.

열에 들뜬 그가 헛소리처럼 부르는 이름은 연이었다. 그러니 이번에는 연이 그의 곁을 떠나지 못했다.

"부창부수라더니 딱 그 꼴입니다. 어째 앓으시는 것도 같은 모양으로 앓으십니까?"

만석이 한숨을 쉬며 연의 곁에서 혀를 찼다.

"그래서 말렸더니 이런 사달을 만드십니다그려."

"무슨 말씀이세요?"

알 수 없는 중얼거림에 연이 눈을 동그랗게 뜨고 묻자 만석이 다시 한숨을 쉬며 입을 열었다.

"마마께서 열이 높을 때 좌랑이 찬물로 목간을 하고 마마 곁에 누워 밤을 새우셨지요. 사흘을 그렇게 하니 마마의 열이 그나마 내리시더군요. 더 앓으셨으면 아마 좌랑도 같이 누웠을지도 모르겠습니다."

"네? 왜 그리 미련한 짓을."

기가 막혀 고개를 젓는 연을 보며 만석도 같이 고개를 끄덕였다.

"마마께서 약을 못 넘기시니 약도 모두 좌랑이 직접 입에 머금고 마마께 먹이셨지요. 정성이 대단하셨습니다. 말씀드리지 말라 했지만 적어도 마마는 아셔야 할 것 같아서요."

놀라는 연을 보며 만석이 머리를 긁적였다. 사내가 여인을 마음에 품으면 어떤 모습을 보이는지 좌랑이 너무나 잘 보여 주었다.

"그랬군요. 절 살린 것은 서방님이셨네요."

열에 들떠 연신 자신의 이름을 부르는 세현에게 대답을 해 주며 연도 애가 달아 차가운 물수건으로 그의 얼굴을 닦아 내며 눈물을 짓고 있었다.

"좌랑을 살리신 분도 마마시니 그리 자책하실 필요는 없습니다. 만약 마마께서 잘못되시기라도 하셨으면 아마도 좌랑 역시 이 세상 사람은 아니었을 것입니다."

그의 말은 하나도 허튼소리가 아니었다. 세현은 정말 공주가 잘못되면 죽을 사람처럼 보였으니까.

"곧 일어나실 것입니다. 강한 사내십니다. 아마 마마께서 그동안 좌랑의 애를 태운 만큼 투정을 부리고 계실 뿐이니 너무 무리하지 마십시오. 그러다 또 쓰러지시면 두 분께서는 서로를 간호하다 봄을 맞이하실 것 같습니다."

툴툴거리는 만석의 말투에 담긴 것은 걱정이었다. 두 사람 옆에서 얼마나 마음을 졸였는지 그대로 나타나는 따뜻함에 연이 그제야 미소를 보였다.

얼굴도 반쪽이 되어 수척해진 얼굴에 미소마저 안쓰러워 만석이 고개를 돌렸다.

"네, 전 이제 괜찮습니다. 오라버니의 걱정 때문에 이토록 좋아졌나 봅니다."

"우선 식사나 좀 하십시오. 좌랑은 제가 돌보고 있을 터이니 강건하게 지내시려면 식사는 기본이지 않습니까?"

식사라고 해야 몇 숟가락 뜨는 것이 다였던 공주가 좌랑이 몸져눕고 나서는 아예 그마저 밀어내고 있었다. 그러다 또 쓰러질까 마음이 급한 그가 직접 커다란 손에 앙증맞은 쟁반을 들고 직접 찾아온 참이었다.

"네, 먹겠습니다. 다시 누울 수는 없으니까요."

걱정 가득한 눈으로 세현을 바라보던 연이 입술을 깨물고 만석이 준비해 온 식사를 앞에 두고 앉았다.

입안이 모래를 씹은 듯 까끌해서 아무것도 넘기기 힘들었지만 그래도 먹어야 했다. 그녀의 상태를 생각해 들고 온 하얀 미음 그릇을 보며 놀란 연이 다시 만석을 보았다.

"이 성안에 쌀이 있었습니까?"

"대단한 동생이 있지 않습니까. 넉넉하지는 않지만 먹을 만큼 식량을 넣어 주고 있습니다. 마마를 치료할 약도 모두 현이 넣어 준 것입니다. 아무튼 현도 좌랑만큼이나 대단한 사내입니다."

고개를 저으며 만석이 침을 튀기며 현을 칭찬하고 있었다.

"그러게요. 정말 대단한 오라버니십니다. 순이는 어디에 있습니까?"

그동안 해청을 보지 못했다는 것을 떠올리며 연이 해청의 행방을 묻자 만석의 눈가가 어두워졌다.

"현에게 이곳의 소식을 전해 보냈는데 어째 돌아오지를 않습니다. 그렇잖아도 저도 걱정하던 차입니다."

"무슨…… 일이 생긴 것은 아니겠지요?"

"아무…… 일도 없을…… 것이오. 거리가…… 있으니 늦어지
는 걸 거요."

생각지도 않은 세현의 목소리에 연이 놀라 얼른 그의 손을 잡
았다. 한 톤 가라앉은 목소리지만 세상에서 가장 반가운 음성에
연의 목소리에는 벌써 물기가 어려 있었다.

"정신이 드십니까?"

"두 사람 이야기……는 듣고…… 있었소. 내가…… 얼마나?"

"사흘이십니다. 정말 미치는 줄 알았습니다."

아직 열이 다 내린 것은 아니지만 맑은 눈빛을 보니 마음이 놓
인 연이 투정을 부리듯 대답을 해 주자 세현이 희미한 미소를 베
어 물었다.

"그러면…… 내 마음도 이제는…… 알겠군."

"말씀을 들으니 다 나으신 모양입니다. 뭐라도 드시겠습니까?
드실 수 있겠습니까?"

"그대도 같이 먹는다면."

벌써 눈물이 치오른 것을 거칠게 닦으며 연이 배시시 웃어 주
었다.

"기다리십시오."

재빨리 만석이 가져온 쟁반을 들고 그의 옆으로 다가온 사이에
세현이 만석의 도움으로 자리에서 일어나 앉았다.

"그럼 소인은 나가 볼 터이니 볼일 있으면 부르십시오. 두 분
모두 무사하신 걸 보니 이제는 마음이 놓입니다."

"형님, 감사합니다."

흐뭇한 미소를 지으며 나서는 만석에게 세현이 다시 한 번 고마움을 표하자 만석이 손사래를 친다.

"당연한 일을요. 두 분 모두 제게는 이제 혈육과 같습니다. 천천히 드십시오."

만석이 급하게 나서는 것을 확인한 세현이 연을 응시하며 손을 내밀었다. 날름 그 손에 자신의 손을 얹은 연이 그대로 그의 품으로 안겨 들었다.

"무식한 짓을 하시었습니다. 그러다 큰일이라도 나면 어쩌려고, 이 추운 날씨에 몸 자랑을 하십니까?"

"형님의 입이 어째 점점 가벼워지는 듯하오."

인상을 찡그리면서도 세현의 손은 쉼 없이 연의 어깨를 쓰다듬고 있었다.

"자, 밥부터 먹고요. 먹어야 기운이 납니다."

연이 품에서 벗어나자 아쉬운 세현이 그녀에게 손을 내밀었지만 살짝 비켜난 연이 숟가락으로 죽을 떠서 그의 입으로 가져갔다.

"그대부터 먹으면 내가 먹으리다."

이 사내는 무슨 일을 하든 그녀가 먼저였다. 매사 그녀를 걱정하고 먼저 챙기는 그를 알기에 연이 예쁘게 웃어 보이며 한입 입에 물고 다시 숟가락에 죽을 떠 그의 입에 넣어 주었다. 그렇게 두 사람은 숟가락 하나로 주거니 받거니 하며 죽 한 사발을 비워

냈다.

세현은 연과 다르게 일어나면서 곧바로 움직일 수 있을 정도로 기력을 찾았다. 움직이는 것도 예전과 다름없이 활기찼지만 연은 상황이 달랐다.

하루에도 몇 번씩 몸을 움직이며 기운을 찾으려 노력을 하지만 조금만 움직여도 어지러움에 꼼짝을 할 수가 없었다. 그래도 이를 악물고 먹고 움직이며 힘을 기르려 노력하는 연을 보며 안타까워하는 이는 세현이었고 안절부절하는 이는 만석이었다.

예전부터 연은 눈을 좋아하지 않았다. 어디에선가 들었던 하늘에서 내리는 쓰레기라는 말에 동감하는 쪽이었다. 생각해 보면 눈을 즐길 여유조차 없었다. 눈이 내리면 자동으로 빗자루를 떠올리는 생활에 익숙해 차라리 눈이 내려 따뜻한 것보다 추운 날씨를 더 좋아했었다. 그리고 지금은 좋아하지 않는 정도를 넘어 지긋지긋해지고 있었다.

원래 추운 날씨에는 눈이 적은 걸로 알고 있는데 비류수 때문인지 이곳에는 날씨만 흐리면 영락없이 눈이 내렸다.

지금도 세상을 온통 하얗게 덮으며 눈이 쌓이고 있었다. 비류수가 얼어붙기 시작한 것도 이미 예전이지만 아직은 강 가운데가 약해 걸어갈 수는 없다는 만석의 말에 오랜만에 밖을 나온 연이 짜증 어린 시선으로 하얀 눈 때문에 땅과 구별도 어려운 비류수 줄기를 바라보고 있었다.

하루라도 빨리 개마산에 가고 싶었다. 딱히 반갑지도 않은 인해마저 그리울 정도로 이곳에 물리고 있는 참이었다. 아직은 세현의 일이 끝난 것이 아니라 움직일 수 없다는 것을 알고 있었지만 성안에 갇혀 있는 것에 싫증이 나고 있었다.

어쩌면 그보다도 조금만 움직여도 숨이 턱턱 막히게 힘겨운 약한 몸 때문에 더욱 짜증이 나는지도 몰랐다. 처음 이 세계에서 눈을 떴을 때처럼 먹는 것도 힘이 들었다. 마음은 훨훨 날고 있는데 움직이기 힘든 몸에 갇혀 있는 것 같아 더욱 연을 힘겹게 했다.

"네가 복에 겨워 몸부림을 치는구나."

문득 아직도 잔뜩 무거운 눈을 머금은 구름을 올려 보며 연이 깊은 한숨을 내쉬었다. 너무 많은 일이 있어 순간순간 하연을 잊어버린다. 사람이란 그토록 이기적인 존재임을 깨닫고 있었다. 이런 짜증조차도 숨을 쉬고 있으니 느끼는 것이었다. 더구나 자신은 원하던 이의 옆에서 그의 사랑을 받고 있었다.

"사람의 욕심은 끝이 없다더니, 네가 꼭 그 꼴이구나."

스스로를 탓하며 연이 살며시 성벽에 쌓여 있는 눈을 어루만졌다. 금방 차가운 물기로 변하는 눈은 마치 하연의 눈물처럼 느껴졌다.

"추운 날씨에 왜 나와 계시오?"

연이 기운을 차리자 세현의 일도 많아졌다. 성안의 사람들을 살피며 남은 사내들을 이용해 번을 서는 일에도 그가 같이 담당하고 있었다. 몽골군이 확실히 물러간 것은 사실이지만 언제 또 쳐들어올지 모르는 상황이라 성안은 아직도 전시 상황이었다.

"눈이 내려 지금은 그리 춥지만은 않으니까요."

"지겹소?"

연의 얼굴만 봐도 그녀의 마음을 알아내는 능력만큼은 기가 막힌 사내였다.

"개마산이 그리워서요."

도리질로 대답을 대신한 연이 멀리 시선을 두며 속내를 꺼냈다.

"나도 그립소. 형님은 어떻게 되시었는지 걱정도 되고."

말을 하면서도 세현은 자신의 품으로 그녀를 품고 있었다. 자신의 옷으로 꼼꼼히 싸매며 어느 한 곳 바람 들어올 틈도 없이 신경을 쓰고 있었다.

"하나만 물어보아도 되겠소?"

말없이 두 사람이 한 몸이 되어 비류수 너머 가야를 바라보던 시간이 얼마나 흘렀을까 세현이 품에 안은 연의 머리에 자신의 턱을 올리며 작은 목소리로 물어왔다. 고개만 끄덕이는 연의 대답을 들은 그가 잠깐 틈을 두고 생각에 잠기는 듯하더니 입을 열었다.

"그대가 남은 것은 공주의 선택 때문이오?"

머뭇거리는 그의 질문에 순간 연이 당황하며 고개를 갸웃했다. 그러다 너무 많은 일이 한꺼번에 일어나 그에게 제대로 설명을 한 적이 없다는 것을 깨달았다.

오로지 연의 선택으로 그에게 올 때까지 기다리겠다는 그의 말을 떠올리며 연이 조심스럽게 말을 골랐다.

"틀렸어요. 하연의 선택이 아니었어요. 처음부터 나의 선택이었습니다. 하연은 그 말을 하려고 했어요. 내가 당신을 선택했기 때문에 여기에 남았다는 것을요. 네, 저의 선택이었습니다. 제 선택은 처음부터 당신이었습니다. 제가 욕심을 부린 것입니다."

말이 길어질수록 또 미안함에 목이 메어 왔다. 그런 연을 더욱 힘주어 안아 준 사람은 세현이었다.

"듣고 싶은 말은 모두 들었소. 고맙소. 그대에게 직접 듣고 싶었소. 왜 나인지는 모르지만 그래서 고맙소. 그대가 선택한 사람이 나라서 죽는 그 순간까지 나는 기쁘고 또 고마울 것이오."

낮고 그윽한 음성에 연이 그의 품에 깊숙이 기대며 한 가지 결심을 했다. 언제나 불안해하는 이 사내를 안심시킬 방법을 생각하며 눈으로는 무겁게 드리운 구름 너머로 파랗게 빛나고 있을 하늘을 그렸다.

'이 생에서만 내 사람으로 살아갈게. 다음 생이 있다면 내가 응원해 줄게. 그때는 내가 너의 가슴에 있을게.'

그녀의 말을 누군가 들었음인지 순식간에 구름이 갈라지며 발갛게 물든 여인의 부끄러운 속살처럼 슬그머니 환한 빛을 내비쳤다. 그래서 연은 웃을 수 있었다. 마음속의 약속을 묻으며 연이 세현의 팔을 꼭 잡았다.

"오늘도 번을 서십니까?"

워낙에 적은 인원이라 번을 서는 것도 세현과 만석은 물론 부여부에서 투입된 사람들이 돌아가며 서는 데도 닷새에 한 번은 차례가 돌아왔다.

"오늘은 만석 형님 차례라오."

"오늘 식사는 저와 하시겠지요?"

"물론이오. 같이 있을 시간이라고는 그 시간뿐이니 아까울 정도라오."

"그럼 저는 들어가 준비를 해야겠습니다. 늘 하는 소리지만 조심하셔야 합니다."

그의 품에서 벗어난 연이 다시 한 번 그를 단속했다. 이곳에서 가장 무서운 일을 말하라면 바로 사람의 목숨이 풍전등화와 같이 느껴진다는 것이었다. 너무 많은 죽음을 겪으며 마음 한구석 불안함이 항상 머물고 있었다.

"아무 일도 없을 것이오. 그러나 그대도 무슨 일이 있으면 소리부터 질러야 하오. 언제든 내가 달려갈 것이니."

그도 마찬가지였다. 두 눈 뜨고 연을 잃을 뻔한 뒤로는 매사 연의 안부를 확인하는 일이 그의 첫 번째 일이 되고 있었다.

"네, 가장 큰소리를 지를 것이니 걱정은 그만하세요. 전 먼저 들어갈게요. 사실 아까부터 추웠어요."

생긋 웃으며 연이 그의 품에서 벗어나 재빨리 자신의 처소로 향하다 잠깐 서서 다시 하늘을 보았다.

구름은 벌써 반으로 갈라져 환한 햇빛으로 온 세상을 반짝이고

있었다. 아까까지 지겹다고 느꼈던 눈이 하얀 벨벳 천처럼 세상을
감싸고 있는 모습에 연은 누군가가 그녀에게 마음대로 하라고 축
복해 주는 것 같았다.

　종종걸음으로 처소를 향하는 연을 보며 세현이 고개를 갸우뚱
하고 있었다. 무슨 급한 일이 있어 보이는데 딱히 급한 일도 없었
다.

　그녀가 떠난 가슴이 헛헛해 일부러 옷을 여미며 세현도 반짝이
는 눈 덮인 풍경을 바라보았다. 연이 오고 참으로 많은 일이 있었
지만 정작 사연을 아는 이는 그와 연뿐이었다.

　공주의 가슴 아픈 희생을 아는 이도 연과 자신뿐이었다. 시간
을 보내는 것이 괴로움이었던 그에게 공주는 연을 보내어 얼마나
귀한 시간인지 알려 주었다.

　살아가는 것에 회의적이던 그를 탓하기라도 하듯 절실하게 원
하는 것을 만들어 주고 살아야 하는 이유를 주었다.

　그래서 더욱 마음이 아픈지도 모르겠다. 연을 가슴에 품은 만
큼 공주를 생각하면 가슴 한쪽이 저려 왔다.

　하나부터 열까지 자신을 위한 일은 할 줄 모르던 착한 여인을
너무 늦게 알아 고맙다는 말도 못 하고 보낸 못난 자신이었다. 그
래서 사랑해 준 여인을 떠올리며 남은 생은 그리 보내지 않겠다,
약속을 하고 있었다.

　새로운 생을 준 공주를 생각하며 세현이 앞일을 계획하고 있었

다. 더는 변방으로 떠돌 생각도 없었다. 욕심낼 것이 없다고 여겼던 삶에 욕심이 생긴 지금 아마도 지금과는 다른 사람으로 살게 되리라.

항상 마음속으로 공주에게 감사하면 그녀가 알려 준 것을 되새기며 살아갈 터였다.

'고맙소, 공주.'

하얀 눈밖에 보이지 않는 세상은 깨끗한 공주의 마음과 닮았다. 그래서 더욱 눈이 부신지도 모르겠다. 한동안 성벽 너머를 응시하던 세현이 할 일을 떠올리고 길을 나섰다. 아직은 안심할 때가 아니었다. 연과 함께 개마산에 올라 형님을 보는 그 순간 모든 것을 내려놓고 맘껏 웃을 수도 울을 수도 있음이었다.

흔들리는 마음을 다 잡은 세현이 아직은 이곳이 적진임을 상기했다. 현과 종군사가 좋은 소식을 보내 주기를 기도하는 마음이었다.

이제 전쟁터라면 지긋지긋한 마음에 슬며시 자책의 미소를 지어 본다. 일부러 그런 위험한 곳만 찾아다니던 그는 도대체 어디로 사라졌는지 문득 궁금해져 왔다.

사람만큼 간사한 동물은 없다던 옛 성인의 말은 하나도 틀린 것이 없었다.

15.

사랑하오. 내 모든 것을 걸고 그대를 사랑하오

성의 제일 안쪽에 위치한 연의 처소에는 밖의 날씨와는 달리
벽난로에서 타닥거리며 장작이 열심히 따뜻한 열기를 내뿜고 있
었다. 그 앞에 앉아 긴 머리를 말리는 여인에게서는 방금 목욕을
한 듯 깨끗하고 정갈한 기운이 흐르고 있었다.

그동안은 대충 물수건으로 지저분한 몸을 닦으며 견디고 있었
다. 뜨거운 목욕을 할 수 없는 곳이기에 감히 씻어도 되냐고 묻지
도 못했었다. 그러나 오늘 용기를 내어 만석에게 가볍게라도 씻을
수 있을지 물었고, 그는 망설이지 않고 목간용 통에 뜨거운 물을
잔뜩 채워 주었다. 거기다 두 명의 여인까지 데려오더니 그녀의
시중을 들게 했다. 극구 말리는 연을 향해 여인들이 원하는 일이
니 신경 쓰지 말라 덧붙였다.

따뜻한 물이 찰랑이는 목욕통은 너무도 유혹적이어서 더는 사

양 않고 몸을 담그니 노곤히 풀리는 몸이 하늘에 떠 있는 것 같았다.

미안한 줄 알면서도 연은 쉬이 그곳에서 떠나지를 못했다. 너무 오랜만의 목욕이라 더 귀하게 느껴졌다.

그리고 지금 연은 그 여운을 맘껏 누리며 벽난로 앞에 앉아 불기운에 긴 머리를 손가락으로 빗질을 하며 말리고 있는 중이었다.

흔들리는 불빛에 검은 머리가 반짝이며 빛을 반사하고 있는 연은 이제 막 목욕을 끝내고 하늘에서 내려오는 사다리를 기다리는 천녀처럼 보였다.

화려하지 않은, 무명으로 만든 속저고리와 속치마만을 입은 연은 하얀 무명천 때문에 더욱 성스러워 보이기도 했다.

자꾸만 등을 떠미는 만석의 행동에 못 이기는 척 연을 찾은 세현의 눈에 비친 그녀의 모습은 당장이라도 날아갈 것 같아 불안해질 정도였다.

"내가 해 주리다."

소리도 없이 다가온 그 때문에 놀랐지만 목소리에 안심한 연이 말없이 그에게 등을 내밀고 돌아앉았다.

아직은 젖어 있는 머리카락이 손에 감겨 오며 부드럽게 그의 손가락에 엉기어 왔다. 조심스럽게 한 가닥씩 풀어 가며 등을 덮는 머리카락을 그녀처럼 손가락으로 빗어 내리는 그의 손길이 알게 모르게 떨리고 있었다. 여전히 벽난로의 불빛이 흔들리며 두 사람의 정겨운 모습을 커다란 그림자로 벽에 그림을 그렸다.

"……여전히 기다리십니까?"

머리카락을 만지고 있는데 꼭 그의 손길이 온몸을 쓰다듬는 듯 느껴져 연이 힘겹게 침을 삼키고 입을 열었다. 왜인지 모르지만 자꾸 입안이 말라 와 억지로라도 침을 만들어 내며 목소리를 만들었다.

부끄러움과는 다른 쑥스러움이 먼저 그녀를 집어삼키고 있었다. 몸 안에서 무슨 일이 벌어지고 있는지 달뜨는 숨소리가 스스로를 당황스럽게 한다.

"애쓰지 마시오. 나는 언제까지나 기다릴 수 있소. 그대가 내 곁에만 있다면 어떤 것도 두려울 것이 없으니까."

마치 중대한 일을 하고 있는 양 그는 그녀의 머리카락을 빗어 내리는 일에 온 신경을 집중한 사람 같았다.

이제 오랜 기다림을 끝낼 때가 되었다. 머뭇거림도 이제는 없었다. 그러니 그에게도 확인시켜 줄 요량이었다. 그녀가 스스로 올 때까지 기다린다는 말을 그는 말 그대로 지키고 있었다.

움직이지 않으면 영원히 자신의 약속을 지키느라 눈으로만 그녀를 바라보며 다가오지 않을 그라는 것을 알고 있었다.

"살면서 저는 누군가에게 항상 미안하고 또 그만큼 고마워할 것입니다. 그러나 그 마음보다 제 욕심이 먼저인가 봅니다. 그 사람이 남겨 주고 간 마음 그대로 간직하며 이제는 모든 걱정 버리고 이곳에 머물려고 합니다. 다른 곳은 안 보고 오직 한 사람만 보고 살아가겠습니다. ……그러니 받아…… 주시겠습니까?"

떨리는 목소리에 세현의 손길이 멈추었다. 기다리는 일은 힘들지 않았다. 마음은 다르지만 연이 그의 곁에 있겠다는 말을 하는 그 순간 모든 것을 감수할 수 있었다.

바라만 보고 살아야 한다고 해도 그는 그것만으로도 충분하다 여겼다. 그런데 연의 말에 마음 깊숙이 감춰 두었던 사내의 욕심이 고개를 들고 있었다.

사랑하는 이를 온전히 자신만의 사람으로 만드는 일이 얼마나 고귀하고 고마운 일인 줄 이제야 깨닫고 있었다.

대답 대신 세현이 떨리는 손길로 연의 어깨를 잡아 천천히 자신의 품안에 가두었다.

"……진심이오?"

"이런 말을 빈말로 할까요?"

태어나 살아왔던 곳과는 다른 곳에서 죽을 운명일 거라고는 생각해 본 적도 없었다. 누구에게라도 이런 일을 말한다면 누가 믿어 줄까.

오직 특별함은 자신과 세현에게만 있는 일이었다. 누구도 상상도 못 해 본 일을 겪으며, 서로가 있는지도 모르고 살았던 사람들이 만날 수 없는 평행선의 틈을 지나 만났다. 그리고 둘만이 나눌 수 있는 소중한 기억으로 남았다.

그래서 이제 연은 진정한 세현의 여자로 이곳에서 살아갈 생각이었다. 아무런 흔적이 남지 않아도 웃으며 그의 손을 잡고 갈 수 있는 행운을 자신이 가졌다는 것에 감사하며 살 수 있을 것 같았다.

그의 팔을 감싸 안으며 연이 다시 확인을 해 주자 그가 먼저 연의 정수리에 가볍게 입을 맞추었다. 작은 행동에도 연의 숨결이 조금씩 가빠지고 있었다.

어떻게 사내를 맞이해야 하는지 몰라 당황하는 연에 비해 세현은 정수리를 시작으로 고개를 숙여 가며 귀밑까지 입맞춤으로 내려왔다. 그리고 마침내 그가 연의 작고 앙증맞은 귓볼을 물자 그녀가 저도 모르게 숨을 들이켰다.

그녀의 호흡이 가빠지는 그때, 세현이 그녀를 돌려 안으며 깊숙이 입안을 침입해 왔다. 망설이듯 천천히, 그리고 달래듯 부드럽게.

그를 맞이하는 연도 반가운 손님을 맞이하듯 입을 열고 그의 숨결을 대신 들이마셨다. 조심스럽던 그의 입맞춤이 온전히 내어 주는 그녀의 입안을 이제는 태풍처럼 헤집고 있었다.

열에 들뜨는 사람처럼 거칠어진 숨결이 이제는 누구의 것인지도 알 수가 없었다. 달콤한 타액이 섞이며 귀한 물건을 쓰다듬듯 부드러운 그의 손길에 힘이 들어가고 연은 또 연대로 그가 목숨을 건 동아줄인 양 매달렸다.

불빛이 연인을 비추며 벽에 흔들리는 그림자로 하나가 되어 있는 두 사람을 수놓아 주고 조용한 세상에 들리는 것이라고는 두 사람의 격렬한 숨소리뿐이었다.

"……그만."

멍한 눈으로 그를 향하는 연의 눈빛을 보며 헐떡이던 세현이 우선 그녀를 자신에게서 떼어 냈다.

"……왜?"

"옷을 입으시오. 제대로 갖춰 입고 기다려 주겠소? 나는 이대로 그대를 안을 수 없음이니 그대를 제대로 맞이할 시간을 주겠소?"

발갛게 물이 든 연의 얼굴을 쓰다듬으며 세현이 안타까운 음성으로 자신과 그녀를 함께 달랬다. 분명 그의 안해이나 또 다른 사람이기도 한 그녀를 이대로 아무런 약속도 없이 품을 수는 없었다. 지금도 아우성을 치고 있는 스스로를 눌러 가며 그가 달래듯 연의 입술을 마셨다.

"오늘은 우리의 첫날밤이 될 것이오. 그대와 나만 아는 우리만의 혼인이 필요한 날이기도 하오. 그대를 품을 때는 온전히 내 안해로 안을 것이니 준비해 주겠소?"

그제야 그의 말뜻을 알아들은 연이 눈물 젖은 눈으로 고개만 끄덕였다. 그런 생각은 해 본 적이 없었다.

혼인이야 이미 하연과 제대로 식을 올린 그였다. 그리고 연이 머물고 있는 육체는 하연의 몸이었다. 그래서 그런 혼인 같은 식은 상관이 없다고 생각했었다.

그러나 그의 말을 들으며 정말 자신에게 필요한 것이 약속이라는 것을 깨달았다. 그래서 사람들이 결혼식을 한다는 것을 알게 되는 순간이었다.

다른 사람에게 보여 주기 위한 것이 아닌, 두 사람의 언약의 증거가 더욱 둘을 단단하게 만들어 주는 역할을 할 것임을 알겠다.

"여인을 보내 주리다. 준비되면 형님을 부르시오. 그러면 안내해 줄 것이니. 날씨가 차가우니 단단히 입고 나와야 합니다."

그의 타액으로 반짝이는 입술을 살짝 벌리고 말간 얼굴로 쳐다보는 연은 다른 때와 달리 더욱 여리고 아름다워 당장이라도 품에 안고 자신의 여인으로 만들고 싶어져 세현은 급하게 그 자리를 벗어났다.

오늘 그는 진정한 영혼의 반려를 맞으려고 한다. 초라하지 않게 그녀를 맞이하고 싶지만 상황이 어쩔 수 없었다.

비록 깨끗한 정화수 한 사발 올려놓고 환한 달빛 속에 치를 혼례식이라 하나 그에게는 다른 어떤 언약을 하는 혼례보다 고귀한 자리가 될 터였다.

만석을 찾아 언질을 주고 우선 정갈하게 씻을 준비를 했다. 따뜻한 물 따위는 없어도 되었다. 차가운 물에 몸을 담가도 여전히 열에 들뜬 몸이 식을 줄을 몰랐다.

처음으로 신방을 차리는 새신랑의 마음이 이러리라 여기며 혼자 쓴웃음을 지었다.

세현의 부탁으로 만석은 가장 높고 달이 환하게 보이는 성루에 상 하나를 가져다 놓고 그 위에 깨끗한 물 한 사발 놓았다.

상다리가 긴 상 위에 놓인 하얀 사기로 만들어진 그릇에 담긴 것은 깨끗한 물이었다. 그리고 양옆에 초를 세워 놓고 불을 밝혔다.

다행히 바람조차 없어 촛불이 눈물을 흘리며 예쁘게 타고 있었다. 하늘에는 구름 한 점 없이 맑아 어둠을 몰아내려는 듯 보름달이 환하게 세상을 밝히고 있었다. 달빛이 눈에 반사되며 마치 하늘의 별들이 지상에 내려온 듯 세상이 반짝이고 있었다. 날씨는 차가웠지만 여태 보았던 어떤 날보다 아름다운 밤이었다.

그때 먼저 모습을 보인 것은 좌랑이었다. 항상 입고 다니던 검은 야행복 대신에 푸른색 긴 장옷을 입고 허리에 맨 붉은 허리띠의 금색 수가 돋보인다. 가죽신의 날렵한 코끝이 하늘을 향해 고개를 쳐들고 허리에 달린 장도로 한층 늠름해 보이는 좌랑의 모습에 만석이 놀라는 사이 어느새 공주가 다가오고 있었다.

무슨 일인지 몰라도 공주 역시 제대로 신녀의 복장을 갖추고 있었다. 머리에 쓴 남색 두건에는 좌랑의 허리에 수놓아진 금색실과 같은 색의 술이 촘촘히 달려 공주의 얼굴을 가려주고 있었고, 남색 저고리와 치마에도 그 끝마다 금사로 이름 모를 새가 수놓아져 있었다,

짧은 치마 밑으로 하얀 무명의 속치마가 길게 끌리고 치마 끝으로 어쩌다 보이는 가죽신의 코끝에 달린 방울이 한 발 움직일 때마다 청명한 소리를 내고 있었다.

왜 두 사람이 그런 모습으로 상을 마주 보며 서 있는지 알 수

는 없지만 너무 경건해 보여 감히 입도 열 수가 없었다.

"형님, 이리로 오셔서 증인이 돼 주시겠습니까?"

눈도 떼지 않고 다가오는 공주를 응시하던 세현이 잔뜩 잠긴 음성으로 만석을 불렀다.

"네? 도대체 무슨?"

눈을 굴리며 어쩔 줄 모르는 만석을 보며 연이 설핏 웃음을 베어 물었다. 그에게 이 상황을 이해하라는 것은 무리였다.

"그저 저희들 사이에 서 계시면 됩니다."

세현의 부탁에 어정쩡 상을 사이에 두고 마주 보는 두 사람 가운데 서 있는 만석을 확인하고 그가 먼저 연에게 절을 올렸다. 당당하고 주저함 없이 큰절을 올리는 세현을 보며 만석이 놀라 황망한 눈으로 바라만 볼 뿐이었다.

세현이 일어나 연을 마주 보자 이번에는 연이 사뿐히 그에게 큰절을 올린다. 상황만 보면 혼례의식이었다. 그러나 만석은 도대체 두 사람의 행동을 이해할 수가 없었다.

이미 좌랑과 공주는 혼례를 마친 부부였다. 그런데 이곳에서 무슨 짓을 하는 것인지 알 수가 없어 연신 눈만 굴리며 두 사람을 번갈아 살피고 있었다.

"나 운세현은 천지신명께 고하나니 눈을 감는 그 순간까지 앞의 여인을 사랑하며 보호하며 평생 감사하며 살 것을 맹세합니다."

낮지만 분명한 목소리가 맑은 하늘에 울렸다.

"나 연은 천지신명께 고하나니 이제 과거는 모두 잊고 오직 앞의 사내만 바라보며 살겠습니다. 눈을 감는 그 순간까지 가야의 공주로, 그리고 이 사내의 안해로 한 점 부끄러움 없는 삶을 살겠습니다."

떨리는 목소리에 담긴 것은 그리움과 잊어야 하는 슬픔, 그리고 앞으로 살아가야 하는 나날들에 대한 기대였다.

알 수 없는 두 사람의 말을 소화하지 못한 만석이 어쩔 줄 몰라 하는 사이 어느새 두 사람은 약속이라도 한 듯 서로를 향해 맞절을 하고 있었다. 그리고 어정쩡 서 있는 그에게도 절을 하자 놀란 만석이 얼떨결에 정신없이 그들의 절을 받으며 같이 절을 해야 했다.

"감사합니다."

"에? 제가 뭘……?"

그러나 만석의 질문은 공중으로 사라지고 두 사람은 손을 잡고는 등을 보이고 있었다.

"낮도깨비도 아니고, 도대체 뭔 일이 있었던 거야? 이거 지금 혼례식을 한 거야? 왜? 두 분은 이미 부부인데?"

수많은 의문을 묻지도 못하고 멍하니 서 있던 만석이 더 이상 복잡한 생각을 멈추고 두 사람이 남긴 흔적을 치우며 연신 고개를 가로저었다.

"오라버니가 많이 놀란 기색인데 어떻게 설명하시려고요?"

방으로 들어온 연이 세현의 손을 잡은 채 멍한 얼굴의 만석을 걱정하며 끊임없이 수다를 떨고 있었다.

"보름달이 정말 밝아요. 달 밝은 밤에 보는 풍경도 나름 운치가 있네요. 그래도 날씨는 차가웠어요. 그나마 바람이 안 불어서 다행이었어요."

"긴장되오?"

연의 수다를 막은 것은 그윽한 세현의 목소리였다. 방 안에 들어오는 순간부터 안절부절못하는 연의 마음을 느껴 가만히 듣고만 있었지만 이러다가는 생각나는 말은 모두 꺼내 밤을 지새울 것 같아 부드럽게 입을 열었다.

"조금요."

말은 그렇게 하지만 떨리는 어깨가 얼마나 긴장하고 있는지 여실히 보여 준다.

"이리 오시오."

날씨 이야기를 하며 정말 춥다는 듯 벽난로 앞에서 손을 쬐고 있던 연에게 세현이 다시 손을 내밀었다. 가만히 그 손을 바라보던 연이 살며시 입술을 깨물며 그의 손을 잡았다. 그리고 그의 힘에 이끌려 그의 품에 안겨 있었다.

"나도 긴장된다오. 그래도 당신 스스로 나에게 와 주어 고맙다는 말은 해야겠소. 너무 오래 기다리게 하지 않아 고맙다고 하면 웃을 거요?"

도리질을 하는 연의 고갯짓을 느끼며 세현이 남은 손으로 연의 턱을 잡아 얼굴을 들게 하여 눈을 맞추었다.

"오늘 당신은 세상에서 가장 아름다운 신부였소. 그대가 나의 안해라는 것이 얼마나 자랑스러운지 알려 주고 싶었소. 세상에 이 여인이 나의 안해라고 소리치고 싶었소. 사랑하오. 내 모든 것을 걸고 그대를 사랑하오."

"당신도 멋졌어요. 당신은 항상 멋졌어요. 그래서 당신이 내 신랑이어서 감사해요. 그래서 더 미안하고 또 감사……."

뒷말은 이어지지 못했다. 속삭이는 그녀의 입술이 불빛에 반짝이는 것이 너무도 예뻐서 그가 그대로 입술로 뒷말을 막아 버렸다. 기다렸다는 듯 벌어지는 작은 입술 사이로 달콤한 한숨 같은 숨결이 그에게 전해졌다.

망설임은 이제 없었다. 그녀의 입술을 마시는 그의 숨결이 거칠어지고 그에 대응하는 연의 숨결도 한층 깊어졌다.

입안을 가득 채운 그의 체향을 맛보는 연의 혀가 조심스러웠지만 마치 먹이를 덮치는 사냥꾼처럼 그가 빠르게 그녀의 혀까지 모두 가져가 버렸다.

깊은 잠수를 끝내고 나온 사람처럼 헐떡이던 연은 그의 입술이 떨어져 나가자 간신히 숨을 내쉬었다.

"이런 허름한 곳에서 첫날밤을 보내게 해서 미안하오."

그 역시 숨을 고르며 그윽한 목소리로 연의 입술에 대고 속삭였다.

"……제게는 이곳이 다른 어떤 곳보다 아름답습니다. ……당신만 있으면 어디든 저는 상관없습니다."

마치 손끝으로 그녀의 얼굴을 새기듯 뺨을 쓰다듬는 그의 손길이 깃털처럼 부드러웠다. 그리고 연의 말이 끝나자 기다렸다는 듯이 다시 다가오는 그의 입술을 그녀가 반갑게 맞이했다.

그 상태로 세현이 가뿐히 그녀를 안아 양털로 푹신한 잠자리를 만들어 놓은 곳에 깨질까 조심스럽게 도자기를 다루듯 그녀를 내려놓았다.

연의 팔은 여전히 그의 목을 감고 있었다. 입술을 마주한 채 세현이 연의 저고리 매듭을 푸는 손길이 떨린다.

두꺼운 저고리가 벗겨지고 무명으로 만든 속저고리가 나왔다. 세현이 천천히 손을 내려 연의 치마끈을 풀자 남색의 고운 신녀복이 그대로 이부자리가 되었다. 그의 옆에 온전히 속옷 차림으로 있다는 것에, 입술을 떼고 다시 가쁜 숨을 내쉬던 연의 뺨에 발갛게 열이 올랐다.

더불어 연의 속저고리에 손을 대는 세현의 숨소리도 거칠어졌다. 두 사람의 호흡이 가쁜 만큼 방 안의 공기도 달아오르고 저절로 모닥불도 아름답게 흔들리며 부끄러움에 숨을 곳을 찾아 헤매는 것마냥 사방에 긴 그림자를 만들고 있었다.

천천히 연의 어깨를 잡았던 손이 마침내 그녀의 저고리 고름에 닿았다. 살짝 손만 대었는데 기다렸다는 듯 풀어진다. 윗옷을 벗겨 내는 손길에 연이 두 눈을 꼭 감고 떨리는 마음을 붉어진 얼굴로 감추고 있었다.

그리 급하지 않은 손길임에도 조급한 그의 마음이 그대로 전달되어 왔고 그만큼 연도 숨이 가빠 왔다.

흔들리는 불빛에 하얀 살결이 감질날 만큼 천천히 제 색을 내보였다. 가냘픈 어깨는 그의 손에 잡혀 벗어날 수도 없었고 벗어날 생각도 없었다. 그러나 밀려오는 부끄러움에 하얀 살결이 그의 눈앞에서 붉게 물들어 간다.

아무리 벽난로가 방 안을 데우고 있다 하나 차가운 날씨를 걱정해 품으로 당겨 안은 그가 미세하게 신음하는 연의 반응에 멈칫했다.

"왜?"

그러나 연은 그의 품에 얼굴을 묻고는 도리질만 한다.

바보같이 그녀의 등에 있는 상처를 잊고 있었다. 많이 아물었다 하나 아직도 붉은 기를 보이는 채찍의 흔적이 그녀의 등 뒤에 처연하게 드러나 있었다. 처음에는 그저 피투성이라 제대로 확인 못 했던 자국이 그의 눈에 아프게 들어왔다.

"아프오?"

저절로 목소리가 가라앉았다. 그러나 다시 연은 도리질을 하며 속저고리를 올리려 애를 쓰고 있었다.

채찍에 살이 묻어나 뱀 껍질처럼 패이며 자국을 남겼다. 하얀 살결에 그 상처가 얼마나 흉해 보일지 걱정스러워하는 연의 마음을 알고 있는 그가 살며시 그녀의 손을 잡고 움직임을 막는다.

"내게 보여 주겠소?"

부드럽게 연의 볼을 감싸 눈을 마주한 세현이 안타까운 눈으로 조용히 재촉을 한다. 결국 그 눈빛에 손을 든 연이 천천히 등을 보여 주었다.

말채찍만으로도 얼마나 아픈지 알고 있었다. 그런데 연의 등을 가른 채찍은 사람을 죽이기 위해 만들어진 살상용 무기였다.

뚜렷하게 남은 상흔은 아직도 붉은 기를 내보이며 다 나은 것이 아니라는 것을 뽐내고 있었다.

붉게 세 줄이 그어진 하얀 등을 보며 세현의 가슴이 무너지고 있었다.

"그대는 강인한 여인이오. 이 상흔이 그것을 말해 주고 있으니까. 그래서 난 이 상흔을 볼 때마다 가슴이 아플 거고, 또 그만큼 그대가 자랑스러울 거요. 그러니 나에게만은 부끄러워하지 마시오."

떨리는 음성에 그대로 그의 마음이 묻어나 연이 가슴에 꼭 쥐고 있던 속저고리에 얼굴을 묻고 눈물을 감추었다. 그리고 스치듯 가볍게 상흔을 따라 흘러내리는 그의 입술에 놀라 가쁜 숨을 내쉬어야 했다.

달래듯 마치 그렇게 하면 모두 지워지기라도 하듯 그는 꼼꼼히 상흔마다 그의 입술로 흔적을 남겼다. 보이지 않는 흔적은 고통스러운 기억 대신 아름다운 기억을 남기고 있었다.

어깨를 움찔거리는 연의 행동에 세현이 잠시 움직임을 멈추었다.

"아프오?"

"……그저, 간지러워서."

기어들어 가는 목소리에 이제야 세현이 빙긋 웃으며 마지막 할일을 끝내고 자신의 옷을 벗으며 이번에는 떨리는 연의 어깨에 입술을 대었다.

"사랑하오. 내 온 마음을 다해서. 누군가를 이렇게 사랑할 수 있는지 이제야 알았소. 약속대로 난 그대의 손을 잡고 한 세상을 살아갈 것이오. 언제나 감사한 마음을 가지면서."

"저도 같은 마음입니다. 당신의 손을 잡고 갈 것입니다. ……당신이 손을 놓으면 전 이 세상의 미아가 될 것입니다. 오직 당신을 의지하며 한 세상 살아갈 것입니다."

연의 대답은 세현의 입속으로 모두 삼켜지며 그의 온몸에 스며들었다. 똑바로 그녀를 안자, 어느새 벌거벗은 그를 확인한 연이 고개를 돌리며 어쩔 줄 몰라 하는 것을 무시한 그가 그대로 연을 양털 위에 눕혔다. 그리고 이불 대신 자신의 뜨거운 몸으로 덥혀 주었다.

연의 이마에 입술을 대던 그가 쉰 음성으로 속삭였다.

"아시오? 나도 지금 굉장히 떨고 있다는 것을?"

그 말에 놀라 눈을 뜬 연의 얼굴이 아직도 빨갛게 부끄러움에 익어 가고 있었지만 덕분에 웃을 수 있었다.

"그럼 내가 도와줄게요."

그만큼이나 작은 속삭임과 함께 연이 그의 목을 당겨 안으며

346

이번에는 스스로 입술을 대었다. 그 행동이 도화선이 되었다. 주고받는 타액 속의 달콤함을 느낄 사이도 없이 그와 그녀의 손이 서로를 확인하느라 바쁘게 움직였다.

그녀의 입술에서 놓여난 그의 입술이 그녀의 귓불을 물어 간질이자 연이 발끝까지 떨리며 견디기 힘든 야릇한 느낌에 몸을 비튼다.

그의 목을 감은 팔에 힘이 들어갈 즈음 이미 목적을 끝낸 그의 입술은 그녀의 목덜미를 훑으며 서서히 오뚝하게 서 있는 유두를 베어 물었다. 한 손으로는 달래듯 다른 유두를 간질이고 입안에는 연신 맛있는 사탕을 굴리듯 혀로 장난질을 치다가 깨물기도 하며 연이 달뜨기를 기다렸다.

그의 입술이 지나간 자리는 다시 그의 머리카락이 스치며 그녀를 간질이고 발끝까지 떨리게 만들었다. 깊숙한 어딘가에서 알 수 없는 미묘한 짜릿함이 전신을 감싸 오자 연은 저도 모르게 몸을 비틀며 그의 손길을 애원하고 있었다.

참다못한 그녀도 그의 매끈한 등을 감싸고 손톱을 세우다 꼬집기도 하며 그에게 그녀가 느끼는 야릇한 떨림을 알려 주었다.

그의 입술이 이번에는 앙증맞은 배꼽에 흔적을 남기고 세현의 등에 연도 손톱으로 흔적을 남겼다.

모닥불의 기세가 한층 꺾여 차가운 온도가 서서히 방 안을 가득 채우고 있었지만 서로에게 취한 연인은 숨쉬기도 힘든 더위에 허덕이고 있었다.

천천히 하자 마음을 먹은 세현이지만 그녀의 살결에서 흘러나오는 향기에 취하며 마지막 한계를 느끼고 있었다. 꽃향기와는 다른 연에게서만 맡아지는 향기가 어지럽게 할 정도로 유혹적이었다.

손바닥에 보송거리는 연의 허벅지를 느끼는 순간 마음속에서 우러난 신음을 흘리며 최대한 스스로를 억제하며 허벅지를 벌리고 그 품에 그를 묻는 순간, 억눌린 신음과 함께 그의 이마에 땀이 매달렸다.

갑작스런 열락에서 느껴지는 고통에 연이 움찔했지만 멈출 수 있는 상태가 아닌 그가 미안하다는 속삭임을 끝으로 망설이지 않고 연의 품으로 밀고 들어갔다.

열락조차도 잊히게 하는 통증에 연이 입술을 깨물면서도 그를 맞이했다. 이 통증이 그가 자신의 안에 머물고 있다는 증거라 여기며 반가이 맞이하려 노력했다.

"……사랑해요."

그의 어깨에 얼굴을 묻은 연이 가까스로 뱉어 낸 말에 세현의 움직임이 거세졌다. 그리고 그 움직임에 따라 연이 거칠게 흔들리며 눈앞이 까매지는 것을 경험하고 있었다.

예전 어느 책에서 보았던 밤일은 아름답고 흥분된다, 쓰여 있었지만 현실은 흥분보다 아픔으로 기억될 것 같았다.

그럼에도 몸 안에서 느껴지는 이물감이 싫지 않았다. 통증과 더불어 뜨거운 불기운이 그녀를 통과하며 영원히 그의 여인이라는 낙인을 찍는 것처럼 느껴졌다.

그리고 불기운이 점점 통증을 잡아먹더니 상처 낸 부분을 달래 주듯 분출하는 뜨거운 기운이 연을 전율하게 만들었다.

그리고 그보다 더한 전율을 느낀 세현의 입에서도 연신 연을 부르며 사랑한다는 말을 쏟아 내고 있었다. 그리고 그녀의 몸을 짓눌렀던 그가 커다란 한숨과 함께 그녀의 품에 무너져 내렸다.

두 사람 다 지금의 감정에 취해 아무 말도 할 수가 없었다. 아직도 그녀의 품에 머물고 있는 그가 반가워서 그녀가 지친 손을 들어 땀에 늘어진 그의 머리카락을 쓰다듬었다.

"내가 너무 서둘러서."

쑥스러운 그의 말에 연이 급하게 도리질을 했다.

"이렇게 하나잖아요. 이것만으로도 좋아요."

부끄러움에 여전히 목소리는 기어들어 갔지만 연의 말은 분명하게 그에게 들렸다.

"다음에는 더 좋을 거요."

첫날밤의 기억을 아름답게 남기게 해 주고 싶은 남자의 욕심이었지만 여인이 겪어야 할 아픔은 어쩔 수 없다는 정도는 알고 있었다.

"음, 다음에도 아플까요?"

아닌 척하지만 그가 처음으로 들어오던 그때의 통증은 생각보다 커서 저도 모르게 묻고 말았다. 그래 놓고는 부끄러워 그의 품에 다시 얼굴을 감추었다.

"아마도 다음은 괜찮을 거요. 내 노력해 보리다."

웃음기 밴 그의 대꾸에 연이 심술을 부리듯 그의 머리카락을 당겨 투정을 부렸다.

"아!"

그리고 그가 천천히 그녀에게서 빠져나가는 느낌에 저절로 신음을 흘렸다. 그가 재빨리 그녀 옆에 눕더니 양털을 당겨 그녀를 꼼꼼히 덮고는 벗은 몸으로 성큼성큼 모닥불 곁으로 다가가 불 위에서 끓고 있는 물을 조금 덜어 찬물과 섞어 작은 무명천을 적셔 돌아왔다.

"뭐…… 뭐 하시는 거예요?"

"조금만 기다리시오. 이래야 편할 것이니."

당황하는 연을 보고 웃으며 그가 양털을 걷어 내고는 여인의 가장 비밀스러운 곳에 따뜻한 무명천을 대어 토닥인다.

그의 행동으로 불편한 느낌은 사라졌지만 부끄러워진 연이 시선을 둘 데를 찾아 헤매고 있었다. 벗고 있는 세현을 마주 보는 것도 부끄럽고 더더구나 지금의 그의 행동을 바라보는 것은 엄두도 나지 않았다. 그래서 아예 눈을 감고 그의 손길을 잊으려 양털 이불을 꼭 쥐고 있었다. 어느새 일을 끝낸 세현이 연을 다시 품에 안으며 차가운 몸을 그녀의 온기로 따뜻하게 데웠다.

"내게 한 가지 소원이 있다면 그대가 눈을 감는 그때 나도 눈을 감는 거요. 이렇게 내 품에 그대를 품고 평생을 살아가는 일이오."

"……그리될 것입니다. 저는 평생 당신 곁에 붙어 다닐 것입니다. ……그것이 제가 이곳에 있는 이유니까요."

당연하다는 듯 받아들이는 연이 고맙고 또 예뻐서 품에 안은 세현이 다시 그녀의 살결에 입을 대며 자신만의 흔적을 만들고 있었다.

쉼 없이 그녀를 쓰다듬는 손길에 연의 눈이 점점 감겨져 간다. 마음이야 한 번 더 안고 싶지만 연에게는 무리라는 생각에 세현이 연의 귓가에 작게 속삭였다.

"고맙소. 연, 그대가 선택한 사람이 나라서 고맙소."

"……어렵지 않았습니다. 어느새 저는 당신을 선택하고 있었던 걸요."

지친 연이 잦아지는 음성으로 대답하고는 그대로 잠이 들었다. 설레고 당황스럽고 또 아름다웠던 첫날밤의 기억을 간직하고 잠이 든 연의 입가에는 이제 정말 여자가 된 비밀스러운 미소가 그려져 있었다.

신녀복을 입느라 땋아진 머리를 하나씩 풀어 내리며 세현이 연의 이마에 입술을 떼지 못하고 있었다.

마치 꿈처럼 느껴지는 하룻밤이었다. 가슴에 품었던 여인이 이제 영원히 자신의 여인으로 살아가리라는 약속이 그를 행복하게 한다.

앞으로 또 연으로 인해 얼마나 마음 졸일 일이 생길이지 모르지만 그것도 감사하며 살 수 있을 것 같았다.

오랜 시간 그가 기다린 여인이 지금 제 품에 있는 여인이라는 당연한 믿음에 절로 웃음이 나고, 따뜻한 온기가 살과 살을 통해 느껴지며 현실로 다가왔다.

"좋은 꿈 꾸시오. 앞으로도 우린 같은 곳을 바라보며 같은 꿈을 꿀 것이니."

혹시라도 그녀가 사라질까 하는 불안은 없었지만 그래도 늘 걱정스러운 건 사실이었다. 그래서 버릇처럼 또 그는 연을 온몸으로 품으며 그의 안에 연을 감추었다. 어느 누구도 그녀를 그에게서 떼어 놓게 할 수 없다는 듯이.

16.

처음부터 만나야 하는 운명

열흘이 더 지나고 기다리던 현의 소식을 순이가 다리에 매달고 날아왔다. 얼마나 긴 시간을 날아왔는지 한쪽 날개에는 심한 상처를 입고도 당당한 눈으로 만석의 팔에 앉은 순이는 무사히 임무를 완수했으니 먹이를 달라는 듯 만석을 부리로 콕콕 치고 있었다.

"오라버니는 무사하신 거죠?"

연통에서 작은 종이 두루마리를 꺼내 읽는 세현의 얼굴에서는 어떤 표정도 읽을 수 없어 애가 타 연이 급하게 물어보았다.

"무사하오. 현 형님이야 걱정할 사람이 아니잖소. 조금 더 머물러야 한다는 전갈이오. 아무래도 순이의 역할은 이번으로 끝을 내야 할 듯하구려. 다음에는 인편으로 소식을 전한다고 하는 걸 보면."

"그곳에 머무신다는 거예요?"

놀라는 연을 향해 세현이 쓴웃음을 지었다.

"아무래도 조금 더 시간이 필요한 모양이오. 자, 읽어 보시겠소?"

안달을 하는 연에게 세현이 들고 있던 편지를 건네주었다. 급하게 받아 읽는 연의 표정은 그와 달리 다채롭게 변하고 있었다.

종군사의 면담은 칭기즈칸의 지병을 핑계로 계속 지연되고 있다는 말과 함께 주치의 소식이 적혀 있었다. 정작 칭기즈칸은 아무런 반응을 보이지 않았지만 그의 혈통에 문제가 있어 이번 일에 참패했다는 지적은 더욱 그를 궁지에 몰리게 하고 있는 모양이었다. 그리고 곧이어 주치가 호라즘을 향하고 있다는 말끝에 기를예라는 여자가 몽골로 오는 도중에 열병으로 죽었다는 말이 적혀 있었다. 죽은 시체는 독수리 밥이 되도록 버려두고 왔다는 소식에 연의 얼굴이 딱딱하게 굳어졌다.

그 여자가 죽었다는 말을 들어도 불쌍하다는 생각은 들지 않았지만 그래도 그 인생을 생각하니 마음 한구석이 불편한 것도 사실이었다. 이런 끝을 바라지도 않았다. 사람이 죽었다는 말은 그게 누구든 가슴이 무거워진다. 그녀가 누구를 마음에 품었는지 누구보다 잘 알고 있었기에 한편으로 짠하기도 했다.

사람이 사람을 좋아하는 것이 서로를 바라보게 하는 일이라면 좋겠지만 엇갈리는 시선으로 사람을 품으면 먼저 품은 사람만 가슴 아프게 된다는 것을 너무 잘 알아 그녀의 죽음에 안쓰러움이 먼저 생기나 보다.

천천히 읽어 내려가는 연의 어깨에 따뜻한 손이 올라왔다. 굳이 확인하지 않아도 누구의 손인지 알기에 연이 뺨을 기대며 서글픈 미소를 지었다.

"비류수가 얼었소. 이제 우리는 부여부로 돌아갈 것이오. 이곳에는 만석 형님이 남아 있을 것이고."

담담한 그의 말에 연이 다시 굳어졌다.

"그럼 이제 만석 오라버니와도 이별이네요."

"아니오, 잠시의 헤어짐이오. 우리는 이제 형제요. 그러니 모두 모이면 잔치를 할 생각이라오. 자, 마지막 줄을 읽어 보시오."

빙그레 웃으며 그녀의 마음을 헤아린 세현이 만석을 보며 그의 뜻을 전하자 만석도 웃음으로 대답을 대신했다.

그의 독촉에 연통지에 시선을 돌린 연의 얼굴이 금방 발갛게 변했다. 마지막 현의 인사말에는 돌아가면 예쁜 조카를 안고 싶다는 말로 끝을 맺고 있었다.

"칫! 이건 제게 할 소리는 아니지요. 두 분 오라버니 모두 늦으신 것이니 자신들의 자식을 기다릴 나이십니다."

헛기침을 하며 딴소리를 하는 연은 다른 때와 달리 더욱 귀여웠다. 하루 종일 신녀복을 입고 성을 돌아다니며 아픈 사람을 돌보고 부모 잃은 아이들을 달래고 어르는 일을 하는 연을 성안의 모든 사람들이 반갑게 맞아 주었다.

벌써 요나라 말을 배워 그들에게 가야 말을 가르치는 것도 연의 일이었다.

질라부가 황제를 만나면 이곳도 곧 가야의 일부가 될 것이니 미리 말을 배워 두는 것이 좋을 거라는 판단이었다.

바쁘게 하루가 지나고 하늘이 어두워지면 연은 매일 밤을 그의 품에서 잠이 들고 또 눈을 떴다.

불편하고 힘든 생활이었지만 단 한 번도 힘들다 여겨 본 적이 없었다. 사실 연에게는 이런 생활이 더 익숙했다.

누군가의 보살핌을 받았던 기억은 모두 자신의 기억이 아니었 다. 그럼에도 가끔은 혼자 앉아 기억 속에 있는 또 다른 기억을 더듬어 하나씩 가슴에 품었다.

아마도 이곳에서 그녀의 흔적은 시간이 지나면 없어지리라. 저 쪽에서와 마찬가지로.

빈궁공주 하연의 존재는 이미 잊힌 존재였고, 오직 세현의 안 사람이라는 지위만 남아 있었다.

"하긴, 공주라는 타이틀에 내가 어울리는 것도 아니니까."

혼잣말로 중얼거리며 연은 하연을 떠올렸다.

"그래도 네 이름은 내내 기록에 남아 있을 거야. 나와는 달리. 그러니까 넌 없어진 게 아니야. 알지?"

뜬금없이 떠오르는 그리운 이름. 그리고 그리운 얼굴. 그래서 버릇처럼 연은 경대를 올려놓고 자신의 얼굴을 보며 속삭였다. 이 제는 익숙해진 얼굴이지만 또 다른 얼굴이기도 한 행복한 여인의 얼굴을 보며 수다를 떨기도 했다.

"그곳에도 시간은 흐를 거야. 모두들 마음은 아프겠지만 잊어가겠지? 따지면 내가 더 불쌍하잖아. 나를 기억해 주는 사람이 얼마나 될까? 그래도 나는 널 영원히 죽는 그 순간까지 기억할 거니까 위로가 될까? 넌 그만큼 내게 소중한 사람이니까."

"또 공주와 대화를 하시오?"

예전의 경대에 비하면 작은 모양이었다. 성안의 여인이 그녀에게 선물로 준 경대를 받자마자 거울에 비친 자신에게 속삭이는 모습에 이제는 익숙해진 세현이 발소리도 없이 다가와 그녀의 얼굴 옆에 자신의 얼굴을 내밀었다.

작은 경대의 거울에 연의 얼굴과 세현의 얼굴이 꽉 차며 빈틈 없이 서로의 눈빛을 보여 주었다.

"하나밖에 없는 제 동기와 같으니까요. 상황이 바뀌었다면 저도 그랬을 것 같아요. 그 애를 위해서 모든 것을 다 줄 수 있을 것 같아요. 우리는 하나였으니까. 거울을 보면 이제 편해요. 이 얼굴을 보면 마음이 따뜻해져요."

"그러나 나는 이 얼굴이 아닌 그대 안에 있는 영혼을 사랑하는 거요. 그대가 어떤 모습을 하든 눈이 부시게 빛을 내는 존재라는 것을 아시오? 네게는 당신의 빛이 보이오."

그녀의 뺨에 입술을 대며 속삭이는 말에 연이 웃으며 그에게 기대며 경대를 닫았다.

"원래 그토록 느끼한 말을 잘 했던가요?"

뺨을 따라 흐르던 입술이 귓불을 스쳐 귓가에 숨결을 집어넣자 연이 헐떡이며 간신히 대꾸를 했다. 그러자 세현의 손길이 더욱 짓궂어졌다.

이제 어디를 어떻게 만져야 연이 반응을 보이는지 알고 있었기에 금세 달뜨는 연을 안아 그들만의 잠자리로 옮기는 그의 발걸음도 바쁘기만 했다.

아무리 그녀를 품어도 욕심이 생겼다. 그를 향하여 달콤한 한숨을 내쉬면 그도 따라서 발끝부터 열기가 치솟아 올랐다.

첫날밤의 조심스러운 사내는 없었다. 그리고 부끄러움에 떨던 여자도 이제는 없었다. 오직 두 사람이 있는 순간에는 서로를 탐하는 열정적인 연인만 있었다.

날이 밝은 때도 틈만 나면 그는 연을 찾아 입술을 마쳤고 연은 또 연대로 그에게서 시선을 돌리지 못했다. 같이 서 있으면 버릇처럼 그의 손을 잡아 꼬물거리는 그녀의 버릇을 즐기는 사람은 또 세현이었다.

"하윽!"

어디를 어떻게 건드렸음인지 저절로 신음이 흘러나오는 입을 손으로 막으며 연이 몸부림을 쳤다. 그러나 두 다리를 그의 손에 단단히 붙잡혀 빠져나올 수가 없었다.

이제 망설임 없는 그가 손과 입술을 이용해 연을 하늘로 띄우고 있었다. 그의 노련한 기술에 속절없이 신음을 흘리던 연이 갑자기 몸을 일으켜 그와 자리를 바꾸었다.

"나만 당하는 것은 성질에 안 맞아요. 어디 당신도 당해 봐요."

상기된 얼굴에 거친 숨결을 이으면서 연이 세현을 향해 즐거운 복수를 다짐했다.

"기대가 되는데? 헉!"

빙긋 웃는 세현의 입가에는 불빛이 부딪혀 반짝이고 있었다. 마치 개구쟁이가 상대방을 놀리듯 대답하던 그가 순간 저도 모르게 신음을 삼켜야 했다.

그의 배 위에 연의 머리카락이 장막처럼 드리워졌다. 누가 알려 준 것도 아닌데 연은 순식간에 그의 머리를 하얗게 비워지게 하며 눈앞에 폭죽이 터지듯 화려한 황홀함을 주고 있었다.

"더는, 더는 안 돼!"

결국 먼저 항복한 이는 세현이었다. 거칠게 연을 끌어 올린 그가 급하게 연에게 자신을 묻었다. 다른 날과 달리 더욱 거친 그의 움직임에 연도 그의 입술을 찾으며 박자를 맞추었다. 순식간에 같은 곳을 바라보며 올라가던 두 사람은 하얗게 비워지는 폭발을 느끼며 가라앉았다.

방 안의 열기가 잦아들고 나른함에 취한 연이 그의 품에 안겨 가만히 그의 심장 소리를 듣고 있었다. 부드럽게 연의 머리카락을 손에 감던 세현이 조용히 입을 열었다.

"내일은 부여부로 가서 쉴 것이니 오늘 밤은 푹 쉽시다. 그리고 눈이 녹으면 개마산으로 갑시다. 형님이 우리 걱정으로 확 늙으셨을 거요."

그의 말에 졸음이 달아난 눈으로 연이 발딱 고개를 들었다. 듣던 중 가장 반가운 말이었다.

"저도 뵙고 싶어요. 영효당 형님도요. 그리고 주술사 할머니도, 또 유모도 모두 보고 싶어요."

"자, 그러니 오늘은 푹 쉬는 거요. 아마도 또 긴 여정이 될 것이니."

다독이는 그도 웃고 있었다. 그리고 연을 품에 꼭 끌어안고 흥분한 그녀를 재우려 애를 썼다.

서로의 품에서 잠이 든 두 사람을 벽난로의 불빛이 따스하게 비춰 주고 있었다.

그 밤 연은 하연의 어린 시절 모습을 보았다. 아무도 없는 궁 구석에서 울고 있던 아이를 향해 손을 내밀자 눈이 예쁜 하연이 생긋 웃으며 연의 손을 잡고 품에 안겨 왔다.

따스한 체온의 아이를 품에 안은 연이 그리움과 반가움에 눈물을 떨어뜨리며 환하게 웃었다. 그렇게 두 사람은 환한 햇살 아래 서로를 품고 있었다.

꿈을 꾸고 일어난 연은 다시 경대를 찾았다. 오랜만에 본 하연이었다. 아이의 모습이지만 하연이라는 것을 곧바로 알아보았다. 환하게 웃던 아이 모습의 하연을 생각하며 연도 경대를 보며 웃었다.

경대에 비치는 얼굴은 자신이면서 또 하연이었다.

"그래, 환하게 웃으며 살게. 너도 웃고 있는 거 알았으니까."

손끝으로 얼굴선을 만지며 새삼 다짐을 하는 연의 얼굴은 다른 날과 달리 더욱 환하게 빛을 내고 있었다.

그리고 거울을 만지던 손을 내려 납작한 자신의 아랫배를 감쌌다. 어떻게인지는 모르지만 지난밤 자신의 몸속에 새로운 생명이 생겼다는 것을 알았다. 그리고 그 아이가 예쁜 딸이라는 것도 알수 있었다.

누군가 어떻게 아냐고 물으면 대답할 말이 없었다. 그저 본능이라는 말밖에는 할 말이 없었다. 그러나 아직은 확인할 길이 없으니 그에게는 비밀로 할 생각이었다.

"이름은 하서라고 지을 거야. 운하서. 예쁘지? 아주 많은 사랑을 받는 아이가 될 거야. 너와 내가 받지 못했던 사랑을 모두 받을 거야. 고마워. 예쁜 선물 감사히 받을게. 이 아이의 유모도 이미 정해졌잖아."

눈앞에 예쁜 아이가 웃으며 달려오는 모습이 보였다. 그 아이를 안아 올려 목에 올리는 그의 모습도 보였다. 세상을 다 가진 듯 맑은 웃음소리가 들리는 것 같았다.

그날 연과 세현은 아쉬워하는 성 사람들의 인사를 받으며 비류수를 건너 부여부로 왔다. 연이 부여부에 와서 가장 먼저 한 일은 돌의 무덤을 찾아 제를 지내는 일이었다. 잠깐 스치듯 만났지만 기억에 남아 있는 아이의 미소를 기억하며 눈물을 흘렸다.

그사이 그녀가 살렸던 아기는 건강하게 자라 옹알이를 하며 발버둥을 치고 있었다. 돌아온 부여부는 눈이 쌓여 있다는 것만 빼면 아무것도 변한 것이 없었다.

변한 사람은 연이었다. 마음도 몸도 모두 변해 있었다. 부여부에서 저 멀리 보이는 아무르성을 바라보는 그녀의 얼굴에는 수많은 감정이 스치고 있었다.

고통스러웠던 순간, 그리고 안타까웠던 순간, 소중한 이를 보내야 했던 순간. 마지막으로 진정한 그의 여인이 되었던 순간들. 너무 많은 기억을 그곳에 남겨 두고 왔다.

"무슨 생각을 하시오?"

그녀가 어디에 있든 그는 그녀를 찾아냈다. 그리고 차가운 바람을 대신 맞아 주려는 사람처럼 그녀를 품에 안았다.

"저 성에 참으로 많은 기억을 두고 왔다는 생각이요. 그래서 저는 저 성을 잊지 못할 것입니다. 나중에라도 한 번은 들르고 싶을 겁니다."

연의 대답에 세현도 아스라이 보이는 성을 눈에 담았다. 그에게도 참으로 많은 기억을 남긴 곳이었다.

"언제고 마음만 먹으면 이제는 갈 수 있는 곳이오. 저곳은 이제 가야의 땅이니까."

"연락이 왔군요?"

"절도사께서 인편을 보내셨소. 질라부에게는 이의방이라는 가야의 이름을 내리셨다는군. 그러니 저 성도 이제는 가야의 땅이오."

이의방? 어디서 많이 들었던 이름인데?

"지금 이의방이라고 했어요?"

"그렇게 들었소. 왜, 아는 이름이오?"

당황하는 연을 보며 세현이 미간이 흐려졌다. 그러나 곧 연이 표정을 가다듬으며 고개를 저었다.

"아니요. 그냥 어디서 들어 본 이름 같아서."

어깨를 으쓱이면서 연의 머릿속에서 또 다른 이름을 떠올리고 있었다.

이성계. 고려 말 장군, 위화도 회군으로 조선을 세웠던 사내. 그의 선조가 여진족이었다는 설이 있었다. 그의 족보를 따라 올라가면 분명 이의방이란 이름이 있었다.

그러나 곧 고개를 저어 떠오르는 생각을 털어 내 버렸다. 이곳의 역사는 자신이 알고 있던 역사와 달랐다.

현 오라버니와 같이 갔다는 종군사의 이름도 익숙하지만 같은 듯 다른 역할을 하고 있었다. 그렇다면 미리 걱정할 일은 아니었다.

"이곳의 역사는 흥미로워요. 앞일을 몰라서 더욱 그런지도 모르겠어요. 그래서 기대가 돼요. 적어도 이곳에서는 또 다른 미래가 펼쳐질 것 같아서요."

"그곳의 일들을 말해 줄 생각은 없소?"

묵묵히 연의 말을 들으며 세현이 궁금해져 물었지만 돌아오는 것은 그녀의 도리질이었다.

"잊을래요. 그곳은 그곳대로 흘러갈 거고, 이곳은 이곳대로 흘러가게 둘 거예요. 같은 선상에서 흘러가지만 서로 만날 일은 없는 곳이니까 그곳은 이미 없는 곳과 같아요. 그리고 별로 기억하고 싶은 역사도 아니에요. 이곳은 제가 꿈꾸던 세상이에요. 그래서 당신 곁에서 지켜볼 거예요. 세월이 흘러가면 어떤 일이 일어날지 궁금해하면서."

"그럼 나도 묻지 않으리다. 여기는 우리가 꾸려 가는 우리의 세상이니까. 그대와 함께하는 시간들을 소중히 여기며 살아가리다."

"그래요. 나는 연으로 이곳에서 당신의 여인으로 살아가는 날들이 기뻐요. 그곳의 기억은 모두 묻어 버리고 당신의 여인으로 열심히 살아갈 거예요. 그리고 우리들의 아이들에게 자랑스러운 엄마로 남을 거예요."

비밀스러운 미소를 지으며 연이 여전히 아무르성을 바라보고 있었다. 세현도 그녀를 품에 안은 채 그녀의 시선을 따라 연을 만났던 날부터 지금까지를 떠올렸다.

말도 안 되는 만남이 목숨보다 소중하게 여겨지던 날까지, 살아온 날보다 수많은 일들을 겪은 듯 오랜 시간이 흘러간 것 같았다.

"아무도 모르지만 나와 그대는 알고 있소. 우리가 어떻게 만났는지를, 그리고 어떤 인연인지를. 우리만의 비밀을 지니고 있기에 서로가 더욱 소중한 것을 알고 있소. 만날 수 없는 세계라 하나 우리는 만났소. 어쩌면 우리는 처음부터 만나야 하는 운명이었던 모양이오."

"그래요. 그게 우리의 운명이었어요. 거울을 사이에 두고 잘못 선택되었던 자리가 제자리를 찾았어요. 그러니 소중하게 여기고 살아갈게요. 사랑해요. 앞으로도 영원히."

"사랑하오. 앞으로도 영원히."

두 사람이 같은 마음으로 속삭이는 그때 찬란한 햇빛이 구름을 뚫고 그들을 비추고 있었다.

〈終〉

에필로그

"그만해도 된단다, 너도 하진이와 함께 나가서 놀지 그러니?"

따사로운 오후의 햇빛이 작지만 아담한 집 마루에 그늘을 드리우고 있었다. 솔솔 부는 바람도 느긋하여 오수를 즐기라고 유혹하는 듯한데, 마루 가운데 앉아 낮은 탁자에 무엇인가 글을 쓰는 여인 옆에 열 살 남짓 보이는 어린 여자아이가 정자세로 부지런히 먹을 갈고 있었다.

"저는 이렇게 어머니 곁에 있는 것이 좋은 걸요."

해맑은 미소를 짓는 아이는 열 살이 되어 가며 점차 소녀로 피어나고 있었다. 툭 불거진 이마와 동그랗고 커다란 눈망울에 담겨 있는 순수함이 보는 사람들을 끌어들이며 저절로 보호하고 사랑하게 만들었다.

말 한마디도 어느 하나 예쁘지 않게 하는 것을 본 적이 없었다.

세 살 차이의 개구쟁이 동생의 철없는 장난에도 마냥 웃어 주는 착한 누나였다.

"그런데 어머니는 매일 쓰실 일기가 그리도 많으십니까?"

여전히 손으로는 먹을 갈며 하서가 어머니, 연을 보며 고개를 갸우뚱했다. 기억에 있는 어머니는 아버지와 손을 잡고 산책을 하시는 모습과 더불어 무엇인가 글을 쓰시는 모습이었다.

"나에게는 그렇구나. 정말 쓸 이야기가 많아서 쓰고 또 써도 또 쓸 것이 생기는구나. 그래, 생각은 해 보았느냐?"

연이 문득 생각나 붓을 내려놓고 하서의 얼굴을 마주 보았다. 하서도 그제야 먹을 갈던 것을 그만두고 입가에 손가락을 대며 우물거렸다.

"……네."

"결정은?"

"배우고 싶어요. 어머니 말씀대로 여자기 때문에 할 수 없다 정하는 것은 어리석은 것 같아요. 저를 지키기 위해서라도 배워야 할 것 같아요."

며칠 전 하진이와 같이 하서도 검술을 가르치는 것이 어떠냐고 세현에게 물었다. 그러자 옆에서 놀라던 아이의 얼굴을 떠올리며 연이 빙그레 미소를 지었다.

너무 얌전한 아이라 조금은 움직여 보는 것도 나쁘지 않을 듯 싶었다. 더불어 어떤 상황이든 스스로를 지킬 수 있는 검술이라면 더욱 좋을 것 같아 세현에게는 먼저 운을 떼어 놓았다.

과거의 일로 이미 여인도 제 스스로 몸을 지킬 수 있어야 함을 피부로 깨닫고 있었던 그였기에 금지옥엽 딸을 가르치는 일에 대찬성이었다.

이제 결정은 하서의 몫이었다. 억지로 하기 싫은 일을 시킬 수는 없으니까.

"그래, 스스로 자신을 지키는 것은 매우 중요한 일이지. 아버지께서도 기쁘게 가르쳐 주실 것이나 그리 쉬운 일은 아닐 것이다. 각오는 한 것이야?"

"하진이를 보면 쉽지 않은 것은 알아요. 다치는 것은 싫지만 아버지를 믿으니까 괜찮아요."

"그래, 그럼 직접 아버지를 찾아가 네 마음을 알려 드리렴."

"허락하실까요?"

직접 나서라는 말에 하서의 표정에 의구심이 어렸다. 이 세계에서 여자는, 특히 귀족의 여인이 칼을 들고 검술을 배우는 일은 없었다.

어린 나이에 먼저 손에 쥐는 것은 바늘이었다. 그러나 어머니는 하서에게 바늘 대신 글을 알려 주셨고, 지금은 검을 배우라 하신다.

"아까도 말했잖니? 아버지는 기쁘게 가르쳐 주실 거라고. 네 아버지는 조금 다른 분이시잖니? 그래서 어머니가 사랑하는 분이신걸."

어머니의 대답에 수긍하듯 하서가 고개를 끄덕였다. 강직하고 엄한 아버지지만 하서와 하진이, 그리고 어머니에게는 항상 따뜻한 분이셨다. 그래서 하서는 아버지의 품이 참 좋았다. 넓고 따뜻한 품에 안겨 있으면 세상에 무서울 것이 하나도 없었다.

"예, 지금 가서 말씀드릴게요."

"그러렴, 서두르다 넘어지지 말고 조심해 다녀오렴."

"네."

맑은 음성으로 대답을 남기고 하서가 치마 끝을 들고 부리나케 제 아버지를 찾아 나섰다. 뒷마루 끝으로 잠자리 한 마리가 앉아 있다가 아이의 움직임에 화들짝 놀라더니 눈치를 보다 다시 주인인 양 제자리에 앉아 눈을 데룩거리는 모습을 연이 미소를 지으며 바라보고 있었다.

이곳에 온 지 벌써 십 년이 더 넘어가고 있었다. 그사이 참으로 많은 일이 있었다.

하서는 개마산에서 태어났다. 봄이 되며 곧바로 연의 일행은 부여부를 떠나 개마산으로 향했다. 말을 탈 상황이 아니어서 마차로 가느라 개마산까지 장장 두 달이 넘게 걸렸다. 하지만 덕분에 개마산은 온통 야생화로 물든 아름다운 모습으로 연을 기쁘게 했다.

가장 기쁜 일은 아주버님이 스스로 걸어 그들을 맞이했을 때였다. 놀란 세현을 보며 빙긋 웃는 아주버님의 얼굴에는 사내대장부의 당당함이 서려 있었다. 그리고 그다음으로 연을 놀라게 한 것은 얼굴을 붉히며 품에 아이를 안고 있는 인해의 모습이었다.

눈물 콧물을 빼며 연을 맞이했던 유모 지씨는 배가 불러 온 연을 보고 또 한바탕 눈물을 쏟았다.

아들들의 걱정에 반쪽이 되어 개마산에 머물던 하씨 대부인의 얼굴도 순식간에 밝아졌다. 겹경사였다. 사경을 헤맸다던 아들은 무사히 살아오고, 더구나 걱정하던 공주와의 사이에 아이까지 생겨 왔다.

세현의 소식을 전하기 위해 몸소 개마산에 왔다가 공주마저 아들을 따라갔다는 소식에 하얗게 질렸던 대부인이었다. 그나마 위로가 되었다면 어설프지만 한 발씩 내딛는 큰아들이었다.

모든 사람이 포기하고 있었던 일을 공주가 도와 해낼 수 있었다는 말을 듣고 고마움에, 그리고 걱정에 말라 갔었던 대부인을 살린 것은 인편으로 아들과 공주가 무사히 돌아온다는 소식이었다.

그날부터 하루가 멀다 하고 내내 아들이 오는 길을 마중 나오며 지낸 지 한 달 만에 아들 부부를 만난 대부인은 결국 체면 따위는 모두 버리고 땅바닥에 주저앉아 대성통곡을 했다.

그런 시어머니 앞에 무거운 몸으로 무릎 꿇고 죄를 비는 연과 아들을 붙잡고 대부인은 연신 고맙다는 말을 하며 눈물을 그치지 않았다.

다행이었다. 아주버님은 제때 치료를 받지 못해 신경이 굳어 있던 것뿐이었다. 제대로 재활 운동을 받고, 그 의지가 강하니 생각보다 빠르게 스스로 걸을 수 있었다.

모두 공주의 덕이라며 시어머니는 아예 연을 하늘처럼 모시려

들었다. 인해도 시어머니와 같은 마음이라며 은인으로 모시고 있었다.

"걱정 많이 했습니다. 하루가 정말 일 년 같았습니다."

둘만이 마주 보고 앉아 있던 시간에 인해가 눈물을 닦으며 하는 말에는 한 치의 거짓도 담겨 있지 않았다.

"이제는 모두 정리가 된 것 같습니다."

잔뜩 불러 있는 배를 문지르며 연이 묻자 그녀의 얼굴이 벌게졌다.

"정리하고 할 것도 없었습니다. 처음부터 제 욕심이었고 저의 모자람 때문에 일어난 일이었습니다. 죄인인데도 아무도 벌을 주지 않으시니 그저 송구하고 면목이 없을 뿐입니다."

고개를 숙이고 기어들어 가는 음성으로 대답하는 인해를 잠시 연이 엄한 눈으로 바라보았다.

"그런 마음으로 아주버님 곁에 계신 겁니까? 죄스러워서 죗값을 치른다 생각하시고 계신 것입니까?"

아주버님의 마음은 처음부터 알고 있었다. 그러나 아직 인해의 마음은 모르기에 돌리지 않고 직접 물어보았다.

만약 죗값을 치를 마음이라면 나중에는 유리처럼 산산이 부서질 관계로 끝나게 될 것이 걱정스러웠다.

"아닙니다. 이제는 아닙니다. 이런 저를 받아 주신 서방님께 차마 고개도 들 수 없는 저이지만 제가 정말 원하던 분이 누구인지는 분명하게 알고 있습니다. 이런 저를 어쩔 수 없어 받아 주신 것은 아닌가 걱정되고 불안하지만 서방님이 내치시는 그 순간까지 전 옆을 지킬 것입니다. 온 마음을 다해 서방님을 모실 것입니다."

입술을 깨물면서도 인해는 눈을 들어 연의 눈을 피하지 않고 대면하고 있었다. 사람의 마음이 쉽게 변하냐고 마음속에서 묻고 있었지만 연은 그녀의 눈을 믿고 싶어졌다.

조금 더 시간이 지나면 서로에게 모든 것을 털어놓고 흉금 없는 부부사이가 될 것이라고 믿고 싶었다. 두 사람을 위해서라도 그렇게 되기를 바랐다.

"그렇게 기가 죽어서야 앞으로 어쩌시려고 하십니까? 대사헌 댁 큰 며느님이십니다. 앞으로 시어머니의 뒤를 이어 안살림을 이끌어 가실 분이십니다. 당당하십시오. 제가 드릴 충고는 여기까지입니다. 아마 앞으로 더 많은 공부도 하셔야 하실 것입니다. 가시밭길을 걸으실 것이니 이제 제가 불쌍하게 여겨 드릴 것입니다."

"마마?"

"제가 신분이 위라고 하나 따지고 보면 둘째 며느리입니다. 그러니 대사헌 댁의 큰살림을 맡으실 분은 형님이시지요. 저는 그런 것 배울 의향도 없거니와 될 위치도 아니지 않습니까? 아마 아주버님도 곧 관직에 나가실 것인데 안사람이 당당해야 도움이 되실 것입니다."

놀라는 인해를 무시하고 연이 조목조목 그녀가 잊고 있는 현실을 짚어 갔다. 인해가 있어 연의 목적을 이루는 데 훨씬 수월해지고 있었다. 세현이 가문을 이어야 한다면 일이 복잡해지는데 인해가 벌써 떡하니 아들을 낳았다. 거기가 일현의 다리가 충분히 나으면 분명 배운 것을 나라를 위해 써야 할 일이 생기리라.

"제가 어찌……."

"왜요? 다른 여인이라도 들여 그 자리를 넘기시게요?"

"그럴 수는……!"

저도 모르게 발끈하던 인해가 말꼬리를 감추며 고개를 숙였다.

"그게 진실입니다. 지금의 그 마음이 형님의 진실이십니다. 모자라면 채우면 그만입니다. 모르면 배우면 그뿐이고요. 저는 그런 역할을 할 생각이 전혀 없으니 정 힘드시면 아주버님께 정실부인 한 명을 더 얻으라 하십시오. 그리고 나가시면 서방님을 좀 불러주세요. 아무래도 아이가 나올 모양입니다."

"네?"

놀라는 인해와 달리 연은 편안해 보였다. 아침부터 주기적으로 통증이 있었지만 그리 아픈 것은 아니라 무시하고 있었다. 그러나 그 세기가 점점 강해지며 주기를 세어 보니 꽤 일정했다. 그리고 속고의에 느껴지는 축축한 이물감은 분명 아이가 신호를 보내고 있음이었다.

"급하지는 않지만 그래도 알려는 드려야 하지 않겠습니까? 아, 유모도 좀 불러 주세요. 준비를 해야 할 것 같으니까. 아, 맞다. 주술사 할머니도 부탁드립니다."

말이 길어질수록 연의 주문은 길어졌고 편안한 표정의 연을 보면서 도리어 당황하던 인해가 급하게 문을 열고 사람들을 찾아 나섰다.

"이제 널 보는구나. 기다렸단다. 너도 내가 많이 보고 싶지? 우리 하서 얼른 엄마에게 오렴."

통증이 올 때마다 꿈틀거리는 배를 쓰다듬으며 연이 환하게 웃고 있었다. 그리고 다음 날 새벽 해가 뜨던 그 시각, 하서가 세상에 얼굴을 보였다. 건강하게 태어난 아이는 모두의 환호성 속에 커다란 울음을 터트렸다.

아이가 백 일이 되던 날 연은 약속을 지켰다. 일현 부부와 세현 부부는 커다란 감격으로 천지를 눈에 담았다.

천지에 올라 제를 지내며 연은 먼저 하연을 떠올렸다. 그리고 하서를 보며 웃었다. 꼭 잡은 세현의 손에서도 같은 감정을 느꼈다. 다른 이들은 모르지만 참으로 말도 안 되는 일로 만나 인연으로 묶인 두 사람이었다.

서로만이 아는 비밀로 더욱 굳건해진 두 사람 옆에 일현도 인해의 손을 잡고 벅찬 감정에 눈시울을 붉히고 있었다. 네 사람과 두 아이가 바라보던 천지는 파랗고 맑았으며 성스러웠다.

하서가 5살이 되던 날 어이없게 홍역으로 황제가 승하하는 일이 일어났다. 생각지도 못한 급작스런 승하에 왕위 다툼은 물 건너가고 결국 현 세자가 황제가 되었다.

연으로 이 세상에 와서 처음으로 황궁에 발을 들이며 그 대단함에 놀라 정신이 없었다. 하연의 기억 어디에도 없는 아버지기에 그 죽음이 슬프지도 안타깝지도 않았다.

더구나 연에게는 타인이었다. 그러니 그가 죽든 살든 아무 상관이 없었다. 무심히 궁궐의 화려함만 눈에 익히며 나중에 그림으로라도 그려 놓으리라는 생각을 하고 있었을 뿐이다.

바람이 있다면 하연이 머물렀던 빈궁이라는 곳을 보고 싶었지만 이미 허물어 생각시의 숙소를 만들었다는 말에 씁쓸해해야 했다.

그래도 한때는 공주의 처소였는데 일개 나이 어린 궁녀들의 숙소로 만들어 버린 죽은 황제를 생각하며 오히려 그 죽음에 속이 시원하다는 느낌이었다.

부마의 위치에 있는 세현의 곁에서 하라는 대로 상복을 입고 서 있다 다시 황궁을 나오는 발길이 진심으로 가벼웠다는 것만 기억에 남았다.

황제의 승하와 더불어 대사헌인 시아버지도 관직을 내놓고 초야로 물러나셨다. 이제 그 뒤를 장원급제한 일현이 잇고 있었다.

황제가 승하한 다음 달 기다렸다는 듯 유모가 세상을 떠났다.

"마마!"

하서를 마치 하연처럼 아끼고 사랑했던 유모는 마지막에 하연을 찾으며 웃고 있었다. 마치 그녀가 마중을 나왔다는 듯이 반가운 얼굴로 하연을 찾으며 눈을 감았다. 그리고 하서는 유모가 죽고 사흘을 울어 대 사람들의 마음을 아프게 했다.

그러나 연은 울지 않았다. 정말 사랑하던 공주를 만나 기뻐하고 있을 유모 지씨의 마음을 알 것 같았다. 그래서 웃으며 유모 지씨를 보낼 수 있었다.

"엄마!"

긴 상념이 신이 난 아이의 외침에 사라졌다. 제 아비의 목에 앉아 마치 개선장군이라도 된 듯 목검을 휘두르는 장난꾸러기 아들을 보며 연이 몸을 일으켰다.

세현의 옆에는 그의 손을 꼭 잡고 말간 미소를 달고 걸어오는 하서가 보였다.

순간 어디선가 많이 본 듯한 모습에 연이 멈칫했다. 너무도 익숙한 모습. 기시감처럼 느껴지는 정겹고 아름다운 모습에 동그랗게 눈을 떴던 연이 금방 표정을 바꾸고 환하게 웃으며 그들을 맞이하고 있었다. 기시감이든 아니든 무슨 상관이랴.

세상에서 가장 사랑하는 사람들이 그녀를 향해 오고 있었다. 그들을 마중하는 연의 미소가 다른 어떤 날보다 환하게 빛이 나고 있었다. 그리고 연을 바라보는 세현의 얼굴에도 숨길 수 없는 애정이 넘치고 있었다.

"형님의 서한이요? 현 형님은 나는 잊은 모양이요."

연이 들고 있는 긴 편지를 보며 세현이 가볍게 눈가를 찌푸렸다. 어째 현 형님은 자신보다 연에게 보내는 서한이 더 많았다. 그 이유를 알면서도 그때마다 그는 일부러 장난처럼 투정을 부렸다.

"삼촌은 저에게도 편지를 보내시는 걸요."

세현의 얼굴이 흐려지자 당장 하서가 걱정 가득한 음성으로 현의 편을 든다.

"알고 있단다. 여기저기 다니시는 분이시니 보고 듣고, 그리고 알려 주고 싶은 것이 많으신가 보구나."

어린 딸의 목소리에 당장 그의 목소리가 밝아졌다. 장난꾸러기 아들에 비하면 너무나 얌전해 가끔은 걱정스러울 정도로 어른스러운 하서에게만큼은 당할 수가 없었다.

"네, 현 오라버니의 상단이 지금 호라즘을 향하고 있으시다네요. 그런데 몽골군이 호라즘을 넘어 오스만투르크까지 진군한 것 같아요. 오라버니의 상단이 무사해야 할 텐데."

"그대 말대로 거대해지는군. 그러나 형님의 걱정은 접으시오. 그만큼 겪고도 모르시오. 형님이라면 아마 그곳에서도 이득을 취하고 계실 것이오. 돌아올 때는 또 괴상하고 이상한 물건을 잔뜩 들고 오실 것이니 기대가 되는구려."

별일 아니라는 듯 세현이 손사래를 치며 연의 걱정을 물리쳤다. 그의 대답에 연도 고개를 끄덕였다.

"하서는요?"

날름 제 어미 옆에 앉은 하서를 보며 세현이 빙그레 미소를 지었다.

"내일부터 기본 동작을 가르칠 생각이오. 아주 좋은 생각이오. 여인도 자기 몸은 지켜야 하지. 암!"

마치 먹물 가는 일이 세상에서 가장 중요한 일이라는 듯 하서가 다시 먹물을 가는 것을 보며 연도 희미하게 미소를 짓고 있었다.

이 세상에서 자신이 할 수 있는 일이 무엇인지 고민하던 연은 마침내 자신이 할 수 있는 일을 찾았다. 여인네의 일기처럼 이 세계의 일을 세세히 기록하는 일이었다.

역사적 기록이 없어 놓쳤던 많은 사건들을 생각하며 자신의 글이 후세에 도움이 되리라는 생각이었다. 먼 훗날 자신이 남긴 기록이 역사를 아는 데 도움이 되기를 바라는 마음이었다.

오천 년이 넘는 역사 속에 수많은 질곡을 견디며 지켜갔던 작은 나라를 기억하며 자신이 살고 있는 이곳은 그러지 않기를 기도하는 마음으로 그동안의 기록을 정리하고 또 현재를 기록해 나갔다. 후대의 사람들이 역사를 배우며 또 역사 속에서 많은 것을 배우기를 바라는 마음이었다.

먼빛으로 이제 막 올라가는 성곽이 보였다. 매일 똑같은 모습 같아도 한 달이 지나며 어느새 그만큼 앞으로 진행된 것이 보였다.

"성을 쌓는 일은 생각보다 시간이 오래 걸리네요."

"쉬운 일은 아니잖소. 그래도 그대가 고안해 낸 도르래 덕분에 훨씬 속도가 나고 있다오."

그사이 새로 등극한 황제는 고심 끝에 종군사 서희가 칭기즈칸과의 담판으로 얻어 온 땅을 지키기 위한 방편으로 성을 쌓기로 결정을 보았다.

지금은 호라즘을 정복하고 있는 몽골이 언젠가는 가야로 시선

을 돌릴 때를 준비하자는 상소가 쏟아져 들어오며 대사헌과 종군
사가 내어놓은 답안이 최선이라는 것을 깨달은 까닭이었다.

적어도 현재의 황제는 생각이 깊고 어진 성격이며 미래를 걱정
하는 인물이었다. 어떻게 보면 이것도 가야의 홍복이었다.

그래서 지금 연은 천리장성이 쌓여지는 현장에 있었다. 일부러
자원을 한 세현을 응원한 사람은 물론 연이었다.

자신이 없어야 인해가 제자리를 찾기 쉽다는 생각도 있었고 가
야의 성장을 보고 싶은 마음도 있었다.

높은 곳까지 일일이 져 날라야 하는 일꾼들을 생각해 도르래의
역할을 알려 주며 한번 써보자고 제안한 사람은 연이었고 제대로
돌을 올리는 기계로 만들어 낸 사람은 현과 세현이었다. 덕분에
돌을 지고 올리다 떨어져 죽는 사람도 없어지고 훨씬 속도도 빨
라졌다.

"그래, 일기는 잘 진행되고 있소?"

"그래 봐야 성을 축조하는 일뿐인 걸요. 그래서 현 오라버니의
편지가 도움이 많이 되고 있습니다. 언제나 오시려나. 두 분 모두
뵙고 싶은데."

"그러게 말이오. 나도 얼굴 본 지 오래되니 보고 싶구려."

"저도 백부님들이 보고 싶습니다."

어른들의 말에는 잘 끼어들지 않는 하서가 웬일로 한마디를 보
태자 세현과 연이 살포시 웃음으로 대답을 대신했다.

마음이야 가야의 모든 곳을 돌며 눈에 익히고 싶었지만 현실적으로 불가능한 일이었다.

이동을 위한 수단이라고는 두 발이나 말, 또는 마차가 전부인 곳에서 여행을 한다는 것은 커다란 모험에 가까웠다. 더구나 아직 어린아이들을 데리고 움직일 수도 없었다. 아쉬움을 접으며 세현을 따라 성을 쌓는 곳에 올 수 있는 것만으로도 감사해야 했다.

지도상으로 따지면 지금 성을 쌓는 곳은 중국의 지린성에 가까운 곳이었다. 종군사는 가야는 움직이지 않는다는 조건으로 요나라의 삼분의 일을 얻어 내는 데 성공했다.

지금도 칭기즈칸은 거침없이 대륙을 점령하며 한층 넓어진 영토를 자랑하고 있었고, 이제는 가야의 세 배에 가까운 영토를 가진 대국으로 커져 있었다.

연이 이곳에서 할 일은 지켜보는 일이었다. 연이 그나마 한 가지 바꿔 놓은 것이 있다면 뜻밖에도 의술이었다.

일현의 사고와 치료를 맡았던 의원이 다시 걷는 일현을 보고 놀라 새로운 방식으로 환자를 보게 되었고, 바퀴의자라는 물건은 점점 다듬어진 모습으로 사람들 사이에 쓰이고 있었다.

일현이 재활을 위해 쓰려던 물건들이 모두 일반 사람들에게도 쓰이고 있었다. 그리고 그 공은 모두 일현을 치료하던 의원에게 돌아갔지만 연은 상관없었다.

알고 있던 지식이 모두 이곳에 쓰일 수는 없었다. 굳이 만들려고 하지 않아도 먼 훗날이 되면 저절로 생겨날 물건이었다.

가끔 어렵게 돌아가는 일이 있으면 쉽게 가는 길을 알려 줄 수는 있지만 직접 그 일에 관여할 생각은 없었다.

연은 잊힌 공주로 살아가는 것이 좋았다. 사람들 속에서 공주가 아닌 좌랑의 안해로 불리는 것이 좋았다.

마지막 남은 바람이 있다면 현 오라버니의 상단이 움직일 때 같이 동행하는 것이었다. 아직은 아이들이 어려 움직일 상황이 아니었지만 아이들이 제 앞가림을 하면 현 오라버니를 졸라 볼 생각이었다.

현 오라버니와 만석 오라버니는 나라에 이바지한 공을 인정받아 귀족이 되었다. 종군사께서 현 오라버니의 능력을 높이 사 몇 번이나 추천을 하고 회유를 하며, 나라의 관리가 되어 가야를 위해 그 능력을 쓰고자 했지만 영리한 현 오라버니는 모두 물리치고는 그대로 상단주로 머물렀다.

덕분에 가야 최고의 상단이 되어 이제 그를 통하지 않으면 가야의 시장이 제대로 돌아가지 않을 정도였다. 그러니 현 오라버니의 위세는 돈이 돌아가는 쪽에서는 거의 황제와 맞먹는 위치였다.

만석 오라버니 역시 무식한 자신이 귀족이 되는 것도 우습다며 현 오라버니 옆에 머물렀다. 거기다 몇 년 전에 가정도 꾸렸다.

그런데 어쩐 일인지 현 오라버니는 여전히 혼자기에 대단한 상단의 주인이라고 해도 연의 질책을 받는 위치에 머물고 있었다.

몇 일전 리장의 나시족에 관한 서찰을 받았다. 상단을 운영하면서 신기한 곳이나 물건이 있으면 버릇처럼 서찰로 연에게 알려 주는 것도 그의 소일거리가 되었다.

리장의 나시족에 대한 글을 읽으며 연은 저절로 흥분하는 자신을 느꼈다. 윈난성의 유명한 소수민족. 한 번은 보고 싶었던 그곳의 이름을 편지에서 읽으며 당장이라도 오라버니를 졸라 따라가고 싶은 마음을 억지로 참아야 했다.

앞으로 무슨 일이 있을지 몰라도 모두 이겨 나갈 수 있었다. 여기 이토록 사랑하는 이들이 있기에 연은 이곳이 좋았다. 그래서 매일 감사하며 또 사랑하며 살아갈 수 있었다.

이곳에 그녀가 원하는 모든 것이 있었다. 태어난 곳은 누구도 감히 상상해 본 적이 없는 곳이지만 적어도 죽을 때는 가장 사랑하는 이들 곁에서 눈을 감을 수 있을 테니 더는 바라는 것이 없었다.

그녀는 살면서 할 수 있는 가장 최고의 선택을 했다. 눈 감는 그 순간까지 연은 이 선택을 후회하지 않으리라 믿으며 세현을 향해 그들만이 알고 있는 비밀스러운 미소를 보이고 있었다.

그런 연의 마음을 알고 있는 그도 그녀에게 그들만이 아는 비밀스러운 미소를 보내고 있었다.

화창한 날씨가 눈부시게 지켜 주는 작은 집에서 해맑은 아이들의 웃음소리와 더불어 서로를 향하는 젊은 부부는 한 폭의 그림처럼 아름다웠다.

파릇파릇 옷을 입는 나무들이 아름다운 계절입니다.

그만큼 바람은 또 심술을 부리네요.

덕분에 한동안 감기를 달고 살았습니다.

계절이 바뀔 때마다 그 아름다움에 놀라곤 합니다.

그래서 전 우리나라가 좋습니다.

그래도 그때 이랬다면 어땠을까? 하는 작은 의문에서 시작된
글이 연의 선택입니다.

역사를 바꿀 수는 없지만 내가 살고 있는 곳과 다르게 흐르는
곳이 있을지도 모른다는 생각에 시작한 글이 어느새 완결입니다.

읽으시면서 저와는 다른 상상을 하실 분이 계실 거라 생각하며
그분은 어떤 상상을 하실까 궁금해지기도 합니다.

현실에 없는 곳에 사는 연과 세현. 그리고 안타까운 하연은 한

동안은 그리울 것 같습니다.

그래도 전 또 살아가며 또 다른 제 작품의 주인공을 만나 웃고
울겠지요.

끝까지 읽어 주셔서 감사합니다.

변덕부리는 날씨에 늘 건강하시고 언제나 행복하십시오.

저도 또 다른 사랑을 꿈꾸며 다시 만날 때까지 열심히 노력하
겠습니다.

다시 한 번 감사드립니다.